DONGSUH MYSTERY BOOKS 67

THE BENSON MURDER CASE

벤슨살인사건

반 다인/정광섭 옮김

동서문화사

옮긴이 정광섭 (鄭光燮)

경북대학교 문리대 철학과 서양철학 전공. 「자유문학」 신인문학상 시부문
수상. 《청색시대 시인을 위하여》 지은책 시집 《빛의 우울과 고독》 옮긴책
러브크래프트 《공포의 보수》 애거서 크리스티 《검찰측 증인》 등이 있다.

DONGSUH MYSTERY BOOKS 67

벤슨살인사건

반 다인 지음/정광섭 옮김
초판 발행/1977년 12월 1일
중판 발행/2003년 5월 1일
발행인 고정일/발행처 동서문화사
창업 1956. 12. 12. 등록 16-345 (윤)
서울강남구신사동540-22 ☎ 546-0331~6 (FAX) 545-0331
www.epascal.co.kr

✱

편찬·필름·제작 일체 「동판」 자본으로 이루어짐에 따라
출판권 소유권자 「동판」에서 제조출판판매 세무일체를 전담합니다.
사업자등록번호 211-90-02201
ISBN 89-497-0152-9 04840
ISBN 89-497-0081-6 (세트)

벤슨살인사건
차례

머리글

"메이슨 씨, 목숨을 구해주셔서 고맙습니다" 하고 그는 말했다.

"아니, 뭘요." 메이슨은 말했다. "나는 당신 생명에는 아무 흥미 없습니다. 당신 문제를 완전히 밝혀내는 일만이 오직 내 관심사였습니다."

랜돌프 메이슨 〈운명을 바로잡다〉

나오는 사람들

앨빈 벤슨   벤슨 앤드 벤슨 상회 공동경영자. 주식중매인

앤서니 소령   앨빈의 형. 벤슨 앤드 벤슨 상회 공동경영자

뮤리엘 세인트 클레어   오페라 가수

필립 리콕 대위   클레어의 약혼자

리앤더 파이피   앨빈의 친구

폴라 버닝   파이피의 정부(情婦)

플래트 부인   앨빈의 가정부

엘시 호프먼   벤슨 앤드 벤슨 상회의 여비서

오브라이언   뉴욕 경찰국장

윌리엄 M. 모런   형사과 과장. 총경

어니스트 히스   살인과 형사부장

존 F.X. 매컴   뉴욕 지방검사

반 다인   나. 번스의 고문변호사이며 친구

파이로 번스   미술애호가. 아마추어 탐정

머리글

여러분이 뉴욕 시의 자치통계서를 보면 존 F.X. 매컴이 지방검사로 있던 4년 동안 그 전임자 중 누가 재직하고 있을 때보다도 미해결로 남겨진 주요 범죄수가 훨씬 적었음을 발견할 것이다. 매컴은 지방검사국에 여러 가지 범죄수사법을 도입했다. 그 결과 경찰에서 가망 없다고 단념했던 많은 어려운 사건들이 해결되었다.

매컴 검사는 많은 중대한 기소에 대해 개인적으로 책임을 졌으며, 끝내 유죄판결을 얻어냈다. 그러나 검사는 이 유명한 사건들에서 다만 한낱 방편으로써 표면에 나타난 데 지나지 않았다. 실제로 그 사건을 해결하고 검찰측에 증거를 제공한 사람은 뉴욕 시 당국과 아무 관계없으며 또한 한 번도 대중 앞에 모습을 나타낸 적이 없었다.

그 무렵 나는 어떤 사람의 법률고문이며 개인적인 친구였다. 그 때문에 이 기묘하고도 놀라운 사건의 진상을 알 수 있었던 것이다. 그러나 나는 얼마 전까지 이 사실을 널리 알릴 자유를 갖지 못했었다. 지금도 그 사람의 이름을 밝힐 수는 없다. 그러므로 이 ex-officio(직무상의) 보고에서 그를 파이로 번스라고 부르겠다.

물론 그를 아는 사람들은 내가 쓴 글을 읽고 곧 그 정체를 알아차릴 수 있을 것이다. 그런 경우에도 자신이 아는 사실을 입 밖에 내지 말았으면 좋겠다. 그는 지금 이탈리아에서 살고 있는데, 자신이 중심 역할을 한 많은 사건의 수사기록을 세상에 알려도 좋다고 허락하긴 했으나 이름은 밝히지 말아달라고 강력히 요구했기 때문이다. 내가 칠칠치 못하고 부주의해서 그의 비밀이 여느 사람들에게 알려진다면 나로서는 마음 편할 수 없다.

　이것은 그 악명 높은 벤슨 살인사건을 파이로 번스가 어떻게 해결했는지를 쓴 기록이다. 벤슨 살인사건은 범행이 기상천외했으며 관계인물이 저명인사였다는 점, 놀라운 증거가 제출되었다는 점 등으로 뉴욕 범죄사상 가장 흥미진진한 사건이었다. 이 선정적인 사건은 파이로 번스가 amicus curiaer(법정조언자)로서 매컴 지방검사의 수사에 등장한 많은 사건 가운데 첫 번째 것이다.

뉴욕에서

S.S. 반 다인

번스, 편히 쉬다

6월 14일 금요일 오전 8시 30분

그 중요한 6월 14일 아침, 오늘날에 이르기까지 여전히 꺼질 줄 모르는 센세이션을 불러일으키고 있는 앨빈 H. 벤슨의 살해된 시체가 발견되었을 때 나는 마침 파이로 번스와 함께 그의 아파트에서 아침 식사를 하고 있었다.

그와 점심식사나 저녁식사를 하는 일은 자주 있었지만 아침식사를 함께 하는 것은 아주 드문 일이었다. 번스는 늦잠꾸러기라 점심식사 때까지는 'incommunicado(면회사절)'였기 때문이다.

이렇게 아침 일찍 만나야 했던 이유는 사무 아니, 미학상의 문제가 있었기 때문이다. 번스는 전날 오후 보라르*¹의 세잔 수채화 컬렉션을 미리 보아두기 위해 케슬러 화랑에 갔다가 특별히 갖고 싶은 작품을 몇 점 발견했다. 그래서 그 그림 구입에 대한 의논을 하기 위해 나를 아침식사에 초대했던 것이다.

이 글을 쓰기 전에 나와 번스의 관계에 대해 잠깐 설명해둘 필요가 있으리라. 우리 집안에는 법률가 전통이 깊게 뿌리내리고 있어 나도 일반 교육과정을 마치자 당연히 법학을 공부하기 위해 하버드에 입학했다. 내가 번스를 만난 것은 바로 거기서였다.

그 즈음 번스는 사귀기 어렵고 심술궂고 모난 비뚤어진 성격의 신입생이라 교수들은 대하기 거북해 했고 친구들은 그를 멀리했다. 그러한 그가 그 많은 학생 가운데 어째서 나를 학업 이외의 교제친구로 골랐는지 아직도 잘 모르겠다. 그러나 내가 번스를 좋아하게 된 이유는 쉽게 설명할 수 있다. 그는 나를 매료시켰고 흥미를 갖게 했으며 새로운 종류의 지적인 기분전환을 가져다주었다. 그러나 번스가 나를 좋아하게 된 이유에는 이러한 매력의 근거가 없다.

지금도 그렇지만 그 무렵 나는 보수적이고 평범한 정신의 소유자였다. 그러나 적어도 완고하지 않았고, 따분하기 이를 데 없는 법률수업에 그다지 흥미가 없었다. 이것이 우리 집안에 대대로 내려오는 직업에 그리 취미를 가질 수 없었던 이유일 것이다. 이 특징이——번스 자신은 의식하지 못했을지 모르지만——그의 마음에 일종의 친근감을 느끼게 했던 것 같다. 물론 그보다 더 한심한 이유도 있다. 내가 번스의 마음에 든 까닭은 말하자면 그를 돋보이게 해주기 때문에, 또는 잠시 한숨 돌리게 하는 바람구멍 같기 때문에, 그의 성격에는 없는 것을 보완해주는 어떤 요소를 지녔기 때문인지도 모른다. 이유야 어쨌든 우리는 함께 있는 시간이 많았고, 해를 거듭함에 따라 교제가 깊어져 떨어질 수 없는 우정으로 발전했다.

대학을 졸업하자 나는 곧 아버지의 법률사무소 '반 다인 앤드 데이비스'에 들어가 5년 동안의 지루한 수습을 마치고 젊은 공동경영자가 되었다. 지금 나는 브로드웨이 120번지에 사무소를 둔 '반 다인 데이비스 앤드 반 다인 법률사무소'의 공동경영자이다.

내 이름이 사무소 용지 맨 앞에 인쇄되기 시작한 무렵 번스가 유럽에서 돌아왔다. 내가 변호사 수업을 하는 동안 그는 유럽에서 살았다. 그리고 숙모가 세상을 떠나 그 유산을 대부분 물려받자 나를 찾아와 재산을 상속받기 위한 법률적인 수속을 부탁했던 것이다.

이 일은 우리의 사이를 새롭고 얼마쯤 이례적인 관계로 이끌어갔다. 번스는 사무적인 처리라면 무엇이든 아주 싫어했다. 그래서 나는 나도 모르는 사이에 그의 모든 금전 관계 후견인, 모든 일의 대리인이 되고 말았다. 그러다 번스의 관계 사무가 여러 방면에 걸쳐 많아지면서 나는 법률문제를 위해 할애할 수 있는 시간을 대부분 그 일에 써야 했다. 번스로 말하자면 법률고문을 둘 만한 사치가 허용되는 신분이었으므로 나는 사무소 책상을 깨끗이 치우고 그의 요청과 변덕을 위해 완전히 내 시간을 바치기로 했다.

번스가 세잔의 수채화를 사들이기 위한 의논을 하려고 나를 부른 날까지는 내 마음 한구석에 그가 반 다인 데이비스 앤드 반 다인 법률사무소에서 약간의 법률적 재능과 함께 나를 끌어낸 일에 대해 얼마쯤 후회하며 애써 그 기분을 억누르고 있었다. 그러나 그 중요한 아침을 마지막으로 그런 기분은 영원히 사라지고 말았다. 왜냐하면 유명한 벤슨 살인사건을 시작으로 하여 그 뒤 4년 동안 나는 젊은 변호사로서 쉽게 볼 수 없는 갖가지 놀라운 범죄사건을 목격하는 특권을 누렸기 때문이다. 사실 그 기간 동안 내가 직접 본 음침한 여러 사건은 미국 경찰사상 가장 두드러진 비록의 일부이다.

이들 사건수사에서 번스는 중심역할을 했다. 내가 아는 한 지금까지 한 번도 범죄수사에 적용된 적이 없는 분석적이고 연역적인 수법으로 그는 경찰도 지방검사국도 완전히 단념해버린 중대한 범죄를 모두 해결해낸 것이다.

번스와 특별한 관계를 맺고 있던 나는 그가 손댄 모든 사건에 관여했을 뿐만 아니라 그와 지방검사 사이에 이루어진 사건에 관한 비공식적인 토의 자리에도 입회했다. 나는 타고난 성품이 깔끔해서 그 내용을 거의 완벽하게 기록해두었다. 그리고 범인을 추리하는 번스 특유의 심리적 방법을 그가 가끔 설명해 주는 대로, 기억할 수 있는 한 정확히 적어두었다. 이처럼 노력하여 자료를 모으고 기록해둔 것이 참으로 다행이었다. 지금 뜻밖에도 사정이 바뀌어 이 사건들을 세상에 알릴 수 있게 되자, 그 사건들의 복잡한 앞뒤 사정이며 단계를 따라 자초지종을 이야기할 수 있기 때문이다. 만일 이러한 수많은 발췌며 adversaria(잡다한 수집)가 없었다면 이 일은 도저히 불가능했을 것이다.

그리고 번스를 이 길로 끌어들인 첫 번째 사건이 앨빈 벤슨 살인사건이었다는 것도 운이 좋았다. 이 사건은 뉴욕의 causes célébres(유명한 재판사건) 중에서도 가장 유명한 것이며, 번스로서도 그의 뛰어난 추리력을 마음껏 발휘할 수 있는 더없이 좋은 기회였다. 그 사건의 성질이며 중대성이 번스의 흥미를 불러일으켜 지금까지의 성향과 일상적 기호와는 전혀 다른 분야로 그의 활동을 이끌어갔던 것이다.

이 사건은 느닷없이 번스의 생활에 뛰어들었다. 그러나 한 달쯤 전 그는 우연한 기회에 지방검사에게 그런 사건이 생기면 공부삼아 한번 부딪쳐보고 싶다고 말했었다. 그리고 사건은 6월 중순인 그날 아침 우리가 아직 아침식사를 끝내기도 전에 느닷없이 일어났다.

덕분에 세잔의 그림 이야기는 그만 뒷전으로 밀려나고 말았다. 그날 느지막이 케슬러 화랑에 가보았더니 번스가 꼭 갖고 싶어 하던 수채화 두 점은 이미 팔리고 없었다. 번스는 벤슨 살인사건의 수수께끼를 풀어 죄 없는 한 사람을 구해주었지만, 그것으로 자기 마음에 든 그 작은 두 점의 그림을 놓친 손실을 완전히 보상받았다고 생각하지는 않을 것이다.

그날 아침 번스의 집사이고 하인이며 때로는 특별요리사이기도 한 충실한 영국 노인 캐리의 안내를 받아 거실로 들어갔을 때 그는 비단 가운에 쥐색 양가죽 슬리퍼를 신고 커다란 팔걸이의자에 앉아 보라르의 세잔 전기를 무릎 위에 펼쳐놓고 있었다.

나를 보자 그는 소탈하게 인사했다.

"실례를 무릅쓰고 일어서지 않겠네, 반. 근대미술 발전의 모든 무게를 무릎에 얹어놓고 있는 셈이니까. 그리고 이렇게 일찍 일어나면 아주 피곤해⋯⋯."

번스는 이리저리 책장을 뒤적이며 열심히 복제삽화를 들여다보았다.

"보라르 선생은 예술 공포증에 걸린 이 나라 사람들에게 꽤 두둑한 뱃심을 보여주고 있군. 이번에 이리로 가져온 세잔의 그림들은 아주 굉장한 것일세. 어제 봤는데 정말 감탄했다네. 케슬러가 나를 지켜보고 있어 그런 표정을 나타내지는 않았지만. 오늘 아침 화랑이 열리면 자네가 곧 가서 사주었으면 좋겠다고 여기는 그림에 표를 해놓았네."

번스는 서표로 쓰는 작은 카탈로그를 나에게 건네주었다. 그는 천천히 미소지었다.

"달가운 역할은 아닐걸세. 하얀 종이에 괜히 작은 얼룩 같은 것을 찍어놓았을 뿐인 그림 따위는 법률로 딱딱해진 자네 머리에 아무 의미도 없겠지. 깔끔하게 타이프라이터로 정리된 서류와는 전혀 다르니까. 그런 그림들 중에는 거꾸로 걸려 있지 않나 생각되는 것도 있다네. 사실 한 장은 거꾸로 걸려 있었지만. 케슬러조차 모르고 있더군.

하지만 걱정할 것 없네, 반. 내가 바라는 그림은 아주 아름답고 값진 것이니까. 2, 3년 안에 오를 그 값어치를 생각하면 오히려 싸다고 할 수 있지. 사실 돈을 좋아하는 사람들에게는 둘도 없는 투자거든. 애거서 숙모님이 돌아가셨을 때 자네가 그토록 웅변을 토하며 권했던 로어스 에쿼티 주식보다 훨씬 더 유망하다네[1]."

번스의 정열 가운데 하나——순수하게 지적인 열애를 정열이라고 할 수 있다면——는 미술이었다. 좁고 개별적인 뜻에서가 아니라 좀 더 넓고 보편적인 뜻에서의 미술이다. 미술은 번스에게 있어 지배적인 관심사일 뿐만 아니라 주요한 도락이기도 했다. 그는 일본 및 중국 판화의 상당한 권위자였고, 몇 가지 실로 무늬를 짜 넣은 직물이나 도자기에 대해서도 정통해 있었다. 언젠가 나는 번스가 몇몇 손님들 앞에서 타나그라*[2]의 찰흙인형에 대해 즉석 causerie (강연)를 하는 것을 들었는데, 그때 메모해두었다면 더없이 재미있고 유익한 전공논문이 되었으리라.

번스는 수집에 열을 올릴 만큼 충분한 돈이 있어 그림이며 objets d'art (미술 골동품)의 훌륭한 컬렉션을 가지고 있었다. 그의 수집품은 겉으로 보기에는 저마다 달랐지만 사실은 그 하나하나가 모두 모양이며 선에 어떤 원칙이 있고 서로 관련이 있었다. 미술을 이해하는 사람이라면 그를 둘러싸고 있는 수집품들이 시대나 métier (수법)나 겉모습에 큰 차이가 있어도 거기에는 일종의 통일과 일관성이 있다는 것을 알아차릴 것이다. 늘 느끼고 있는 일이지만 번스는 참으로 보기 드문 사람으로, 확고한 철학적 식견을 지닌 수집가였다.

동 38블록에 있는 번스의 아파트——사실은 낡은 저택의 위쪽 두 층을 아름답게 꾸민 것이며, 방을 넓히고 천장을 높이기 위해서 조금 개축했다——는 동서고금의 훌륭한 미술품들로 가득 차 있었으나 결코 혼잡하지는 않았다. 그 그림들은 이탈리아 르네상스 이전의 것에서부터 세잔과 마티스에 이르렀고, 원화 수집품들은 미켈란젤로에서 피카소에 이르기까지 시대적으로 매우 광범위했다. 번스의 중국 판화는 미국에서 가장 훌륭한 개인 컬렉션 가운데 하나로 꼽히고 있다. 그 중에는 이용민, 이안충, 임고민, 하규, 목계 등의 훌륭한 작품이 있다*³.

번스는 언젠가 나에게 말했었다.

"중국인은 동양에서 가장 위대한 예술가일세. 그들은 작품에 심오한 철학정신을 아주 강렬하게 표현했다네. 여기에 비하면 일본인은 천박해. 단순한 장식적 souci(배려)를 조금 해놓았을 뿐이거든. 호꾸사이(北齊)*⁴의 작품과 깊은 사색과 자각에 뿌리를 둔 이용민의 예술 사이에는 큰 차이가 있지. 만주족이 지배하면서 중국 예술은 타락했으나 그래도 여전히 깊은 철학의 맛, 말하자면 적극적인 sensibilité(감성)를 느낄 수 있다네. 어떤 형태를 보고 똑같이 그린 즉 모사의 근대적 모사――문인화라고 불리는 것――중에도 깊은 뜻이 담긴 그림이 있으니까."

예술에 대한 번스의 취미는 놀랄 만큼 폭넓었다. 그 수집품의 다양성은 미술관을 방불케 했다. 아마디스*⁵ 시대의 검은색으로 그린 무늬든 앙포라 항아리*⁶, 에게 풍의 코린트 전기(前期) 꽃병, 쿠바차와 로데스 섬*⁷의 접시, 아테네의 도자기, 16세기 이탈리아의 수정 성수반, 튜더 왕조시대의 백랍*⁸ 그릇――그중 몇 점에는 두 겹 장미 그림의 순분 검증 각인이 찍혀 있었다――첼리니*⁹의 청동액자, 리모쥐*¹⁰에서 만든 세 폭이 한 세트인 에나멜 세공, 월포고나가 만든 스페인풍 제단용 칸막이, 에트루리아*¹¹의 청동제품 몇 점, 인도의 그리스풍 불상, 명나라 시대의 관음보살상, 르네상스 시대의 수많은 아름다운 목판화, 비잔틴과 샤레망 왕조*¹² 초기 프랑스의 상아세공 등.

번스가 가지고 있는 이집트의 귀중한 미술품 중에는 자가지그*¹³에서 출토된 황금 물주전자, 나이 부인의 작은 상(像)――루브르 박물관 소장품에 뒤지지 않을 만한 일품, 제1테베 왕조시대의 아름다운 조각이 새겨진 돌비석 두개, 희귀한 하삐(성스러운 소)며 암세트를 본뜬 것 등이 있는 작은 조상, 카라시스코스의 무희가 조각된 몇 개의 아렌틴 주발 등이 있었다. 번스가 수집한 근대 유화며 선화(線畵) 등이 걸린 서재의 활 모양인 제임스 1세 시대풍 책장 맨 윗단에는 프랑스령 기니, 수단, 나이지리아, 상아 해안, 콩고 등지에서 제전용으로 쓰는 가면이며 물신상 등 흥미로운 아프리카 조각들이 놓여 있었다.

번스의 예술적 본능에 대해 이처럼 장황하게 늘어놓는 것은 뚜렷한 목적이 있어서다. 6월의 그날 아침 번스를 위해 시작된 멜로드라마 같은 모험을 완전히 이해하려면 아무래도 그의 penchants(성향)과 내면적인 경향에 대해 얼마쯤 알아두어야 할 것이다. 미술에 대한 그의 흥미는 그 개성 가운데 중요한, 거의 지배적이라고 해도 좋을 만큼 중요한 요소였다. 나는 지금까지 그런 인물——겉으로 보기에는 더없이 변덕스러우나 속으로는 견실한 인물——을 본 적이 없다.

번스는 많은 사람들이 '예술 애호가'라고 부르기 쉬운 타입이다. 하지만 그를 예술 애호가라고 부르는 것은 적당치 않다. 번스는 훌륭한 교양과 재기를 갖춘 사람이었다. 출신성분으로 보나 천성으로 보나 귀족적이었으며 행동도 더없이 고상했다. 그의 말씨나 태도에는 온갖 저속한 것에 대한 무어라 말할 수 없는 경멸이 나타나 있었다. 가끔 그를 대하게 된 사람들은 대부분 그를 사이비 신사로 보았다. 그러나 그의 겸양과 경멸은 결코 신사처럼 보이기 위한 것이 아니었다. 그의 신사연하는 태도는 지성적인 동시에 사교적이었다. 나는 그가 천박한 악취미를 싫어한 이상으로 미련함도 싫어했다고 믿는다. 그가 'c'est plus qu'un crime, c'est une faute(그것은 죄악 이상이다. 그것은 과실이다)'라는 푸셰*14의 유명한 문구를 인용하는 걸 나는 몇 번 들었다. 그리고 그는 글자 그대로 그렇게 믿고 있었다.

번스는 터놓고 비꼬기를 잘했지만 악의는 없었다. 재치 있는 유베

나리스*15적인 풍자였다. 말솜씨가 좋고 오만했지만 의식적인 통찰력이 뛰어난, 인생의 관찰자라고 평하는 것이 옳으리라.

그는 여러 가지 인간적 반응에 날카로운 흥미를 나타냈는데, 그것은 과학자가 갖는 흥미였지 인도주의자의 흥미는 아니었다. 그리고 그는 보기 드문 개인적 매력을 갖춘 사람이었다. 그의 사람됨에 탄복하지 않는 이들조차 그를 좋아하지 않을 수 없었다. 어딘지 돈키호테적인 거드름피우는 말씨와 억양에 영국 사투리가 조금 섞여 있어——옥스퍼드 대학원 시절의 흔적이다——잘 모르는 사람들은 아니꼽게 여겼다. 그러나 사실 그에게 poseur(거드름)는 아주 적었다.

번스는 뛰어나게 잘생겼으나 입매가 메디치 집안의 어떤 초상화(2) 입매와 비슷하여 고행자같이 보였고, 냉혹한 인상이었으며, 눈썹 끝이 조금 치켜 올라가 어딘지 사람을 업신여기는 듯한 거만한 느낌을 주었다. 윤곽에 독수리를 연상케 하는 엄한 데가 있음에도 불구하고 그 얼굴은 매우 감성적이었다. 앞이마가 부드럽게 튀어나와 학자형이라기보다 예술가 타입의 얼굴생김이었다. 차가운 잿빛 눈은 그 사이가 넓었으며, 콧날이 곧고 오뚝했다. 그리고 갸름하게 튀어나온 턱에는 깊은 주름이 있었다. 나는 얼마 전 존 밸리모어의 햄릿을 보았는데, 그때 어찌된 일인지 번스가 생각났다. 그리고 전에 폽즈 로버트슨이 출연한 《시저와 클레오파트라》*16의 한 장면에서도 역시 같은 인상(3)을 받았다.

번스는 6피트 조금 못되는 우아한 몸집으로, 겉보기에도 단단한 체력과 지구력을 갖추고 있는 인상을 주었다. 펜싱 실력이 뛰어나 대학 펜싱부 주장이었다. 그는 옥외 스포츠를 즐기는 편으로, 그다지 연습하지 않아도 잘 해낼 수 있는 요령을 터득하고 있었다. 골프의 핸디는 겨우 3이며 어느 시즌인가 우리 편 폴로 선수단에 가담하여 영국 팀과 싸운 적도 있었다. 그러나 걷는 것을 몹시 싫어하며 무엇이든

탈것만 있으면 겨우 1백 야드라도 걸으려 하지 않았다.

옷은 언제나 유행을 따랐지만——자질구레한 점에 이르기까지 공들여 갖춰 입었다——결코 천박하지는 않았다. 여기저기 클럽에서 꽤 많은 시간을 보냈지만, 가장 마음에 들어하는 곳은 스타이비샌트였다. 그의 설명에 따르면 회원들이 대부분 정치계나 실업계 사람들이라 어깨가 뻐근해지는 토론에 이끌려 들어갈 염려가 없기 때문이라는 것이었다. 요즘은 가끔 오페라 구경을 가기도 했으며 교향악이나 실내악 연주회에는 빠지지 않았다.

그는 또한 내가 본 사람 중 가장 뛰어난 포커의 명수였다. 왜 이 점에 대해 언급하느냐 하면 번스 같은 타입이 브리지나 체스보다 포커 같은 대중적인 게임을 좋아한다는 것이 어쩐지 예사롭지 않고 뜻있게 여겨졌기 때문이다. 그리고 포커 게임 중 인간심리에 대한 그의 과학적 지식이 지금부터 써나가려는 이야기와 깊은 관련이 있기 때문이다.

심리학에 대한 번스의 지식은 그야말로 대단했다. 본능적으로 인간에 대한 정확한 판단력이 풍부했는데, 이 재능은 연구와 독서에 의해 놀라울 만큼 잘 정리되고 체계화되었다. 그는 심리학의 여러 학문적 원칙에 정통했다. 대학에서의 그의 과정은 모두 이 주제에 집중되거나 딸린 것이었다. 내가 불법행위, 계약, 헌법, 관습법, 형평법, 증거, 소송수속 따위의 좁은 분야에 갇혀 있는 동안 번스는 문화적 교양의 온갖 방면에 발을 들여놓고 있었다. 그는 종교사, 그리스 고전, 생물학, 공민학, 정치경제학, 철학, 인류학, 문학, 이론 및 실험심리학, 고대 및 근대언어 등을 두루 배웠다[4]. 그러나 번스가 가장 흥미 느낀 것은 뮌스타베르그와 윌리엄 제임스의 강좌[17]였던 것 같다.

번스의 정신 밑바탕에는 언제나 철학이 깔려 있었다. 즉 보다 넓은 의미에서의 철학적이었다는 뜻이다. 그는 이상할 정도로 인습이며 감상이며 미신에 사로잡히지 않은 채 인간 행위의 밑바닥에서 그 동기가 되는 충동이며 원인을 잘 통찰해냈다. 또한 어떤 경우든 결코 쉽게 사물을 믿지 않았다. 그리고 자신의 심리과정에서도 어디까지나 냉정하고 논리적인 정확성을 잃지 않도록 애썼다. 그는 '인간의 모든 문제를 널빤지에 붙들어맨 모르모트를 관찰하는 의사 같은 임상적인 냉철성과 풍자적인 모멸감으로 처리하지 않는 한 진리를 파악하기 힘들다'라고 말한 적이 있다.

번스는 활발할 정도는 아니지만 바쁜 사교생활을 하고 있었다. 여러 가지 가족적 유대에 대한 양보였다. 그러나 그는 결코 사교적인 인물이 아니었다. 나는 번스만큼 집단본능이 발달하지 못한 사람을 본 적이 없다. 그러므로 이따금 사교계에 나갔다 해도 그것은 대개 부득이한 사정 때문이었다. 사실 그 잊을 수 없는 6월의 아침 전날 밤에도 그는 어떤 '의무' 때문에 시간을 빼앗겼던 것이다. 그렇지 않았다면 우리는 전날 밤에 세잔에 대해 의논했을 것이다. 번스는 캐리가 딸기와 달걀과 베네딕틴 술*18을 따르는 동안 그 일로 몹시 투덜거렸다. 나는 나중에 일이 그렇게 된 데 대해 우연의 신에게 깊이 감사했다. 만일 그날 아침 9시에 지방검사가 찾아왔을 때 번스가 태평스럽게 늦잠이나 자고 있었다면 나는 내 생애에서 가장 흥미 있고 감격적이었던 4년 동안을 밋밋하게 보냈을 것이며, 더없이 교활하고 죽음도 두려워하지 않는 뉴욕의 많은 범죄자들이 아직도 멋대로 설치고 다닐 것이기 때문이다.

번스와 내가 두 잔째의 커피와 담배를 피우기 위해 의자에 편안히 앉았을 때 현관에서 급하게 벨이 울렸다. 캐리가 나가더니 지방검사를 안내해왔다.

지방검사는 과장된 몸짓으로 두 손을 들어올리며 외쳤다.

"이거 참 놀랍군! 뉴욕에서 첫째가는 flâneur(게으름쟁이) 미술

애호가께서 벌써 일어나 계시다니!"

번스가 대답했다.

"그것이 부끄러워 얼굴이 화끈거린다네."

그러나 지방검사가 농담할 기분이 아니라는 것을 곧 알 수 있었다. 표정이 갑자기 진지해졌던 것이다.

"번스, 중대한 일이 생겼네. 아주 급한 일이. 자네와 약속한 일로 잠깐 들른걸세. 실은 앨빈 벤슨이 살해되었네."

번스는 나른하게 눈썹을 추켜세웠다. 그리고 맥 빠진 목소리로 말했다.

"이제 와서 그렇게 되다니 시시하군…… 물론 살해될 만도 하지. 그러나 어쨌든 자네가 언짢아할 건 없네, 매컴. 잠깐 앉아서 캐리의 천하일품인 커피를 한 잔 들게."

번스는 지방검사가 뭐라고 할 틈도 주지 않고 일어나 초인종을 눌렀다.

매컴은 잠시 망설였다.

"그러지. 1, 2분 동안에 어떻게 되는 것도 아니니까. 하지만 한 모금만 마시겠네."

지방검사는 우리의 맞은편 의자에 앉았다.

( )는 지은이의 설명, *는 옮긴이의 설명.

(1) 실제로 번스가 250달러와 3백 달러를 주고 사들인 수채화가 4년 뒤 세 배로 값이 올랐다.

(2) 내 생각으로는 국립미술관 소장 브론티노 작 피에트로 데메디치와 코시모 데 메디치의 두 초상화, 그리고 피렌체의 베키오 궁에 있는 바사리 작 로렌쪼 데 메디치의 메다이용 큰 메달)의 초상인 듯하다.

(3) 번스는 전에 부비강염, 즉 축농증 때문에 두개부 뢴트겐 사진을 찍었는데, 거기에 덧붙여져 있던 설명서에 '두드러진 장두형' '표준에서 훨씬 벗

어난 북구형'이라고 씌어 있었다. 거기에는 다음과 같은 데이터도 기록되어 있었다. ──두개지수 75. 코는 가늘고 길며 지수 48, 안면각 85도, 수직지수 72, 상부 안면지수 54, 동공 간격 67, 턱은 중각이 튀어나온 보통지수로 103. 두개부위가 특별히 큼.

(4) 번스는 나와 알게 된 지 얼마 안 되어 "문화는 온갖 언어를 지니고 있다. 세계의 지적 심미적 업적을 이해하려면 여러 가지 언어를 알아야 한다. 특히 그리스나 라틴의 고전 번역판은 못쓴다"라고 말했다. 여기서 이 말을 인용하는 까닭은 번스가 영어 이외의 여러 가지 말로 된 책을 닥치는 대로 읽어 그것이 놀라운 기억력과 합세하여 일상회화에 영향을 미치고 있기 때문이다. 그의 말투가 어떤 사람에게는 현학적으로 들릴지 모르지만, 나는 이 글에서 되도록 그의 말을 그대로 인용하려고 애썼다. 있는 그대로의 번스를 전해주고 싶기 때문이다.

＊1 파리의 그림판매인. 세잔 및 인상파 화가의 수집가로 알려져 있다.

＊2 고대 그리스의 거리. 고대무덤 속에서 발견된 도자기로 된 작고 훌륭한 조각상으로 유명함.

＊3 이용민(북송의 화가로 '오마도'가 있음). 이안충(북송의 화가로 학을 잘 그렸음), 임고민(누구인지 잘 알려져 있지 않음), 하규(남송의 산수화가), 목계(남송의 수묵화가)를 이르는 말이다.

＊4 가쓰시카 호꾸사이. 일본의 풍경화가. 색다른 풍경화를 많이 그렸음. 1760~1849.

＊5 이집트 제18대 왕조.

＊6 술이나 기름을 넣어두는 손잡이가 두 개 달린 항아리.

＊7 둘 다 스포라데스 군도의 섬.

＊8 납과 주석의 합금. 땜납.

＊9 이탈리아의 조각공. 1500~1571.

＊10 프랑스 남부의 도시.

＊11 고대 이탈리아의 북쪽 지방.

＊12 프랑스 제2왕조. 751~987.

* 13 이집트의 낮은 지대 도시.

* 14 조제프 푸셰. 낭트에서 태어남. 프랑스 혁명 때 산악당에 소속했으며, 제정시대에는 경시총감을 지내다가 마침내 나폴레옹을 배신했음. 왕정복고 뒤에도 각료로 머물러 있었음. 드레스덴에 전권대사로 부임했다가 나중에 오스트리아에 귀화하여 트리에스테에서 죽음. 그 권모술수에 일생은 그야말로 한 권의 미스터리소설이다. 1759~1820.

* 15 로마의 풍자시인. 60~125.

* 16 존 밸리모어(1882~1942)는 미국의 유명한 배우 집안의 한 사람. 라이로넬은 그의 남동생이며 에실은 여동생임. 폽즈 로버트슨 경은 미국 여배우 메이 제틀드 엘리엇의 남편인데, 부인이 더 유명한 것 같다. 《시저와 클레오파트라》는 물론 GBS의 작품.

* 17 휴고 뮌스타베르그. 실험심리학의 대가로 프라이부르크 대학 교수로 있을 대 윌리엄 제임스(1842~1910)를 알게 되어 하버드 대학으로 초청받았으며, 미국 심리학협회 회장을 지낸 적도 있다. 윌리엄 제임스는 하버드에서 철학과 심리학을 강의했고, 그 방면의 유명한 저서가 많다. 1863~1916.

* 18 프랑스의 페캄 산 리큐르 술. 단맛이 도는 술로, 베네딕트파 수도사들이 만든 데서 비롯된 이름임.

범죄현장에서

존 F.X. 매컴은 여러분도 알다시피 주기적으로 뉴욕 시를 덮치는 태머니 홀*[1]에의 반대 기운이 높아졌을 때 독립개혁파에서 입후보해 지방검사로 선출되었다. 4년의 임기를 채운 뒤 틀림없이 재선됐을 텐데, 반대파의 정치적 음모로 표가 완전히 갈라지고 말았다. 그는 지칠 줄 모르는 활동가로 지방검사국의 형사 및 민사수사에 여러 가지 방법을 도입했다. 생활태도가 청렴하여 선거민의 열렬한 지지를 받았을 뿐만 아니라 반대당파에 속하는 사람들에게도 큰 신뢰감을 심어주었다.

취임한 지 몇 달 안 되어 어떤 신문이 그에게 '파수보는 개'라는 별명을 선사했다. 이 별명은 임기가 끝날 때까지 그에게 붙어다녔다. 사실 그 4년 동안 검사로서 이룩한 그의 훌륭한 업적은 오늘날에 이르기까지 법률이나 정치를 논할 때 가끔 인용될 만큼 뛰어난 것이었다.

매컴은 키가 크고 몸집이 단단한 40대 중반의 사나이로, 늘 깨끗하게 면도해 젊어보이는 얼굴은 반백의 머리와 어딘지 걸맞지 않았다. 흔히 말하는 미남은 아니었으나 품위가 있었고, 요즘 정치적 지위를 확보한 사람들에게서 좀처럼 찾아보기 힘든 사회적 교양을 지니고 있었다. 그리고 무뚝뚝하고 끈질긴 데가 있었다. 하지만 이 무뚝뚝함은 좋은 교육을 받고 자라 든든한 밑바탕을 쌓아올린 표지이지 흔히 보듯 겉만 번지르르하고 사이사이로 틈새투성이 하부구조가 엿보이는 거칢은 아니었다.

의무와 자질구레한 걱정의 긴장에서 해방되었을 때의 그는 더할 나위 없이 우아한 인물이었다. 그러나 그와 알게 된 초기에 나는 그 정중한 태도가 갑자기 냉엄한 권위적 태도로 바뀌는 것을 자주 볼 수 있었다. 전혀 다른 인물──엄격하고 굽힐 줄 모르는 영원한 정의의 상징 같은 새로운 인격이 그 순간 매컴의 육체에서 태어났나 생각될 정도였다. 우리의 협조가 끝날 때까지 나는 몇 번이나 그 변모를 목격했다. 사실 그날 아침 번스의 거실에서 우리와 마주앉았을 때에도 그 덮쳐누르는 듯 엄격한 표정에 단순한 암시 이상의 것이 있었다. 그리하여 나는 매컴이 앨빈 벤슨 살인사건으로 고민하고 있음을 알았다.

매컴은 몹시 서둘러 커피를 다 마셨다. 그가 찻잔을 내려놓자 그때까지 재미있다는 듯이 놀리는 기분으로 그를 바라보던 번스가 입을 열었다.

"여보게, 매컴. 벤슨이라는 사람이 죽었다고 해서 그렇게 침울해할 건 없잖나. 설마 자네가 범인도 아닐 테니 말일세."

매컴은 번스의 농담을 받아들이지 않았다.

"지금부터 현장에 가려고 하는데, 자네도 함께 가지 않겠나? 자네는 실제로 한 번 부딪쳐보고 싶다고 말했었지? 약속을 지키기 위해 이렇게 온걸세."

몇 주일 전 스타이비샌트 클럽에서 뉴욕에 살인사건이 늘었다는 이야기가 나왔을 때 번스는 언제든 사건이 생기면 자기도 함께 가보고 싶다고 말했었다. 그때 매컴은 중대사건이 생기면 데리고 가겠다고 약속했다. 번스는 인간의 행위 밑바닥에 깔린 심리에 흥미를 가지고 있는데다 오랜 동안 매컴과 가까이 지내왔으므로 그런 요구도 충분히 할 수 있었던 것이다.

번스는 나른하게 말했다.

"기억력도 좋군. 그런 것은 잊어버려도 좋을 텐데."

그는 벽난로 위의 시계를 흘끗 보았다. 9시 조금 전이었다.

"이런 괘씸한 시간이 다 있나! 아직 9시도 안됐군."

매컴은 초조한 듯이 의자에서 몸을 앞으로 내밀었다.

"자네의 호기심이 만족을 얻을 수만 있다면 아침 9시에 사람들이 많은 곳으로 나가는 창피도 무릅쓸 만하지 않겠나? 자, 서두르게. 실내복과 슬리퍼 차림의 자네를 데리고 갈 수는 없으니까. 옷을 갈아입는 데 5분 이상 걸려서는 안 되네."

"무엇 때문에 서두르나?"

번스는 느긋하게 하품을 했다.

"그 사람은 죽었으니 달아나지도 않을 텐데."

"어서 일어나게, 늑장부리지 말고. 이 일은 장난이 아니란 말일세. 아주 중대한 사건이네. 굉장한 스캔들이 될 것 같아. 자네는 어떻게 하겠나?"

"어떻게 하다니, 서민의 위대한 복수자의 뒤를 따라가야지."

번스는 의자에서 일어서더니 황송하기 이를 데 없다는 듯이 허리 굽혀 인사했다.

그리고 나서 그는 초인종을 눌러 캐리를 불러 갈아입을 옷을 가져오도록 일렀다.

"매컴 씨가 시체와 접견하는 자리에 참석하기 위해서는 단정한 옷을 입어야지. 비단 양복은 좀 춥지 않을까…… 넥타이는 연보라색이 좋겠군. 다른 것은 안 돼."

매컴이 퉁명스럽게 물었다.

"설마 초록빛 카네이션을 달고 가려는 건 아니겠지?"

그러자 번스가 나무라듯 말했다.

"히첸스*²를 읽었군. 지방검사쯤 되는 사람이 어울리지 않게시리. 아무튼 내가 boutonnière(양복 깃에 다는 꽃) 따위를 절대로 달지 않는다는 것쯤 자네도 알고 있겠지? 그건 이미 유행이 지났다네. 아직도 그런 습관을 소중하게 지키는 사람은 roué(도락가) 아니면 색소폰 연주자뿐이지. 그건 그렇고, 그 벤슨이라는 사람은 어떤 인물인가?"

그때 번스는 이미 캐리의 도움을 받으며 옷을 갈아입고 있었는데, 그처럼 재빠른 동작은 처음 보았다. 겉으로는 괜한 소리를 지껄였으나 그 밑바닥에는 새로운 경험을 향해서 발을 내디디려는 사람의 진지한 열의와 자신의 준엄하고도 날카로운 관찰력을 지닌 정신을 이런 극적인 방법으로 시험해봐야겠다는 기대가 깔려 있음을 나는 알아차렸다.

지방검사가 설명했다.

"자네도 아마 앨빈 벤슨을 모르지는 않을걸세. 오늘 아침 일찍 그 집 가정부가 관할 경찰서에 전화를 걸어왔는데, 주인이 옷을 입고 늘 앉는 거실의 의자에 머리를 꿰뚫린 채 앉아 있는 것을 발견했다는 신고였네.

그 신고는 곧 뉴욕 경찰본부 전신과를 통해 나에게 알려졌지. 나는 사건을 원칙대로 경찰에 맡겨둘 생각이었으나 약 30분 뒤 피해자의 형인 벤슨 소령에게서 전화가 걸려왔네. 특별한 조치를 취해

내가 사건을 맡아달라는 부탁이었네. 소령과는 20년이나 교제해 온 터라 거절할 수가 없었지. 그래서 급히 아침식사를 마치고 현장으로 가기로 했네. 그 집이 서48블록에 있어 자네 집 길목을 지나다가 그때의 약속이 생각나서 들렀네."

"고맙군."

번스는 입 속으로 중얼거리며 문가의 화려한 장식이 달린 작은 거울 앞에서 여느 방식으로 넥타이를 고쳐 맸다. 그는 나를 보며 말했다.

"여보게, 반, 자네도 함께 죽은 벤슨을 보러 가세. 아마 매컴의 부하 형사 중 누군가가 내가 그 속물을 싫어했다는 사실을 냄새맡고서 나를 범인으로 몰아붙일지도 모르네. 그러니 법률전문가인 자네가 옆에 있어주면 든든할걸세…… 괜찮지, 매컴?"

매컴은 좋다고 동의했으나 아무래도 나를 데려가고 싶지 않은 듯한 눈치였다. 하지만 체면상 사양하기에는 너무도 큰 흥미에 이끌려 나는 번스와 매컴 검사의 뒤를 따라 층계를 내려갔다.

기다리고 있던 택시에 올라타자 자동차는 매디슨 애비뉴를 올라가기 시작했다. 나는 그때까지도 가끔 느끼곤 했지만 내 옆에 앉은 두 사람――정반대인 두 사람 사이의 이상한 우정에 적잖이 감탄했다. 매컴은 마음먹은 대로 행동했고 인습적인데다 조금 근엄했으며 인생을 살아가는 태도가 지나치게 진지했다. 한편 번스는 변덕스럽고 쾌활하며 어떤 침울한 현실에 부딪쳐도 그 특유의 유머를 잃지 않았다.

그런데 바로 이 기질의 차이가 그들 우정의 바탕을 이루는 모양이었다. 두 사람은 서로 자기가 갖지 못한 경험이나 감각을 상대방이 지니고 있음을 잘 아는 듯했다. 번스가 볼 때 매컴은 견실하고 끄덕없는 인생의 현실을 대표하는 존재였고, 매컴이 볼 때 번스는 지적인 모험과 태평스럽고 이국적인 집시 정신을 뜻했다. 두 사람의 우정은 겉으로 보기보다 훨씬 깊었다. 매컴은 번스의 태도나 의견에 정면으로 반대하는 적도 있으나 그가 아는 다른 누구보다도 깊이 번스의 지성을 존경하고 있다고 나는 믿는다.

그날 아침 자동차를 타고 거리를 달릴 때 매컴은 몹시 침울해보였다. 아파트에서 나온 뒤로 아무도 입을 열지 않았다.

이윽고 자동차가 서48블록으로 꺾여들자 번스가 물었다.

"이처럼 이른 아침 살인의식에 참석하는 데 어떤 사교적인 예절이 있는 건 아니겠지, 매컴? 시체 앞에서 모자를 벗는 것말고 말일세."

매컴이 퉁명스럽게 대답했다.

"모자는 그대로 쓰고 있어도 괜찮네."

"저런, 유대인의 집회 같군. 그거 참, 묘한데. 그러나 신발은 벗겠지. 발자국을 어지럽히지 않기 위해서."

"아닐세. 손님은 몸에 걸친 것을 그대로 입고 있으면 되네. 자네들 멋쟁이의 파티와는 다르니까."

번스는 언제나의 그 시큰둥한 투로 말했다.

"자네의 그 선천적인 도덕가 기질이 또다시 얼굴을 내미는군. 마치 엡워스 리그*3 파 같네."

매컴은 번스의 농담을 받아주기에는 너무나도 다른 일에 마음을 빼앗기고 있었다. 그는 정색하고 말했다.

"자네에게 미리 주의해둘 것이 두세 가지 있네. 내가 보건대 이 사건은 굉장히 시끄러워질 것 같네. 질투도 좀 있을 테고 공을 세우려는 다툼도 있을 테지. 지금 단계에서 내가 이 일에 얼굴을 내미는 것은 좋지 않을걸세. 경찰도 환영하지 않을 테고. 그러니 그들의 비위를 거스르지 않도록 조심해주기 바라네. 내 부하 한 사람이 지금 거기에 나가 있는데, 그의 이야기에 의하면 아마 총경은 히스에게 이 일을 맡긴 모양일세. 히스는 살인과 형사부장인데, 때가 때이니만큼 내가 이름을 날리기 위해 나서는 거라고 생각하겠지."

번스가 물었다.

"자네는 직책상 그의 상관이 아닌가?"

"물론 그렇지. 그래서 문제가 더 미묘해지는걸세. 소령이 나를 부르지 않았으면 좋았을 텐데……."

"Eheu(난처하게 됐군)."

번스는 한숨을 내쉬었다.

"이 세상은 히스 같은 사람으로 가득 차 있으니 정말 큰일이야."

매컴이 얼른 설명을 덧붙였다.

"오해하지 말게. 히스는 좋은 사람이라네. 사실 그만한 인물도 찾기 힘들지. 그에게 이 일을 맡겼다는 것만 보아도 경찰본부에서 이 사건을 얼마나 중대시하는지 알 수 있네. 내가 나선다고 해서 그들이 불쾌해 할 이유는 없네. 그 점은 알아주기 바라네. 그러나 나로서는 되도록 평온한 분위기였으면 좋겠다는걸세. 히스로서는 내가 자네들을 구경꾼으로 데리고 가면 달갑지 않은 얼굴을 할 테니까. 그러니 번스, 제발 얌전한 제비꽃처럼 행동해주기 바라네."

그러자 번스는 이의를 내세웠다.

"수줍은 장미꽃이 더 좋을 것 같군. 자네만 상관없다면. 아무튼 나는 가자마자 그 신경과민인 히스 형사부장에게 장미꽃잎 물부리가 달린 특제 레지*4 담배를 한 대 증정하겠네."

매컴이 미소지었다.

"그런 짓을 하면 그는 아마 수상쩍은 인물로 보고 자네를 체포할걸세."

우리를 태운 자동차는 6번 거리에 가까운 서48블록 위쪽의 낡은 갈색 석조건물 앞에 이르렀다. 상류계급의 저택으로, 내구력과 겉모습이 건축가들 사이에서 거의 비슷하게 중요시되던 시대에 지어진 것이었다. 같은 블록에 있는 다른 집들과의 균형을 고려하여 설계는 평범했지만 장식적인 꼭대기 부분과 입구 둘레와 창문 위의 조각에 사치와 개성이 반짝였다.

길과 저택 정면벽 사이에 있는 자갈 깔린 좁은 빈터에는 높은 철책이 둘러쳐져 있었다. 단 하나의 출입구인 정면 현관은 6피트나 되는 곳, 넓은 돌층계를 열 단 올라간 꼭대기에 있었다. 현관과 오른쪽 벽 사이에 난 큰 창문에는 단단한 grilles(쇠창살)이 끼워져 있었다.

집 앞에는 호기심에 가득 찬 구경꾼들이 꽤 많이 모여 있고 돌층계 위에서 민첩해 보이는 젊은이들이 몇 명 서성거렸다. 신문기자들인 것 같았다. 제복차림의 경관이 택시 문을 열어주고 매컴에게 정중한 경례를 하더니 밀치락거리는 구경꾼들을 보란 듯이 헤쳐 길을 열어주었다. 작은 현관문 앞에 서 있던 또 한 제복경관이 매컴을 알아보자 우리를 위해 문을 열어주고 닫히지 않도록 받친 채 차렷 자세로 경례했다.

번스는 미소지으며 속삭였다.

"Ave, Cæsar, te salutamus(황제폐하께 경례, 만세) ! "

매컴이 시무룩하게 나무랐다.

"그만두게. 자네의 이죽거리는 말을 듣지 않아도 나는 이미 충분히 속썩히고 있으니까."

우리가 조각이 새겨진 당당한 떡갈나무로 된 앞문을 지나 복도로 들어가자 지방검사보 딘위디가 마중나왔다. 아주 심각한 얼굴이 가무잡잡하고 주름잡혀 나이보다 늙어보이는 젊은이로 인류의 온갖 슬픔을 혼자 두 어깨에 짊어지고 있는 듯한 인상이었다.

그는 이제야 마음놓인다는 듯이 매컴에게 인사했다.

"안녕하셨습니까, 검사님. 와주셔서 정말 기쁩니다. 이 사건은 팔

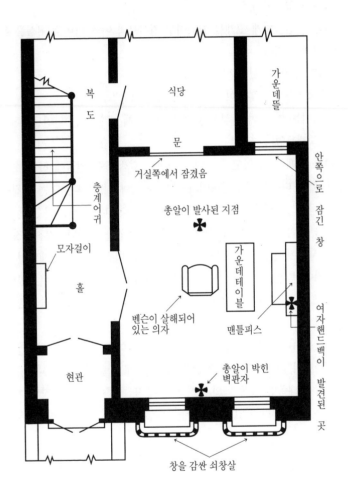

복도

식당

가운데뜰

문

거실쪽에서 잠겼음

안쪽으로 잠긴 창

총알이 발사된 지점

층계어귀

가운데테이블

모자걸이

홀

벤슨이 살해되어 있는 의자

맨틀피스

여자핸드백이 발견된 곳

현관

총알이 박힌 벽판자

창을 감싼 쇠창살

서48블록

방으로 꽉 막혀 있는 것 같습니다. 틀에 박힌 살인입니다만 단서가 하나도 없습니다."

매컴은 침울하게 고개를 끄덕이고 검사보의 어깨 너머로 거실을 들여다보며 물었다.

"저기 누가 와 있나?"

"경찰국장을 비롯하여 모두들 와 있습니다."

딘위디는 마치 이 사실이 관계자 모두에게 재수 없는 일인 듯 어깨를 으쓱해보였다.

바로 이때 키가 크고 몸집이 단단하며 혈색 좋은 얼굴에 하얀 콧수염을 짧게 다듬은 중년사나이가 거실 문 앞에 나타났다. 그는 매컴을 보자 굳은 표정으로 한 손을 내밀며 다가왔다. 나는 곧 그가 모든 경찰국을 장악하고 있는 오브라이언 경찰국장임을 알았다. 경찰국장과 매컴 사이에 정중한 인사가 오갔다. 그리고 번스와 내가 소개되었다. 오브라이언 경찰국장은 우리 두 사람에게 고개를 조금 숙여보였다. 그리고 그는 매컴과 딘위디와 번스와 나를 뒤에 거느리고 거실로 돌아갔다.

복도를 10피트쯤 지나가자 커다란 두짝문이 나왔다. 방은 꽤 넓은 정사각형이었으며 천장이 높았다. 길 쪽으로 창문이 두 개 나고, 집 정면과 반대쪽인 북쪽 벽의 오른쪽 끝에 또 창문이 하나 포장된 가운데뜰을 향해 열려 있었다. 이 창문 왼쪽에 식당으로 가는 미닫이문이 있었다.

방은 얼른 보기에도 화려하고 더없이 사치스러웠다. 벽에는 호화스러운 액자에 들어 있는 경마 말의 유화가 몇 장 걸리고, 수많은 기마 수렵에서 받은 트로피가 장식되어 있었다. 화려한 빛깔의 동양 카펫이 거의 바닥 전체에 깔리고, 문과 마주보이는 동쪽 벽 가운데쯤에 역시 화려한 조각이 새겨진 대리석 맨틀피스가 달린 벽난로가 자리잡았다.

오른쪽 구석에는 구리 테 장식이 둘러진 호두나무 재목의 피아노가 비스듬히 놓여 있었다. 그리고 유리문이 달리고 무늬 있는 커튼이 쳐진 마호가니 책장과 화려한 빛깔의 푹신해보이는 긴 의자와 자개를 상감세공한 낮은 베네치아풍 의자, 커다란 놋쇠 사모바르가 설치된 티크 스탠드, 길이가 거의 6피트 되는 부르 세공의 가운데 테이블 등이 있었다. 이 테이블의 복도 가까운 쪽에 등을 바깥길 쪽으로 돌린 부채 모양의 높은 등받이가 달린 커다란 등나무 안락의자가 놓여 있었다.

그 의자에서 앨빈 벤슨의 시체가 쉬고 있었다.

나는 제1차 세계대전 때 2년 동안 전선에서 근무한 적이 있어 소름 끼치는 시체를 많이 보았으나 지금 살해당한 사나이를 언뜻 보는 순간 강렬한 혐오감을 누를 수가 없었다. 프랑스에서는 죽음이란 피하려야 피할 수 없는 나날의 생활의 일부가 되어 있었다. 그러나 이 방 언저리는 끔찍한 폭력이라는 관념과 완전히 동떨어진 것이었다. 빛나는 6월 햇살이 방 안에 들이비치고 활짝 열린 창문으로 끊임없이 거리의 소음이 들려왔다. 그것은 비록 불협화음이기는 했으나 평화롭고 안전하며 질서 있는 사회생활이 계속되고 있음을 상기시켜 주었다.

벤슨의 시체는 너무도 자연스러운 자세로 의자에 앉아 있어 금방이라도 우리를 돌아다보며 어째서 남의 방에 들어왔느냐고 따질 것만 같았다. 머리는 의자등받이에 기대어져 있었다. 오른다리는 왼다리 위에 포개져 있어 아주 편안하게 쉬는 모습이었다. 오른팔은 가운데 테이블에 놓이고 왼팔은 의자팔걸이에 얹혀 있었다. 그런 자연스러운 자세 가운데서도 가장 놀라운 것은 오른손에 들려 있는 작은 책이었다. 그가 읽고 있었다고 여겨지는 페이지에 아직도 엄지손가락이 얹혀 있었다[1].

그는 앞이마를 똑바로 꿰뚫렸다. 작고 둥근 총알자국이 지금은 피가 굳어 거무스름하게 변해 있었다. 의자 뒤쪽 카펫 위의 검고 커다란 얼룩이 총알이 뇌수를 꿰뚫었을 때 얼마나 피가 흘렀는지 말해 주었다. 이런 어수선한 흔적만 없었다면 잠시 책읽기를 그만두고 의자 등받이에 몸을 기대어 쉬는 것으로 보였으리라.

피해자는 오래 입어서 낡은 스모킹 재킷에 빨간 침실용 슬리퍼를 신고 있었으며, 예복바지와 셔츠를 아직 입은 채였다. 그러나 칼라는 보이지 않고 셔츠 단추는 편안히 하기 위해서인지 끌러져 있었다. 육체적으로는 그다지 매력 있는 사나이가 아니었다. 완전한 대머리인데다 굉장히 뚱뚱했다. 얼굴을 탄력이 없고 짧은 목은 칼라로 가려지지 않아 더욱 눈에 띄었다. 너무도 끔찍하고 몸서리쳐졌으므로 나는 얼른 시체에서 눈길을 떼고 방 안에 있는 다른 사람들을 둘러보았다.

손발이 크고 검은 펠트 모자를 한껏 뒤로 젖혀 쓴 멋없는 두 사나이가 앞창문의 쇠창살을 찬찬히 조사하고 있었다. 돌 벽에 시멘트로 쇠막대가 고정된 곳을 특별히 주의하여 살펴보는 듯했다. 갑자기 한 사나이가 원숭이 같은 두 눈으로 쇠창살을 쥐고 그 강도를 확인하려는 듯이 흔들었다. 보통 키에 짧은 노란색 콧수염을 기른 약삭빨라 보이는 또 한 사람이 벽난로의 격자 앞에 쭈그리고 앉아 있었는데, 먼지투성이인 가스 연관을 열심히 살펴보는 모양이었다.

가운데 테이블 저쪽에는 감색 사지 양복을 입고 중산모를 쓴 뚱뚱한 사나이가 두 손을 허리에 짚고 서서 의자의 말없는 얼굴을 찬찬히 들여다보고 있었다. 날카로운 연푸른색 눈을 가늘게 뜨고 조금 튀어나온 네모진 턱에 힘을 주며, 마치 주의력을 집중시킴으로써 이 수수께끼를 풀어보려는 것 같은 태도였다.

아주 특이한 풍채의 한 사나이가 뒤창문 앞에 서서 보석상에서 쓰는 확대경을 눈에 대고 손바닥에 놓인 작은 물건을 살펴보고 있었다.

사진으로 본 적이 있어서 나는 그가 미국에서 가장 유명한 총기전문가 칼 혜지든 주임임을 알았다. 몸집이 우람하고 어깨 폭이 넓은 50대 사나이로 입고 있는 번쩍거리는 검은 양복이 좀 컸다.

윗옷은 등에서 말려 올라가고 앞자락은 무릎 절반쯤까지 늘어졌으며 바지는 헐렁하여 발목 위에서 보기 흉하게 접혀 있었다. 둥그스름한 머리는 터무니없이 크고 귀는 두개골 속에 파묻힌 것처럼 보였다. 입은 희끗희끗하고 더부룩한 수염에 완전히 가려졌다. 콧수염이 모두 아래로 향해 있어 마치 입술 위에 발을 쳐놓은 것 같았다.

혜지든 주임은 뉴욕 경찰국과 벌써 30년이나 관계를 맺어와 그 풍채며 태도가 웃음거리가 되어 있음에도 불구하고 깊은 존경을 받았다. 화기나 총상에 대한 그의 의견은 언제나 최종적인 단정으로 받아들여지고 있었다.

방 한구석의 식당으로 통하는 문 가까이에서 두 남자가 열심히 이야기를 나누고 있었다. 한 사람은 형사과 과장 윌리엄 M. 모런 총경이고 또 한 사람은 매컴이 아까 이야기한 살인과의 어니스트 히스 형사 부장이었다.

오브라이언 경찰국장의 뒤를 따라 우리가 방 안으로 들어가자 모두들 잠시 일손을 멈추고 불안한 눈길이었지만 존경이 담긴 태도로 지방검사를 바라보았다. 그러나 혜지든 주임만은 매컴을 흘끗 곁눈질해 보았을 뿐 자기와는 관계없다는 듯이 손바닥 위의 작은 물건을 계속 살펴보았다. 번스는 그 모습을 보고 입가에 희미한 미소를 떠올렸다.

모런 총경과 히스 형사부장은 딱딱한 위엄을 보이며 앞으로 나와 악수를 한 다음——나중에 알았지만 이것은 경찰이나 지방검사국 직원들 사이의 일종의 종교적 관례인 것 같았다——매컴은 번스와 나를 소개하고 우리를 데려온 이유를 간단히 설명했다. 모런 총경은 선선히 인사하여 이 침입을 승인했으나 히스는 매컴의 말을 귀담아 듣지 않고 우리가 눈앞에 없는 것처럼 행동했다.

모런 총경은 그 방에 있는 다른 사람들과 좀 색다른 기질의 인물이
었다. 60대로 흰 머리에 갈색 콧수염을 길렀으며, 어디 하나 나무랄
데 없는 옷차림을 하고 있었다. 경관이라기보다 성공한 월 거리 주식
중매인 가운데 상류급에 속하는 사람 같았다[2].

총경은 부드러운 목소리로 나지막이 설명했다.

"매컴 검사, 나는 이 사건을 히스 형사부장에게 맡기기로 했소. 해
결할 때까지 꽤 애를 먹을 것 같소. 오브라이언 경찰국장도 예비수
사 단계에 직접 나서서 사기를 북돋아줄 필요가 있다고 생각했을
정도요. 8시부터 나와 있소."

오브라이언 경찰국장은 방으로 들어오자 곧 우리 곁을 지나 정면을
향한 두 개의 창문 사이에 서서 그 표정을 읽을 수 없는 진지한 얼굴
로 수사진행을 지켜보고 있었다.

모런 총경이 말했다.

"그럼, 나는 이만 가보겠소. 7시 30분에 깨워져 아직 아침식사도
못했소. 당신이 왔으니 나는 이제 필요없겠지요…… 그럼, 실례하
오."

그리고 모런 총경은 다시 악수했다.

모런이 가자 매컴은 지방검사보를 돌아보았다.

"이 두 분을 안내해주겠나, 딘위디? 마치 숲 속에 버려진 갓난아
기 같으니까. 수사가 어떤 식으로 진행되는지 보고 싶다고 하네.
내가 히스 형사부장과 타합짓고 있는 동안 여러 가지를 설명해드리
게."

딘위디는 기꺼이 이 일을 맡았다. 그는 말상대를 얻어 억압받고 있
던 흥분을 발산시킬 기회가 생겼으므로 기뻐하는 것 같았다.

우리 세 사람이 거의 본능적으로 살해된 사나이의 시체를 돌아보았

을 때——뭐니 뭐니 해도 살해된 본인이 이 비극의 중심이었으므로
——히스의 무뚝뚝한 목소리가 들렸다.

"매컴 검사님, 당신이 이제부터 지휘하시겠지요?"

딘위디와 번스는 무언가 이야기를 주고받고 있었다. 나는 매컴이
경찰국과 지방검사국 사이에 경쟁의식이 있다고 한 말을 방금 들었으
므로 흥미 있게 매컴을 지켜보았다.

매컴은 천천히 품위 있게 미소띠고 히스를 보면서 고개를 가로저으
며 대답했다.

"아니, 나는 다만 당신과 협력해서 일하기 위해 온 거요. 그 점을
우선 잘 알아주기 바라오. 사실 벤슨 소령이 전화를 걸어 도와달라
는 부탁을 하지 않았다면 지금 여기 와 있지도 않을 거요. 그러니
내 이름은 내걸지 말아주었으면 좋겠소. 소령이 나의 오랜 친구라
는 것은 널리 알려져 있소. 알려져 있지 않다 해도 이제 곧 알게
될 거요. 따라서 내가 이 사건에 관계하고 있다는 사실을 덮어둘
수 있다면 여러 가지로 편리할 것 같소."

히스가 뭐라고 중얼거렸으나, 나에게는 들리지 않았다. 하지만 기
분이 아주 좋아졌다는 것만은 알아차릴 수 있었다. 매컴을 아는 사람
들은 모두 그렇듯이 히스 역시 그의 말이라면 믿어도 좋다고 생각하
는 듯했다. 게다가 히스 부장은 개인적으로 매컴을 좋아했다.

매컴이 말을 이었다.

"이 사건에서 어떤 공이 세워진다면 물론 경찰국에 돌려져야겠지
요. 그러니 신문기자도 당신이 만나도록 하오. 그 대신……."

매컴은 부드럽게 미소지었다.

"무언가 비난받을 일이 생긴다 하더라도 당신들이 책임져야 하오."

히스는 동의했다.

"좋습니다."

"그럼, 부장, 지금 곧 일을 시작하시오."

(1) 그 책은 O. 헨리의 《오직 장사만을(Strictly Business)》으로, 펼쳐진 것은 기묘하게도 '거리의 보고'라는 제목의 이야기였다.

(2) 나중에 알았지만 모런 총경은 한때 뉴욕 주 북부의 큰 은행총리를 지냈으며 1907년의 공황 때 실패했다고 한다. 게이너 시장 시절에는 시경찰위원 지위에 오르게 하는 문제가 진지하게 고려되었다.

*1 뉴욕에 있는 건물 이름. 1880년 이래로 민주당 사무소가 되어 부정부패의 온상이 되었다. 1928년에 가스 회사에 팔렸음.

*2 본디 이름은 로버트 스마이스, 영국의 대중작가. 《초록빛 카네이션(1894)》은 그의 처녀작으로, 오스카 와일드의 매너리즘을 비꿈으로써 유명해졌다. 1864~1948.

*3 영국의 엡워스에서 태어난 메더디스트 교회의 창설자 존 웨즐리(1703~1791) 일가를 중심으로 한 종교운동을 가리키는 듯하다.

*4 파이로 번스가 애용하는 특제 개인용 터키담배.

여자 핸드백

6월 14일 금요일 오전 9시 30분

지방검사와 히스는 시체 옆으로 다가가 우뚝 선 채 내려다보았다.

히스가 설명했다.

"보시다시피 정면에서 저격당했습니다. 그것도 아주 성능이 강력한 총으로, 총알이 머리를 꿰뚫고 저쪽 창가의 널빤지에 박혔을 정도지요."

히스 형사부장은 복도에 가까운 쪽 창문 커튼 옆 바닥의 조금 위쪽 널빤지를 가리켰다.

"총알껍질을 발견했고, 헤지든 주임이 총알을 꺼냈지요."

그는 병기전문가를 바라보았다.

"어떻습니까, 헤지든 주임, 무언가 특징이 있습니까?"

헤지든은 천천히 고개를 들어 근시안의 눈썹을 찌푸리며 히스를 보았다. 그는 좀 어색한 몸짓을 해보이며 그다지 서두르지 않고 똑똑히 대답했다.

"45구경 육군용 콜트 자동권총이오."

"어느 정도의 거리에서 쏘았는지 짐작할 수 있습니까?"

헤지든은 언제나처럼 무게 있고 단조로운 목소리로 대답했다.

"물론이오. 5피트 내지 6피트일 거요, 아마."

히스 형사부장은 코를 울렸다.

"아마……."

부장은 악의 없는 경멸의 뜻을 담아 헤지든의 말꼬리를 매컴에게 되풀이해 들려주었다.

"당신이 그렇게 말하니 믿어도 되겠지요. 44구경이나 45구경보다 작았다면 단숨에 사람을 죽일 수는 없었을 겁니다. 그러나 강철을 씌운 이런 육군용 탄환이라면 사람의 두개골쯤은 치즈처럼 꿰뚫지요. 그리고 저기 널빤지까지 가서 박힌 것을 보면 어지간히 가까운 곳에서 쏘았음에 틀림없습니다. 그런데도 얼굴에 화약 자국이 하나도 없으니 헤지든 주임의 말이 맞을 겁니다."

이때 앞문이 열렸다 닫히는 소리가 나고 경찰의 드어매스 박사가 조수와 함께 뛰어 들어왔다. 그는 매컴이며 오브라이언 경찰국장과 악수하고 히스에게 정답게 고개 숙여 보였다.

그리고 사과말을 했다.

"늦어서 미안하오."

박사는 주름투성이의 신경질적인 사람으로, 부동산회사 지배인 같은 태도였다.

그는 의자 속의 시체를 보고 얼굴을 찌푸리며 급히 물었다.

"어떻게 된 거요?"

그러자 히스가 쏘아붙였다.

"그건 당신에게 묻고 싶은 말입니다."

드어매스 박사는 오랜 수련이 가져다준 냉정하고 무관심한 태도로 살해된 사나이에게로 다가갔다. 우선 얼굴을 면밀히 살펴보았다. 내 생각으로는 화약 자국을 찾고 있는 것 같았다. 그 다음에는 앞이마의 총알구멍과 후두부의 엉망이 된 자리를 대충 훑어보았다. 그리고 시체의 팔을 움직여보고 손가락을 구부려보기도 하더니 머리를 한쪽으로 조금 밀었다. 사후경직의 정도에 대해 판단이 섰는지 그는 히스 쪽으로 얼굴을 돌렸다.

"이 사람을 저 긴 의자에 옮겨도 되겠소?"

히스는 매컴을 쳐다보며 물었다.

"이제는 괜찮겠지요?"

매컴이 고개를 끄덕였다. 히스는 앞창가에 있던 두 부하에게 시체를 긴 의자로 옮기도록 눈짓으로 명령했다. 사후경직으로 말미암아 시체는 앉은 자세를 그대로 유지하고 있었으므로 박사와 조수가 손발을 폈다. 그리고 나서 드어매스 박사는 옷을 벗기더니 다른 상처가 있는지 어떤지 신중하게 검사했다. 팔을 특별히 주의해서 살폈는데, 시체의 두 손을 벌린 다음 손바닥을 차근차근 조사했다.

이윽고 그는 허리를 펴고 빛깔 있는 커다란 비단 손수건으로 두 손을 닦았다. 그는 보고했다.

"왼쪽 앞이마를 겨누어 똑바로 쏘았소. 총알이 완전히 두개골을 꿰뚫었소. 총알이 나간 자리는 왼쪽 후두부로 두개골의 아랫부분이오. 총알은 찾아냈겠지요? 깨어 있는 상태에서 맞고 즉사했소. 아마 총에 맞은 것도 느끼지 못했을 거요. 그리고 판단하건대 사망시각은 여덟 시간쯤 전이었을 것이오. 또는 그보다 좀더 전이었을지도 모르오만."

히스가 물었다.

"정확한 시간을 12시 30분으로 잡으면 어떨까요?"

경찰의는 자기 팔목시계를 보았다.

"잘 맞아들어가오. 그밖에 또?"

아무도 입을 여는 사람이 없었다. 잠깐 사이를 두었다가 오브라이언 경찰국장이 입을 열었다.

"검시보고는 오늘 안으로 해주었으면 좋겠소."

"그러지요."

드어매스 박사는 소리 나게 진찰가방을 닫아 조수에게 건네주었다.

"시체를 되도록 빨리 안치소로 보내주시오."

서둘러 악수를 마치자 박사는 바쁘게 사라졌다.

우리가 들어갔을 때 히스가 테이블 옆에 서 있던 형사를 보며 말했다.

"버크, 자네는 경찰국에 전화해서 시체를 가져가라고 이르게. 빨리. 그런 다음 경찰국으로 가서 나를 기다리고 있게."

버크는 인사하고 나갔다.

히스는 앞창의 쇠창살을 살피고 있던 두 부하 가운데 한 사람에게 말을 걸었다.

"스니스킨, 그 쇠창살은 어떤가?"

사나이가 대답했다.

"아무것도 없습니다, 부장님. 마치 감옥처럼 튼튼합니다, 둘 다. 아무도 이 창문으로 들어온 흔적이 없습니다."

"알았네. 그럼, 자네들 둘도 버크와 행동을 같이하게."

두 사람이 나가자 감색 사지 양복에 중산모를 쓴 키 작은 남자——그의 활동권은 벽난로였던 듯한데——가 테이블 위에 담배꽁초를 두 개 놓았다.

그 사나이는 맥 빠진 어조로 설명했다.

"부장님, 가스 연관 밑에 이것이 있었습니다. 대수로운 것은 아닙니다만, 이 가까이에는 별다른 게 없군요."

"좋아, 에멜리."

히스는 얼굴을 찌푸리며 꽁초를 내려다보았다.

"자네도 기다릴 필요 없네. 나중에 경찰국에서 만나세."

헤지든이 어슬렁어슬렁 앞으로 나와서 불쑥 말했다.

"나도 그만 가보겠소. 이 총알은 얼마 동안 내가 보관하겠소. 아무래도 좀 이상한 줄이 있거든요. 당신들에게는 그다지 필요 없겠지요?"

히스는 쓸쓸레하게 웃었다.

"내가 그걸 가지고 무얼 하겠소? 당신이 보관하시오. 그러나 잃어버리면 안 되오."

"잃어버릴 리가 있소."

헤지든은 진지하게 대답하고 지방검사며 경찰국장에게는 눈길도 주지 않은 채 거대한 양서포유동물을 연상케 하는 동작으로 몸을 흔들어대며 천천히 방을 나갔다.

문가에 나와 나란히 서 있던 번스가 갑자기 몸을 날려 헤지든의 뒤를 따라 복도로 나갔다. 두 사람은 잠시 동안 나직한 목소리로 이야기를 주고받았다. 번스가 무언가 질문하는 듯했으나 나에게는 잘 들리지 않았다. 그러나 여러 가지 단어——'탄도' '초속' '사각(射角)' '탄력' '충격' '편류' 같은 말이 들려왔다. 나는 대체 무엇 때문에 그런 묘한 질문을 할까 이상하게 생각되었다.

번스가 헤지든에게 여러 가지로 가르쳐주어 고맙다고 인사할 때 오브라이언 경찰국장이 복도로 나왔다.

"공부 많이 했습니까?"

그는 의젓하게 번스에게 미소를 던졌다. 그리고는 대답도 기다리지 않고 말했다.

"헤지든, 함께 가세. 시내까지 태워다주지."

매컴이 그 말을 들었다.

"경찰국장님, 딘위디도 함께 부탁드릴까요?"

"좋습니다, 매컴 씨."

세 사람은 가버렸다.

그리하여 지방검사와 히스와 함께 남은 것은 번스와 나뿐이었다. 우리는 마치 약속이라도 한 듯 모두 의자에 앉았다. 번스는 벤슨이 살해된 의자 맞은편에 있는 식당 가까운 자리에 앉았다.

나는 이 집에 도착한 순간부터 취한 번스의 태도와 행동에 깊은 흥미를 가지고 있었다. 방 안으로 처음 들어가자 번스는 외눈안경을 엄숙하게 조정했다. 아무렇지 않은 듯한 그의 태도에도 불구하고 나는 그것이 번스가 깊은 흥미를 가지고 있는 증거라고 생각했다. 정신이 긴장해서 주위의 인상을 재빨리 파악하려고 할 때 그는 늘 외눈안경을 썼기 때문이다. 외눈안경 없이도 충분히 잘 보이는 데 그것을 쓰는 것은 지적 지상명령의 결과인 듯했다. 그것을 씀으로써 시각이 맑아지면 정신을 맑게 하는 데 미묘한 영향을 미치는 모양이었다[1].

처음에 번스는 그다지 재미없는 듯이 방 안을 둘러보며 일의 진전을 따분하게 지켜보았다. 히스가 부하에게 간단한 질문을 하고 있을 때에는 심술궂고도 재미있어하는 표정이 얼굴에 나타났다. 그리고 지방검사보 딘위디에게 두세 가지 개괄적인 질문을 한 다음 얼른 보기에는 아무 목적도 없는 듯한 태도로 방 안을 이리저리 서성거리며 여러 가지 물건을 들여다보기도 하고 가구와 가구 사이를 이리저리 살피면서 눈길을 움직였다. 이윽고 널빤지의 총알자국 앞에서 몸을 굽히고 자세히 살펴보더니 다시 한 번 문가로 가서 복도를 위에서 아래로 훑어보았다.

조금이나마 번스의 주의를 끌었다고 여겨지는 것은 시체뿐이었다. 그는 몇 분 동안이나 그 앞에 서서 자세를 조사하고, 죽은 사람이 어떤 식으로 책을 들고 있었는지 알아보려는 듯 허리를 굽히고 테이블 위에 얹힌 팔을 살펴보았다. 하지만 가장 번스의 눈길을 끈 것은 포개진 다리의 자세였다. 그는 오랫동안 우뚝 서서 열심히 바라보았다.

이윽고 번스는 외눈안경을 다시 조끼주머니에 집어넣더니 가까이 있던 딘위디와 내 옆에 서서 헤지든 주임이 돌아갈 때까지 히스며 다른 형사들의 행동을 무관심한 태도로 바라보고 있었다.

우리 네 사람이 의자에 앉자마자 현관을 지키고 있던 경관이 입구에 나타났다.

"이곳 관할 경찰서에서 사람이 왔습니다. 담당자를 만나뵙고 싶다는데 들여보낼까요?"

히스가 무뚝뚝하게 고개를 끄덕여보였다. 그러자 곧 사복을 입은 크고 불그레한 얼굴의 아일랜드계 사나이가 우리 앞에 나타났다. 그는 먼저 히스에게 인사했는데, 지방검사가 있는 것을 알자 주로 그에게 보고했다.

"저는 맥러플린이라고 합니다. 서47블록 경찰서에 근무합니다. 어젯밤 이 구역을 순찰하고 있었습니다. 12시쯤이었다고 생각됩니다만, 이 집 앞에 커다란 회색 캐딜락이 한 대 멈춰서 있었습니다. 특별히 그 자동차를 눈여겨본 까닭은 자동차 뒤로 낚싯대가 여러 개 튀어나온데다 등불이 환히 켜져 있었기 때문입니다. 오늘 아침 사건 이야기를 듣고 경감님에게 그 자동차에 대한 보고를 드렸더니 여기 와서 말씀드리라고 했습니다."

"수고했네."

매컴은 치하하는 뜻으로 고개를 한 번 끄덕여보인 다음 그 이야기를 히스에게로 넘겼다.

히스가 말했다.

"무슨 까닭이 있을지도 모르겠군요."

그러나 일단 인정했으나 그리 솔깃하지는 않은 듯했다.

"그 자동차는 여기에 얼마 동안이나 멈춰서 있었다고 생각하나?"

"아마 30분은 충분히 될 겁니다. 12시 전에 여기 있었는데 12시 30분쯤 다시 왔을 때도 그대로 있었으니까요. 하지만 그 다음에 왔을 때에는 가버리고 없었습니다."

"그밖에 또 눈에 띈 것은 없었나? 누군가가 자동차 안에 있었다든가, 아니면 자동차 주인인 듯한 사람이 서성거렸다든가?"

"네, 아무도 못 보았습니다."

그와 비슷한 질문이 두세 가지 나왔으나 더 이상 알아내지 못한 채 그 경관은 돌아갔다.

히스가 말했다.

"이 자동차 이야기는 신문기자들에게 좋은 기사거리가 될 겁니다."

번스는 맥러플린과의 이야기가 이루어지는 동안 졸린 듯이 멍청히 앉아 있었다. 그 경관의 보고를 몇 마디나 들었을지 의심스러울 정도였다. 마침내 그는 선하품을 하며 일어나 천천히 가운데 테이블로 다가가 벽난로 속에서 찾아낸 담배꽁초를 하나 집어들었다. 엄지손가락과 집게손가락 사이에 꽁초를 끼우고 빙글빙글 돌리며 찬찬히 들여다보더니 엄지손톱으로 종이를 찢어 비어져나온 담배를 코에 갖다댔다.

히스는 무서운 얼굴로 번스의 행동을 지켜보고 있었다. 그가 갑자기 의자에서 몸을 앞으로 내밀며 엄격한 어조로 물었다.

"무슨 짓을 하는 겁니까, 번스 씨?"

번스는 뜻밖이라는 듯 기품 있는 눈길을 들었다. 그는 그다지 거드름스럽지 않은 태도로 태연히 대답했다.

"담배 냄새를 맡아보았을 뿐이오. 아주 부드러운 걸 보니 꽤 재치 있게 섞은 듯하군요."

히스의 볼 근육이 화난 듯이 꿈틀꿈틀했다. 그는 퉁명스럽게 말했다.

"아무튼 만지지 마십시오."

그리고 그는 찬찬히 번스를 훑어보며 분명히 비꼬는 듯한 질문을 했다.

"담배 전문가이십니까?"

그러나 번스는 상쾌한 목소리로 대답했다.

"아니오. 내가 잘 아는 것은 트레미 왕조*[1]의 투구벌레 무늬지요."

매컴이 눈치 빠르게 끼어들었다.

"번스, 여기 있는 것은 무엇이든지 지금 손대선 안 되네. 무엇이 중요한지 모르니까. 그 담배꽁초도 중요한 증거가 될지 모르거든."

번스는 천진스럽게 말했다.

"증거? 그걸 몰랐군. 참 재미있는데."

매컴은 매우 난처해 했다. 히스는 속이 뒤틀리는 듯했으나 더 이상 아무 말도 하지 않고 못마땅한 기분을 억누르기 위해 억지로 미소를 떠올렸다. 번스가 어떤 짓을 했건 지방검사의 친구에 대해 좀 지나치게 실례를 했다고 느꼈음에 틀림없다.

그러나 히스는 상관 앞에서 비위맞추는 사나이가 아니었다. 그는 자신의 가치를 알고 있었고 온 힘을 기울여 자기에게 걸맞은 일을 했으며, 맡겨진 임무를 수행하는 데 있어 개인적인 이해 따위는 거들떠보지도 않았다. 그 완고한 정신과 거기서 나오는 견실한 성격으로 윗사람에게 신임과 높은 평가를 받았다.

히스 형사부장은 몸집이 크고 늠름했으나 동작이 재빠르고 유연하여 마치 잘 훈련된 권투선수 같았다. 날카로운 파란 눈은 몹시 번쩍거려 사실을 꿰뚫어보는 듯했으며, 코가 작고 턱은 폭넓은 달걀 모양이었다. 그리고 곧고 엄격한 입은 언제나 꾹 다물어져 있었다. 40살을 넘은 지 이미 오래인데도 흰 머리 하나 섞이지 않은 짧게 다듬은 억세 보이는 머리털이 꼿꼿이 곤두서 있었다.

목소리에 도전적인 울림이 담겨 있었으나 좀처럼 고함치는 일은 없었다. 많은 점에서 경찰관에 대한 일반적인 관념에 잘 들어맞았다. 하지만 그의 개성에는 그 이상의 무언가가 있었다. 말하자면 그는 재능과 박력을 두루 갖춘 사람이었다. 나는 그날 아침 방에 앉아서 이 사나이를 관찰하는 동안 여러 가지 결점이 뚜렷이 눈에 띄는데도 어느새 그에게 감탄하지 않을 수 없었다.

매컴이 그에게 물었다.

"정확한 상황은 어떻게 된 거요, 히스 부장? 딘위디에게서 대충 들었소만."

히스는 헛기침을 했다.

"보고를 받은 것은 7시 조금 지나서입니다. 가정부 플래트 부인이 관할 경찰서에 전화 걸어 주인이 죽어 있는 것을 발견했으니 누구든 빨리 와달라고 부탁했습니다. 이 보고는 곧 본부에 전달되었지요. 나는 그 자리에 없었지만 당직인 버크와 에멜리가 모런 총경님에게 알려드렸습니다. 관할 경찰서에서 여러 형사가 나와 일에 착수하여 격식대로 수사를 펴고 있을 때 총경님이 여기 오셔서 대충 상황을 보고는 급히 나에게 나오라고 전화했습니다.

내가 와보니 관할 경찰서 수사관들은 이미 철수했고, 뉴욕 경찰국 살인과에서 세 사람이 더 나와 버크와 에멜리를 도와주고 있었습니다. 총경님은 헤지든 주임에게도 전화했지요. 사건이 중대하기 때문에 그분도 불러야겠다고 생각한 겁니다. 헤지든 주임은 당신이 도착하기 바로 전에 왔습니다. 딘위디 검사보는 총경님이 온 바로 뒤에 왔는데, 곧장 당신에게 전화를 걸더군요. 오브라이언 경찰국장님은 나보다 한 발 먼저 오셨습니다. 내가 가정부 플래트 부인을 신문하고 부하들이 현장을 조사하고 있을 때 당신이 왔습니다."

"플래트 부인은 지금 어디 있소?"

"2층에 있는데, 경관이 지키고 있습니다. 그 여자는 이 집에서 함께 살고 있답니다."

"당신은 드어매스 박사에게 12시 30분이라는 특별한 시각을 들어 말했는데, 무슨 이유라도 있소?"

"플래트 부인이 그 시간에 뭔가 폭발하는 소리를 들었다는데 총소리일지도 모른다는 생각이 듭니다. 지금은 총소리로 추정하고 있습니다. 여러 가지 사실과 잘 맞아들어가니까요."

매컴이 권유하듯 말했다.

"다시 한 번 플래트 부인과 이야기해 보는 것이 좋을 듯싶군. 그전에 하나 묻겠는데, 이 방에서 이렇다할 무언가를 발견하지 못했소? 단서가 될 만한 것 말이오."

히스는 거의 눈에 띄지 않을 만큼 조금 머뭇거렸다. 이윽고 그는 윗옷주머니에서 여자 핸드백과 길고 하얀 염소가죽장갑을 꺼내 지방검사 앞 테이블에 놓았다.

"이것뿐입니다. 이곳 관할 경찰서 경관이 저 벽난로 위 끝에서 발견했답니다."

매컴은 장갑을 대강 살펴본 다음 핸드백을 열어 그 속의 물건들을 테이블 위에 꺼내놓았다. 나는 좀더 앞으로 나가보았으나 번스는 여전히 담배를 피우며 의자에 그대로 앉아 있었다.

핸드백은 가느다란 그물처럼 짜여진 것으로, 여닫는 장식에 작은 사파이어가 박혀 있었다. 아주 작은 것으로 보아 틀림없이 야회복용인 듯했다. 매컴은 그 속에 들어 있는 것을 조사했다. 파도무늬가 든 납작한 비단 담배 케이스, 로저 앤드 갤레트 회사 제품 향수 Fleurs d'Amour(사랑의 꽃)가 담긴 작은 황금빛 병, cloisonné(칠보) 콤팩트, 상감 세공된 짧고 날씬한 궐련물부리, 금 케이스에 든 루즈, 한 귀퉁이에 'M.St.C.'라는 머리글자가 새겨지고 수가 놓인 프랑스제 작은 모시 손수건, 그리고 열쇠 하나.

매컴은 손수건을 가리키며 말했다.

"이것은 좋은 단서가 될 것 같구먼. 이 물건들은 모두 신중히 조사했겠지요, 히스 부장?"

히스는 고개를 끄덕였다.

"물론입니다. 이 핸드백은 벤슨이 어제 저녁 함께 외출한 여자의 것이리라고 생각됩니다. 가정부의 이야기에 따르면 벤슨은 어제 저녁 미리 약속해 놓았다가 야회복을 입고 저녁식사하러 나갔답니다. 그런데 돌아오는 소리는 못 들었답니다. 어쨌든 이 M.St.C.라는 여자를 알아내는 것은 그리 어렵지 않을 겁니다."

매컴은 다시 담배 케이스를 집어 들었다. 그것을 거꾸로 세우자 마른 담뱃가루가 테이블 위에 떨어졌다.

히스가 갑자기 일어섰다.

"이 담배꽁초는 그 케이스에 있던 것이었는지도 모릅니다."

그는 검사에게 주의 주었다. 그리고 번스가 손대지 않은 담배꽁초를 집어들고 가만히 들여다보았다.

"이것은 부인용 담배입니다. 틀림없습니다. 아마 물부리에 끼워 피운 모양이군요."

이때 번스가 나른하게 참견했다.

"부장, 실례지만 그렇지 않은 것 같소. 쓸데없는 말참견을 용서하오. 그러나 그 담배 끝에는 아주 조금이지만 입술연지가 묻어 있더군요. 금종이가 말려 있어 잘 보이지 않았지만."

히스는 날카롭게 번스를 쏘아보았다. 화내기에 앞서 깜짝 놀란 것 같았다. 그는 다시 한번 담배를 살펴본 다음 번스를 보았다. 그리고 잔뜩 비꼬듯 물었다.

"그럼, 이 담뱃가루를 보면 담배가 이 케이스에 있던 것인지 아닌지 알겠군요?"

"그런 건 아무도 알 수 없지요."

번스는 귀찮은 듯이 몸을 일으켰다. 그리고 케이스를 집어들고 눌러서 크게 벌리더니 테이블 위에 탕탕 두드렸다. 그런 다음 눈에 가까이 대고 속을 들여다보며 입가에 묘한 미소를 떠올렸다. 그는 집게 손가락을 케이스 속에 깊숙이 집어넣어 그 바닥에 눌려 있던 작은 담배 한 개비를 꺼냈다.

"이제 내 타고 난 후각도 필요 없을 것 같군요. 육안으로 보아도 이 담배와 꽁초가 같은 것임을 알 수 있으니까요. 어떻소, 히스 부장?"

히스는 사람 좋은 미소를 얼굴에 떠올렸다.

"뜻밖의 것을 찾아냈군요, 번스 씨."

히스 부장은 담배와 꽁초를 정성스럽게 봉투에 넣어 무언가 적은 다음 주머니에 집어넣었다.

이윽고 매컴이 입을 열었다.

"이제 알겠지, 번스, 담배꽁초가 중요하다는 것을?"

번스가 대답했다.

"나는 그렇게 생각지 않네, 매컴. 대체 꽁초에 무슨 값어치가 있겠나? 피울 수 있는 것도 아닐 텐데."

매컴은 화나는 것을 누르며 설명했다.

"증거가 된다네. 이 핸드백 주인이 어젯밤 벤슨과 함께 돌아와 담배를 두 대 피울 만한 시간 동안 여기 있었다는 것을 알 수 있거든."

번스는 어색하게 놀란 표정을 지으며 눈썹을 치켜올렸다.

"그럴까? 참 놀랍군."

히스가 끼어들었다.

"이제 남은 일은 여자를 찾아내는 것뿐이지요."

그러자 번스가 멍청한 얼굴로 말했다.

"그 여자는 아마 브루넷일 거요. 이 사실은 당신들의 수사에 큰 도움이 되겠지요. 그런데 나는 당신들이 왜 그녀를 귀찮게 하려는지 모르겠소, 전혀."

매컴이 물었다.

"어째서 그녀가 브루넷일 거라고 생각하나?"

번스는 천천히 의자등받이에 몸을 기대며 대답했다.

"만일 그렇지 않다면 그 여자는 화장품가게에 가서 어떻게 화장하면 좋을지 상담해야 할걸세. 보아하니 그녀는 라셸의 가루분과 게를랑의 거무스름한 입술연지를 쓰는 모양인데, 이것은 금발 여자들이 결코 쓰지 않는 것들이거든. 알겠나?"

"자네의 전문적 의견에 경의를 표하겠네."

매컴은 미소지었다. 그리고 그는 히스 부장에게로 말머리를 돌렸다.

"아무래도 브루넷인 여자를 찾아야 할 것 같소, 히스 부장."

히스는 장난스러운 얼굴로 동의했다.

"나는 어느 쪽이든 상관없습니다."

부장은 그때 이미 번스가 담배꽁초를 하나 망가뜨린 사실을 깨끗이 용서하고 있었던 것 같다.

----

(1) 번스는 양쪽 눈의 초점이 조금 다르다. 오른쪽 눈은 1. 2의 난시인데 왼쪽 눈은 거의 정상이다.

＊1 이집트 왕조. 기원전 323～330.

가정부의 진술

6월 14일 금요일 오전 11시

매컴이 제의했다.

"자, 집 안을 한 번 둘러보는 게 어떻겠소, 부장? 당신은 이미 자세히 보았겠지만, 나도 구조를 살펴두어야겠소. 어차피 시체를 내가기 전에는 가정부를 신문하고 싶지 않으니까."

히스는 일어섰다.

"알았습니다. 나도 다시 한 번 봐두겠습니다."

우리 네 사람은 거실을 나가 복도를 따라 집 뒤쪽으로 돌아갔다. 왼쪽 끝에 문이 있고 층계를 내려가자 지하실로 통했다. 지하실에는 열쇠가 잠기고 빗장이 걸려 있었다.

히스가 설명했다.

"지하실은 지금 헛간으로 쓰고 있습니다. 그리고 지하실에서 길로 나가는 문은 판자로 막혀 있습니다. 플래트 부인은 위층에서 자지요. 벤슨은 이 집에서 혼자 살았기 때문에 빈방이 많았습니다. 부엌은 아래층에 있습니다."

히스가 복도 반대쪽 문을 열어주어 우리는 근대적인 작은 부엌으로 들어섰다. 두 개의 창문이 바닥으로부터 8피트쯤 되는 높이에서 뒤뜰을 향해 열려 있었으며 튼튼한 쇠창살이 끼워져 있었다. 그 위의 올렸다내렸다하는 창문은 닫힌 채 쇠가 잠겨 있었다. 우리는 흔들문을 밀어열고 거실 바로 뒤로 이어진 식당으로 들어갔다. 이곳의 두 창문은 자갈 깔린 작은 가운데뜰로 향하고 있었다. 가운데뜰이라고는 해도 벤슨의 집과 옆집 사이에 있는 우물 정도에 지나지 않았지만, 그 창문에도 역시 쇠창살이 끼워지고 쇠가 잠겨 있었다.

우리는 다시 복도로 돌아와 2층으로 올라가는 층계 어귀에서 잠시 멈춰섰다.

히스가 말했다.

"매컴 검사님, 보다시피 벤슨을 쏜 자는 앞문으로 들어왔음에 틀림없습니다. 그밖에는 들어올 만한 곳이 하나도 없으니까요. 혼자 살기 때문에 도둑에 꽤 신경쓴 것 같군요. 쇠창살이 없는 곳은 거실 뒤쪽 창문 하나뿐입니다. 그 창문은 가운데뜰로 통해 있기는 하지만 역시 닫힌 채로 쇠가 잠겨 있습니다. 거실 앞쪽 창에는 쇠철망이 씌워져 있어 그 너머로 쏘았다고 볼 수도 없습니다. 벤슨은 바로 정면에서 맞았으니 범인이 앞문으로 들어온 것은 거의 확실해보입니다."

"그런 것 같네." 매컴이 동의했다.

이때 번스가 또 말참견했다.

"이렇게 말하기는 뭐하지만, 아마 벤슨이 끌어들였을 거요."

히스는 그다지 마음내키지 않는 듯이 받아넘겼다.

"그럴까요? 어쨌든 나중에 모두 알게 되겠지요. 그렇게 되기를 바랍니다."

"물론 알게 되겠지요." 번스는 쌀쌀맞게 동조했다.

우리는 층계를 올라가 거실 바로 위 벤슨의 침실로 들어갔다. 간소하지만 가구가 훌륭했고 구석구석 잘 정돈되어 있었다. 침대는 당장 들어가 잘 수 있도록 준비되어 어젯밤에 쓰지 않았음을 말해 주었다. 창문의 해가리개는 올려져 있었다. 벤슨의 디너 재킷과 하얀 피케 천으로 지은 조끼가 의자등받이에 걸려 있었다. 날개달린 칼라와 검은 나비넥타이가 침대 위에 있는 것으로 보아 집에 돌아오자마자 끌러서 내던졌음에 틀림없었다. 뒤꿈치 낮은 야회용 구두가 한 켤레 침대발치의 의자에 기대 놓여져 있었다. 머리맡의 작은 테이블에 놓인 물잔에는 의치가 네 개 끼워진 백금 틀니가 들어 있었고, 아주 진짜 같아 보이는 가발이 서랍장 위에 놓여 있었다.

이 마지막 물건이 특별히 번스의 흥미를 끌었다. 그는 옆으로 가서 눈을 가까이 대고 들여다보았다.

"이거 참, 재미있는데. 우리의 피해자는 가발을 쓰고 있었던 모양일세. 자네는 알고 있었나, 매컴?"

매컴이 무관심하게 대답했다.

"그럴지도 모른다는 생각은 늘 했었지."

문가에 우뚝 서 있던 히스는 조금 초조해진 모양이었다.

그는 앞장서서 복도를 걸어가며 말했다.

"2층에는 방이 또 하나 있을 뿐입니다. 그것도 역시 침실이지요, '손님용'이라고 가정부가 말하더군요."

매컴과 나는 문 밖에서 들여다보았는데, 번스는 층계 위 난간에 기댄 채 멍하니 서 있었다. 앨빈 벤슨의 저택 구조에는 도무지 흥미가 없는 모양이었다. 매컴과 히스와 나 세 사람이 3층으로 올라가자 번스는 천천히 아래 복도로 내려갔다. 이윽고 대충 둘러보고 내려오자 번스는 벤슨의 책장에 꽂힌 책의 제목을 바라보고 있었다.

우리가 마침 층계를 내려왔을 때 앞문이 열리더니 두 사람이 들것을 들고 들어왔다. 시체를 시체안치소로 옮겨가기 위해 복지국에서 구급차가 온 것이었다. 그들이 거칠고 사무적인 방식으로 벤슨의 시체를 덮어 들것으로 실어내어 자동차에 내던지다시피 집어넣는 것을 보고 나는 몸서리쳐졌다. 번스는 두 사나이를 흘끗 보았을 뿐 그 다음부터는 거들떠보지도 않았다. 그는 멋진 험프리 밀포드 장정본을 한 권 찾아내어 로저 페인의 디자인한 솜씨며 박(箔)을 입힌 재간을 넋 잃고 바라보았다*1.

매컴이 말했다.

"이제야 플래트 부인과 만나볼 수 있게 되었군."

히스는 층계 어귀로 가서 크고 기운찬 목소리로 명령을 전달했다.

이윽고 머리가 희끗희끗한 중년여자가 큰 여송연을 입에 문 사복형사와 함께 거실로 들어왔다. 플래트 부인은 조용하고 인자한 얼굴의 소박하고 예스러운 어머니 같은 여자였다. 내가 처음 받은 인상은 열심히 일하는 여자, 히스테리 따위와는 인연이 먼 여자라는 것이었다. 이런 인상은 무슨 일에나 수동적이고 체념한 듯한 그 태도로 더욱 뚜렷해졌다. 그리고 무지한 사람에게서 흔히 보는 말없는 고양이 같은 교활함이 엿보였다.

매컴이 부드럽게 맞았다.

"앉으시오, 플래트 부인. 나는 지방검사인데, 두세 가지 당신에게 묻고 싶은 것이 있소."

그녀는 입구 옆의 딱딱한 의자에 앉아 긴장된 눈길로 우리들을 둘러보며 기다렸다. 그러나 사람 마음을 끄는 매컴의 부드러운 목소리에 힘입어 그녀의 응답은 차츰 부드러워졌다.

15분쯤의 신문으로 밝혀진 주요한 사실을 요약하면 다음과 같았다.

플래트 부인은 4년 동안 벤슨의 가정부로 일하고 있었으며 고용인은 그녀 한 사람뿐이었다. 그녀의 방은 3층, 즉 위층 뒤쪽에 있었다.

전날 오후 벤슨은 여느 때보다 일찍——4시쯤——사무실에서 돌아와 오늘밤은 집에서 저녁식사를 들지 않겠다고 말했다. 그는 거실에 들어가 복도 쪽 문을 닫고 6시 30분까지 나오지 않았는데 그 다음 옷을 갈아입기 위해 2층으로 올라갔다. 집을 나간 것은 7시쯤이었다. 어디로 가는지는 말하지 않았다. 나가며 무슨 말 끝에 그리 늦지 않겠지만 자지 않고 기다릴 필요는 없다고 했다——벤슨이 손님을 데려올 생각일 때는 늘 그렇게 말했다고 한다——살아있는 벤슨의 모습을 본 것은 그때가 마지막이었다. 어젯밤 벤슨이 돌아오는 소리는 듣지 못했다.

그녀는 10시 30분쯤 자기 방으로 돌아갔으며, 더워서 문을 반쯤 열어두었다. 그리고 얼마 뒤 요란한 폭발 소리에 잠이 깨었다. 깜짝 놀라 머리맡의 등불을 켜자 늘 쓰는 자명종이 12시 30분을 가리키고 있었다. 시간이 그쯤밖에 안 되어 그녀는 안심했다. 벤슨은 밤에 외출하면 언제나 2시 이전에 돌아온 적이 없었다. 시간이 아직 이른데다 집 안이 조용해서 그 요란했던 소리는 49블록을 지나가던 자동차 소리였나 보다고 그녀는 생각했다. 그래서 그 일을 대수롭지 않게 여기고 다시 잠들어버렸다.

다음날 즉 그날 아침 7시에 그녀는 여느 때처럼 아래층으로 내려와 늘 하던 대로 일을 시작했다. 우유와 크림을 가지러 현관으로 가다가 그녀는 벤슨의 시체를 발견했다. 거실의 해가리개는 모두 내려져 있었다. 처음에 그녀는 벤슨이 의자에서 졸고 있는 줄 알았다. 그러나 총맞은 자국과 전등이 꺼져 있는 것을 보고 주인이 죽었음을 알았다. 그녀는 곧 복도에 있는 전화로 달려가 교환원에게 경찰을 대달라고 하여 살인사건을 신고했다. 그리고 벤슨의 형 앤서니 벤슨 소령이 생각나 거기에도 전화했다. 소령은 서47블록의 경찰서 형사들과 거의 동시에 집에 와닿았다. 그리고 그녀에게 두세 가지 묻고 형사들과도 이야기를 나눈 다음 경찰국에서 파견된 경관들이 오기 전에 돌아갔다.

매컴은 직접 메모한 수첩을 흘끗 보며 물었다.

"한두 가지만 더 묻겠는데, 최근 벤슨 씨의 행동에서 무언가 걱정거리가 있는 듯한 눈치는 없었소? 예를 들어 어떤 색다른 일이 일어날지도 몰라 걱정하는 듯한 눈치는 없었소?"

그녀는 얼른 대답했다.

"네, 지난 1주일 동안은 특별히 기분 좋은 것 같았습니다."

"이 아래층에는 창문에 모두 쇠창살이 끼워져 있던데, 벤슨 씨는 도둑이나 누군가가 침입해올까봐 유난히 두려워하는 편이었소?"

그녀는 주춤거리며 대답했다.

"글쎄요, 반드시 그렇지는 않았습니다. 하지만 늘 경찰은 조금도 도움되지 않는다고 하셨지요——죄송합니다——그리고 도시에서는 권총 강도를 당하지 않으려면 자기 몸은 자기가 지키는 수밖에 없다는 말씀도 하셨습니다."

매컴은 히스를 보며 싱긋이 웃었다.

"지금 이 말은 당신 수첩에 적어두는 게 좋겠소, 히스 부장."

그리고 나서 매컴은 다시 플래트 부인 쪽으로 향했다.

"누군가 벤슨 씨에게 원한을 품은 사람은 없었소?"

가정부는 힘주어 대답했다.

"없었습니다. 주인님은 여러 면에서 아주 색다른 분이기는 했지만 누구에게나 호감을 받고 있는 것 같았습니다. 늘 파티에 초대받거나 또 초대하곤 했지요. 누군가가 그분을 죽이려고 했다니, 저로서는 도무지 이해가 안 갑니다."

매컴은 다시 한 번 수첩을 들여다보았다.

"지금으로서는 더 물을 게 없는 것 같군요. 히스 부장, 더 물어볼 일이 있소?"

히스는 잠깐 생각에 잠겼다.

"지금은 그다지 없는 것 같습니다. 하지만……."

히스 부장은 가정부에게 쌀쌀한 눈길을 보냈다.

"나가도 좋다고 할 때까지 이 집에 있어주시오, 플래트 부인. 나중에 또 물을 일이 생길 테니까. 그러나 다른 사람은 어느 누구와도 이야기해서는 안 되오, 알겠소? 얼마 동안 부하 두 사람을 이 집에 두겠소."

이 신문이 행해지는 동안 번스는 수첩 옆장에 무언가 적어 넣고 있더니 그것을 매컴에게 건네주었다.

매컴은 눈살을 찌푸리며 입매에 힘을 주었다. 그는 잠시 망설이더니 가정부에게 질문을 던졌다.

"플래트 부인, 당신은 벤슨 씨가 누구에게나 호감을 받았다고 말했는데, 당신 자신은 그를 좋아했소?"

가정부는 무릎 위로 눈길을 내리깔았다. 그녀는 쭈뼛거리며 대답했다.

"저야 뭐 한낱 가정부에 지나지 않습니다. 저에 대한 그분의 태도에 대해서는 조금도 불만이 없었습니다."

하지만 그런 대답에도 불구하고 그녀가 벤슨을 몹시 싫어했거나 아니면 아주 마음에 들어 하지 않았을 거라는 인상을 받았다. 그러나 매컴은 더 이상 다그쳐묻지 않았다.

"그건 그렇고, 벤슨 씨는 집 안에 어떤 총기를 두고 있었습니까? 예를 들어 권총 같은 것을 가지고 있지 않았소?"

신문이 시작된 뒤 처음으로 가정부는 동요의 빛을 나타냈다. 공포에 가까운 빛이었다. 그녀는 횡설수설하며 인정했다.

"네, 저, 나……네, 가지고 있었던 것 같습니다."

"어디에 두고 있었지요?"

가정부는 걱정스러워하는 눈길을 들더니 정직하게 말하는 편이 나을까 어떨까 망설이는 듯 눈알을 이리저리 굴렸다.

"그 큰 테이블의 비밀서랍에 있었어요. 열려면…… 작은 놋쇠 단추를 누르면 됩니다."

히스가 벌떡 몸을 일으켜 가정부가 가리킨 단추를 눌렀다. 아주 작고 얕은 서랍이 튀어나왔다. 그 속에 손잡이에 진주가 박힌 스미스 앤드 웨슨 38구경 회전권총이 들어 있었다. 히스 부장은 그 권총을 집어 들고 총신을 꺾어 탄창을 들여다보았다.

그리고 간단하게 보고했다.

"모두 있습니다."

마음 놓이는 표정이 가정부의 얼굴에 퍼졌다. 그녀는 분명히 알아들을 수 있도록 한숨을 내쉬었다.

매컴이 일어나 히스의 어깨 너머로 권총을 들여다보았다.

"당신이 맡아두는 게 좋겠소, 히스 부장. 사건과 어떤 연관성이 있을지 나로서는 확실히 모르겠지만."

매컴은 다시 자리로 돌아가 번스가 건네준 메모지를 잠깐 보고 나서 가정부에게 물었다.

"또 한 가지 묻겠는데, 당신은 벤슨 씨가 여느 때보다 일찍 돌아와 저녁때까지 이 방에 있었다고 했는데, 그동안 누가 찾아오지 않았소?"

나는 가정부를 가만히 지켜보았다. 그리고 그녀가 급히 입술에 힘을 주는 것 같이 느껴졌다. 아무튼 그녀는 대답하기 전에 의자 속에서 조금 앉음새를 고쳤다.

"아무도 오지 않았습니다, 제가 아는 한."

매컴이 다그쳐 물었다.

"하지만 벨이 울리면 알 수 있을 텐데요. 당신이 문을 열러 나가야 했을 테니까요."

그녀는 조금 발끈한 듯이 같은 말을 되풀이했다.

"아무도 오지 않았습니다."

"그럼, 어젯밤 당신이 방으로 돌아간 다음에도 현관 벨이 한 번도 울리지 않았소?"

"네, 울리지 않았습니다."

"잠들었어도 벨 소리는 들리겠지요?"

"네, 벨은 제 방 바로 바깥에 있고, 부엌에도 설치되어 있습니다. 양쪽 모두 울리게 되어 있지요. 벤슨 씨가 그렇게 해두셨습니다."

매컴은 가정부에게 수고했다고 말한 뒤 물러가게 했다. 그녀가 나가자 지방검사는 번스에게 묻고 싶은 듯한 눈길을 보냈다.

"자네가 나에게 이 질문을 시킨 것은 무슨 속셈인가?"

번스가 말했다.

"좀 주제넘은 짓을 했는지도 모르겠군. 하지만 나는 그 부인이 고인의 인품을 칭찬할 때 어쩐지 지나치게 추어올리는 것 같은 느낌이 들었네. 그 칭찬의 말에는 그녀 자신도 깨닫지 못하는 반감이 드러나 있었지. 그 말을 듣고 나는 그녀가 주인을 그리 좋아하지 않았다고 느꼈네."

"권총에는 어떻게 생각이 미쳤나?"

"그것은 쇠창살이 끼워진 큰 창문이며 벤슨이 특별히 도둑을 두려워했었느냐는 자네의 질문과 비슷한 것이지. 벤슨이 강도나 적을 두려워했다면 신변에 무기를 지녔을 가능성이 있네, 안 그런가?"

히스가 끼어들었다.

"아무튼 당신의 호기심 덕분에 작고 예쁜 권총이 한 자루 발견되었습니다, 번스 씨. 한 번도 쏜 적이 없는 것 같습니다만. "

번스는 상대방의 좋은 기분에서 나온 비꼬는 말을 무시하고 물었다.

"당신은 그 작고 예쁜 권총을 어떻게 보오, 히스 부장 ? "

히스는 어울리지 않게 익살맞은 말투로 대답했다.

"글쎄요, 나는 벤슨이 진주손잡이가 달린 스미스 앤드 웨슨을 큰테이블의 비밀서랍에 감추어두었다고 봅니다. "

"그렇습니까 ? 그거 참, 훌륭하군요 ! "

번스는 과장된 몸짓으로 감탄한 시늉을 해보였다.

"굉장한 의견이오. "

매컴이 두 사람의 농담에 끼어들었다.

"그리고 또 어째서 누가 찾아왔었는지 어떤지 알고 싶어했나, 번스 ? 아무도 오지 않았다는 건 이미 알고 있었는데 말이네. "

"아, 그것 말인가 ? 단순히 내 변덕이지. 라 플래트*²가 뭐라고 대답하는지 듣고 싶은 충동을 느꼈기 때문이라네. "

히스는 호기심을 느끼며 번스를 지켜보고 있었다. 번스에 대한 첫인상은 이미 거의 지워지고, 그 무사태평하고 쾌활해보이는 겉모습속에 처음 상상했던 것보다 훨씬 뛰어난 성질이 숨어 있지 않나 생각되기 시작한 듯싶었다. 히스 부장은 번스가 매컴에게 들려준 설명만으로 만족하지 못했다. 그는 지방검사가 가정부를 신문할 때 곁에서 거들어준 번스의 참된 의도를 알아내려고 애쓰는 것 같았다. 그는 빈틈없는 사람으로 인간의 마음을 꿰뚫어보는 보통 정도의 능력은 갖추고 있었다. 그러나 번스는 흔히 접촉해본 사람과 달라 도무지 수수께끼였다.

마침내 히스는 번스를 관찰하는 일을 그만두고 테이블로 의자를 끌어당기며 시원스러운 목소리로 기운차게 말했다.

"그럼, 매컴 검사님, 이쯤에서 일이 중복되지 않도록 우리의 활동에 대한 대체적인 방침을 세우는 게 좋겠군요. 부하들이 빨리 일을 시작하도록 해줄수록 좋으니까요."

매컴으로서도 싫다고 할 이유가 없었다.

"수사는 당신에게 모두 맡기겠소. 나는 필요하면 도와줄 생각으로 여기 왔을 뿐이오."

"호의는 고맙습니다. 하지만 보아하니 힘에 부치도록 일이 많을 것 같습니다. 핸드백 주인을 찾아내야 하고 벤슨의 밤동무를 알아내기 위해 부하를 내보내야 하고…… 가정부에게 물으면 그 이름을 알아낼 수 있겠지요. 맨 먼저 이 일부터 시작해야겠군요. 그리고 캐딜락도 찾아내야 합니다. 그 다음 여자관계도 조사할 필요가 있습니다. 한두 사람이 아니었을 것 같군요."

"그 일이라면 내가 소령에게서 뭔가 알아낼 수 있을지도 모르겠소. 나에게라면 알고 싶어하는 것을 모두 이야기해 줄 테니까. 그리고 벤슨의 사업관계 일도 내가 알아볼 수 있을 거요."

"그 방면에 대해서는 나보다 검사님 쪽이 적임자라고 말씀드리려던 참입니다. 더듬어야 할 방향을 빨리 잡아야 합니다. 어제 저녁 벤슨과 함께 식사를 하고 이리로 온 여자를 알아내면 지금보다 훨씬 많은 사실을 알 수 있겠지요."

"더 알 수 없게 될지도 모르오." 번스가 중얼거렸다.

히스는 화가 났는지 갑자기 눈을 치켜뜨고 큰소리를 질렀다.

"번스 씨, 당신에게 한마디 해두겠습니다. 당신이 이런 사건에 대해 공부하고 싶어한다는 말을 들었으니까요. 어떤 중대한 잘못이 일어났을 때에는 사건 속의 여자를 찾는 것이 확실한 방법이랍니다."

"아아, 그렇소?"

번스는 미소 지었다.

"Cherchez la femme(여자를 찾아라)로군요. 오랜 옛날부터 있었던 사고방식이오. 로마 사람들도 이런 미신 때문에 고생했지요. 그들은 이것을 Dux femina facti(행위를 지도하는 것은 여자다)라고 말했소."

히스는 반박했다.

"로마 사람이 뭐라고 했든 그것은 옳은 사고방식입니다. 그 사고방식을 고쳐서는 안 됩니다."

매컴이 다시 또 재치 있게 사이에 끼어들었다.

"그 점은 이제 곧 알게 되겠지. 그렇게 되기를 바랄 뿐이오, 히스 부장. 뭐 특별한 제안이 없다면 나는 이만 가보겠소. 벤슨 소령과 점심때 만나기로 약속했으니까. 저녁때 당신에게 무언가 정보를 줄 수 있을 거요."

"좋습니다, 검사님. 나는 좀더 여기 남아서 미처 못 보고 넘긴 게 없는지 살펴보겠습니다. 안에 한 사람, 밖에 한 사람 감시원을 배치하여 플래트 부인을 지키게 하겠습니다. 그리고 신문기자를 만나 수상한 캐딜락이며 번스 씨가 비밀서랍에서 찾아낸 권총에 대해서도 이야기하지요. 그것으로 일단 신문기자들은 막아낼 수 있을 겁니다. 무언가 발견되면 전화드리겠습니다."

히스는 지방검사와 악수하고 번스에게도 유쾌하게 말했다.

"그럼, 안녕히 가십시오, 번스 씨. 오늘 아침에 무언가 공부가 되었다면 좋겠습니다."

이 태도는 나로서도 뜻밖이었지만 매컴 지방검사도 놀란 모양이었다.

번스는 무뚝뚝하게 대답했다.

"공부라고요? 네, 당신이 깜짝 놀랄 정도로 크게 도움이 되었소."

나는 히스의 눈에 다시 사람 마음속을 살피는 듯한 교활한 빛이 떠오르는 것을 보았다. 하지만 그 빛은 곧 사라졌다. 그는 건성으로 대꾸했다.

"그렇습니까? 그거 참, 다행이군요."

매컴과 번스와 내가 밖으로 나오자 지켜서 있던 경관이 택시를 불러주었다.

택시가 거리를 달리기 시작하자 번스는 감회깊게 말했다.

"그러니까 우리의 존경해 마지않는 gendarmerie(경찰)는 신비스럽기 그지없는 밑바닥으로 내려갈 때 그런 방식을 쓴단 말이지? 여보게, 매컴, 그런 우악스러운 사람들에게 범인이 꼼짝없이 붙잡히다니 곧이들리지 않는군."

매컴이 설명했다.

"자네가 본 것은 겨우 시작에 지나지 않네. 일단 거쳐야 할 판에 박힌 순서라는 게 있지. 우리 법률가가 말하는 ex abundantia cautelae(경계조치)로서 말일세."

"그렇긴 해도 어이가 없더군, 그런 수법이니."

번스는 한숨을 쉬었다.

"우리 속인들이 quantum est in rebus inane(거기에는 얼마나 많은 허영심이 있었던가) 하는 것과 같네."

매컴이 초조한 목소리로 말했다.

"자네는 히스 부장의 솜씨를 잘 몰라서 그러네. 그래 봬도 아주 총명한 사람이지. 그러나 늘 실력보다 낮게 평가받고 있다네."

번스는 나지막하게 중얼거렸다.

"그런가? 어쨌든 자네에게 깊이 감사하네. 그 엄숙한 절차를 보게 해주었으니까. 배운 건 없었지만 무척 재미있었네. 자네의 공식적인 에스클라피우스*³는 아주 마음에 들었네. 힘차고 무감동하며 시체를 앞에 놓고도 전혀 끄떡하지 않는 사람이니까. 그는 의학을 공부하지 말고 범죄와 본격적으로 맞붙었어야 했을걸세."

매컴은 어두운 얼굴로 입을 다물어버렸다. 그는 번스의 집에 닿을 때까지 아주 곤혹스러운 표정으로 생각에 잠겨 창 밖만 내다보았다.

이윽고 길모퉁이를 돌 때 그는 말했다.

"아무래도 사건의 겉모습이 마음에 들지 않아. 이 사건은 왜 그런지 기묘한 느낌이 드네."

번스는 곁눈으로 매컴을 흘끗 보았다. 그리고 여느 때와 달리 진지하게 물었다.

"여보게, 매컴, 자네는 누가 벤슨을 쏘았는지 짚이는 바가 없나?"

매컴은 애써 희미한 미소를 지었다.

"그렇네. 하지만 미리 사람을 꾀어 죽인 이런 모살죄는 쉽사리 해결되는 법이 아니라네. 그리고 이 사건은 특별히 복잡한 것 같네."

번스는 택시에서 내리며 말했다.

"그런가? 놀랍군. 나는 더없이 단순한 사건으로 보는데."

*1 험프리 밀포드는 험프리 새뮤얼 밀포드(1877~?) 경인 듯하다. 그는 1919부터 1921까지 영국 출판협회 회장을 지냈으며 동시에 1915년까지 옥스퍼드 대학 출판부 책임자였다. 로저 페인은 18세기 영국의 유명한 장정가였는데, 험프리 밀포드가 페인이 디자인한 것을 썼는지 어떤지는 자세히 알 수 없다.

*2 플래트 부인이 여자이므로 프랑스어의 여성정관사 '라'를 붙인 익살인 듯함.

*3 그리스 의사. 드어매스를 가리키는 말.

정보수집

여러분은 앨빈 벤슨 살인사건이 불러일으킨 혼란을 기억하고 있을 것이다. 이 사건은 세상 사람들이 상상력을 한껏 부채질한 범죄 가운데 하나였다. 수수께끼란 모든 로맨스의 기초가 되지만, 벤슨 사건 둘레에도 신비스럽고 기묘한 기운이 감돌고 있었다. 이 사건을 에워싸는 상황 위에 희미한 빛이 비치기까지는 꽤 오랜 시일이 걸렸다. 그동안 수많은 ignes fatui(도깨비불, 즉 사람들을 오해로 이끄는 사실)가 일어나 세상 사람들의 상상력을 자극하여 온갖 방면에서 터무니없는 추측이 일어났다.

벤슨은 어느 모로 보나 로맨틱한 사람은 아니었으나 널리 알려진 인물인데다 그의 인물됨이 다채로워 사람들을 놀라게 하는 점이 있었다. 그는 뉴욕에서도 이름난 부자로 방종한 사교계의 한 사람이었으며 만능 스포츠맨, 대담한 도박꾼, 이름난 도락가였다. 그의 생활은 화류계와 밀접하게 연관되어 세상의 평판이 자자했다. 많은 에피소드가 나돌았다. 나이트클럽이나 카바레에서의 행동은 오랫동안 브로드

웨이의 가십이 되었고, 지방 여러 신문과 잡지에 과장된 기삿거리를 제공해 주었다.

벤슨과 그의 형 앤서니는 사건이 일어났을 무렵 월 거리 21번지에서 벤슨 앤드 벤슨 상회라는 주식중매소를 경영하고 있었다. 뉴욕 주식거래소의 규약이나 법칙에 비추어보면 좀 상도덕에 벗어나는 점이 있었겠지만, 두 사람 모두 월 거리의 다른 중매인들로부터 빈틈없는 사업가로 인정받고 있었다. 두 형제는 기질이며 취미가 정반대라서 사무실 이외의 장소에서는 좀처럼 얼굴을 마주 대하는 일이 없었다.

앨빈 벤슨은 여가시간을 거의 쾌락을 쫓는 일에 바쳐 손꼽히는 뉴욕 카페의 단골손님이었다. 그러나 앤서니 벤슨은 나이도 많고 제1차 세계대전 때 소령으로 종군한 사람이라, 밤이면 대개 자기가 속한 클럽에서 조용히 보냈다. 하지만 두 사람 모두 저마다의 친구들 사이에서 평판이 좋았으며 그 친구들을 통해 많은 고객을 만들고 있었다.

화려한 경제계에서 일어난 사건이니만큼 사건을 다루는 신문의 태도에도 크게 영향을 미쳤다. 더구나 살인사건이 일어났을 무렵 뉴욕 신문계는 마침 센세이셔널한 기삿거리가 없었으므로 여러 신문이 제1면을 온통 할애하는 등 이런 사건치고는 보기 드물 만큼 크게 다루어졌다[1]. 전국의 저명한 탐정들은 바쁘게 쫓아다니는 신문기자들과 회견해야만 했다. 해결되지 않은 유명한 살인사건이 다시 화제에 오르고 예언가며 점성술사가 일요판 편집자에게 끌려나와 여러 가지 초자연적인 방법으로 수수께끼를 풀어달라는 요청을 받았다. 사진이며 도면이 날마다 신문에 실려 기사의 흥취를 돋구어주었다.

신문기자들은 모두 회색 캐딜락과 진주손잡이가 달린 스미스 앤드 웨슨 권총을 인기품목으로 내걸었다. 맥러플린 경관의 설명에 맞추어 '수정'되고 개조된 캐딜락 자동차 사진도 갖가지였으며, 그 중에는 뒷좌석에서 낚싯대가 튀어나와 있는 것도 보였다. 피해자 집의 가운데 테이블이 사진 찍혔는데 비밀서랍이 확대되어 함께 실렸다. 어떤 일요잡지는 전문적 기술자를 불러 가구에 설치하는 비밀서랍에 대한 기사를 싣기도 했다.

벤슨 사건은 경찰 입장에서 보면 처음부터 골치 아픈 사건임이 분명했다. 번스와 내가 범죄현장에서 떠나온 지 한 시간도 못되어 히스가 지휘하는 살인과 형사들은 조직적인 수사를 개시했다. 벤슨네 집은 다시 한 번 철저하게 조사되고 모든 개인편지는 검열을 받았으나, 비극에 빛을 던져줄 만한 단서는 하나도 나오지 않았다.

벤슨 자신이 가지고 있던 스미스 앤드 웨슨 이외에는 흉기도 전혀 없었다. 창문의 모든 쇠창살도 다시 점검되었으나 모두 단단하여 살인범은 열쇠로 열고 스스로 들어왔거나 아니면 벤슨이 직접 들어오게 했음을 증명해주었다. 덧붙여 말하면, 히스 부장은 플래트 부인이 벤슨과 자기말고는 열쇠를 가진 사람이 없었다고 확언했음에도 불구하고 피해자가 들여 넣었을지도 모른다는 가능성을 받아들이려 하지 않았다.

핸드백과 장갑밖에는 그럴 듯한 단서가 전혀 없었으므로 벤슨의 친구나 친지를 찾아다니며 실마리가 될 만한 사실을 알아내는 것이 오직 하나 가능한 수단이었다. 히스는 이 방법에 핸드백 주인을 알아낼 희망을 걸었다. 따라서 벤슨이 그날 저녁을 보낸 장소를 알아내는 일에 특별한 힘이 기울여졌다. 하지만 벤슨의 많은 친지를 만나 자주 식사하러 갔던 카페를 알아내어 가보았으나 그날 밤 그를 보았다는 사람은 아무도 없었고, 벤슨이 그날 밤의 계획을 누구에게 이야기해준 것 같지도 않았다.

그리고 경찰이 온 힘을 기울여 샅샅이 조사했으나 무언가 도움될 만한 일반적인 정보도 나오지 않았다. 벤슨에게는 적이 있었던 것 같지 않았다. 누구와 심하게 다툰 적도 없었다고 한다. 그의 태도는 여느 때와 다름없었으며 이상한 눈치도 없었다는 것이었다.

앤서니 벤슨 소령은 동생의 생활에 대해 깊이 알고 있었을 터이므로 정보를 제공할 수 있는 주요 인물이었다. 사건수사 초기에 지방검사국이 주로 활동을 편 곳도 이 계통이었다. 매컴은 범죄가 발견된 그날 벤슨 소령과 함께 점심식사를 들었다. 소령은 자진해서——비록 동생의 인격이 손상되는 일이 있더라도——협력하겠다고 말했다. 그러나 그가 제공한 정보는 그다지 쓸모가 없었다.

그는 동생이 교제하는 사람들을 거의 알고 있으나 이런 죄를 저지를 만한 사람은 없었고 자기가 보기에 범인체포에 도움 줄 수 있는 사람도 없을 듯하다고 매컴에게 설명했다. 그리고 소령은 동생의 생활에 자기로서 전혀 알지 못하는 일면이 있었음을 솔직히 인정하고 숨겨진 사실을 알아낼 특별한 수단을 내놓지 못해 미안하다고 말했다. 그러나 동생의 여자관계는 얼마쯤 색다른 것이었다고 털어놓으며, 그 방면에서 동기를 찾아낼 가능성이 조금은 있지 않을까 하는 의견을 내세웠다.

이 막연하고 기대에 어긋난 벤슨 소령의 의견을 듣고 매컴은 곧 뉴욕 경찰국 형사과에서 지방검사국으로 배속된 민완형사 두 사람에게 수사를 맡겼다. 그 수사는 주로 벤슨의 여자관계에 초점을 맞춰야 하며 경찰국 사람들의 활동에 쓸데없는 참견이 될 일을 해서는 안 된다고 지시했다. 그리고 신문할 때 번스가 가정부에 대해 뚜렷한 관심을 보였던 만큼 그녀의 이력이며 대인관계를 조사하기 위해 부하 한 사람을 내보냈다.

조사 결과 밝혀진 바에 따르면, 플래트 부인은 펜실베이니아 주 어느 작은 거리에서 태어났고 부모는 독일 사람으로 두 분 모두 이미 세상을 떠났으며 16년 넘게 과부로 지내왔다. 벤슨에게 고용되기 전에 어떤 집에서 12년 동안 있었는데, 그곳을 그만둔 까닭은 다만 안 주인이 살림을 그만두고 호텔에서 살고 싶어했기 때문이었다. 먼젓번 고용주에게 물어보자 플레트 부인에게는 딸이 하나 있는 듯했으나 본 적이 없고 그 일에 대해서 전혀 아는 바가 없다고 대답했다. 이런 사실은 아무 쓸모가 없어 매컴은 형식적으로 그 보고서를 철해두었다.

히스를 몰아세워 그 회색 캐딜락을 찾기 위해 온 시내를 뒤지게 했으나 그 자동차가 사건과 직접 관계 있으리라고는 거의 믿지 않았다. 이 수사에는 신문이 대대적으로 보도해준 게 크게 도움되었다. 그리고 묘한 사실이 밝혀져 이 캐딜락이 실제로 수수께끼를 푸는 열쇠를 제공해줄지도 모른다는 희망으로 경찰을 활기 띠게 했다. 한 거리 청소부가 자동차에 있던 낚싯대에 대해 신문에서 읽었는지 사람들로부터 들었는지, 센트럴 파크의 컬럼버스 서클 쪽 자동차 도로가에서 흠집 하나 없는 낚싯대 마디를 두 개 발견했다고 신고해 왔던 것이다.

문제는 그 낚싯대 마디가 맥러플린 경관이 캐딜락에서 보았다는 그 낚싯대의 일부인가 아닌가 하는 점이었다. 자동차 주인이 도중에서 빠뜨렸다고 해석할 수도 있고, 누군가가 자동차를 타고 공원을 지나가다 내버렸을지도 모른다. 하지만 그 이상의 정보는 아무것도 들어오지 않았다. 그리고 범죄가 발견된 다음날 아침에 이르러서도 사건은 해결을 향해 이렇다할 진전이 없었다.

그날 아침 번스는 캐리를 시켜 거리에서 파는 신문들을 모두 사오게 하여 한 시간이 넘도록 사건에 대한 여러 가지 기사를 샅샅이 읽었다. 번스가 일시적인 기분으로나마 신문을 읽는 일은 아주 드물었으므로 날마다의 습관과 전혀 관계없는 문제에 갑자기 흥미를 갖는 것을 보고 나는 몹시 놀랐다. 그래서 그 점을 입 밖에 내어 말하지 않고는 견딜 수가 없었다.

번스는 나른한 목소리로 설명했다.

"아니야, 반. 그렇다고 해서 내가 감상적이 된 것도 인간적이 된 것도 아닐세. 이 '인간적'이라는 말이 요즘은 잘못 쓰이고 있지만 말야. 나는 테렌티우스*¹처럼 'Homo sum, humani nihil a me alienum puto(나는 인간이다. 인간에 관한 것은 무엇이든 나와 관계되어 있다)'라고 말할 수는 없네. '인간적'이라고 불리는 것은 대부분 나와 전혀 관계없는 일들이지.

하지만 여보게, 이 범죄계의 작은 돌풍은 꽤 재미있지 않나? 이 말이 마음에 안 든다면 잡지기자처럼 intriguing(흥미를 돋구어준다)이라고 고치지, 천박한 말이지만. 반, 이 귀중한 히스 부장과의 회견담을 꼭 읽어둘 필요가 있네. '아무것도 모른다'는 것을 설명하는 데 꼬박 한 단을 쓰고 있으니 말일세. 정말 희한한 사람이야. 나는 그가 아주 좋아질 것 같네."

"히스 부장은 실제로 알고 있는 사실을 신문기자에게 숨기기 위해 슬쩍 외교전술을 쓴 것일지도 모르네."

그러자 번스는 한심하다는 듯이 머리를 가로저었다.

"그렇지 않네. 자신은 추리력을 조금도 갖고 있지 못하다고 세상에다 일부러 떠벌릴 만큼 허영심 적은 사람은 없네. 히스가 이 아침 신문에서 하고 있는 짓이 바로 그것일세. 기껏 살인범 하나를 법의 심판에 넘기기 위해 그 만큼 희생정신을 발휘할 미친 사람이 있을 것 같나?"

"그건 그렇지만, 매컴은 아직 발표되지 않은 무언가를 알고 있거나 혐의를 두고 있을지도 모르지."

번스는 잠시 생각에 잠겼다. 그리고 그는 인정했다.

"그럴지도 모르지. 그는 신문기자와의 교섭을 모두 끊고 얌전히 그늘에 묻혀 있으니까. 우리 손으로 사건을 좀더 찬찬히 검토해 보지 않겠나? 좋겠지?"

번스는 전화 앞으로 가서 지방검사국을 불러냈다. 그리고 매컴과 스타이비샌트 클럽에서 점심식사를 함께 하기로 약속하는 말이 들렸다.

이때 나는 문득 그날 아침 번스를 방문한 이유가 생각나서 물었다.

"스티글리츠 화랑의 나데르망(폴랜드의 조각가) 작품은 어떻게 하겠나?"

"나는 오늘 그리스풍의 단순한 아름다움을 감상할 기분이 들지 않네[2]."

그리고 나서 번스는 신문을 들추었다.

번스의 이런 태도는 '놀랍다'는 표현 정도로는 아직 충분치 못하다. 번스와 알게 된 뒤로 나는 지금까지 한 번도 그가 다른 어떤 기분전환거리 때문에 미술에 대한 집착을 희생시킨 일을 본 적이 없었다. 하물며 법률이나 그에 관련된 어떤 일이 그의 관심을 끈 적은 전혀 없었다. 그래서 나는 이상한 성격을 띤 어떤 문제가 그의 머릿속에서 활동하기 시작했음을 깨닫고 그 이상 주제넘은 말은 삼갔다.

매컴은 약속시간보다 조금 늦게 클럽에 나타났다. 그가 왔을 때 번스와 나는 이미 늘 앉는 마음에 드는 자리에 앉아 있었다.

번스는 지방검사를 따뜻하게 맞이했다.

"어어, 친애하는 리카르가스[*2]! 새로운 중요한 단서가 몇 개 발견되었으니 아주 가까운 장래에 중대한 발전을 볼 수 있으리라고 기대해도 좋다고 하던데. 사실은 어떻게 되어 있나?"

매컴은 미소지었다.

"신문을 읽은 모양이군. 그 보도를 어떻게 생각하나, 번스?"

"물론 전형적이지. 아주 신중하게 고심하여 중요한 것은 빼놓고 자세하게 씌어졌더군."

"그런가? 그렇다면 묻겠는데, 자네가 말하는 그 중요한 것이란 대체 무언가?"

매컴의 말투는 익살스러웠다.

"이 어리석은 비전문가의 생각에 의하면 앨빈 벤슨의 가발이야말로 가장 중요한 단서 가운데 하나라고 보네."

"적어도 벤슨은 그렇게 생각하고 있었겠지. 그밖에는?"

"글쎄, 서랍장 위에 칼라와 넥타이가 있었네."

매컴은 반농담하듯 덧붙였다.

"그리고 물잔 속의 틀니도 빼놓아선 안 되겠지."

번스는 감탄해보였다.

"맞아, 자네는 아주 총명하군! 물론 틀니도 이 사건의 중요한 단서 가운데 하나일세. 나는 단언하겠네만, 그 장한 히스 부장도 그 점은 알아차리지 못한 것 같더군. 하지만 거기 있던 다른 아리스토텔레스 여러분도 그에 못지않게 관찰력이 모자랐네."

"자네는 어제의 수사를 그다지 탐탁지 않게 본 듯하군."

그러자 번스는 얼른 지방검사에게 보증했다.

"천만에! 기막힐 정도로 감탄했었네. 절차 전체가 어리석음의 극치였으니까. 중요한 것은 모두 엄숙하게 무시당하더군. 적어도 한 다스쯤 되는 points de départ(출발점)가 있고 모두 한 방향을 가리키는데도 누구 한 사람 죽 늘어놓인 pourparleurs(참회자. 여기서는 눈앞의 단서를 가리킴) 가운데 어느 하나도 알아차리지 못했었네. 모두들 담배꽁초나 찾고 창문 쇠창살이나 살피며 쓸데없는 일에 힘을 쏟더군. 그건 그렇고, 그 쇠창살은 아주 근사하던데. 피렌체풍의 디자인이었지."

매컴은 재미있기도 하고 언짢기도 한 모양이었다.

"경찰을 믿어도 되네, 번스, 결국은 성공할 테니까."

그러자 번스가 중얼거렸다.

"사람을 믿는 자네의 성격에는 군말 없이 머리를 숙이겠네. 그렇다면 나를 한 번 믿고 털어놓아보게. 대체 자네는 벤슨을 죽인 범인이 누구인지 짐작 가나?"

매컴은 잠시 주저했다. 그는 마침내 말했다.

"이것은 물론 우리끼리의 이야기지만, 오늘 아침 자네 전화를 받고 난 뒤 곧 벤슨의 여자관계에 대해 조사를 시켰지. 조사한 부하 한 사람으로부터 보고가 들어왔는데, 그날 밤 핸드백과 장갑을 그 집에 놓고 간 여자를 찾아냈다고 하더군. 손수건에 새겨진 머리글자가 단서가 되었네. 그리고 그 여자에 대해 두세 가지 흥미 있는 사실이 밝혀졌네. 내가 상상했던 대로 그녀는 벤슨과 저녁식사를 같이했네. 뮤지컬 코미디의 여배우로 뮤리엘 세인트 클레어라는 이름일세."

번스는 깊이 한숨을 내쉬었다.

"그거 참, 유감스럽군. 나는 자네 부하들이 그 여자를 찾아내지 못하기를 바랐었는데. 나는 그 여자를 모르지만, 아는 사이라면 위로 편지라도 내야 할 판이로군. 그럼, 자네는 이제 juge d'instruction (예심판사) 역을 맡아 그녀를 호되게 쥐어짤 생각이로군?"

"물론 신문해야지, 자네 말이 그런 뜻이라면."

매컴의 태도에는 무언가 걱정거리가 있는 듯했다. 그 다음부터 식사가 끝날 때까지 우리는 그다지 말하지 않았다.

우리가 클럽 휴게실에 앉아 담배를 피우고 있는데 기운 없는 모습으로 가까운 창가에 서 있던 벤슨 소령이 매컴을 발견하고 우리 옆으로 다가왔다. 살집 좋은 얼굴이 진지하고 호감 가는 인상으로, 몸집이 단단하고 곧은 50살 쯤 된 사람이었다. 그는 번스와 나에게 가볍게 고개 숙여 인사하자 곧 지방검사 쪽으로 몸을 돌렸다.

"매컴, 어제 자네와 점심식사를 한 뒤 여러 가지로 생각해 보았는데, 한 가지 말해 두는 편이 좋을 듯싶은 일이 있네. 앨빈과 아주 가까이 지내던 리앤더 파이퍼라는 사람이 있는데, 그에게서 뭔가 도움될 만한 정보를 얻을 수 있을지도 모르네. 어제는 생각나지 않았었지. 이 고장에 살고 있지 않거든. 그는 롱아일랜드 어딘가에 사네. 아마 포트 워싱턴일걸세. 이것은 문득 떠오른 일이라네. 아무튼 나는 이런 끔찍한 사건이 어째서 일어났는지 도무지 짐작가지 않네."

소령은 불쑥 솟구치는 어떤 감정을 나타내지 않으려는 듯이 얼른 깊이 숨을 들이마셨다. 여느 때는 몹시 소극적인 성격인 이 사람이 깊이 감동해 있음을 나는 알아차렸다.

"마침 좋은 정보를 가르쳐주었네."

매컴은 편지 뒤에 메모를 해 넣었다.

이 짧은 대화를 나누는 동안 무관심한 듯이 창 밖을 내다보던 번스가 문득 몸을 돌리며 소령에게 말을 걸었다.

"오스틀랜더 대령은 어떻습니까?"

벤슨 소령은 희미하게 거북한 듯이 몸짓을 해보였다.

"조금 알고 지낼 정도였지요. 그다지 도움되지 않을 겁니다."

그리고 소령은 다시 매컴 쪽으로 몸을 돌렸다.

"어떤 단서가 잡혔느냐고 묻는 것은 아직 이르겠지?"

매컴은 입에서 떼어낸 여송연을 손가락 사이에 끼워서 돌리며 생각에 잠겼다.

잠시 뒤 그가 말했다.

"그렇지 않네. 목요일 밤 자네 동생과 함께 저녁식사한 상대를 겨우 알아냈네. 그녀가 자정 조금 지나 자네 동생과 함께 집으로 돌아왔다는 사실도 알아냈지."

매컴은 그 이상 이야기하는 것이 현명할지 어떤지 생각하듯 말을 끊었다.

"실은 대배심 앞에 기소를 청구하는 데 더 이상 증거가 필요 없을 정도라네."

뜻밖인 듯 놀라는 표정이 소령의 어두운 얼굴을 스쳤다.

"그렇다면 신에게 감사해야겠군, 매컴."

소령은 단단한 턱에 힘을 주며 지방검사의 어깨에 한 손을 얹었다.

"끝까지 해주게, 나를 위해서라도. 나는 클럽에 늦게까지 있을 테니 무슨 일이 있거든 알려주게."

그리고 소령은 등을 돌려 방에서 나갔다.

매컴이 말했다.

"동생이 죽은 뒤 여러 가지로 캐물어 소령을 괴롭히는 것은 너무 인정 없는 짓 같지만, 그렇다고 제자리걸음할 수는 없지."

번스는 하품을 삼켰다. 그리고 따분한 듯이 중얼거렸다.

"어째서 신까지 들먹거렸을까."

⑴ 유명한 엘웰 사건은 그 몇 년 뒤에 일어났다. 어떤 점에서는 벤슨 사건과 아주 비슷했는데, 엘웰은 벤슨보다 더 널리 알려진 신사이고 관계자들도 사회적으로 더 유명했으나 이만큼 크게 센세이션을 불러일으키지는 않았다. 사실 엘웰 사건을 보도할 때 여러 차례에 걸쳐 벤슨 사건이 인용되었다. 어느 야당측 신문은 사실에서 존 F.A. 매컴이 이미 뉴욕 지방검사가 아님을 유감스럽게 생각한다고 썼다.

⑵ 번스는 영국에서 여러 해 동안 살았으므로 가끔 ain't라는 말투를 쓰고 있다. 영국에서는 이 단축법을 미국에서보다 훨씬 더 고상하게 여기는 모양이다. 그도 역시 ate를 et처럼 발음했고, 영국에서 피하는 stomach(위)니 bug(빈대) 등의 단어를 쓰는 걸 한 번도 들은 적이 없다.

＊1 로마의 희극시인.

＊2 기원전 4세기 무렵의 그리스 법률가.

번스, 의견을 말하다

6월 15일 토요일 오후 2시

우리는 얼마 동안 말없이 담배를 피웠다. 번스는 매디슨 스퀘어를 멍하니 내다보았고, 매컴은 깊이 주름잡힌 얼굴로 벽난로 위에 걸린 피터 스타이비샌트*[1] 옹의 빛바랜 유화 초상화로 눈길을 보내고 있었다.

이윽고 번스가 몸을 돌려 놀리는 듯 희미한 미소를 지으며 지방검사를 바라보았다. 그는 느릿느릿 입을 열었다.

"여보게, 매컴. 나는 자네들 범죄수사에 종사하는 사람들이 이른바 '단서'라는 것에서 얼마나 어처구니없이 잘못을 저지르는가를 보고 늘 놀랐었지. 발자국을 찾아냈느니, 자동차가 서 있었다느니, 머리 글자가 새겨진 손수건이 있다느니 하면 'Ecce signum(자, 증거가 나왔다)!'라고 외치며 덮어놓고 쫓아가거든. 그렇다면 서푼짜리 모험소설에 사로잡힌 꼴밖에 더 되겠는가? 자네들은 어째서 범죄란 단순한 물적 단서나 상황증거를 근거로 한 추리로는 해결되지 않는다는 사실을 모르나?"

이 갑작스러운 비난에 매컴 역시 나와 마찬가지로 당황했을 테지만, 우리는 둘 다 번스를 잘 알고 있었으므로 그의 말투가 냉정하고 거의 무례할 정도였음에도 그 밑바닥에 무언가 중대한 의도가 깔려 있음을 깨달을 수 있었다.

이윽고 매컴은 조금 가엾게 여기는 듯이 물었다.

"자네는 범죄수사를 하는 데 있어 모든 물적 증거를 무시하라고 주장하는 건가?"

번스는 침착하게 선언했다.

"그렇네. 나는 그 점을 강력히 주장하네. 가치가 없을 뿐 아니라 위험하거든. 자네들의 가장 한심한 점은 언제나 처음부터 범인을 바보나 터무니없는 실수를 저지르는 사람으로 단정하고 시작하는 것일세. 형사가 알아볼 만한 단서라면 범죄자에게도 보이겠지. 그리고 보여선 안 되겠다고 여겨지면 숨기거나 얼버무린다는 것을 자네는 아직 생각해본 적이 없나?

오늘날 보기 좋게 성공할 범죄계획을 세워 실행할 만한 재능을 가진 자라면 ipso facto(사실 그 자체에서보다) 자기 목적에 맞는 단서를 만들어낼 만한 능력도 있으리라는 것을 자네는 한 번도 생각해보지 않았나? 자네들 수사관은 범죄 상황이 일부러 만들어진 속임수일지도 모르고, 자네들을 잘못된 방향으로 이끌어가려는 목적으로 일부러 거기에 남겨진 단서일지도 모른다는 사실을 전혀 인정하려들지 않는 모양일세."

매컴은 너그러우나 얼마쯤 비꼬는 말투로 지적했다.

"그러나 모든 지시적 증거와 유력한 상황과 빈틈없는 추론을 무시해버린다면 죄인을 단죄하는 일은 거의 불가능해질지도 모르네. 범죄란 대부분 남이 보지 않는 곳에서 이루어지는 법이니까."

그러자 번스는 천연스럽게 대답했다.

"그것이 자네의 근본적인 잘못일세. 범죄는 모든 예술작품과 마찬가지로 다른 사람에 의해 목격되고 있네. 범죄자나 예술가가 실제로 작업하는 광경을 아무도 보지 못했다는 것은 전혀 문제되지 않네. 예를 들어 루벤스가 안트워프의 대성당에 '십자가에서 내려지는 그리스도'를 그렸을 때 그가 어떤 외교적 용무로 다른 데 갔었음을 나타내 보여주는 유력한 상황증거가 있다면 현대의 범죄수사가들은 그것을 루벤스의 작품으로 믿지 않았겠지. 그런데도 여보게, 그런 결론이 우스꽝스럽기 짝이 없다는 점에는 변함이 없거든.

비록 부정적인 추론이 법률적으로는 논란의 여지가 없을 만큼 유력하다 해도 그림 자체는 어디까지나 루벤스가 그렸음을 증명하겠지. 그 이유는 간단하네. 루벤스를 빼놓고는 누구도 그런 그림을 그릴 수 없기 때문일세. 거기에는 루벤스의 개성과 천재가, 루벤스만이 지닌 뭔가가 지워버릴 수 없는 흔적을 남기고 있기 때문이네."

매컴은 좀 화가 나서 주의를 주었다.

"나는 심미학자가 아닐세. 단지 법률실무가에 지나지 않아. 따라서 범죄를 저지른 장본인을 결정하는 데도 추상적인 가설보다 물적 증거를 더 중요시하네."

번스가 반박했다.

"그런 것을 중요시하면 온갖 종류의 골치 아픈 잘못의 소용돌이 속으로 끌려들어가게 될걸세."

그는 천천히 새 담배에 불을 붙여 동그란 연기 고리를 천장으로 띄워 보냈다. 그리고는 그 나른하고 무감동한 목소리로 말을 이어나갔다.

"예를 들어 이번 살인에 대한 자네의 결론을 생각해보세. 자네는 이제 입을 열 수 없게 된 벤슨을 죽였음에 틀림없는 인물을 알고 있다는 중대한 그릇된 의견 때문에 애먹는 걸세. 자네는 소령에게 기소 수속을 밟기 위한 충분한 증거를 손에 넣었다고 말했지. 물론 자네는 오늘날의 박식한 솔론*2들이 결정적인 단서라고 인정할 만한 것을 몇 가지 가지고 있겠지. 하지만 사실 자네는 범인에 대해 전혀 짐작도 못하고 있네. 범죄와는 아무 관계없는 어떤 가엾은 여자를 학대하려 할 뿐일세."

매컴은 곧 단호하게 반박했다.

"내가 죄 없는 사람을 학대하려 한단 말인가? 여보게, 번스, 그녀에 대한 어떤 증거를 쥐고 있는지 아는 것은 내 부하들과 나뿐일세. 그녀가 결백하다는 것을 어떤 비법을 써서 알았는지 한 번 듣고 싶군."

번스는 놀리듯 입가를 씰룩이며 아주 뚜렷한 사실, 토론할 여지가 없는 사실을 이야기하듯 확신 있게 잘라 말했다.

"그야 쉬운 일이지. 이 특수한 범죄를 해치운 사람은 자네나 경찰이 찾아내는 증거쯤으로는 자기 신변이 위태로워질 염려가 전혀 없다고 꿰뚫어볼 만큼 간교한 지혜와 통찰력을 가진 인물이라는 이유 하나만으로도 자네 눈이 범인에게 미치지 못하고 있는 걸세."

매컴은 경멸하듯 웃음을 터뜨렸다. 그는 신이 어떤 계시를 내리듯 엄숙하게 타일렀다.

"어떤 범법자라 할지라도 온갖 경우를 미리 짐작할 만큼 간교한 지혜가 뛰어난 사람은 없다네. 아무리 사소한 일이라도 그보다 앞서거나 뒤에 이어지는 다른 일과 여러 가지로 밀접하게 연관되어 얽히는 법이지. 범인이 아무리 긴 시간을 들여 신중히 계획했다 하더라도 어딘엔가 빈틈이 있어 결국 꼬리 잡히게 된다는 것은 잘 알려진 사실일세."

번스는 매컴의 말을 되풀이했다.

"잘 알려진 사실이라고? 천만의 말씀일세! 그것은 네메시스*3의 복수는 기어코 내려진다는 유치한 관념에 근거를 둔 케케묵은 미신에 지나지 않네. 천벌을 피할 수는 없다는 신비스러운 종교적 관념이 어째서 점이나 미신처럼 세상 사람들로 하여금 매력을 느끼게 하는지 나는 잘 모르겠네. 솔직히 말해서 자네까지, 나의 오랜 친구인 자네까지 그런 황당무계한 것을 믿는다고 생각하니 슬퍼지는군."

매컴은 씁쓸하게 말했다.

"자네 역시 이런 일로 하루를 망치지는 말게."

번스는 상대방의 비꼬는 말에 아랑곳없이 다음 말을 이었다.

"날마다 일어나는 미해결 사건이나 또는 성공적인 범죄사건을 보게. 그 방면에서 가장 뛰어난 민완형사들을 완전히 따돌린 범죄를 말일세. 사실 해결되는 것은 어수룩한 자가 꾸민 범죄뿐이네. 그 때문에 그다지 대단치 않은 재능을 가진 자도 어떤 나쁜 짓을 하려고 마음만 먹으면 그리 어렵지 않게 해치우고 발각될 염려가 없다는 확신을 갖게 되는걸세."

매컴이 나무라듯 말했다.

"밝혀내지 못한 범죄는 대부분 경찰당국의 운이 나빴기 때문이었네, 범인의 지혜가 뛰어난 게 아니라."

번스는 상쾌한 목소리로 말했다.

"운이 나빴다는 것은 무능을 변호하고 스스로를 위로하는 말에 지나지 않네. 발명의 재능과 두뇌가 있는 사람이라면 운이 나빴다는 변명은 결코 하지 않네. 여보게, 매컴, 해결되지 않는 범죄란 즉 교묘하게 계획되어서 실행에 옮겨진 범죄를 이르는걸세. 그리고 우연히도 벤슨 살해사건은 이 범주에 속하지. 그러므로 겨우 몇 시간 조사했을 뿐으로 누구 짓인지 거의 짐작간다고 말하면 나는 그만

공박하고 싶은 생각이 솟구쳐오른단 말일세. 용서하게."

번스는 말을 끊고 잠시 깊은 생각에 잠기며 담배를 두어 모금 빨아들였다.

"자네가 추구하는 부자연스럽고 궤변적인 추리는 터무니없는 결론으로 이끌려들기 쉽네. 자네가 지금 자유를 빼앗으려 하는 가엾은 젊은 여인이 바로 이 주장의 훌륭한 증거 가운데 하나라고 나는 분명히 지적하겠네."

매컴은 끓어오르는 분노를 너그러운 척 꾸민 미소로 얼버무리고 있었으나 이때에 이르자 꽤 위압적인 태도로 나왔다. 그는 사납게 말했다.

"이렇게 되면 나도 ex cathedra(권위를 가지고) 말하겠네. 나도 자네가 말하는 가엾은 젊은 여인에 대해 거의 확증을 잡을 단계에 이르러 있단 말일세!"

번스는 끄떡도 하지 않았다. 그는 불쑥 말했다.

"아무리 그렇게 말해도, 그것은 여자로서는 결코 할 수 없는 일이었네."

나는 매컴이 몹시 흥분하기 시작하는 것을 보았다. 이야기할 때 입가에 침이 튈 정도였다.

"여자로서는 할 수 없는 일이었다고? 증거가 있는데도 말인가?"

번스는 태연히 대답했다.

"그렇다네. 비록 본인이 자백하고 자네들 법률을 지키는 파수꾼들이 거드름피우며 확고부동한 증거라는 것을 산더미처럼 쌓아놓더라도."

"그런가?"

매컴의 말투에는 비웃음이 담겨 있었다.

"그렇다면 자네는 자백도 아무 쓸모없다는 건가?"

번스는 즐거운 듯이 대답했다.

"맞았네, 유스티니아누스*⁴! 틀림없이 그렇다는 것을 알아주기 바라네. 솔직히 말하면 자백은 다른 무엇보다도 더욱 처치곤란하다네. 오해의 근원이 될 뿐이니까. 가끔 진실일 때도 있기 때문에, 여자의 직관이 어이없을 만큼 높이 평가되는 것과 마찬가지로 더욱 믿을 수 없는 것이 되지."

매컴은 얕보듯이 불만을 털어놓았다.

"진상이 드러났거나 드러날 가능성도 없는데 무엇 때문에 자기에게 불리한 일을 고백하겠나?"

"정말이지 한심하군, 매컴. 그 천진스러운 귀에 privatissime et gratis(살짝 무료로) 속삭여줄까? 자백에 대해서는 언제나 여러 가지 많은 동기를 추측해볼 수 있다네. 공포나 강박관념의 결과일지도 모르고 또는 방편, 모성애, 의협심, 정신분석학자들이 말하는 열등감, 망상, 그릇된 의무감, 왜곡된 자만심, 쓸데없는 허영심 등 그밖에도 수많은 원인을 들 수 있지.

따라서 자백은 온갖 형식의 증거 가운데 가장 믿을 수 없는 것이라네. 법률이란 우스꽝스럽고 비과학적이지만, 그래도 살인사건에서의 자백은 다른 증거의 뒷받침이 없는 한 물리쳐지고 있지."

"자네 말솜씨가 굉장하군그래. 감탄했는걸. 법률은 모든 자백을 추방하고 온갖 물적 증거를 무시하라는 것이 자네의 주장인 모양인데, 그렇게 되면 사회는 모든 재판소를 폐쇄하고 형무소를 폐지해야 할지도 모르네."

"전형적인 법이론상의 non sequitur(이론의 비약)로군."

"그럼, 범인은 어떻게 잡아야 하나? 좀 들어보세."

"인간의 유죄와 책임을 결정하는 절대적인 방법이 꼭 한 가지 있네. 하지만 경찰은 그 운용법을 모르기 때문에 한심하게도 그 가능성을 알아차리지 못하고 있지. 진실을 아는 오직 한 방법은 범죄의 심리적 요인을 분석하여 그것을 개인에게 적용하는 일일세. 즉 진실한 단서는 심리적인 것이지 물적인 게 아닐세. 예를 들어서 아주 뛰어난 미술전문가가 그림을 판단하거나 감정할 경우 밑칠을 살펴보거나 그림물감을 분석하지는 않네. 그림의 착상이나 필치 등에 나타나 있는 화가의 창조적 개성을 연구한다네. 먼저 스스로에게 이렇게 물어보지. '이 작품은 형식과 기법과 마음의 준비면에서 과연 루벤스, 미켈란젤로, 베로네제, 티티안, 틴토레토, 그밖의 작가 누구라도 좋지만 작가로 지목되는 사람의 천재——즉 개성——를 형성하는 특질을 갖추고 있는가?' 하고."

매컴이 고백했다.

"내 정신은 아무래도 아직 너무 유치해서 천박한 사실에 이끌리기 쉽네. 그래서 지금 맞닥뜨린 사건에서도, 자네의 더할 데 없이 독창적이고 예술적인 비교론에 대해서는 안됐지만, 그런 천박한 일련의 사실에 사로잡혀 있다네. 그 사실들은 모두 한 젊은 여성이—— 뭐라고 하면 좋을까——'앨빈 벤슨 살해'라는 범죄 opus(작품)의 창조자임을 가리키고 있지."

번스는 거의 눈에 띄지 않을 정도로 어깨를 으쓱해보였다.

"지장이 없다면 듣고 싶군. 그것이 무엇인지는 모르지만, 비밀은 지키겠네."

"지장이 있을 리 있나! Imprimis(우선 첫째로), 그녀는 총이 쏘아졌을 때 그 집에 있었네."

번스는 믿을 수 없는 듯한 표정을 지었다.

"뭐라고! 정말인가? 정말 그 자리에 있었단 말인가? 그거 참, 놀랍군."

매컴은 설명을 계속했다.

"있었다는 확증이 있네. 자네도 알다시피 식사 때 가지고 있던 장갑과 핸드백이 모두 벤슨의 거실 벽난로 선반 위에서 발견되었네."

번스는 입 속으로 나직이 소리 내며 동의할 수 없다는 듯이 희미한 미소를 띠었다.

"그렇다면 그 자리에 있었던 것은 그녀가 아니라 그녀의 장갑과 핸드백이 아닌가? 물론 이것은 법률적 견지에서 보면 시시한 구별이겠지. 그러나 안됐지만 이 무식한 비전문가의 생각으로는 그 두 가지 조건을 동일한 것으로 받아들일 수 없네. 내 바지는 지금 세탁소에 가 있네. 그러므로 나도 세탁소에 있다고 해야겠나?"

매컴은 몹시 흥분하며 번스에게 다시 말했다.

"여자의 소지품이, 그날 밤 내내 가지고 다녔던 물건이 다음날 아침 그녀와 동행했던 남자 방에서 발견되었는데도 자네는 아무 증거가 되지 않는다고 생각하는가?"

번스는 태연히 상대방의 말을 인정했다.

"그렇기 때문에 나는 법률적 이해력이 가엾으리만큼 부족하다고 미리 말하지 않았나?"

"하지만 대낮부터 그런 특수한 물품을 들고 다니지는 않았을 테고, 만일 그날 밤 벤슨이 집에 없을 때 찾아왔다면 가정부가 알 게 아닌가? 그런데 다음날 아침 그 물건이 거기에 있었다면 전날 밤 여자가 직접 가져왔다고 생각할 수밖에 없지 않겠나?"

번스가 대답했다.

"솔직히 말해서 나로서는 전혀 납득되지 않네. 그녀 자신이 아마 자네의 호기심을 만족시켜주겠지. 하지만 여러 가지로 설명을 못 붙일 것도 없네. 죽은 체스터필드[*5]가 그 물건들을 양복주머니에 넣고서 집으로 돌아왔는지도 모르지. 여자들은 흔히 잡동사니나 물건 꾸러미들을 남자에게 떠맡기기 좋아하니까. '이거 당신 주머니에 좀 넣고 가세요'라고 달콤한 목소리로 속삭였겠지. 아니면 범인이 어떤 수단으로 그 물건을 손에 넣었다가 polizei(경찰)의 눈을 속이기 위해 일부러 벽난로 선반에 두었는지도 모르네. 여자란 결코 자기 소지품을 벽난로나 모자걸이 같이 방해가 안 되는 자리에 놓지 않는다네. 반드시 자기 마음에 드는 의자 위나 테이블 위에 내팽개쳐두지."

"그렇다면 벤슨은 여자의 담배꽁초도 주머니에 넣고 돌아왔겠군."

번스는 태연하게 대답했다.

"세상에는 그런 일이 얼마든지 있으니까. 물론 담배꽁초를 가지고 돌아왔다고 해서 지금 벤슨을 나무랄 생각은 없네만. 담배꽁초는 두 사람이 그전에 conversazione(대화)했다는 증거일지도 모르지."

"자네가 경멸하는 히스도 그 벽난로 아궁이를 날마다 청소하는지 어떤지 가정부에게 확인할 만한 머리는 가지고 있다네."

번스는 감탄한 듯이 한숨쉬었다.

"자네들의 조사는 거기까지 빈틈이 없었군. 하지만 설마 그것만으로 그녀에게 혐의를 두는 건 아니겠지?"

매컴이 확신 있게 대답했다.

"물론이지. 자네는 덮어놓고 믿지 않지만 그러나 훌륭한 증거가 있다네."

"그야 그럴 테지, 얼마나 자주 죄 없는 사람이 우리나라 법정에서 다스려지는가를 보면. 아니, 우선 자네 이야기부터 듣겠네."

매컴은 조용히 자신을 가지고 말을 이어나갔다.

"부하가 조사한 바에 따르면, 첫째로 벤슨은 그녀와 단둘이 서40블록의 작고 멋진 마르세이유라는 레스토랑에서 식사했네. 둘째로 두 사람은 거기서 다투었네. 셋째로 두 사람은 밤 12시에 택시를 타고 함께 나갔네. 그리고 살인은 12시 30분에 일어났지. 그러나 그녀는 80번지인 리버사이드 드라이브에 살고 있으므로 벤슨은 그녀를 집까지 데려다줄 수 없었을걸세. 자기 집으로 데려가지 않았다면 당연히 데려다주었겠지만 그러므로 권총이 발사되었을 때 이미 집에 돌아와 있었던 거라네.

.그녀가 피해자 집에 있었음을 가리키는 증거가 또 있네. 부하가 그녀 아파트를 조사해본 결과 1시 좀 넘어서까지 집에 돌아오지 않았던 사실을 알아냈지. 게다가 그녀는 장갑이며 핸드백을 갖고 있지 않았고 열쇠를 잃어버렸다면서 여벌쇠를 빌어 자기 방으로 들어갔네. 자네도 기억하겠지만 열쇠는 핸드백 속에 있었지. 그리고——이런 사실들을 매듭짓는 증거로서——벽난로 아궁이에 있던 담배꽁초와 자네가 그녀의 담배 케이스에서 찾아낸 담배가 똑같네."

매컴은 잠깐 말을 끊고 다시 담뱃불을 붙였다.

"그 범행이 일어난 날 밤의 이야기는 이 정도로 하고, 오늘 아침 나는 그녀의 신원을 알아내자 곧 두 부하를 시켜 그녀의 사생활을 조사하도록 했네. 아까 마침 사무실에서 나오려는 참에 그 부하로부터 전화가 왔지. 그녀에게는 약혼자가 있다고 하네. 리콕이라는 육군대위라더군. 그는 벤슨을 살해할 때 쓴 것과 같은 권총을 가지고 있었던 모양일세. 게다가 리콕 대위는 살인이 일어난 날 그녀와 함께 점심을 들었고, 다음날 아침에는 아파트로 그녀를 찾아갔다네."

매컴은 몸을 조금 앞으로 내밀고 의자팔걸이를 손가락 끝으로 두들김으로써 다음 말을 한층 더 강조했다.

"그러니 동기도 기회도 수단도 모두 갖추어졌다고 볼 수 있지 않겠나? 이런데도 자네는 유죄로 할 만한 증거가 없다고 주장하겠는가?"

번스는 침착하게 말했다.

"자네가 제시한 것들은 모두 머리 좋은 중학생 정도면 누구나 발뺌할 수 있는 일뿐일세."

그리고는 안됐다는 듯이 머리를 가로저었다.

"그런 증거 때문에 시민이 생명과 자유를 빼앗겨야 하다니 참으로 무서워지는군. 내 개인적인 안전을 생각할 때 전율이 느껴지네."

매컴은 초조해졌다.

"자네는 뭔가 아는 체하며 거드름피우는데, 그렇다면 내 추리 가운데 어디가 잘못되었는지 지적할 만한 친절은 베풀어도 좋지 않겠나?"

번스는 태연히 대답했다.

"내가 보건대 그 여자에 대해 자네가 늘어놓은 여러 가지 증거는 전혀 이치에 맞지 않네. 자네는 두세 가지 전혀 관련 없는 사실을 가지고서 대뜸 그릇된 결론으로 비약해버렸네. 그러나 나는 이 범죄의 심리적인 징후가 모두 자네의 이론과 모순되어 있으므로 결론이 잘못되었음을 알았네. 즉 이 사건의 단 한 가지 참된 증거가 완전히 다른 방향을 가리키고 있기 때문일세."

번스는 자기 말을 강조하는 듯한 몸짓을 해보였다. 그리고 그 말투는 여느 때와 달리 열을 띠고 있었다.

"그러므로 만일 자네가 그녀를 앨빈 벤슨을 살해한 혐의로 체포한다면 자네는 이미 범한 죄 위에 또 한 가지 다른 죄, 도리에 어긋나고 용납할 수 없는 미련한 죄를 덧붙이는 결과가 될걸세. 그리고 나는 벤슨 같은 속물을 쏘아 죽이는 일과 죄 없는 여인의 명예를 훼손하는 일 가운데 나중 일이 더 비난받아 마땅하다고 생각하네."

나는 매컴의 눈에서 분노의 빛이 번뜩이는 것을 보았으나 그는 그다지 화내지 않았다. 기억해두어야 할 것은, 이 두 사람은 친밀한 친구로 성격은 사뭇 달라도 서로 상대방을 이해하며 존경하고 있다는 점이다. 그들의 솔직성은 너무도 신랄하여 때로는 독선적이 되기도 하지만, 바로 이 존경에서 우러나온 것이었다.

잠시 침묵이 흘렀다. 마침내 매컴이 꾸며낸 듯한 미소를 떠올렸다.

"자네 말을 듣고 있으니 슬그머니 걱정되는구먼."

하지만 나는 그 농담 같은 말투에 얼마쯤 진심이 들어 있음을 느꼈다.

"그러나 내가 당장 그녀를 체포하려고 결정내린 것은 아니네."

번스는 겉치레 말을 했다.

"그처럼 신중한 것은 아주 좋은 일이지. 하지만 내가 생각하건대 자네는 이미 그녀를 위협하여 올가미를 씌워놓고 법률가들이 예외 없이 좋아하는 어떤 증언의 모순을 후벼낼 준비를 갖추었을걸세, 틀림없이. 신경질적이거나 흥분하기 쉬운 사람은 아무 죄가 없는데도 의심받고 들볶이면 자칫 뻔한 모순을 드러내보이는 법이라네. '담금질'하는 것이지. 이 단어가 가장 알맞군. 사람을 화형에 처하던 옛날의 흔적이네."

"그래도 물론 신문은 해야겠지."

매컴은 시계를 꺼내 흘끗 보았다. 그는 또렷이 말을 이었다.

"부하 하나가 약 30분 안에 그녀를 사무실로 데려오기로 되어 있어서 이 유쾌하고 계몽적인 대화는 이쯤에서 끝내야겠네."

"자네는 그녀를 신문하면 뭔가 유죄의 증거를 잡을 수 있으리라고 정말로 기대하나? 여보게, 나는 자네가 망신당하는 것을 보고 싶어 견딜 수 없네. 하지만 용의자를 들볶는 것은 법률적 arcana(비법) 가운데 하나겠지."

매컴은 일어나서 문 쪽으로 가던 걸음을 멈추고 잠시 생각에 잠기는 것 같았다.

이윽고 그는 말했다.

"자네가 입회하고 싶다면 그다지 반대하지는 않겠네. 정말로 가고 싶다면 말일세."

매컴은 번스가 말한 '망신'을 번스 자신이 당하게 되는 일이 증명될지도 모른다고 생각하는 모양이었다.

그래서 우리는 택시를 타고 형사법정 건물을 향해 달렸다.

＊1 네덜란드의 식민지 총독. 1646년부터 그 무렵의 뉴암스테르담(지금의 뉴욕)이 1664년 영국에 양도될 때까지 뉴네덜란드의 총독이었다. 만년을 뉴욕에서 살았는데, 파이로 번스가 마음에 들어 하는 클럽은 뉴욕의 개척자라 해서 그의 이름이 붙여진 것이다. 1592~1672.

＊2 기원전 7세기 무렵의 그리스 현인. 여기서는 배심원들을 가리킴.

＊3 그리스 신화의 복수의 여신.

＊4 동 로마 황제. 제국을 중흥하고 로마 법전을 편찬함. 483~565.

＊5 필립 드이머 스탠홉 체스터필드 경(1694~1774)인 듯함. 이 영국 귀족은 조지 2세의 황태자 시절 신하였다. 외교관, 정치가, 서간문 필자로서 유명했으며, 헤이그에 대사로 가 있을 때 듀 부셰라는 여자와 사랑에 빠져 세상을 떠들썩하게 한 적이 있다. 그래서 번스가 벤슨에 견주어 그를 들먹인 것 같다.

보고와 신문

6월 15일 토요일 오후 3시

우리는 프랭클린 거리 쪽 입구를 통해 빛바랜 대리석 기둥과 난간이 있고 고풍스러운 당초무늬 쇠장식이 달린 낡은 건물로 들어가 곧장 4층 지방검사실로 올라갔다.

사무실도 건물과 마찬가지로 예스러운 분위기였다. 높은 천장, 육중한 금빛 떡갈나무 재목의 조각마루, 낮게 드리워진 청동과 도자기로 만든 정교한 샹들리에, 페인트칠한 창문과 창문 사이의 우중충한 벽, 남쪽 벽에 높이 난 네 개의 좁은 창문——모든 것이 지난 시대의 건축과 장식을 말해주었다.

바닥에는 역시 우중충한 갈색 비로드 카펫이 널찍이 깔리고 창문에는 같은 빛깔의 비로드 커튼이 드리워져 있었다. 벽가와 지방검사의 사무용 책상 앞 커다란 떡갈나무 테이블 둘레에 크고 안락해 보이는 의자가 몇 개 놓여 있었다. 검사의 책상은 창문 바로 아래에 방 안을 향해 놓여 있었다. 위가 넓고 평평했으며 다리에 조각이 새겨지고, 양옆에는 바닥까지 닿도록 서랍이 달려 있었다. 등받이가 높은 책상

용 회전의자 오른쪽에 조각이 새겨진 떡갈나무 테이블이 또 하나 있었다.

방 안에는 그밖에도 몇 개의 서류장과 큰 금고가 하나 있었다. 동쪽 벽 가운데에 나 있는 커다란 놋쇠 장식 못을 박은 가죽이 씌워진 문은 사무실과 대기실 사이의 길쭉한 방과 통했다. 그 방에는 지방검사의 비서와 서기가 몇 명 책상을 나란히 놓고 앉아 있었다. 이 문과 마주 보이는 곳에 있는 또 하나의 문은 지방검사의 깊숙한 성당과 이어지는 듯했다.

번스는 태평스럽게 방 안을 둘러보았다.

"흐음, 이 방이 뉴욕 시 정의의 모체인가?"

그는 한 창문 앞으로 다가가 맞은편에 있는 시 형무소의 잿빛 둥근 탑을 내려다보았다.

"그리고 저기가 법의 희생자들이 바깥 시민들 속에서 범죄활동 경쟁을 하지 못하도록 가둬두는 oubliette(감옥)로군. 정말 애처로운 풍경일세, 매컴."

지방검사는 사무용 책상에 앉아 기록부에 적힌 메모로 눈길을 보냈다. 그는 얼굴을 들지 않고 말했다.

"부하 두 사람이 나를 기다리고 있으니 미안하네만 잠깐 거기 앉아 있게. 사회를 해치는 나의 하찮은 일을 좀더 진행시켜야겠네."

책상 끄트머리 아래쪽에 있는 버튼을 누르자 도수 높은 안경을 낀 시원스러워 보이는 젊은이가 문 앞에 나타났다.

"스워커, 펠프스를 들여보내게. 그리고 스프링저가 식사하고 돌아오거든 곧 만나고 싶다고 이르게."

비서가 나가자 이어서 얼굴이 매같이 생기고 등이 굽어 볼품없는 키가 큰 사나이가 딱딱한 걸음걸이로 들어왔다.

매컴이 물었다.

"무언가 새로운 일이라도 있나?"

그 형사는 낮고 귀에 거슬리는 목소리로 대답했다.

"네, 당장 쓸 만한 것을 한 가지 알아가지고 왔습니다. 점심때 보고를 끝낸 다음 리콕 대위의 아파트로 한 번 가 보았지요. 관리인으로부터 뭔가 알아낼 수 있을지도 모른다고 생각되었기 때문입니다. 그때 마침 대위가 나가는 것을 보았습니다. 뒤따라갔더니 그는 곧장 리버사이드 드라이브에 있는 그 여자의 아파트로 가서 한 시간 넘게 있었습니다. 그리고 걱정스러운 얼굴로 나와 다시 자기 아파트로 돌아가더군요."

매컴은 잠깐 생각에 잠겼다.

"그다지 대수로운 일이 아닐지도 모르지만, 어쨌든 알아낸 건 잘한 일일세. 세인트 클레어가 이제 곧 올 테니 뭐라고 말하는지 떠봐야겠군. 오늘은 이제 다른 용건이 없네. 스워커에게 그렇게 말하고 트레이시를 들여보내게."

트레이시는 펠프스와 전혀 다른 타입이었다. 키가 작고 좀 뚱뚱했으며, 지어낸 듯한 부드러운 분위기를 자아내고 있었다. 동그스름한 얼굴이 상냥해보이고 pince-nez(코안경)를 썼다. 입은 옷도 요즘 유행하는 것으로 몸에 잘 맞았다.

그는 부드럽고 싹싹한 목소리로 입을 열었다.

"안녕하십니까, 검사님. 세인트 클레어라는 여자가 오늘 이곳에 출두하게 되어 있는 것으로 압니다만, 신문할 때 참고될 만한 것을 두세 가지 알아냈습니다."

형사는 작은 수첩을 펴고 코안경을 고쳐 썼다.

"저는 그녀의 노래지도 선생에게서 뭔가 알아낼 수 있을지 모른다고 생각했습니다. 전에 메트로폴리탄 오페라에 관계했던 이탈리아 사람인데, 지금은 자기 합창단을 가지고 있지요. 프리마돈나가 될 야심을 지닌 여자들에게 코러스와 무대장치를 곁들여 여러 가지 연습을 시켜주고 있답니다. 세인트 클레어는 그가 아끼는 자 가운데 한 사람이지요. 그는 선선히 묻는 말에 대답해주었습니다. 벤슨에 대해서도 잘 아는 것 같았습니다. 벤슨은 세인트 클레어가 연습하는 것을 여러 번 구경했으며 가끔 택시로 마중나오기도 했답니다.

리널드——그 노래선생의 이름입니다——는 벤슨이 그녀에게 완전히 반했었다고 말하더군요. 지난 겨울 그녀가 클라이텔리언 극장에서 단역을 맡아 노래불렀을 때 리널드가 후견역을 맡았는데, 벤슨이 분장실을 가득 채우고도 남을 만큼 많은 온실 재배꽃을 선물했답니다. 벤슨이 그녀의 후원자이었는지 어떤지 알아내려고 했으나 리널드는 모르는 것인지 아니면 알고도 모르는 척하는 건지 확실하게 대답하지 않더군요. "

트레이시는 수첩을 덮고 얼굴을 들었다.

"도움될 수 있을지 모르겠습니다, 검사님. "

매컴이 대답했다.

"많이 도움되네. 그 선에서 계속 뛰어주게. 그리고 월요일 이맘때쯤 다시 상황을 알려주게나. "

트레이시는 인사하고 나갔다. 이어서 비서가 다시 문 앞에 나타났다.

"스프링저가 와 있습니다. 들여보낼까요 ? "

스프링저는 펠프스와도 트레이시와도 전혀 다른 타입의 형사였다. 나이도 그들보다 많았고, 근면한 은행장부계 직원 같은 침울하고 유능해보이는 사나이였다. 그 행동에는 진취적인 점이 하나도 없었으나 섬세한 일을 아주 정확하게 해낼 능력이 있어 보이는 인상이었다.

매컴은 주머니에서 벤슨 소령으로부터 들은 이름을 적어둔 봉투를 꺼냈다.

"스프링저, 롱아일랜드에 사는 사람인데 벤슨 사건 관계로 되도록 빨리 만나보았으면 하네. 주소를 찾아내어 급히 이리로 데려오게. 전화번호부에서 찾을 수 있다면 일부러 갈 필요가 없겠지. 이름은 리앤더 파이피, 포트 워싱턴에 살고 있을걸세."

매컴은 그 이름을 카드에 휘갈겨 써서 형사에게 주었다.

"오늘은 토요일이니까 만일 내일 뉴욕에 나올 일이 있거든 스타이비샌트 클럽으로 나를 찾아와주기 바란다고 전하게. 오후에는 거기 있을 테니까."

스프링저가 나가자 매컴은 다시 버튼을 눌러 비서를 부르더니 세인트 클레어가 오거든 곧 들여보내라고 일렀다. 그러자 스워커가 보고했다.

"히스 부장님이 와 있습니다. 그다지 바쁘지 않으면 뵙고 싶다고 합니다."

매컴은 문 위의 벽시계를 올려다보았다.

"아직 시간이 좀 있군. 들여보내게."

히스는 번스와 내가 지방검사실에 있는 것을 보고 뜻밖인 듯한 표정을 지었다. 그러나 매컴과 형식적인 악수를 나눈 뒤 호인 같은 미소를 띠며 번스를 보았다.

"아직도 공부하고 있습니까, 번스 씨?"

번스는 소탈하게 대답했다.

"꼭 그렇다고 할 수만은 없소. 꽤 흥미 있는 과오를 몇 가지 배우고 있는 중이오. 당신의 탐정업은 어떻게 되어가고 있지요?"

히스의 얼굴이 갑자기 진지해졌다.

"그것을 검사님에게 말씀드리러 왔습니다."

그는 매컴 쪽을 보았다.

"정말 골치 아픈 사건입니다, 검사님. 부하와 내가 손을 나누어 벤슨과 가까이 지낸 사람들을 10명 남짓 만나보았으나 참고될 만한 사실을 하나도 찾아내지 못했습니다. 아무것도 모르거나 아니면 모두 조개같이 입을 꾹 다물어버리더군요. 벤슨이 살해됐다는 말을 듣자 모두들 소스라치게 놀라며 입을 크게 벌리거나 기절초풍하는 녀석들뿐이었지요. 어째서 이런 일이 벌어졌는지 짐작가는 바가 없느냐고 물어도 전혀 모르겠다는 겁니다.

하는 말들도 모두 똑같습니다. 앨빈같이 좋은 사람을 누가 쏘아죽였을까, 앨빈이 얼마나 좋은 사람인지 모르는 강도가 아닌 이상 아무도 그런 짓을 하지 못할 것이다, 하지만 강도라도 그가 얼마나 좋은 사람인지 알았다면 그런 짓은 못했을 텐데. 이런 식입니다. 제기랄, 나는 그들 가운데 두세 명쯤 내 손으로 때려죽여서 그토록 좋아한다는 앨빈에게로 보내주고 싶을 정도였습니다."

매컴이 물었다.

"자동차에 대해서는 무언가 단서가 나왔소?"

히스는 아주 못마땅한 표정을 지으며 내뱉듯이 말했다.

"하나도 없습니다. 그것이 혼자 판치듯이 광고에 나왔는데도 아주 이상합니다. 손에 들어온 것은 그 낚싯대 마디뿐입니다. 그건 그렇고, 오늘 아침 경찰국장님이 시체해부 보고서를 보내주셨는데 새로운 것은 없었습니다. 여느 사람들이 쓰는 말로 설명하면, 벤슨은 머리에 총을 맞고 죽었으며 다른 기관은 모두 이상이 없답니다. 멕시코 콩에 중독되었다거나 아프리카 뱀에게 물려 사건을 지금보다 더 복잡하게 보이도록 하지 않은 것이 오히려 이상할 정도입니다."

"기운 내시오, 히스 부장. 우리 쪽은 당신보다 좀 운이 좋은 것 같소. 트레이시가 핸드백 주인을 알아내어 그날 밤 그녀가 벤슨과 함께 저녁식사한 사실을 확인했소. 그밖에도 그와 펠프스가 두세 가지 잘 들어맞는 보충사실을 알아냈지요. 곧 그녀가 이리로 올 것이오, 뭐라고 설명할지 잠시 뒤면 알 수 있게 될 거요."

지방검사가 말하는 동안 히스의 눈에 분해 하는 빛이 나타났으나 곧 사라지며 여러 가지 질문이 튀어나왔다. 매컴은 모든 것을 자세히 들려주고 리앤더 파이피에 대해서도 이야기해주었다.

이윽고 검사는 말을 맺었다.

"그녀와 만나 이야기한 결과를 곧 알려주겠소."

히스가 나가고 문이 닫히자 번스는 능글맞은 미소를 지으며 매컴을 쳐다보았다.

"니체의 übermenschen(초인)일 수는 없는 듯싶군. 헤아릴 수 없이 복잡한 이 세상일에 나리께서도 조금 당황한 모양이지? 풀이 죽어 있는 걸 보니 말일세. 그 도수 높은 안경을 낀 몹시 바빠보이는 젊은이가 부장이 왔다고 말할 때 나는 사실 가슴이 두근거렸다네. 벤슨을 죽인 범인을 적어도 6명쯤 체포했다고 보고하러 온 줄 알았거든."

"희망이 너무 컸군" 하고 매컴이 비평했다.

"하지만 그것이 자네들이 늘 쓰는 수법 아닌가? 우리의 위대하고 도의적인 신문의 큰 제목을 믿어도 좋다면 말일세. 나는 범죄가 일어나면 그 순간부터 경찰이 닥치는 대로 사람을 마구 붙잡는다고 생각했거든, 세상의 눈길을 끌기 위해서. 이것 역시 환멸일세. 슬픈 일이지. 그 부장은 나의 믿음을 저버렸어."

바로 이때 매컴의 비서가 문에 나타나 세인트 클레어가 왔음을 알렸다.

그 젊은 여자가 야무지면서도 우아한 걸음걸이로 거만하게, 도무지 납득할 수 없다는 듯한 태도로 머리를 조금 갸우뚱하고 천천히 들어왔을 때 우리는 모두 조금 겸연쩍은 기분을 맛보지 않을 수 없었다. 몸집이 자그맣고 아주 예쁜 여자였다. 하지만 '예쁘다'는 말은 그녀를 묘사하는 데 알맞지 않았다.

그녀는 레오나르도의 엄격함을 부드럽게 하고 거기에다 친근함과 퇴폐를 더한 카라치*[1]의 초상화에서 볼 수 있는 좀 이국적인 멋을 풍기는 아름다운 여자였다. 검은 눈은 사이가 넓었으며 코가 오뚝하니 곧고 이마도 넓었다. 육감적인 입술은 윤곽이 뚜렷하여 마치 조각 같았으며 입가에는 수수께끼 같은 미소 아니, 미소 비슷한 것이 떠올라 있었다.

둥글고 단단한 턱은 다른 부분에 비해 좀 답답한 느낌이 들었으나 ensemble(전체적)로 보면 결코 그렇지도 않았다. 그 태도에는 안정감이 깃들어 강한 성격이 배어나와 있었다. 하지만 그 외면의 평정 속에 강렬한 감정이 숨겨져 있음을 나는 느꼈다. 옷차림은 인품과 잘 조화를 이루어 수수하고 평범했으나 색깔 선택 같은 점에 나타나 있는 독창성이 일종의 독특한 매력을 주었다.

매컴은 일어나서 형식적인 인사를 하고 자기 책상 바로 앞의 편안해 보이는 푹신한 의자를 권했다. 그녀는 고개를 까딱하고 흘끗 그 의자를 보더니 그 옆의 팔걸이가 없는 여느 의자에 앉았다.

그녀는 말했다.

"실례하겠어요. 제가 앉고 싶은 의자에 앉아 조사받고 싶으니까요."

그 목소리는 낮고 잘 울렸다. 훈련을 많이 쌓은 가수의 목소리였다. 이야기하면서 그녀는 미소지었으나 그것은 마음을 터놓은 미소가 아니라 차갑고 쌀쌀맞으면서도 어딘지 요염한 데가 있는 미소였다.

매컴은 정중하면서도 엄격한 말투로 신문을 시작했다.

"세인트 클레어 양, 앨빈 벤슨 씨의 살해사건에 당신은 밀접한 관련이 있습니다. 결정적인 조치를 취하기 전에 두세 가지 물어볼 것이 있어서 여기까지 나와 달라고 부탁드렸지요. 그리고 충고하겠습니다만, 솔직하게 말하는 편이 당신 자신을 위해 좋을 겁니다."

매컴은 잠시 말을 끊었다. 그녀는 비웃음이 담긴 묻고 싶은 듯한 눈길로 검사를 바라보았다.

"친절하게도 충고해주셔서 고맙다는 말씀을 드려야겠군요."

매컴은 얼굴을 한껏 찌푸리며 책상 위의 타이프된 서류를 내려다보았다.

"이미 아시리라고 생각합니다만, 벤슨 씨가 총에 맞은 다음날 아침 당신의 장갑과 핸드백이 그의 집에서 발견되었습니다."

그녀가 대답했다.

"핸드백이 제 것임을 어떻게 알아냈는지는 알겠지만, 어째서 장갑이 제 것이라고 단정내렸지요?"

매컴은 그녀를 쏘아보았다.

"그럼, 장갑은 당신 것이 아니란 말씀입니까?"

"아니, 그렇다는 건 아니에요."

그녀는 다시 쌀쌀맞은 미소를 매컴에게 보냈다.

"저는 다만 그 장갑이 제 것인 줄 어떻게 알았는지 이상하게 생각되었을 뿐이지요. 장갑에 대한 제 취향이며 치수를 모를 테니까요."

"그럼, 그 장갑은 당신 것이로군요."

"팔꿈치까지 오는 하얀 염소가죽장갑으로 치수가 5와 4분의 3인 트레프우스(가게 이름) 것이라면 틀림없이 제 것이에요. 지장 없다면 돌려주시겠어요?"

"안됐습니다만, 지금은 우리가 보관해둘 필요가 있습니다."

그녀는 어깨를 으쓱하며 이야기를 바꾸었다.

"담배를 피워도 되겠어요?"

매컴은 책상서랍을 열어 벤슨 앤드 헤지스 담배를 한 갑 꺼냈다.

그녀가 말했다.

"저에게도 있어요. 하지만 물부리를 아주 좋아하는데. 잃어버려서 속상하군요."

매컴은 머뭇거렸다. 그녀의 태도는 확실히 만만치 않았다.

"기꺼이 빌려드리지요."

그는 타협하듯 말하며 책상의 다른 서랍을 열고 물부리를 꺼내어 그녀 앞에 놓았다. 그리고 다시 엄격한 태도로 돌아가 말했다.

"자, 세인트 클레어 양, 당신의 이런 물건들이 어째서 벤슨 씨 거실에 놓여 있었는지 그 이유를 설명해 주시겠습니까?"

그녀가 대답했다.

"아니오, 그건 이야기하지 않겠어요."

"이런 경우 거절하면 심상치 않은 추정이 내려진다는 것을 알겠지요?"

"그런 문제는 그다지 생각해보지 않았어요."

그녀의 말투는 대범했다.

"생각해보는 게 좋을 텐데요. 당신 입장은 결코 바람직한 것이 못됩니다. 물론 당신 소지품이 벤슨 씨 거실에 있었다는 것만으로 당신을 이 사건과 결부시키려는 것은 아닙니다."

그녀는 의아한 듯이 눈길을 들고 다시 입가에 수수께끼 같은 미소를 떠올렸다.

"저를 살인범으로 단정할 만한 충분한 증거를 갖고 있는 모양이지요?"

매컴은 그 물음에는 대답하지 않았다.

"벤슨 씨와 꽤 가까운 사이였지요?"

"제 핸드백과 장갑이 그분 거실에서 발견되었으니 일단 그렇게 생각할 수 있겠지요. 안 그래요?"

매컴은 계속 물었다.

"벤슨 씨는 당신에게 큰 관심을 가지고 있었지요?"

그녀는 moue(볼멘 얼굴)로 한숨쉬었다.

"네, 정말 굉장했어요. 제 쪽에서 화날 정도였으니까요. 제가 여기 불려온 것은 그 신사가 저에게 관심이 굉장했었다는 것을 이야기하기 위해서인가요?"

매컴은 이 질문도 무시했다.

"세인트 클레어 양, 당신은 밤 12시에 마르세이유를 나와 댁으로 돌아갈 때까지 어디 있었습니까? 아파트로 돌아간 시간은 1시 지나서였다고 알고 있습니다만."

"당신은 정말 굉장하군요!"

그녀는 감탄해보였다.

"무엇이든지 다 알고 있는 것 같으니 말이에요. 네, 그야 집으로 돌아가는 중이었다고 말씀드리는 수밖에 없겠군요."

"40블록에서 81블록과 리버사이드 드라이브 모퉁이까지 돌아가는 데 한 시간이나 걸립니까?"

"네, 그래요. 2, 3분쯤 차이가 있을지 모르지만."

매컴은 초조해지기 시작했다.

"어째서 그렇게 오래 걸리는지 어디 한 번 설명해주실까요?"

"그런 건 설명할 수 없어요. 시간이 얼마 걸렸다는 것밖에는. 시간이란 화살같이 빨리 지나가지요, 매컴 씨, 안 그래요?"

매컴은 초조한 빛을 드러내며 경고했다.

"그런 태도는 자신을 불리하게 만들 뿐입니다. 당신 입장이 얼마나 곤란한지 모릅니까? 우리는 당신이 벤슨 씨와 식사한 뒤 12시에 레스토랑을 나와 1시가 넘어서야 당신 아파트에 도착했다는 사실을 알고 있습니다. 벤슨 씨는 12시 30분에 총에 맞았고, 다음날 아침 당신 소지품이 그 방에서 발견되었습니다."

"그러니까 굉장히 수상쩍다는 말씀이로군요?"

그녀는 정말 큰일난 듯한 얼굴을 지으며 매컴의 주장을 인정했다.

"그리고 이것도 덧붙여 말씀드리지요, 매컴 씨. 만일 생각만으로도 벤슨 씨를 죽일 수 있었다면 그분은 벌써 오래 전에 죽었으리라는 것 말이에요. 죽은 사람을 나쁘게 말하면 안 된다는 것쯤은 저도 알고 있어요. de mortuis라는 말로 시작되는 속담*²이 있지요. 하지만 저는 벤슨 씨가 정말 싫어서 견딜 수 없었던 이유가 있었어요."

"그럼, 어째서 그와 함께 식사하러 갔었지요?"

그녀는 우울한 얼굴로 고백했다.

"그 질문은 그 뒤 몇 번이나 저 스스로에게 해보았답니다. 우리들 여자는 아주 충동적인 동물이거든요. 늘 해서는 안 되는 일을 해버리지요. 당신이 무슨 생각을 하고 있는지 저는 알아요. 제가 그분을 쏠 작정이었다면 그것이 아주 자연스러운 예비행동이었다고 생각하는 거겠지요? 그래요, 사람을 죽이는 여자는 모두 그전에 희생자와 함께 식사하러 가는 모양이지요."

그녀는 이야기하며 콤팩트를 열어 거울에 비친 얼굴을 들여다보았다. 물결치는 짙은 갈색 머리카락이 흐트러졌다고 생각되는지 거만한 손길로 매만진 다음 눈썹연필로 그린 아치형 눈썹이 눈에 보이지 않을 정도로 흩어진 듯 손가락으로 다듬었다. 그리고 머리를 갸우뚱하며 자기 모습을 살펴본 뒤 말을 끝내면서 지방검사에게서 눈길을 옮겼다. 그 행동은 이야기를 듣고 있는 사람에게 그녀로서는 대화의 내용보다 자기 겉모습이 더 중요하다는 인상을 뚜렷이 주었다. 이 짧은 무언극만큼 확실하게 그녀의 무관심을 표현하는 것은 없었다.

매컴은 아주 애를 먹고 있었다. 다른 타입의 지방검사라면 이런 경우 직권을 믿고서 강압적으로 상대방의 마음을 좀더 다루기 쉬운 방향으로 끌고 갔으리라. 그러나 매컴은 특히 여자를 다룰 경우 어느 검사국 직원들처럼 고압적이고 위협적인 말을 늘어놓는 방법을 본능적으로 싫어했다. 하지만 클럽에서 번스가 비난하지 않았다면 이 경우 아마 틀림없이 좀더 위압적인 태도를 취했을 것이다. 그러나 번스의 말이 마음에 걸려 불안한 짐이 되어 있는데다 그녀가 제멋대로 굴어서 더욱 애먹는 듯했다.

잠시 아무 말이 없다가 매컴은 정색하고 물었다.

"당신은 벤슨 앤드 벤슨 주식중개소를 통해 꽤 거액의 투기를 하고 있지요? 아닙니까?"

이 질문에 대답하여 가냘프고 음악적인 웃음소리가 울려왔다.

"그 소령이 말했군요. 네, 터무니없이 어리석은 도박을 했지요. 주제에 맞지 않는 짓이었어요. 저는 아마 욕심쟁이인가 봐요."

"그리고 요즘 크게 손해를 입었다는데, 사실입니까? 그래서 앨빈 벤슨 씨는 당신에게 추가금을 청구했고 결국 당신은 주식을 팔았다고 하던데요?"

그녀는 자못 비극적인 표정을 지으며 한탄했다.

"그게 사실이 아니라면 얼마나 좋을까요. 그래서 비열한 앙갚음을 하기 위해, 정당한 벌을 주기 위해 벤슨 씨를 해치웠다고 생각하시나요?"

그녀는 장난스러운 미소를 띠며 마치 알아맞히기 게임이라도 하듯 은근히 대답을 기다렸다.

매컴은 눈을 사납게 뜨고 냉정하게 말했다.

"필립 리콕 대위는 벤슨 씨 살해에 쓴 것과 똑같은 45구경 육군 콜트 권총을 가지고 있다는데, 정말입니까?"

약혼자의 이름이 나오자 그녀는 눈에 띄게 몸을 꼿꼿이 세우며 긴장했다. 지금까지 그녀가 취하고 있던 연극적인 태도는 어디로인가 사라지고 붉은 기가 두 뺨에 살며시 솟아오르더니 이마까지 물들였다. 그러나 그녀는 곧 연극적인 무관심한 태도를 되찾고 대수롭지 않게 대답했다.

"리콕 대위의 권총 구조나 구경에 대해서는 물어본 적이 없어요."

매컴은 싸늘한 목소리로 추궁했다.

"그럼, 살인이 일어나기 전날 아침 리콕 대위가 당신을 찾아왔을 때 당신에게 권총을 빌려준 것은 사실이 아닙니까?"

그녀는 수줍어하며 나무랐다.

"매컴 씨, 당신은 정말 멋없는 분이로군요. 약혼한 사람들의 개인 관계에까지 파고들다니. 저는 리콕 대위와 약혼한 사이에요. 아마 아시고 계시겠지만요."

매컴은 자신을 억누르려고 애썼으나 벌떡 일어났다.

"당신이 내 질문에 완전히 대답을 거절하고 있다고 보아도 좋습니까? 아니면 지금의 아주 곤란한 입장을 헤쳐 나갈 노력을 전혀 하지 않겠다는 겁니까?"

상대방은 생각에 잠겼다. 이윽고 그녀는 느릿하게 대답했다.

"그래요. 지금으로서는 그다지 말씀드리고 싶은 것이 없어요."

매컴은 몸을 앞으로 굽히고 책상 위에 두 손을 짚었다. 그는 기분 나쁜 목소리로 물었다.

"당신의 그런 태도가 어떤 결과를 가져올지는 알겠지요? 이 사건과 당신의 관계에 대해 내가 알고 있는 사실과 납득갈 만한 설명을 모두 거부하는 당신의 태도를 생각해 볼 때 당신에 대한 구치명령을 내리는 데 필요한 조건은 충분히 갖추어졌다고 봅니다."

매컴이 말하는 동안 나는 그녀를 지켜보았다. 그녀는 지금까지의 그녀답지 않게 눈길을 조금 내리깔았을 뿐이었다. 그밖에는 매컴의 말에 동요된 듯한 표정이 조금도 없었다. 오히려 아주 재미있는 듯한 대담한 태도로 지방검사를 쳐다보았다.

매컴은 갑자기 입가에 힘을 주더니 몸을 돌려 책상 끝 아래에 있는 단추로 손을 뻗었다. 그러면서도 그는 번스에게로 눈길을 보내며 결단내리지 못하고 망설였다. 번스의 얼굴에는 비난하는 듯한 놀라운 표정이 떠올라 있었다. 그 얼굴은 매컴이 무엇을 하려는지 알고 매우 놀라고 있었으며, 돌이킬 수 없는 어리석은 행동을 할 작정이냐고 말 이상으로 강력하게 이야기하고 있었다. 잠시 긴장된 침묵이 방 안에 감돌았다. 이윽고 세인트 클레어는 침착하게 천천히 콤팩트를 열고 분첩으로 콧등을 두드렸다. 그 일이 끝나자 그녀는 지방검사에게로 맑은 눈길을 돌렸다.

"그럼, 저를 지금 체포할 생각이신가요?"

매컴은 생각에 잠기며 잠시 그녀를 보았다. 곧 대답하지 못하고 그는 창가로 다가가 1분이 넘도록 형사법정 건물과 시 형무소를 연결하는 '한숨의 다리'를 내려다보았다.

마침내 그는 천천히 말했다.

"아니오, 오늘 체포하지는 않겠소."

매컴은 여전히 그대로 바깥을 내다보고 서 있었다. 그리고 선뜻 결단내리지 못하는 기분을 떨쳐버리려는 듯이 몸을 돌려 그녀를 보며 퉁명스럽게 말했다.

"지금으로서는 체포하지 않겠습니다. 그러나 당분간 뉴욕을 떠나지 못한다는 명령을 내리겠습니다. 만일 이 명령을 어기고 떠나면 체포될 테니 잘 알아두십시오."

매컴이 버튼을 누르자 비서가 들어왔다.

"스워커, 세인트 클레어 양을 아래로 모시고 가서 택시를 잡아드리게. 그 일만 끝나면 자네는 이만 퇴근해도 좋아."

그녀는 몸을 일으켜 매컴에게 가볍게 인사했다.

"담배물부리를 빌려주셔서 정말 고마웠어요."

그녀는 유쾌하게 말하며 담배물부리를 책상 위에 놓았다. 그리고 말없이 조용히 방에서 나갔다.

세인트 클레어가 나가고 문이 닫히자마자 매컴은 또 다른 버튼을 눌렀다.

조금 뒤 희끗희끗한 머리의 중년남자가 나타났다.

매컴은 급히 명령했다.

"벤, 지금 스워커가 아래로 데리고 간 여자를 뒤쫓게. 잘 감시하여 놓치지 않도록. 뉴욕 밖으로 나가지 못하게 되어 있네, 알겠지? 트레이시가 찾아낸 세인트 클레어 양일세."

그 사나이가 나가자 매컴은 선 채 번스 쪽으로 몸을 돌리고 쏘아보았다. 그는 도전적이고 의기양양한 태도로 물었다.

"어떤가, 지금은 자네가 말한 저 죄없는 젊은 여자를 어떻게 보나?"

번스는 부드럽게 대답했다.

"멋있는 여자인데, 안 그런가? 훌륭한 자제력을 가지고 있네. 그리고 직업군인과 결혼할 생각이라지? 나쁘지 않은걸. De gustilbus(non disputandum에 이어지는 말로 취미가 나쁘지 않다는 뜻)로군. 안 그런가, 매컴? 나는 자네가 정말 수갑을 가져오게 하는 줄 알고 잠시 조마조마했다네. 그렇게 했다면 자네는 죽을 때까지 후회했을걸세."

매컴은 잠시 동안 번스를 뚫어지게 바라보았다. 번스의 확신 있어 보이는 태도 밑바닥에 단순한 변덕 이상의 무언가가 있음을 그는 알았다. 그렇기 때문에 그는 그녀를 구치시키려다가 곧 그만두었던 것이다.

매컴은 비평했다.

"그녀의 태도는 확실히 자기에게 죄가 없음을 믿게 하는 것이 아니었네. 하지만 연극을 꽤 잘하더군. 영리한 여자라면 켕기는 점이 있을 때 그 정도 연극은 누구나 할 수 있지."

번스가 말했다.

"자네는 그녀가 자네로부터 의심받건 받지 않건 조금도 두려워하지 않는다는 것을 눈치채지 못했나? 사실 그녀는 자네가 순순히 보내주었기 때문에 조금 실망하는 눈치였네."

"내 판단은 자네 생각과 전혀 다르네. 죄가 있든 없든 누구나 체포되는 것을 좋아하지는 않지."

번스가 물었다.

"그건 그렇고, 벤슨이 살해된 시각에 그 행운의 미남자 선생은 어디 있었다던가?"

매컴은 얕보는 듯한 표정을 지었다.

"자네는 우리가 그 점을 확인하지 않았으리라고 생각하나? 리콕 대위는 그날 밤 8시부터 내내 자기 아파트에 있었다네."

"그게 정말인가? 참으로 모범적인 젊은이로군."

번스는 아주 재미있어하는 얼굴이었다.

매컴은 다시 날카롭게 그를 쏘아보았다. 그리고 생각에 잠기며 말했다.

"오늘 자네의 뇌수 속에서 어떤 굉장한 이론이 소용돌이치고 있는지 알고 싶구먼. 내가 그녀를 당분간 돌려보낸 지금——물론 자네가 그렇게 하기를 바랐기 때문이지만——나는 내가 가장 옳다고 생각한 판단을 저버린 셈일세. 그러니 자네도 솔직하게 요술 술법을 털어놓아야 할 게 아닌가?"

"요술 술법? 그런 멋없는 비유를 쓰다니, 마치 내가 무슨 요술쟁이 같군그래. "

번스는 진지하게 대답하고 싶지 않을 때면 늘 이런 식으로 대꾸했다. 그래서 매컴은 이야기를 바꾸었다.

"어쨌든 자네 예언대로 내가 톡톡히 망신당하는 꼴을 보지 못해서 안됐네. "

번스는 놀라운 듯이 상대방을 쳐다보았다. 그리고 슬픈 목소리로 덧붙였다.

"그런가? 여보게, 인생은 온통 실망으로 가득 차 있다네. "

＊1 이탈리아의 삼형제 화가. 여기서는 막내인 안니발을 가리키는 듯함.

＊2 De mortuis nil nisi bonum――죽은 사람에 대해서는 좋은 말만 하라. 그리스의 철인 라에르테의 디오게네스의 말(기원전 3세기 무렵).

번스, 도전에 응하다

6월 15일 토요일 오후 4시

매컴이 전화로 이 신문 내용을 히스에게 알린 뒤 우리는 스타이비
샌트 클럽으로 돌아갔다.

여느 때라면 지방검사국은 토요일 오후 1시에 닫게 되어 있는데,
오늘은 세인트 클레어 양의 방문이라는 중요한 용건이 있어 시간이
연장되었던 것이다. 매컴은 심각한 생각에 잠겨 늘 앉는 클럽 휴게실
의 구석자리에 자리잡을 때까지 말이 없었다.

이윽고 그는 화난 듯이 말했다.

"잘못했어. 그녀를 그냥 돌려보내는 게 아닌데.. 아무리 생각해도
그녀가 범인일 것 같단 말일세."

번스는 크게 감탄한 표정을 지었다.

"저런, 그런가? 자네는 '참으로' 심령적이군, 매컴. 지금까지 늘
그랬겠지. 꿈이 모두 현실로 변하지는 않던가? 누군가를 생각하고
있으면 바로 그때 반드시 전화가 걸려오겠지. 정말 부러운 천복을
타고났군그래. 손금을 볼 줄 모르나? 어째서 그녀의 별점을 점쳐

보지 않았지？"

"자네는 그녀에게 죄가 없다고 믿는 모양이네만, 그것은 자네가 받은 인상에 지나지 않네. 나는 아직 무언가 좀더 구체적인 근거가 있는 증거를 못 보았네."

번스는 딱 잘라 말했다.

"하지만 사실이 그런 걸 어떡하겠나？ 나는 그녀에게 죄가 없다는 것을 '알고 있네'. 그리고 여자로서는 그 총을 쏠 수 없다는 것도 알고 있지."

"여자는 45구경 육군 콜트 권총을 다루지 못한다는 잘못된 생각을 어서 머리에서 쫓아버리게."

번스는 어깨를 으쓱하며 그 충고를 받아들이지 않았다.

"범죄의 물적 증거 따위는 내 계산에 들어 있지 않네. 그런 것은 모두 자네들 법률가나 힘깨나 쓰는 사람들에게 맡기지. 나는 좀더 확실한 다른 방법으로 결론을 내릴 생각이네. 그래서 자네가 벤슨 살해혐의로 그녀를 체포하면 더 이상 큰 망신이 없다고 말했던걸세."

매컴은 단호하게 항의했다.

"자네는 그렇게 말하지만, 진리에 이르기 위한 추리과정을 무시하고 있는 것 같네. 자네는 혹시 사람 마음의 움직임에 대한 믿음을 완전히 잃어버린 게 아닌가？"

번스는 탄성을 질렀다.

"자네 말을 듣고 있으니 신이 반드시 위대한 범인의 목소리를 듣는 기분이로군！ 자네 머리는 정말 전형적일세그려, 매컴. 자네 머리는 자신이 모르는 것은 지식이 아니고, 자기가 이해할 수 없는 것에는 설명도 존재하지 않는다는 원칙에 따라 움직이고 있네. 정말 편리한 사고방식이로군. 고민이나 불안을 전혀 느끼지 않아도 되니 말일세. 자네에게는 아마도 이 세상이 감미롭고 멋진 곳으로 보이겠지."

매컴은 너그럽고 부드러운 태도를 보였다.

"자네는 아까 점심식사할 때 범죄수사 과정에서 결코 실패하지 않는 방법에 대해 말했는데, 그 심오하고 귀중한 비결을 이 미천한 지방검사에게 좀 가르쳐주지 않겠나?"

번스는 아주 정중하게 큰 절을 했다[1].

"기꺼이 들려주겠네. 나는 개인의 성격과 인간의 본질적 심리탐구에 대해 이야기했었지. 우리는 모두 무엇을 하든 저마다의 성격에 따라 얼마쯤 독자적인 방법을 취하는 법일세. 인간의 행위는 모두 ──그 크기에 관계없이── 개성의 직접적인 표현으로, 피할 수 없이 그 천성이 도장찍힌 듯 나타나 있다네. 그러므로 음악가는 한 장의 악보만 보고도 곧 그것이 베토벤인지 슈베르트인지 또는 드뷔시인지 쇼팽인지 알아보지. 또 화가는 한 장의 화포만 보고도 곧 그것이 콜로인지 알피니인지 렘브란트인지 프란츠 하르스인지 안다네.

완전히 똑같은 얼굴이 두 개 없듯이 완전히 똑같은 성격도 없다네. 개성을 이루는 성분의 배합이 각 개인에 따라 다르기 때문일세. 스무 명의 화가가 동일한 주제를 가지고 그림을 그려도 저마다 다른 해석과 표현이 나타나는 것은 그 때문일세. 그 결과 어떤 작품을 보든지 그것을 그린 화가의 개성이 어김없이 뚜렷하게 나타나 있지. 이야기는 간단하지 않나?"

매컴은 가볍게 비꼬듯 말했다.

"자네 이론은 화가라면 잘 이해하겠지. 그러나 솔직히 말하면 너무 심원해서 나 같은 속세 인간의 머리로는 도저히 이해할 수 없네."

"'그릇된 것에 마음 있는 자는 옳은 길을 거부한다'인가?"

번스는 중얼거리며 한숨을 내쉬었다.

"아무튼 예술과 범죄는 좀 다르네."

그러자 번스가 침착하게 바로잡았다.

"심리학적으로는 아무 차이가 없다네. 범죄에도 예술작품의 기본적인 요소가 모두 갖추어져 있지. 보는 방법, 착상, 기법, 상상작용, 실행, 수법, 구성 등이 말일세. 뿐만 아니라 범죄에는 그 양식과 외관과 일반적인 성격에 있어 예술작품에 견줄 만큼 다양성이 있다네. 사실 신중히 계획된 범죄는 말하자면 그림과 마찬가지로 개성의 직접적인 표현일세. 여기에 범인을 찾아낼 가능성이 숨어 있지.

전문적인 미학자가 한 장의 그림을 분석하여 그것을 누가 그렸는지 알아맞히고 그 화가의 개성과 기질을 지적할 수 있듯이, 전문적 심리학자는 범죄를 분석하여 누가 범인인지 말할 수 있다네. 그것은 우연히 그 심리학자가 범인을 알고 있는 경우의 일이지만, 그렇지 않은 경우에도 거의 수학적인 정확성을 가지고 범인의 기질과 성격 등을 설명할 수 있지. 바로 이것이야말로 사람의 유죄를 결정하는 단 한 가지 확실하고 틀림없는 방법일세, 매컴. 그밖의 방법은 모두 단순한 추측에 지나지 않아. 비과학적이고 불확실하며, 위험하네."

이 설명을 하는 동안 번스는 그냥 입에서 나오는 대로 지껄이고 있는 것처럼 보였으나 그 태도는 냉정하고 자신만만했으므로 이상한 무게가 주어졌다. 매컴은 흥미를 가지고 귀 기울였으나 번스의 이론을 진지하게 받아들이는 것 같지는 않았다.

이윽고 그는 이의를 내세웠다.

"자네 방식대로 하자면 동기는 완전히 무시해야겠군."

"물론이지. 동기란 대부분의 경우 정확하지 않으니까. 우리는 누구나 적어도 20명쯤에 대해 죽일 만한 동기를 가지고 있다네, 매컴.

그와 비슷한 동기로서 99퍼센트의 살인이 저질러지고 있네. 그리고 누군가가 살해당했을 때 진범이 가지고 있던 것과 비슷할 만큼 유력한 동기를 가진 죄 없는 사람들이 10명쯤은 반드시 있는 법일세. 그러므로 어떤 사람이 동기를 지녔다는 사실이 그가 유죄라는 증거는 되지 않네. 동기란 사람이라면 누구나 가지고 있는 것이니까. 동기가 있다고 해서 살인혐의를 씌우는 것은 다리가 두 개 있으니 남의 아내와 달아날 수 있으리라고 의심하는 것과 마찬가지네.

어떤 사람은 살인을 하고 또 어떤 사람은 그런 짓을 하지 않는 이유는 완전히 기질 문제일세. 즉 개인 심리문제라네. 모든 일이 여기에 귀착되지. 그리고 이렇게 말할 수도 있네. 어떤 사람이 진정한 동기를, 굉장히 압도적인 동기를 가지고 있다면 대개 그것이 자기 혼자 감춰두고 드러내지 않는다고, 안 그런가? 여러 해 동안 준비하면서도 그 동기를 드러내지 않을 수 있네. 또는 10년이나 묵은 사실이 갑자기 드러나 범죄를 저지르기 5분 전에 비로소 동기가 생기는 수도 있을 수 있지. 그러니 여보게, 어떤 범죄에 대해 이렇다할 동기가 없는 사람일지라도 동기가 있는 사람 이상으로 수상쩍게 보아도 좋을 걸세."

"자네는 말은 그렇게 하지만 범죄를 추정함에 있어 'cui bono(누가 이익을 얻는가)'라는 생각을 무시할 수는 없겠지?"

"나는 감히 그 'cui bono'라는 사고방식도 역시 어김없는 것으로 믿으면 어리석기 짝이 없는 결과를 가져오기 쉽다고 말하겠네. 누구나 죽으면 대개 이익을 얻게 되는 사람이 많지. '샘녀를 죽여라'*¹ 그런 이론으로 나간다면 자네는 저작자 연맹의 모든 회원을 체포할 수 있을걸세."

그러나 매컴은 굳게 버티었다.

"어쨌든 기회란 범죄에서 무시할 수 없는 요소일세. 여기서 말하는 기회란 특정한 범죄를 특정한 사람이 실행할 수 있도록 편의를 주는 상황과 조건의 합치를 뜻하네."

번스가 반박했다.

"그것 역시 사리에 어긋나는 요소일세. 싫어하는 사람을 죽일 기회는 날마다 얼마든지 있지. 바로 며칠 전에도 참을 수 없이 따분한 사람들이 10명이나 내 아파트에 저녁식사하러 몰려왔다네. '사교상의 devoir(의리)'라는 거지. 하지만 나는 폰테 카네에 비소를 타는 일만은 솔직히 말해서 굉장한 노력이 필요했지만, 참았네. 이것도 역시 보르지아 집*[2]과 내가 기질적으로 다른 부류에 속한다는 것에 지나지 않네.

내가 만일 살인을 결심한다면 재능과 지혜가 뛰어난 cinquecento (15세기)의 로마 귀족처럼 나 스스로 기회를 만들어냈을 걸세. 바로 여기에 어려운 문제가 있네. 기회란 만들어낼 수 있으며, 또한 거짓 알리바이나 여러 가지 속임수로 자기에게 기회가 있었다는 사실을 감출 수도 있네. 자네도 기억하고 있겠지만, 범인이 희생자 집에서 무슨 일이 일어난 모양이라고 신고한 뒤 경관보다 먼저 그집에 들어가 경관들이 뒤쫓아 위층으로 올라오기 전에 희생자를 죽인 사건도 있었지[2]."

"그렇다면 번스, 그 가까이, 즉 현장에 있던 누군가가 범행이 저질러진 시각에 그 장소에 있었다는 증거가 있는 경우는 어떤가?"

"그것 역시 잘못된 생각일세. 죄 없는 사람을 범죄현장에 있게 하여 방패로 삼고 진짜 살인범은 실제로 그 자리에 없었던 것으로 꾸미는 방법은 흔히 쓰이고 있지. 머리 좋은 범인이라면 자신은 멀찍이 떨어져 있으면서도 현장에 있는 대리를 통해서 범죄를 저지를 수 있네. 그리고 머리 좋은 범인이라면 알리바이를 만들어놓고서

변장하여 아무도 알아차리지 못하게 범죄현장에 접근할 수도 있네. 남들이 보기에는 분명 그 자리에 없었는데 실제로 있었던 예는 얼마든지 있다네. 그 반대되는 경우도 있고……. 그러나 어떤 경우든 결코 자기의 개성과 본성에서 벗어날 수는 없네. 모든 범죄가 결국은 인간심리 문제로 돌아간다는 것은 바로 이 때문일세. 여기에 확실하고도 속일 수 없는 추리의 기반이 있네."

"자네 이론을 듣노라니 어째서 자네가 경찰력의 10분의 9를 줄이고 그 대신 신문 일요판 부록에서 그토록 평판 높은 그 심리기계를 2, 3천 대 설치하라고 주장하지 않는지 모르겠군."

번스는 잠시 동안 생각에 잠기며 담배를 피웠다.

"나도 그 기계에 대한 기사를 읽었네. 재미있는 장난감이더군. 피실험자의 주의가 프랭크 클레인 박사의 경건하고도 진부한 잠꼬대에서 구면삼각법 문제로 옮겨가면 정서적 긴장이 어느 정도 증대될 테고, 기계가 그것을 표시하는 것은 어렵지 않겠지. 하지만 죄 없는 사람이 진공관이며 전류계며 전자기며 판유리며 놋쇠손잡이 등이 잔뜩 붙은 기계 앞에 세워져서 최근에 있었던 범죄에 대해 미주알고주알 신문당하면 피실험자의 신경은 완전히 공황상태에 빠져 기계의 바늘이 러시아 발레리나처럼 껑충껑충 뛰겠지."

매컴은 대범하게 미소지어 보였다.

"그리고 진범을 실험대에 올리면 기계의 바늘은 꼼짝하지 않으리라는 말인가?"

"아니, 그렇지 않네."

번스의 말투는 평온했다.

"바늘은 역시 움직일걸세. 하지만 그것은 그가 범인이기 때문이 아니네. 예를 들어 그가 얼간이라면 자신이 새로운 수법의 고문을 당하고 있다고 여겨져 화를 낸 결과 바늘이 사납게 뛰겠지. 그리고 영리한 자라면 그처럼 터무니없는 것을 생각해 낸 법률가의 유치한 머리가 우스워서 바늘이 펄쩍 뛰어오를걸세. "

"자네의 탁월한 논리에 크게 감탄했네. 내 머리는 터빈처럼 빙빙 돌아가고 있다네. 하지만 범죄행위는 두뇌의 결함에서 온다고 믿는 우리 같은 가엾은 속물도 있다네. "

그러자 번스는 대뜸 찬성했다.

"물론 그렇지. 하지만 불행하게도 그 결함은 온 인류가 모두 지니고 있다네. 덕성 있는 사람들이란 즉 그 결함을 겉으로 드러낼 용기가 없는 이들이지. 하지만 자네 말이 범죄자형을 이르는 것이라면 유감스럽지만 우리는 결별하는 수밖에 없겠네. 선천적 범죄자라는 관념을 만들어낸 것은 황색신문이 좋아하는 롬블로조[3]였지. 듀보이스나 칼 피어슨이나 골링 등 진짜 과학자들은 그런 어리석은 이론은 구멍투성이라고 공격했다네[3]. "

"자네의 박식에 새삼 머리를 숙이겠네. "

매컴은 지나가는 종업원을 손짓으로 불러 새 여송연을 주문했다.

"하지만 살인자란 결국 드러나기 마련이므로 나도 마음을 가라앉히고 있네. "

번스는 말없이 생각에 잠겨 담배를 피우며 창 밖의 맑은 6월 하늘을 내다보았다.

마침내 그가 다시 입을 열었다.

"매컴, 범죄자에 대해 여러 가지 진부한 사고방식이 아직도 남아 있는 데 정말 놀랐네. 어째서 건전한 사람이 '살인자는 반드시 드러난다'는 따위의 낡아빠진 망상에 사로잡혀 있는지 나로서는 이해할 수가 없군. 여보게, 살인자란 좀처럼 '드러나는' 법이 없네. '드러난다'면 어째서 살인과가 필요하겠나? 어째서 시체가 발견될 때마다 경찰이 그처럼 야단법석 떨겠나? 이 착각의 책임은 시인에게 있네. 'mordre wol out(살인자는 드러난다)'라는 말을 꺼낸 건 초 서였고, 셰익스피어가 혀를 대신하여 지껄이는 기관을 살인에 부여 함으로써 여기에 합세했지. 범인에게 해골을 보이면 거기서 피가 뿜어 나온다는 꿈같은 이야기를 생각해 낸 것도 물론 어떤 시인이 었네.

자네는 충실한 시민의 위대한 보호자로서 경찰에게 살인자가 '드 러날' 때까지 사무실이든 클럽이든 단골 이발소든 경관이 기다렸다 가 만날 수 있는 장소에 가서 조용히 기다리고 있으라고 말할 수 있겠나? 당치 않은 말이지! 그렇게 하면 경찰은 아마 particeps criminis(공범자)로서, 또는 lunatico inquirendo(정신감정)를 하기 위해 자네는 구치시키라고 지사에게 요구할 걸세[4]."

매컴은 호인답게 뭐라고 중얼거렸다. 여송연 끝을 잘라 불붙이기에 바빴던 것이다. 번스가 이야기를 계속했다.

"자네들은 범죄에 대해 또 한 가지 그릇된 망상을 품고 있는 것 같 네. 즉 범인은 언제나 범죄현장으로 다시 돌아온다는 것 말일세. 이 기발한 사고방식은 애매모호한 심리학적 학설에 근거하여 설명 되고 있더군. 그러나 내가 보증하지만, 심리학은 그런 우스꽝스러 운 학설을 편 적이 없네. 만일 살인범이 희생자인 시체 옆으로 다 시 돌아왔다면 그것은 자신이 저지른 어떤 실수를 지우기 위해서 일세. 그렇지 않다면 범인은 브로드무어나 블루밍델로 가야 하 네*4. 만일 이 기발한 사고방식이 진실이라면 경찰로서도 얼마나 편하겠나? 범죄현장에 죽치고 앉아 카드놀이나 마작을 하며 범인 이 다시 나타날 때까지 기다렸다가 bastille(감옥)에 넣으면 될 테 니까. 그러나 벌 받을 일을 저지른 사람은 본능적으로 되도록 멀 리, 세상 끝까지라도 범죄현장에서 멀리 달아나고 싶어한다네[5]."

매컴은 번스의 주의를 환기시켰다.

"그러나 이 사건의 경우 우리는 살인자가 드러날 때까지 팔짱끼고 기다리는 것도 아니고 벤슨의 거실에 죽치고 앉아 범인이 스스로 되돌아오기를 기다리는 것도 아닐세."

"자네가 지금 다루는 사건을 그런 식으로 밀고가봐야 해결이 늦을 것도 빠를 것도 없네."

매컴이 무뚝뚝하게 반박했다.

"나는 자네처럼 뛰어난 통찰력을 지니고 있지 못하네. 그러니 불완전한 인간의 추리력에 의존하는 수밖에 없지."

번스는 안됐다는 듯이 동의했다.

"무리도 아닐세. 자네들이 지금까지 해온 활동상황을 본 결과 법이론만 조금 알고 있으면 아무리 끈질기고 용감한 상식의 공격을 받더라도 완전하게 대항할 수 있으리라는 결론을 내리지 않을 수 없네."

매컴은 자존심이 상해서 목소리를 높였다.

"또 세인트 클레어가 결백하다고 주장하는 건가? 그녀가 범인이 아니라는 뚜렷한 증거가 없는 이상 나로서는 달리 취할 방법이 없다는 것쯤 자네도 인정하겠지?"

"그런 것은 하나도 인정하지 않겠네. 그녀가 범인이 아니라는 증거가 얼마든지 있기 때문일세. 보증하네. 다만 자네가 못 보고 지나쳤을 뿐이지."

번스의 자신만만하고 침착한 태도에 매컴은 마침내 평정을 잃고 말았다.

"그렇게 생각하나? 좋아, 그렇다면 나는 자네의 그 훌륭한 이론을 모두 단호하게 거부하겠네. 그리고 만일 자네가 주장하는 그 증거가 한 조각이라도 있다면 어디 내놓아보라고 도전하겠네."

매컴은 거칠게 마지막 말을 내뱉고 이제 자기에 관한 한 이야기를 끝맺겠다는 표시로써 손가락을 펴서 싸움하려는 듯한 거친 몸짓을 해 보였다.

번스도 역시 조금 화가 난 모양이었다.

"여보게, 나는 피의 복수자도 사회의 명예를 지키는 자도 아닐세. 그런 일은 달갑지 않아."

매컴은 크게 코웃음치며 대꾸하지 않았다.

번스는 잠시 생각에 잠겨 담배를 피웠다. 그리고는 놀랍게도 조용히 유연하게 매컴 쪽으로 몸을 돌려 부드럽지만 사무적인 목소리로 말했다.

"나는 자네의 도전을 받아들이겠네. 내 취미에 맞는 일은 아니지만. 그러나 이 문제는 어쩐지 재미있을 것 같군. concert champêtre(전원음악회)⁽⁶⁾ 사건만큼이나 골칫거리니까. 즉 작자가 누구인가 하는 것이 문제겠지."

매컴은 여송연을 입으로 가져가다가 문득 손길을 멈추었다. 그는 '도전'이라고 말했으나, 진심으로 한 말은 아니었다. 그것은 말뿐인 허세에 지나지 않았다. 그래서 조금 걱정이 되어 번스의 얼굴빛을 살피고 있던 참이었다. 자기가 조심성 없이 반농담삼아 내뱉은 '도전'을 뜻밖에도 번스가 받아들여 대항해 온 것이 마침내 뉴욕 범죄사를 완전히 바꿔놓으리라고는 꿈에도 생각지 못했던 것이다.

"어떤 방식으로 할 작정인가?" 매컴이 물었다.

번스는 아무렇게나 손을 흔들었다.

"나폴레옹처럼 je m'engage et puis je vois(우선 시작한다. 그리고 본다). 하지만 미리 약속해주어야겠네. 모든 원조를 해줄 것, 그리고 성가신 법률적 간섭은 일체하지 않을 것을 말일세."

매컴은 입을 굳게 다물었다. 솔직히 말해 그는 번스가 뜻밖에도 자기의 도전을 받아들인 데 당황했다. 하지만 곧 대수로운 일이 아니라고 여긴 듯 유쾌하게 웃었다.

"좋아, 약속하지. 그리고 그 다음은?"

번스는 잠깐 사이를 두었다가 새 담배에 불을 붙여 물더니 나른하게 몸을 일으켰다. 그리고 설명을 시작했다.

"첫째, 나는 범인의 정확한 키를 추정하겠네. 그 사실은 물론 지시적 증거의 첫 번째 사항이겠지, 안 그런가?"

매컴은 의아한 얼굴로 번스를 바라보았다.

"대체 어떻게 키를 추정하겠다는 건가?"

번스는 태평스럽게 대답했다.

"자네가 크게 믿는 원시적 추리방법에 의해서. 자, 그럼, 다시 한번 범죄현장으로 가보세."

그는 문 쪽을 향해 걸어갔다. 매컴은 당황하여 투덜거렸으나 하는 수 없이 그 뒤를 따라가며 항의했다.

"하지만 자네도 알다시피 시체는 이미 내갔네. 게다가 현장은 지금쯤 치워져 있을걸세."

번스는 입 속으로 중얼거렸다.

"그렇다면 더 잘됐네. 나는 시체를 좋아하지 않으니까. 그리고 어수선하게 어질러진 것도 겁날 만큼 싫다네."

매디슨 애비뉴로 나오자 번스는 commissionnaire(문지기)에게 택시를 부르게 했다. 그리고 말없이 우리를 재촉하여 택시에 태웠다. 택시가 거리를 달려가고 있을 때 매컴이 좋지 않은 기분으로 말했다.

"모두 쓸데없는 짓일세. 이제 와서 무슨 단서가 잡히겠나? 지금쯤은 모두 말살되어 있을걸세."

그러나 번스는 일부러 꾸민 듯한 근심스러운 목소리로 말했다.

"무슨 소리를 하나, 매컴? 자네는 정말 한심할 정도로 철학적 이론이 모자라는군. 아무리 작은 것이라도 진실로 말살해버릴 수 있다면 세계는 결국 존재할 수 없을걸세. 우주 문제도 해결되고, 조물주는 텅 빈 하늘에 'Q.E.D(quod erat demonstrandum——증명 끝났음이라는 수학용어)'라고 써야 할걸세. 우리가 생명이라 부르는 환영을 안고 있을 수 있는 유일한 기회는 의식이 무한소수점과 같다는 사실에 있네.

자네는 어린 시절 3분의 1을 끝수가 없이 나누어보려고 종이 한 장에 3이라는 글자를 늘어놓아본 적이 없나? 그러나 아무리 해도 3분의 1의 끝수는 남네. '3'이라는 숫자를 1만 개 써놓고 마침내 가장 작은 3분의 1을 잘라버린다면 문제는 거기서 끝나는걸세. 생명도 마찬가지지. 아무것도 완전히 말살하거나 말소시킬 수 없기 때문에 우리는 계속 존재하고 있는걸세."

번스는 자신의 말에다 눈에 보이는 종지부를 찍듯 손가락을 살짝 움직인 다음 창 밖의 밝은 하늘을 꿈꾸듯 내다보았다.

매컴은 구석에 몸을 기댄 채 다리를 뻗고는 신경질적으로 여송연을 썹었다. 자신도 모르게 엉겁결에 도전해버린 스스로에 대해 몹시 화가 나 속을 끓이고 있음을 나는 알았다. 하지만 이제는 뒤로 물러설 수도 없었다. 나중에 내게 이야기해 준 바에 따르면 매컴은 그때 안락의자에서 억지로 끌려 나와 어리석기 짝이 없는 멍텅구리 잔심부름꾼으로 몰렸음을 믿어 의심치 않았다고 한다.

(1) 여기서부터 번스가 범죄 분석상의 심리적 방법을 설명한 대화는 물론 내 기억에 의존하여 쓴 것이다. 그러나 나는 이 부분의 교정쇄를 번스에게 보내 마음대로 가필정정해 달라고 부탁했다. 따라서 이 문장은 번스의 이론을 그 자신이 말한 그대로 옮긴 것이라고 할 수 있다.

(2) 번스가 인용한 사건이 어떤 것인지 모르지만, 이런 종류의 예는 여러 개 기록에 남아 있다. 미스터리 소설가들도 이따금 그것을 소재로 작품을 쓰

고 있다. 최근 예로는 G.K. 체스터튼 작 《브라운 신부의 동심》에 수록된 '미친 형태'가 있다.

(3) 약 20년 전 피어슨과 골링이 영국에서의 상습범죄자에 관한 광범위한 조사를 펴서 통계를 냈는데, 그 결과를 보면 첫째 범죄생활로 들어가는 것은 대부분 16살부터 21살 사이고, 둘째 범죄자의 90퍼센트 이상이 정신이 정상이며, 셋째 범죄자를 아버지로 둔 경우보다 범죄자 형이 있는 경우가 많다고 한다.

(4) 바스 훈장을 받은 베이긴 텁슨 경은 런던 경시청 부총감을 지낸 사람인데, 이 대화가 있고 나서 몇 년 뒤 새터데이 이브닝 포스트 잡지에 다음과 같은 기고를 했다.

"예를 들어 살인자는 반드시 드러난다는 속담이 있는데, 이것은 세상 사람들의 어떤 상상력을 부추겨줄 만한 우연에 의해 몇천 명의 발견되지 않은 살인자 가운데 한 사람이 붙잡히면 늘 인용되는 말이다. 즉 살인자는 보통 드러나지 않는 법인데 어쩌다 드러났으므로 뜻밖의 유쾌한 놀라움을 주게 되며, 이 현상을 축복하기 위해 속담이 인용되는 것이다. 법정에 끌려나오는 독살자들은 거의 대부분 그밖에도 살인을 저질렀고, 그것이 발각되지 않자 차츰 조심성이 없어져 마침내 붙잡혔음이 증명되고 있다. "

(5) 1923년 4월 21일호 새터데이 이브닝 포스트 잡지 8페이지에 실린 '범죄에 대한 일반의 잘못된 견해' 속에서 베이긴 텁슨 경은 이 견해를 지지하고 있다.

(6) 오랜 세월 동안 루브르 박물관의 '전원음악회'는 티티안의 작품으로 인정되고 있었다. 그러나 번스가 나서서 박물관장 루펠티에 씨를 납득시켜 조르지오네의 작품임을 인정받았다. 그 결과 지금 이 그림은 조르지오네의 작품으로 되어 있다.

*1 아마도 1856년 노예해방을 부르짖다가 암살될 뻔한 미국 상원의원 찰즈 샘너(1811~1874)를 가리키는 듯하다.

＊2 번스가 곧잘 끌어내는 15세기 이탈리아의 귀족집안으로, 독살방법을 써
서 차례차례 살해하며 권세와 음탕을 누렸다. 그 중에서도 체잘레 보르
지아가 가장 유명하며, 그는 마키아벨리의 군주론 모델이 되었다.
＊3 체잘레. 이탈리아의 범죄학자. 1836~1919.
＊4 브로드무어는 영국의 정신병자 형무소가 있는 곳. 블루밍델은 미국 뉴저
지 주 정신병자 형무소가 있는 곳.

범인의 키

6월 15일 토요일 오후 5시

우리가 벤슨 저택에 닿자 앞뜰 철책에 졸린 듯이 기대서 있던 경관이 갑자기 차렷 자세를 하며 경례했다. 경관은 아마 번스와 나를 지방검사가 용의자로 지목하여 범죄현장에서 신문하기 위해 연행해 온 사람으로 여겼는지 기대에 찬 눈을 빛내며 살펴보았다.

맨 첫날 아침 집 안을 수사할 때 이 집에 있던 살인과 형사 한 사람이 우리를 안으로 맞아들였다.

매컴은 고개를 끄덕여 그에게 인사했다.

"모든 일은 잘되고 있나?"

형사는 싹싹하게 대답했다.

"물론입니다. 할멈은 고양이처럼 얌전합니다. 게다가 요리 솜씨가 보통이 아닙니다."

우리가 거실로 들어서자 매컴이 말했다.

"잠깐 자리를 비켜주겠나, 스니핀."

문이 닫히자 번스가 말했다.

"저 미식가의 이름은 스니트킨이네, 스니핀이 아니라."

매컴이 씁쓸하게 중얼거렸다.

"굉장히 기억력이 좋군."

"내 결점이지. 자네는 사람의 얼굴을 결코 잊어버리지 않는데 이름은 생각해내지 못하는 희한한 사람 가운데 하나인 모양이군."

그러나 매컴은 농담을 받아들일 기분이 아니었다.

"자네는 나를 여기까지 끌고 왔는데, 대체 이제부터 어떻게 할 생각인가?"

번스는 성가신 듯이 손을 내저으며 맥없이 의자에 앉았다. 거실은 전에 보았을 때와 그다지 달라진 데가 없었으며 말끔히 치워져 있었다. 창문 해가리개가 올려져 있어 늦은 오후의 햇살이 한껏 비쳐들었다. 방의 가구장식이 빛을 받아 한층 더 화려하게 보였다.

번스는 흘끗 주위를 둘러보더니 부르르 몸을 떨었다. 그는 우울하게 말했다.

"어쩐지 나는 그만 돌아가고 싶어졌네. 이건 정말 뚜렷해. 창피를 당한 실내장식가가 해치운 아주 당연한 살인이었네."

매컴이 초조해 하며 말했다.

"친애하는 미학자 씨, 부탁이니 그 예술적 편견은 잠시 접어두고 어서 빨리 일이나 시작해 주었으면 하네."

그리고 짓궂은 미소를 떠올렸다.

"만일 자네가 결과에 대해 불안을 느낀다면 지금도 늦지 않았으니 아까 한 말을 취소해도 괜찮네. 그러면 자네의 훌륭한 이론은 그대로 처녀성을 지닐 수 있을 테지."

"그리하여 자네는 죄 없는 젊은 여자를 전기의자에 앉힐 수 있다는 말이겠지, 매컴?"

번스는 아주 분개해 마지않는 듯한 몸짓을 해보였다.

"농담하지 말게, 매컴. La politesse(예의상)로도 취소할 수 없네. 헨리 왕자의 말을 흉내 내는 건 아니지만, '부끄럽도다, 나는 기사도에 싫증이 났노라*¹' 하고 한탄하지는 않을걸세."

매컴은 입을 굳게 다물고 덤벼들 듯한 눈길로 번스를 쏘아보았다.

"사람은 누구나 다른 사람을 죽일 어떤 동기를 가지고 있다는 자네의 이론이 이치에 맞는 것 같은 기분이 들기 시작하는군, 번스."

번스는 유쾌하게 대답했다.

"그런가? 내 견해에 동조하기 시작했다면 스니트킨 형사에게 곧 심부름 좀 시킬 수 있게 해주었으면 좋겠네."

매컴은 크게 한숨을 내쉬며 어깨를 으쓱했다.

"자네의 연기에 방해가 되지 않는다면 나는 그 opéra bouffe(희가극)가 상연되는 동안 담배나 피우고 있겠네."

번스는 문 앞으로 가서 스니트킨을 불렀다.

"미안하지만 플래트 부인에게 가서 긴 줄자와 노끈 뭉치를 빌려다 주겠소? 지방검사가 필요하다고 하오."

그 말에 덧붙여 번스는 매컴에게 깍듯이 절을 했다.

"설마 목을 매달려는 건 아니겠지?" 매컴이 물었다.

번스는 지방검사를 타이르는 눈길로 흘겨보았다. 그리고 어리광부리듯이 말했다.

"실례지만 오셀로의 대사를 읊어도 괜찮겠지.

　인내심이 없는 자는 한심하도다.
　어떤 상처든 단번에 낫는 법은 없으니*²

　그럼, 시인에서 평범한 사람으로 돌아와서 이번에는 자네에게 롱펠로의 펜터미터(5보격시)를 소개하겠네. '모든 것은 오직 일편단

심으로 기다리는 사람에게만 온다'……물론 거짓말이지만 위안은 되네. 밀턴은 'They also serve(그것은 역시 쓸모가 있다)' 속에서 더 멋진 말을 했지. 하지만 뭐니뭐니해도 세르반테스의 말이 가장 좋더군. '인내하라, 그리고 새로 시작하라.' 훌륭한 충고가 아닌가, 매컴? 이것은 참으로 요령 있는 표현일세.

좋은 충고는 모두 이런 식이어야 하네. 인내는 그야말로 의지할 수 있는 최후의 수단이지. 달리 어떻게도 해볼 수 없을 때 취해야 할 수단일세. 미덕과도 같은 것이어서 실행자가 이따금 보답 받는 수도 있네. 원칙적으로는──미덕도 역시 마찬가지지만──이익이 없다는 것을 알아야 하지만. 무슨 뜻이냐 하면 인내 그 자체가 보수라는 말일세. 인내는 여러 가지 멋진 말로 표현되고 있네, '슬픔의 노예' '변형된 모든 악의 으뜸' '위대한 혼을 가진 자의 정열' 같은 말로.

장 자끄 루소는 'La patience est amère mais son fruit est doux(인내는 쓰지만 그 열매는 달다)'라고 했지. 그러나 자네의 법률취미에는 아무래도 라틴어가 더 어울리겠군. 베르길리우스는 'Superanda omnis fortura ferendo est(모든 운명은 참고 견딤으로써 극복된다)'라고 말했네. 그리고 호라티우스도 역시 같은 주제에 대해 'Durum sed livius fit patientia(힘든 일이지만 참고 견딤으로써 쉽게 된다)'라고 말했지."

매컴이 투덜거렸다.

"스니트킨 녀석 오래 꾸물대는군."

그 말이 채 끝나기도 전에 문이 열리고 형사가 줄자와 노끈 뭉치를 건네주었다.

"그것 보게, 매컴, 자네 인내의 보답일세."

번스는 몸을 굽혀 커다란 등의자를 벤슨이 살해된 자리에 정확히 옮겨놓았다. 그 자리는 쉽게 알아볼 수 있었다. 의자다리 자국이 카 핏 위에 깊고 뚜렷하게 나 있었기 때문이다. 그런 다음 번스는 의자 등받이에 나 있는 총알구멍에 노끈을 꿰어 그 한쪽 끝을 나에게 쥐어 주며 총알이 벽판자에 박힌 자리에 갖다대도록 일렀다.

그리고 나서 줄자를 집어들더니 구멍에 꿴 끈을 길게 늘여 의자에 앉은 벤슨의 이마가 놓였던 점을 출발점으로 하여 5피트 6인치의 거 리를 쟀다. 그리고 그 잰 거리를 표시하기 위해 끈에 매듭을 짓고 다 시 팽팽히 잡아당겨 벽판자 총알자국에서 시작하여 의자등받이의 구 멍을 지나 벤슨의 머리가 있던 곳을 거쳐 앞쪽 5피트 6인치 지점까지 일직선이 되게 당겼다.

번스는 설명했다.

"이 끈 매듭이 벤슨의 생애를 마치게 해준 권총 총부리의 정확한 위치를 가리키고 있네. 이유는 알겠지? 탄도 위의 두 점——즉 의자에 난 구멍과 벽판자의 총알자국——을 알고 있고, 발사지점 은 피해자의 두개골에서 5피트 내지 6피트 떨어진 수직선상에 있 다는 것도 알고 있네. 그러므로 정확한 발사지점을 알기 위해서는 그 수직선까지 탄도의 직선을 연결시키면 되지."

"이론적으로는 옳은 말일세. 그러나 무엇 때문에 그토록 애써서 공 간의 한 지점을 확인해야 하는지 모르겠군. 뿐만 아니라 자네는 탄 도에 편각이 있을지도 모른다는 것을 염두에 두지 않았네."

번스는 미소지었다.

"자네 말에 반대해서 미안하네만, 어제 아침 나는 헤지든 주임에게 아주 자세히 물어보아 탄도에 편각이 없었다는 것을 알았네. 헤지 든 주임은 우리가 오기 전에 상처 자국을 잘 조사해보았기 때문에 그 점에 대해 확신 있게 대답했지. 구경이 더 작은 권총을 썼어도 편각이 생기지 않을 만한 각도에서 총알이 앞이마에 명중했다는걸세. 그런데 이 사건에서 사용된 권총은 45구경으로 총부리가 크니까 초속도 매우 커서 피해자의 이마에서 더 멀리 떨어져 있었다 하더라도 총알은 직선 코스를 취했을 거라고 단언하더군."

매컴이 물었다.

"그렇다면 헤지든 주임은 초속이 어느 정도였는지 어떻게 알았을까?"

"나도 그 점을 꼭 알고 싶었네. 헤지든 주임은 사용된 총알의 크기와 성질, 통겨져나와 있던 약협으로 보아 알 수 있다고 설명하더군. 그가 알아낸 바에 따르면 사용된 총은 육군 콜트 자동권총——헤지든 주임은 '합중국 정부콜트'라고 말했던 것 같네——으로 여느 콜트 자동권총이 아니었다네. 이 두 종류 권총의 무게는 조금 다른데, 여느 콜트 총알은 무게가 2백 그레인이고 육군 콜트의 총알은 230그레인이라더군. 헤지든 주임은 촉감이 뛰어나게 예민하여 곧 그 차이를 구별할 수 있었던 모양일세. 물론 내가 그의 생리적 천분까지 알아본 건 아니지만. 자네도 알다시피 나는 말이 없는 편이잖은가.

아무튼 헤지든 주임은 총알이 45구경 육군 콜트 자동권총의 것이었음을 알아냈네. 그것만 알면 초속 89피트, 충격강도는 329라는 사실을 알 수 있지. 그것은 25야드 거리에서 지름 6인치의 백송나무 재목을 꿰뚫을 만한 힘이라고 하더군. 정말 놀라운 사람이야, 헤지든 주임은. 한 사람의 머릿속에 그런 굉장한 지식이 가득차 있다니, 상상도 할 수 없네. 사나이 대장부가 어째서 베이스 바이올린 연주를 일생의 직업으로 삼아야 하는가 하는 의문 따위는 이미 진부한 이야기일세. 그건 사람으로 태어나 무엇 때문에 총탄의 특이성에 몇 년이라는 세월을 바쳐야 하는가 하는 의문에 비하면 아무것도 아니지."

매컴은 진절머리나는 듯이 고개를 가로저었다.

"그런 이야기는 그리 탐탁지 않네. 그건 그렇고, 아까의 이야기로 돌아가서 권총의 발사점을 정확하게 알았다고 하세. 이제 어떻게 되는 건가?"

번스가 지시했다.

"내가 끈을 일직선으로 붙잡고 있을 테니 미안하지만 자네는 바닥에서 매듭까지의 길이를 정확하게 재주게. 그 다음에 내 비밀을 이야기해 주지."

매컴은 불평스럽게 말했다.

"나는 이런 유희를 좋아하지 않네. 런던 브리지가 이보다 훨씬 더 재미있지."

그러나 매컴은 시키는 대로 했다. 이윽고 그는 시큰둥하게 말했다.

"4피트 8인치 반일세."

번스는 매듭 바로 밑의 카핏에 담배를 한 개비 놓았다.

"이로써 발사되었을 때 권총이 들어올려진 정확한 높이를 알게 되었군. 이런 결론에 이른 과정은 자네도 이해하겠지?"

매컴이 대꾸했다.

"그야 뻔한 일 아닌가."

번스는 다시 문 앞으로 가서 스니트킨을 불렀다.

"지방검사가 당신의 권총을 잠깐 빌고 싶어하오, 실험을 하기 위해서."

스니트킨은 매컴 옆으로 다가가 의아한 듯이 권총을 내밀었다.

"안전장치가 되어 있습니다만, 풀까요?"

매컴이 권총을 받지 않으려고 하자 번스가 끼어들었다.

"아니오, 그대로가 좋소, 지방검사님은 쏠 생각이 없으니까. 그러나 나는 쏘아보고 싶소."

형사가 나가자 번스는 등의자에 앉아 머리를 총알구멍에 겹쳐지도록 놓았다.

"자, 매컴. 자네는 범인이 있던 자리에 서서 권총을 카펫에 놓인 담배 바로 위로 오도록 들어올리고 내 왼쪽 관자놀이를 똑바로 겨냥해주게. 조심해야 하네."

그리고 애교 있게 미소지으며 주의를 주었다.

"방아쇠를 당겨서는 안 되네. 그렇지 않으면 누가 벤슨을 죽였는지 자네는 영원히 모르게 될 테니까."

매컴은 하는 수 없이 시키는 대로 했다. 지방검사가 겨냥하고 서 있자 번스는 나에게 바닥에서 총부리까지의 높이를 재라고 말했다. 높이는 4피트 9인치였다.

번스는 일어나며 말했다.

"그것 보게, 매컴. 자네 키는 5피트 11인치지. 따라서 벤슨을 쏜 범인은 자네와 키가 거의 비슷하다는 이야기가 되네. 5피트 10인치 이하는 결코 아닐세. 이것도 역시 뻔한 이야기인가?"

번스의 실험은 간단하고도 명료했다. 매컴은 솔직하게 감탄해보이며 태도가 한결 진지해졌다. 매컴은 무언가 생각하는 듯 눈살을 찌푸리고 잠시 번스를 지켜보다가 마침내 말했다.

"아주 좋은 착상이었네. 하지만 범인이 권총을 나보다 높이 들고 쏘았을지도 모르잖나?"

번스가 대답했다.

"그렇지 않네. 나도 사격을 무척 많이 했지. 숙련된 사람이 권총으로 신중하게 작은 표적을 겨냥할 때는 가슴에 힘을 주며 어깨를 조금 들어올리고 눈과 목표를 연결하는 직선 위로 가늠쇠를 가져가는 법이라네. 따라서 그런 조건이라면 권총 쏠 때의 높이를 산출하여 꽤 정확하게 그 사람의 키를 알아낼 수 있지."

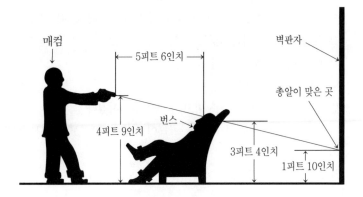

매컴

5피트 6인치

벽판자

총알이 맞은 곳

번스

4피트 9인치

3피트 4인치

1피트 10인치

"하지만 그것은 벤슨을 죽인 사람이 작은 표적을 신중하게 겨냥한 숙련된 사수라는 가정 아래에서 하는 이야기가 아닌가?"

번스는 잘라 말했다.

"가정이 아니라 사실일세. 잘 생각해보게. 숙련된 사수가 아니라면 5피트 내지 6피트 거리인 만큼 앞이마가 아니라 좀더 큰 표적, 즉 가슴을 겨누었을걸세. 그리고 앞이마를 골랐으니 신중하게 겨누었겠지. 만일 숙련된 사수도 아니고 신중히 겨누지도 않은 채 총부리를 가슴에 향했다면 아마 한 방 이상 쏘았을걸세."

매컴은 생각에 잠겼다. 그는 겨우 굽히고 나왔다.

"자네 이론이 일단 수긍되는 점은 나도 인정하겠네. 그러나 범인의 키가 5피트 10인치 이상이라면 그보다 아무리 커도 좋다는 이야기가 되겠군. 편리한 만큼 몸을 굽히고 신중하게 겨눌 수 있는 사람도 틀림없이 있을 테니까."

번스는 그 말에 동의했다.

"맞아. 하지만 이 경우는 범인의 자세가 자연스러웠다는 사실을 알아야 하네. 그렇지 않았다면 벤슨의 주의를 끌었을 테니 허를 찔러 쏠 수 없었겠지. 느닷없이 총에 맞았다는 것은 피해자의 자세로 알수 있네. 물론 살인범은 벤슨 몰래 몸을 조금 굽혔을지도 모르지. 그렇다면 범인의 키는 5피트 10인치에서 6피트 2인치 사이라고 해 두세. 그러면 자네 마음에 들겠나?"

매컴은 아무 말이 없었다.

번스는 익살스러운 미소를 띠고 주의를 환기시켰다.

"그런데 우리의 유쾌한 세인트 클레어 양은 5피트 5인치에서 6인치를 넘지 못할 걸세."

매컴은 신음소리를 내며 계속 담배를 피우고 있었다. 그러자 번스가 다시 말했다.

"그러나 리콕 대위라면 틀림없이 6피트가 넘겠지. 안 그런가?"

매컴은 눈을 가늘게 떴다.

"자네는 어떻게 그런 생각을 해냈지?"

"자네가 말하지 않았나?"

"내가 말했다고?"

"입으로 말하지는 않았지. 그러나 내가 범인의 대체적인 키를 말하자 의심하고 있던 젊은 여자는 전혀 해당이 안 되므로 자네의 활동적인 정신이 부리나케 다른 사람을 물색하기 시작하는 것을 알 수 있었네. 그리하여 그녀의 inamorato(애인)가 자네 마음에 떠오른 유일한 혐의자였으므로 나는 자네가 대위에 대해 이리저리 생각하고 있다고 결론내렸네. 만일 대위의 키가 여기에 딱 들어맞았다면 자네는 아마 아무 말도 하지 않았겠지. 그런데 자네는 범인이 총을 쏠 때 몸을 굽혔을지도 모른다고 말했기 때문에 나는 대위가 특별히 큰 모양이라고 판단했네. 이리하여 자네의 그 의미심장한 침묵속에서 자네의 정신과 내 정신은 감미로운 교류를 이루어 그 신사가 6피트 이하가 아닌 키 큰 사람이라는 사실을 나에게 가르쳐 주었던걸세."

"자네의 하늘에서 내려준 천복 속에는 독심술도 포함되어 있었군. 다음에는 기왓장 점도 한 번 쳐보여주지 않겠나?"

매컴의 말투는 화가 나 퉁명스러웠다. 그것은 자기 생각이 달라진 것을 인정하기 싫어하는 사람의 태도였다. 번스의 고삐에 이끌려가는 자신을 의식하며 매컴은 아직도 완강히 지금까지의 확신에 매달려 있었다.

번스는 상쾌한 목소리로 물었다.

"범인의 키에 대한 내 논증에는 물론 이의가 없겠지?"

매컴이 대답했다.

"하나에서 열까지 다 그렇다고 할 수는 없지만 그런대로 사리는 맞네. 하지만 그처럼 간단한 일이라면 어째서 헤지든 주임이 알아차리지 못했는지 이상하군."

"아낙사고라스*³는 램프가 필요한 사람은 기름을 쳐두라고 말했다네. 옳은 말이지, 매컴. 겉으로는 단순해 보이지만 위대한 진리가 담긴 명언 가운데 하나일세. 기름이 없는 램프는 아무 쓸모가 없네. 경찰은 언제나 온갖 종류의 램프를 충분히 가지고 있지만, 기름이 없는 경우가 많네. 대낮이 아니면 결코 아무것도 찾아내지 못한단 말일세."

매컴의 마음은 지금 다른 방향으로 바쁘게 움직이고 있었다. 그는 일어나서 방 안을 왔다갔다했다.

"지금까지는 리콕 대위가 범인이라는 생각을 꿈에도 해보지 못했네."

"어째서 그런 생각을 못했나? 자네의 부하 경관이 대위는 그날 밤 얌전히 집에 있었다고 말했기 때문인가?"

"그렇다고 할 수 있겠지."

매컴은 여전히 생각에 잠겨 방 안을 서성거렸다. 그러다 갑자기 몸을 홱 돌렸다.

"아니, 그 때문만은 아닐세. 세인트 클레어라는 여자에게 불리한 상황증거가 많이 있었기 때문이지. 여보게, 번스, 지금까지의 실험은 좋았네만, 그녀에게 불리한 증거에 대해서는 한마디도 설명하지 않았네. 12시에서 1시 사이에 그녀는 어디 있었는지, 어째서 벤슨과 함께 저녁식사를 했는지, 어째서 핸드백이 이 방에 있었는지, 그리고 벽난로에 그녀의 담배꽁초가 있었던 것은 무엇을 뜻하는지, 도무지 납득할 수가 없네. 그 담배꽁초는, 나는 자네의 실험으로 완전히 납득했다고 말할 수 없네. 사리에 맞는다는 사실은 인정하지만 내 쪽에서도 담배꽁초라는 증거를 가지고 대항할 수 있는 한은, 그 증거도 충분히 사리에 맞으니까."

번스는 한숨을 내쉬었다.

"알았네. 자네는 아주 난처한 입장에 서 있는 모양인데, 그 마음에 걸리는 담배꽁초를 어쩌면 내가 증명해보일 수 있을지도 모르겠네."

번스는 다시 문으로 가서 스니트킨을 불러 권총을 돌려주었다.

"지방검사가 고맙다고 하오. 수고스럽지만 플래트 부인을 불러주겠소? 잠깐 이야기할 것이 있어서……."

제자리로 돌아오자 번스는 매컴에게 붙임성 있는 웃음을 지어보였다.

"이번에는 나 혼자 그녀와 이야기하게 해주게. 플래트 부인에게는 자네가 어제 신문할 때 완전히 빼먹은 비밀 이야기가 있다네."

매컴은 반신반의했으나 흥미를 느끼는 듯했다.

"자네에게 맡기겠네."

* 1 《헨리 4세》 제5막 제1장.

* 2 《오셀로》 제4막 제3장 끝 이야고가 로델리고에게 하는 말.

* 3 기원전 428년에 죽은 그리스의 철학자.

용의자 한 사람 줄다

가정부는 방 안에 들어왔을 때 매컴이 처음 신문했을 때보다 훨씬 침착했다. 태도는 기운 없어 보였으나 고집스러운 데가 있었고, 얼마쯤 도전적인 표정으로 우리를 보았다.

매컴은 다만 고개를 끄덕여보였고, 번스가 일어나 벽난롯가의 앞창문과 마주 보게 놓여진 술장식 달린 낮은 모리스식 안락의자를 권했다. 플래트 부인은 그 끝에 꼿꼿이 앉아 두 팔꿈치를 여유 있어 보이는 의자팔걸이에 얹었다.

번스는 날카롭게 그녀를 쏘아보며 말을 꺼냈다.

"플래트 부인, 두세 가지 물어보고 싶은 일이 있소. 정직하게 대답해 주시면 우리 모두에게 좋다는 것을 아시겠지요?"

매컴과 이야기할 때의 허물없고 장난스럽던 태도는 사라지고 없었다. 그는 엄격하고 지렛대를 써도 움직여질 것 같지 않은 모습으로 가정부 앞에 버티고 서 있었다.

번스는 잠깐 여유를 두었다가 한마디 한마디 또박또박 발음하며 말을 이었다.

"벤슨 씨가 살해된 날 몇 시쯤 그녀가 찾아왔었지요?"

가정부는 여전히 꼼짝도 하지 않고 그를 쏘아보았으나 눈이 크게 떠졌다.

"아무도 오지 않았어요."

"왔습니다, 플래트 부인."

번스의 목소리는 아주 침착했다.

"몇 시쯤 그녀가 왔지요?"

가정부도 야무지게 버티었다.

"아무도 오지 않았다고 말씀드렸습니다."

번스는 가정부에게서 날카로운 눈길을 떼지 않은 채 여유 있는 몸짓으로 담뱃불을 붙였다.

그가 유유히 연기를 뿜어올리는 동안 그녀는 눈을 내리뜨고 말았다. 그러자 번스는 그녀 쪽으로 다가가 단정적으로 말했다.

"솔직하게 말하면 당신을 괴롭히지 않겠소. 하지만 만일 사실을 숨긴다면 터무니없이 성가신 꼴을 당하게 될 거요."

번스는 흥미를 가지고 지켜보는 매컴을 향해 익살스럽게 얼굴을 찌푸려보였다.

가정부는 차츰 동요를 보이기 시작했다. 팔꿈치를 내리고 숨결이 빨라졌다.

"하느님께 맹세코 아무도 오지 않았습니다."

조금 쉰 목소리가 동요된 마음을 드러내보여주었다. 번스는 무뚝뚝하게 말했다.

"하느님을 들먹이지 마시오. 그녀가 여기 온 게 몇 시였지요?"

가정부는 고집스럽게 입술에 힘주고 있었다. 꼬박 1분 동안 방 안에 침묵이 흘렀다. 번스는 조용히 담배를 피웠다. 매컴은 엄지손가락과 집게손가락 사이에 여송연을 꼭 끼운 채 일이 되어가는 형편을 지켜보고 있었다.

번스는 다시 아무 감정이 섞이지 않은 목소리로 물었다.

"그녀가 온 게 몇 시였지요?"

가정부는 경련을 일으킨 듯한 몸짓으로 두 손을 꼭 쥐며 얼굴을 앞으로 내밀었다.

"몇 번이나 말씀드렸잖아요, 맹세코……."

번스는 엄격하게 한 손을 들어 상대방의 말을 가로막으며 냉정하게 미소 지었다.

"아니, 그만두시오. 당신이 하고 있는 것은 어리석기 짝이 없는 짓이오. 우리는 사실을 알기 위해 여기 왔소. 어서 사실을 말하시오."

"사실을 말씀드리고 있습니다."

"여기 계신 지방검사님이 당신의 구속영장을 발부해야겠소?"

가정부는 되풀이했다.

"사실을 말씀드리고 있습니다."

번스는 침착하게 책상 위의 재떨이에 담배를 비벼 껐다.

"좋소, 플래트 부인. 당신이 그날 오후 찾아왔던 젊은 여자에 대해 끝내 말하지 않겠다면 내가 말하지요."

번스의 태도는 어디까지나 여유롭고 심술궂었다. 가정부는 이해할 수 없다는 듯이 그를 지켜보고 있었다.

"이 집 주인이 살해된 날 오후 늦게 현관 벨이 울렸소. 당신은 아마 벤슨 씨로부터 손님이 올 거라는 이야기를 들었겠지요. 그렇지 않소? 아무튼 당신은 현관에 나가 젊고 아름다운 여자를 맞아들였소. 그리고 이 방으로 안내했지요. 자, 어떻소, 맞지요? 그리고 그녀가 앉은 것은 지금 당신이 안절부절못하며 앉아 있는 바로 그

의자였소."

번스는 잠시 말을 끊고 상대를 애태우려는 듯이 미소지었다.

"그리고 당신은 그 젊은 여인과 벤슨 씨에게 차를 내놓았소. 얼마 뒤 손님은 돌아갔고, 벤슨 씨는 저녁식사를 위해 옷을 갈아입으러 2층으로 올라갔소. 어떻소, 플래트 부인, 잘 알고 있지요?"

번스는 새 담배에 불을 붙였다.

"당신은 그 젊은 여인을 찬찬히 보았소, 플래트 부인? 안 보았다면 내가 설명해 주지요. 키가 작고 petite(몸집 작은) 여자였소. 검은 머리에 검은 눈으로 수수한 옷차림이었소."

가정부의 태도가 곧 달라졌다. 눈이 크게 떠지고 볼이 파리해졌으며 숨결이 높아졌다.

번스는 날카롭게 다그쳤다.

"맞지요, 플래트 부인? 뭔가 또 할 말이 있소?"

가정부는 숨을 깊이 들이마셨다. 그리고 억세게 우겼다.

"아무도 오지 않았습니다."

그 고집에는 정말 감탄하지 않을 수 없었다.

번스는 잠시 생각에 잠겼다. 매컴이 뭔가 말하려고 했으나 곧 생각을 고쳤는지 말없이 가정부를 지켜보았다.

이윽고 번스가 다시 입을 열었다.

"당신 태도를 이해 못하는 건 아니오. 그 젊은 여자는 당신이 잘 아는 사람으로서 당신에게는 그녀가 여기 왔었다는 사실을 알리고 싶지 않은 개인적인 이유가 있겠지요."

그 말을 듣자 가정부는 공포의 빛을 띠며 앉음새를 고쳤다.

"저는 그녀를 만난 적이 한 번도 없습니다!"

그녀는 크게 외치더니 갑자기 입을 다물어버렸다.

번스는 재미있는 듯이 곁눈질로 그녀를 살펴보았다.

"그 젊은 여인을 한 번도 만난 적이 없다고요? 그럴까요? 뭐, 그럴 수도 있겠지요. 그것은 아무래도 좋소. 어쨌든 예쁜 여자지요. 당신 고용주의 집에 와서 단둘이 차를 마셨다 해도 말이오."

"그녀가 여기 왔었다고 말하던가요?"

가정부의 목소리에는 기운이 없었다. 억세게 버티던 고집의 반동으로 억양이 사라져버린 것이었다.

번스가 대답했다.

"아니오. 하지만 물어볼 필요도 없소. 그녀에게 물어보지 않아도 나는 다 알고 있으니까. 그런데 그녀가 여기온 게 몇 시였지요, 플래트 부인?"

가정부는 마침내 지금까지 부인하던 태도를 거두어버렸다.

"주인님이 사무실에서 돌아오고 나서 30분쯤 뒤였습니다. 하지만 주인님이 그녀를 기다리고 있었던 건 아닙니다. 그녀가 온다는 말씀이 없었으니까요. 차도 그녀가 온 다음에 시켰습니다."

매컴이 몸을 앞으로 내밀었다.

"그런데 어째서 어제 아침 내가 물었을 때는 그녀가 왔었던 사실을 말하지 않았소?"

가정부는 불안한 눈길로 방 안을 둘러보았다. 그러자 번스가 유쾌한 목소리로 말참견했다.

"플래트 부인은 자네가 그 젊은 여인에게 터무니없는 혐의를 걸지 않을까 걱정했기 때문이라네."

가정부는 번스의 말에 매달렸다.

"네, 선생님, 그 말이 맞습니다. 검사님이 혹시 그녀를 의심하지 않을까 걱정되었지요. 아주 얌전하고 상냥해보이는 아가씨였으니까요. 다만 그 때문이었습니다."

번스는 위로하듯 동조했다.

"그랬겠지요. 그건 그렇고, 한 가지만 더 묻겠소. 당신은 그 얌전하고 상냥해보이는 젊은 여인이 담배피우는 것을 보고 깜짝 놀라지 않았소?"

가정부의 불안이 놀라움으로 바뀌었다.

"그건 또 어떻게…… 네, 정말 놀랐습니다. 하지만 그녀는 나쁜 사람이 아닙니다. 그것만은 말씀드릴 수 있습니다. 요즘 젊은 아가씨들은 대개 담배를 피우지요. 하지만 그다지 나쁘게 생각지 않아요, 옛날처럼은."

번스는 맞장구쳤다.

"당신 말이 맞소. 하지만 젊은 여자가 담배꽁초를 타일이 붙은 가스 벽난로 안에 던지다니, 좀 이상한 생각이 드는군요, 안 그렇소?"

가정부는 살피듯이 번스를 바라보았다. 놀림받고 있는 게 아닌가 의심하는 듯했다.

"그런 일이 있었나요?"

그녀는 벽난로 속을 보았다.

"오늘 아침에는 꽁초가 하나도 없었는데요."

"물론 그랬겠지요. 지방검사님의 부하 형사가 어제 당신 대신 깨끗이 청소했으니까."

가정부는 매컴 쪽을 살피듯 흘끗 보았다. 그녀는 번스의 말을 그대로 받아들여야 할지 어떨지 판단되지 않는 모양이었다. 하지만 번스의 태도가 부드럽고 말투가 붙임성 있었으므로 곧 긴장이 풀리기 시작했다.

"이제야 서로 이야기가 통하게 된 것 같군요, 플래트 부인. 젊은 여인이 여기 머물러 있는 동안 그밖에 또 무언가 특별히 눈에 띈 일은 없었소? 당신이 알고 있는 사실을 우리에게 알려주면 그녀를 위해서도 이로울 거요. 지방검사님도 나도 그녀가 결백하다는 것을 알고 있으니까요."

가정부는 그 말의 진실성을 헤아려 대충 값을 매기려는 듯이 교활한 눈으로 한참 동안 번스를 지켜보았다. 그 결과 아주 만족한 모양이었다. 의심할 여지가 없을 정도로 대답이 솔직하게 나왔기 때문이다.

"이런 일이 도움될 수 있을지 모르겠습니다만, 제가 토스트를 가져갔을 때 주인님은 그녀와 의논하고 있는 것 같았습니다. 그녀는 어떤 일이 걱정되는지 지금까지의 약속은 없었던 것으로 해달라고 부탁하더군요. 저는 아주 잠깐 동안 방에 있었기 때문에 그리 많이 듣지는 못했습니다. 물러나오려는데 주인님이 웃으며 지금 한 말은 농담이며 아무 일 없을 테니 걱정하지 말라고 이르더군요."

가정부는 잠시 말을 끊고 불안한 얼굴로 기다렸다. 자신이 지껄인 말이 그녀에게 이롭기는커녕 불리할지도 모른다는 생각이 든 모양이었다.

"그것뿐이오?"

번스의 목소리는 그 문제를 조금도 중요시하고 있지 않음을 나타내고 있었다.

가정부는 다시 기운을 얻었다.

"들은 말은 그것뿐입니다만, 테이블 위에 파란색 작은 보석상자가 놓여 있었습니다."

"뭐라고요, 보석상자가? 누구 것인지 알고 있소?"

"모릅니다. 그녀가 가지고 온 것은 아닙니다. 그리고 집에서도 본 적이 없습니다."

"그런데 어떻게 보석이라는 것을 알았지요?"

"주인님이 2층으로 옷 갈아입으러 올라갔을 때 찻잔을 치우러 들어

갔었는데, 그대로 테이블에 놓여 있어서……. ”

번스는 미소 지었다.

“그래서 당신은 판도라가 되어 슬쩍 열어보았군요. 무리가 아니지요. 나라도 그렇게 했을 거요. ”

번스는 뒤로 한걸음 물러서서 정중하게 절했다.

“이제 됐습니다, 플래트 부인. 그 젊은 여자에 대해서는 걱정하지 않아도 됩니다. 아무 일 없을 테니까요. ”

가정부가 나가자 매컴이 몸을 앞으로 내밀고 번스를 향해 여송연을 흔들었다.

“자네는 내가 모르는 정보를 알고 있으면서도 왜 잠자코 있었나? ”

번스는 항의하듯 눈썹을 치켜올렸다.

“아니, 대체 그게 무슨 말인가? ”

“세인트 클레어가 어제 오후 여기에 왔었다는 것을 어떻게 알아냈지, 번스? ”

“알고 있기는…… 그저 추측했을 뿐이라네. 벽난로에 그녀의 담배꽁초가 있는데, 벤슨이 살해된 날 밤에는 그녀가 여기 오지 않았음이 분명했으므로 그날 좀더 이른 시각에 왔으리라 추측했지. 벤슨은 4시까지 사무실에서 돌아오지 않았으니까 4시부터 벤슨이 저녁식사하러 나가기 전까지의 사이에 그녀가 왔으리라고 추측했네. 아주 초보적인 삼단논법이 아닌가? ”

“그러나 그녀가 밤에 방문하지 않았음을 어떻게 알지? ”

“사건의 심리적 양상으로 보아 의심할 여지가 없었네. 자네에게도 말했듯이 이 사건은 여자가 저지른 범죄가 아닐세, 이것도 역시 나의 형이상학적 가설이지만. 아무튼 신경쓸 것 없네, 매컴. 게다가 어제 아침 나는 범인이 서 있던 자리에 서서 벤슨의 머리와 벽판자에 박힌 총알자리를 조준점으로 하여 탄도를 어림잡아보았지. 그래서 특별히 재보지 않고도 범인이 키 큰 사람이라는 것을 곧 알아냈네."

매컴이 따져물었다.

"좋네…… 하지만 여자가 벤슨보다 먼저 여기서 나갔다는 것은 어떻게 알았나?"

"만일 한 발 앞서 나가지 않았다면 어떻게 야회복으로 갈아입을 수 있었겠나? 여자들은 대낮부터 décolletées*¹를 입고 나돌아 다니지 않는다네."

"그렇다면 자네는 핸드백과 장갑을 그날 밤 벤슨이 직접 이리로 가져왔다고 생각하나?"

"누군가가 가지고 왔겠지. 하지만 결코 세인트 클레어는 아닐세."

그러자 매컴이 양보했다.

"그럼, 모리스식 의자는 어떻게 된 건가? 어떻게 그녀가 거기에 앉았었다는 것을 알았지?"

"여자가 앉아서 벽난로에 담배꽁초를 던져넣을 수 있을 만한 의자가 달리 없잖은가? 여자는 대개 물건을 겨냥하여 던지는 솜씨가 아주 서투르다네. 창 밖으로 담배꽁초를 던질 때도 마찬가지지."

매컴은 납득한 듯했다.

"아주 간단한 추리였군. 그런데 여자가 여기서 차를 마셨다는 건 어떻게 알았나? 누군가가 몰래 귀띔해주었다면 모르지만."

"그것을 설명하려면 창피를 무릅써야겠는걸. 실은 저기 있는 사모바르의 상태를 보고 짐작했다네. 어제 보니 쓴 그대로 더운물도 빼지 않고 닦지도 않았더군."

매컴은 상대를 얕보듯이 의기양양하게 고개를 끄덕였다.

"자네도 별수 없이 물적 단서라는 천박한 법률가의 수준으로 떨어진 모양이군."

"그래서 이렇게 부끄러워하고 있잖나. 심리적 추리만으로는 사실을 in esse(있는 그대로의 것)로 추정할 수 없고 다만 in posse(가능성)로 추정할 뿐이라네. 물론 다른 여러 가지 조건도 고려해야지. 이 경우 사모바르에 나타나 있는 조건은 가정이나 추정의 기초 자료로써 유용할 뿐인데, 여기에서 가정부가 등장하게 된다네."

"그렇군. 나도 자네의 성공을 부정하려는 건 아니네. 그런데 자네는 가정부가 그녀에 대해 개인적인 관심을 가지고 있다고 비난했는데, 그 까닭이 무엇인지 알고 싶네. 그 말을 들으니 어쩐지 자네가 이 일에 대한 예비지식을 가지고 있었던 듯이 생각되더군."

번스의 얼굴이 다시 진지해졌다. 그는 정색을 하고 말했다.

"매컴, 맹세해도 좋네만 예비지식 따위는 전혀 없었네. 거짓말하리라는 것만을 미리 짐작하고서 다그쳤는데, 가정부가 내가 만들어놓은 덫에 걸려든걸세. 그런데 뜻밖에도 정곡을 찌른 모양이네. 나로서도 어째서 그녀가 그토록 당황했는지 전혀 짐작가지 않네. 하지만 그것은 아무래도 좋겠지."

"그렇겠지."

매컴은 동의했으나 그 말투로 미루어 반신반의하는 것 같았다.

"그건 그렇고, 그 보석상자며 벤슨과 여자 사이의 말다툼을 어떻게 생각하나?"

"아직 생각해 보지 않았네. 아무래도 앞뒤가 맞지 않아. 그렇지 않나?"

번스는 잠시 생각에 잠겨 말이 없었다. 이윽고 그는 어울리지 않게 정색하며 말했다.

"매컴, 내 충고를 받아들여 그런 곁가지 문제 때문에 골치 앓지 말게. 다시 한 번 말하지만 그녀는 이번 살인과 아무 관계없네. 가만히 놓아두게. 그러면 자네의 노후는 더 행복해질걸세."

매컴은 허공에 눈길을 못박고 찌푸린 얼굴로 앉아 있었다.

"자네로서는 무언가 짐작되는 바가 있는 게 틀림없으리라고 나는 확신하네."

번스가 중얼거렸다.

"Cogito, ergo sum(나는 생각한다, 고로 나는 존재한다). 여보게, 나는 늘 데카르트의 자연주의적 철학에 마음이 끌린다네. 그것은 보편적인 회의에서 출발하여 자의식 속에서 실증적 지식을 추구하고 있지. 스피노자는 범신론에서, 버클리는 유심론에서 모두 그 선구자가 자신 있어 하던 생략론법의 의의를 크게 오해하고 있네. 데카르트는 그런 오류에서도 광채를 내뿜고 있지. 그의 추리법은 과학적으로는 아주 부정확하지만 분석학자의 신조에 새로운 의의를 주었다네. 정신이 효과적으로 기능을 발휘하기 위해서는 자연과학의 수학적 정확성과 천문학적인 순수 사색을 함께 갖추어야 하네. 예를 들어 데카르트의 소용돌이설은……."

매컴이 투덜거렸다.

"정말 귀찮군. 나는 자네에게 소중한 정보를 억지로 제공해달라고 말하는 건 아닐세. 그러니 17세기의 철학까지 들추며 나를 못살게 굴 건 없잖나!"

그러자 번스는 쾌활하게 대꾸했다.

"어쨌든 자네도 이제 마음에 걸리던 담배꽁초 문제를 제거함으로써 세인트 클레어 양의 혐의가 풀렸다는 것을 인정하겠지?"

매컴은 곧 대답하지 않았다. 의심할 여지도 없이 이 한 시간 동안에 일어난 일이 그에게 결정적인 감명을 주었던 것이다. 매컴은 고집스럽게 물고 늘어졌으나 번스를 결코 과소평가하지는 않았다. 가벼운 말투로 지껄여대고 있지만 근본적으로는 진지하다는 것을 잘 알고 있었던 것이다. 게다가 매컴에게는 훌륭하게 발달된 정의감이 있었다.

때로는 완고했으나 소견이 좁지는 않았다. 내가 알고 있는 한 그는 아무리 자기 이익에 어긋난다 해도 진리를 추구함에 있어 눈감은 짓은 결코 하지 않았다. 따라서 매컴이 산뜻한 항복의 미소를 띠고 번스를 쳐다보았을 때도 나는 뜻밖이라는 생각이 전혀 들지 않았다.

매컴이 말했다.

"자네가 이겼네. 당연한 일이지만 겸허하게 그것을 인정하지. 자네에게 깊이 감사하네."

번스는 무관심한 태도로 창가로 다가가서 바깥을 내다보았다.

"인간의 마음을 지니고 있다면 부인할 수 없을 이런 증거를 받아들일 만한 능력이 자네에게 있음을 알게 되어 기쁘네."

이 두 사람 가운데 어느 한쪽이 너그럽게 들리는 말을 하면 반드시 다른 한쪽이 인간의 감정이 사라진 듯한 덤덤한 태도로 대답하는 것을 나는 자주 보아왔다. 마치 두 사람 사이의 친밀한 관계를 세상에서 감춰두고 싶어하는 것 같은 태도였다.

이때도 매컴은 번스의 혹평을 무시해버렸다.

"벤슨 살해범에 대한 부정적인 의견뿐만 아니라 더욱 계발적인 의견도 있을 것 같군."

번스가 대답했다.

"그야 물론이지! 의견이라면 무진장 있네."

매컴은 상대방의 연극적인 어조를 흉내내어 말했다.

"그 가운데 괜찮아보이는 것을 몇 개 나누어주지 않겠나?"

번스는 조금 생각해 보는 것 같았다.

"글쎄…… 무엇보다도 먼저 키가 크고 머리가 냉정하며 무기를 잘 다룰 줄 아는 사람, 사격의 명수인 동시에 고인과 아주 잘 아는 인물, 벤슨이 세인트 클레어 양과 저녁식사를 함께 하기로 되어 있다는 것을 알고 있었거나 적어도 짐작할 만한 이유를 가진 인물을 찾으라고 권하고 싶군."

매컴은 잠시 번스를 뚫어지게 바라보았다.

"그럴 듯한데. 착안점이 괜찮아. 지금 곧 히스를 시켜 살인이 일어
난 날 밤 리콕 대위가 무엇을 했는지 좀더 샅샅이 알아보도록 해야
겠군."

"꼭 그렇게 하게."

번스는 대수롭지 않게 말하며 피아노 옆으로 다가갔다.

매컴은 의아한 표정으로 그를 지켜보았다. 그가 무언가 말하려고
하자 번스는 경쾌한 프랑스 상송을 치기 시작했다. 그것은 다음과 같
이 시작되는 노래였다.

Ils sont dans les vignes les moineaux(포도밭에 참새가 있다)

*1 목과 어깨가 드러나 보이는 야회복.

동기와 협박

6월 16일 일요일 오후

다음날은 일요일이었으나 우리는 스타이비샌트 클럽에서 매컴과 점심식사를 같이했다. 번스가 전날 밤 여기서 만나자고 제의했던 것이다. 번스가 내게 설명하기를, 리앤더 파이피가 롱아일랜드에서 왔을 때 그 자리에 입회하고 싶기 때문이라고 했다.

그는 말했다.

"나는 무척 재미있네. 사람들은 그다지 대수롭지 않은 문제를 일부러 복잡하게 만들지. 간단하고 직접적인 것은 무엇이든지 괜히 싫어하거든. 현대의 상업제도는 일을 되도록 복잡하고 번거로운 방법으로 해나가기 위한 거대한 기계에 지나지 않네. 요즘은 백화점에서 10세인트짜리 물건을 사면 그 거래의 완전한 기록이 세 통 만들어져 10명의 판매장 감독과 점원들의 사열을 받고 서명되고 부서(部署)되어 갖가지 빛깔의 잉크로 수없이 많은 장부에 기입되고 나서야 겨우 철제 캐비닛에 고이 모셔진다네. 그런데도 실업가들은 그 정도의 헛된 chinoiserie(수고)로는 만족하지 못하고 굉장한 비용이 드는 수많은 능률전문가를 대량으로 양성하고 있지. 그들의 임무란 이 제도를 더욱 복잡하게 만들고 혼란시키는 데 있네.

그것은 현대생활의 어느 부문에서나 마찬가지일세. 골프라고 불리는 처치 곤란한 열병을 보게나. 그것은 공을 막대기로 구멍 속에 때려넣는 장난에 지나지 않네. 그런데 이 놀이에 미친 사람들이 별난 옷까지 만들어 입고서 놀고 있는걸세. 다리의 올바른 각도며 막대기에 손가락을 감는 방법을 위해 20년도 넘는 노력을 기울이지. 여기에 한술 더 떠서 이 어처구니없는 스포츠의 복잡성을 설명하기 위해 영어학자조차 알지 못할 기묘한 단어를 만들어내고 있단 말일세."

번스는 씁쓸하게 일요신문 더미를 손가락으로 가리켰다.

"그리고 여기 벤슨 살해사건이 있네. 간단하고 하찮은 사건이지. 그런데 모든 법률 기구가 최대한의 압력을 발휘하여 시 전체에 수증기를 흩뿌리고 있다네. 조금만 머리를 써서 생각하면 겨우 5분만에 해결할 수 있는 문제인데."

그러나 식사하는 동안 번스는 사건에 대해서는 한마디도 언급하지 않았다. 말없이 약속이라도 있었던 듯 아무도 그 문제를 들먹이지 않았다. 우리가 식당으로 들어갈 때 매컴이 아무렇지도 않은 투로 조금 뒤 히스가 올 거라고 말했을 뿐이었다. 담배를 피우기 위해 휴게실로 물러나오니 히스 부장이 이미 와서 기다리고 있었다. 그 표정을 보기만 해도 일의 진행이 신통치 않음을 알 수 있었다.

히스는 우리의 의자를 마련해주며 말했다.

"어제도 말씀드렸듯이, 검사님, 이 사건은 골칫거리가 될 것 같습니다. 세인트 클레어에게서 무슨 단서라도 찾아냈습니까?"

매컴은 고개를 가로저었다.

"그녀는 그다지 문제되지 않소."

그리고 나서 매컴은 전날 오후 벤슨네 집에서 있었던 일을 대충 설명해주었다.

히스는 어딘지 좀 석연치 않은 듯이 비평했다.

"그렇습니까? 당신이 만족하신다면 우리로서도 상관없습니다. 그런데 리콕 대위는 어떻습니까?"

"그 일로 할 이야기가 있어 여기까지 와달라고 부탁한 거요. 그에게도 직접적인 증거는 없소. 하지만 그를 이번 살인사건과 연결시킬 수 있는 수상한 정황이 두세 가지 있소. 키도 들어맞고, 또, 이건 예사롭게 보아 넘길 수 없는 일인데, 벤슨은 리콕 대위가 가지고 있을 법한 권총에 맞아죽었을는지도 모르오. 그녀와 약혼한 사이인데다 벤슨이 그녀를 마음에 들어했던 점에 동기가 있을지도 모르겠소."

히스가 대꾸했다.

"하긴 이번 전쟁 통에 군인들은 사람 쏘는 것을 예사로이 여기게 되었으니까요. 피를 보는 일에 익숙해졌기 때문이겠지요."

매컴이 다음 말을 이었다.

"한 가지 곤란한 것은 리콕 대위를 조사한 펠프스의 보고에 따르면 그는 그날 밤 8시 이후 내내 집에 있었다는 점이오. 그러나 어딘가에 빠져나갈 구멍이 있을지도 모르므로 나는 당신 부하 가운데 누군가가 다시 좀더 철저하게 조사해 주었으면 하오. 펠프스는 아파트 관리인으로부터 그 정보를 얻었는데, 그 관리인을 불러다 다시한번 다그쳐보는 게 좋을 것 같소. 그날 밤 12시 30분에 리콕 대위가 집에 없었다는 것을 알아내면 당신이 찾고 있는 단서가 될지도 모르겠소."

히스 부장이 말했다.

"내가 직접 해보겠습니다. 오늘 밤 그 아파트로 가겠습니다. 관리인이 무언가 알고 있다면 털어놓게 만드는 것은 그리 어렵지 않습니다."

그리고 2, 3분쯤 이야기가 오갔는데 제복을 입은 종업원이 지방검사 옆으로 다가와서 허리를 조금 굽히고 파이피 씨가 만나고 싶어한다는 말을 전했다.

매컴은 손님을 안내하도록 이른 다음 히스에게 말했다.

"당신도 그대로 앉아 있다가 그가 뭐라고 하는지 들어두는 게 좋을 거요."

리앤더 파이피는 조금도 빈틈없는 멋쟁이였다. 그는 거드름을 피우며 우리 쪽으로 다가왔다. 몹시 길고 가느다란 다리는 무릎이 안쪽으로 조금 휘었으며 그 위에 뚱뚱하게 살찐 몸뚱이가 얹혀 있었다. 가슴은 활 모양으로 한껏 젖혀져 비둘기 가슴 같았다. 동그스름한 얼굴과 네모난 턱이 답답해보이는 칼라 위에 두 개의 원을 그리며 늘어져 있었다. 숱적은 금발은 매끈하게 뒤로 빗어 넘겼으며 가늘고 명주실같이 부드러운 콧수염 끝이 바늘처럼 꼿꼿했다. 옅은 회색 플란넬 여름 양복에 옅은 초록빛 비단 셔츠를 입고 얇은 천의 화려한 넥타이를 매었으며 회색 양가죽 옥스퍼드 구두를 신고 있었다. 동양적인 강한 향수 냄새가 가슴주머니에 단정히 꽂힌 모시 손수건에서 풍겨 나왔다.

파이피는 끈끈한 태도로 매컴에게 정중한 인사를 하고 소개된 우리에게는 의젓하게 고개를 끄덕여보였다. 종업원이 권하는 의자에 앉자 가슴주머니의 리본에 꽂았던 금테안경을 닦기 시작하여 우울한 눈으로 매컴을 뚫어지게 바라보았다.

이윽고 그는 한숨을 쉬며 말했다.

"이번 일은 참으로 안됐습니다."

그러자 매컴이 말을 받았다.

"당신과 벤슨 씨 사이의 우정을 생각하면 당신을 성가시게 해드려야 할 필요가 있게 된 것을 매우 유감스럽게 여깁니다. 오늘 이렇게 여기까지 나와 주셔서 정말 감사합니다."

파이피는 매니큐어한 손을 정중하게 들어올리며 매컴의 말을 막는 듯한 몸짓을 했다. 무어라 표현할 수 없을 만큼 자기만족에 취한 모습으로 그는 사회의 공복인 당신들을 도울 수 있다면 그보다 더 기쁜 일은 없으며 자기의 조그만 불편 따위는 아무것도 아니라고 말했다. 물론 어쩔 수 없기 때문이었겠지만, 그 태도에는 'noblesse oblige(신분 높은 사람은 그만큼 너그러워야 한다)'라는 격언에 담긴 의무를 알고 있고, 그것을 다하고자 하는 마음가짐이 뚜렷이 나타났다.

그는 아주 유쾌한 표정으로 매컴을 바라보았다. 그 눈에는 용건이 무엇이냐고 씌어 있었으나 입술은 움직이지 않았다.

매컴이 말했다.

"앤서니 벤슨 소령의 이야기를 들으니 당신은 그분 동생과 무척 가까운 사이였다더군요. 피해자의 개인적인 문제며 사교 관계 등에 대해 수사에 참고될 만한 이야기를 들려주셨으면 합니다."

파이피는 슬픈 듯이 바닥으로 눈길을 떨어뜨렸다.

"네, 맞습니다. 앨빈과 나는 아주 가깝게 지냈지요, 사실 둘도 없는 친구였습니다. 그처럼 친하게 지낸 사람이 비극적인 최후를 마쳤다는 소식을 듣고 내가 얼마나 슬퍼했는지 도저히 상상도 못할 겁니다."

그의 이야기를 듣고 있노라니 아에네어스와 아카테스*[1]의 현대판을 보는 듯한 기분이었다.

"곧장 뉴욕으로 와서 나를 필요로 하는 분들에게 도움을 드리지 못해 정말 죄송합니다."

매컴은 쌀쌀맞지만 정중하게 말했다.

"그렇게 해주었다면 벤슨 씨의 다른 친구분들도 마음 든든했을 겁니다. 그러나 이런 사정이니 당신을 비난할 수도 없지요."

파이피는 몹시 후회하고 있다는 듯이 눈을 깜박거렸다.

"그래도 나로서는 미안해서 견딜 수가 없군요. 그렇다고 해서 나에게 떳떳치 못한 데가 있다는 건 아닙니다. 마침 그 비극이 일어나기 전날 나는 캐츠킬즈 방면으로 여행을 떠났었습니다. 앨빈에게도 함께 가자고 권했는데 바빠서 갈 수 없었지요."

파이피는 헤아릴 길 없는 인생의 짓궂음을 한탄하듯 머리를 내둘렀다.

"같이 갔으면 얼마나 좋았겠습니까? 정말 좋았을 텐데…… 만일 그것이 단순히……."

예측할 수 없는 신의 섭리에 대해 또다시 늘어놓을 것 같아 매컴이 푸념을 가로막았다.

"아주 짧은 여행이었던가 보군요."

파이피는 너그럽게 머리를 끄덕였다.

"실은 뜻하지 않은 사고가 났었습니다. 자동차가 고장을 일으켰기 때문에 돌아오지 않을 수 없었던 겁니다."

"어느 길로 갔습니까?" 하고 히스가 물었다.

파이피는 안경을 천천히 고쳐 쓰며 귀찮은 표정으로 히스 부장을 보았다.

"가르쳐드리겠습니다. 저, 스니드 씨."

"히스입니다" 하고 부장이 쌀쌀맞게 바로잡았다.

"아참, 히스 씨였지요. 가르쳐드리겠습니다, 히스 씨. 만일 캐츠킬즈로 자동차 여행을 떠날 계획이라면 미국 자동차 클럽에 말씀하셔서 도로지도를 받으십시오. 내가 택한 길은 아마 당신에게 맞지 않을 겁니다."

파이피는 자기와 신분이 동등한 사람이 아니면 이야기하고 싶지 않다는 듯이 지방검사 쪽으로 눈길을 돌렸다.

매컴이 물었다.

"파이피 씨, 벤슨 씨에게 적이 있었습니까?"

파이피는 어떻게 대답해야 좋을지 생각하는 것 같았다.

"아니오, 없었을 겁니다. 그를 죽여야 할 만큼의 큰 원한을 가진 적은 없었습니다."

"그렇다면 적이 있기는 있다는 이야기로군요. 좀더 자세하게 설명해주시겠습니까?"

파이피는 고상한 손놀림으로 금빛 콧수염 끝을 매만진 다음 집게손가락으로 볼을 만지며 어떻게 할까 망설이는 표정을 지었다. 그는 거북스럽게 말을 꺼냈다.

"매컴 씨, 당신은 말씀드리기 거북한 것을 요구하는군요. 하지만 다 털어놓는 것이 가장 좋을지도 모르겠습니다. 서로 신사로서 말입니다. 앨빈은 세상의 의젓한 사람들이 흔히 그렇듯이, 뭐라고 할까요, 한 가지 결점을 가지고 있었습니다. 여자에 대해서 말이지요."

파이피는 차마 입에 담을 수 없는 천박한 사실을 더없이 에둘러 말하고 있는 것을 알아주기 바란다는 듯이 매컴을 바라보았다. 매컴이 동정하듯 고개를 끄덕이자 그는 말을 이었다.

"앨빈은 여자의 마음을 끌 만한 개인적인 매력을 지닌 사나이는 못되었습니다."

나는 파이피가 이 점에서 자기는 벤슨과 근본적으로 다르다고 생각하고 있는 듯한 인상을 받았다.

"앨빈은 자기의 육체적 결점을 잘 알고 있었습니다. 그래서 앨빈은 ——이런 한심한 이야기는 정말 하고 싶지 않다는 것을 잘 알아주시리라 생각합니다만——여자와의 교제에서 당신이나 나라면 결코 취하지 않을 어떤 방법을 썼습니다. 입에 담기조차 싫습니다만, 앨빈은 이따금 부당하게 여자를 속이는 짓을 했지요. 말하자면 비열한 방법을 썼던 겁니다."

파이피는 잠시 말을 끊었다. 친구의 미워해야 할 결점과, 그것을 배신하고 폭로해야 할 처지에 몰려 괴로워하는 듯한 표정이었다.

매컴이 물었다.

"그렇다면 당신은 벤슨 씨가 그처럼 부당하게 취급한 어떤 여자가 마음에 걸린다는 말씀입니까?"

"아닙니다. 그녀에 대해서가 아닙니다. 그녀에게 관심을 가지고 있는 어떤 남자가 마음에 걸립니다. 사실 그 남자는 앨빈을 죽이겠다고 위협했었지요. 이 말을 해야 될지 어떨지 망설이는 내 기분을 이해해주시리라고 생각합니다만 나로서는 그 위협이 공공연하게 이루어졌다는 것도 말씀드리고 싶습니다. 그것을 들은 사람은 나 말고도 여러 명 있으니까요."

"그렇다면 당신은 물론 이론상으로는 신뢰를 저버렸다고 할 수 없지요."

파이피는 가볍게 머리 숙여 상대방의 이해심 있는 태도에 대해 감사의 뜻을 나타냈다. 그는 겸손하게 고백했다.

"어떤 작은 모임에서의 일이었는데, 운 나쁘게도 내가 주인역을 맡고 있었지요."

"그 사람이 누구입니까?"

매컴의 말투는 정중했으나 감히 거부할 수 없는 울림이 담겨 있었다.

"나로서는 말씀드리기 어렵다는 것을 알아주시리라고 생각합니다만……."

파이피는 모조리 털어놓으려는 것처럼 몸을 앞으로 내밀었다.

"그 신사의 이름을 말씀드리지 않는다면 앨빈에 대해 성실하지 못한 결과가 되겠지요. 그는 필립 리콕 대위입니다."

파이피는 아주 감동한 듯이 한숨을 내쉬었다.

"여자의 이름까지 묻지는 않으시겠지요, 매컴 지방검사님?"

매컴은 상대방을 안심시켰다.

"그럴 필요는 없습니다. 하지만 그때 있었던 일을 좀더 자세히 말씀해 주시면 고맙겠군요."

파이피는 하는 수 없다는 표정을 지었다.

"앨빈은 그녀에게 몹시 반해 여러 가지로 돌봐주고 있었습니다. 그러나 내가 보기에는 그녀로부터 그다지 호감을 사지 못하는 것 같았습니다. 리콕 대위는 앨빈이 그녀를 쫓아다니는 것을 몹시 싫어했습니다. 어느 날 내가 주최한 작은 모임에 리콕 대위와 앨빈을 초대했는데, 듣기에 몹시 불쾌하고 거북한 말이 두 사람 사이에 오갔습니다.

술이 좀 지나쳤기 때문인지도 모르겠습니다. 왜냐하면 앨빈은 늘 깔끔해서 사교상의 예절을 잘 지키는 사람이었거든요. 그래서 리콕 대위가 울화통을 터뜨리며 앞으로 그녀를 가만히 내버려두지 않으면 목숨이 없는 줄 알라고 앨빈에게 말했습니다. 리콕 대위는 정말로 주머니에서 리볼버를 반쯤 꺼내보이기까지 했습니다."

히스가 물었다.

"그것은 회전식이었습니까, 자동권총이었습니까?"

파이피는 부장은 거들떠보지도 않고 희미하게 쓴웃음을 지으며 지방검사 쪽으로 머리를 돌렸다.

파이피가 대답했다.

"내가 잘못 말했습니다. 미안합니다. 리볼버가 아니었습니다. 육군용 자동권총인 것 같았습니다. 아까 말씀드렸듯이 반쯤 꺼냈기 때문에 자세히 보지는 못했습니다."

"다른 사람들도 그 자리에 있었으니 그 말다툼을 들었겠군요?"

"몇 명의 손님이 그 둘레에 서 있었습니다. 하지만 이름은 생각나지 않습니다. 나는 리콕 대위의 협박투 말을 대단치 않게 생각했었거든요. 앨빈이 그처럼 비명에 숨졌다는 것을 신문에서 읽기 전까지는 깨끗이 잊고 있었습니다. 신문을 읽자 비로소 그 일이 머리에 떠올라 지방검사님에게 말씀드려야겠다고 생각했지요."

그때까지 지루함을 참으며 앉아 있던 번스가 중얼거렸다.

"내뿜는 숨결, 불타오르는 말."

파이피는 다시 한 번 안경을 고쳐 쓰고 번스를 노려보았다.

"실례입니다만, 뭐라고 했습니까?"

번스는 거리낌 없이 미소지었다.

"네, 그레이를 인용했지요*². 어떤 기분에 젖으면 나는 시가 떠오른답니다. 그런데 당신은 혹시 오스틀랜더 대령을 모릅니까?"

파이피는 냉정하게 번스를 바라보았으나 그 눈길이 가닿은 것은 멍청한 얼굴이었다. 그는 거만하게 대답했다.

"그분이라면 알고 있습니다."

"당신이 주최한 그 유쾌한 사교모임에 오스틀랜더 대령도 참석했었습니까?"

번스의 말투는 색다르지도 않고 아주 천진스러웠다.

"그러고 보니 그분도 참석했던 것 같군요."

파이피는 그 말을 인정하면서도 의아한 듯이 눈썹을 치켜올렸다.

그러나 번스는 전혀 관심이 없는 듯 다시 창 밖을 내다보았다.

매컴은 이야기가 도중에 끊어진 것을 못마땅하게 생각하며 이야기를 좀더 허물없고 실제적인 토대 위에 끌어다놓으려고 애썼다. 파이피는 쉬지 않고 지껄였으나 그 이상의 정보는 얻어낼 수 없었다. 걸 핏하면 화제를 리콕 대위에게로 돌렸고, 입으로는 그렇지 않다고 말 했으나 그 협박을 자기가 인정하는 이상으로 중요시하고 있음이 분명 했다. 매컴은 한 시간도 넘게 질문했으나 그밖에 쓸모 있는 내용은 알아내지 못했다.

파이피가 돌아가려고 몸을 일으키자 번스는 바깥을 내다보던 눈길 을 그에게로 돌리고 부드럽게 머리 숙이며 호인 같은 미소를 지었다.

"파이피 씨, 이렇게 뉴욕까지 왔으니, 그리고 좀더 빨리 오지 못한 것을 그토록 유감스럽게 생각하다니 수사가 끝날 때까지 여기 머무 르겠지요?"

파이피는 그때까지 겉으로 꾸며보이던 냉정함이 어디로인가 사라 지고 순식간에 놀라운 빛이 얼굴 가득 퍼졌다.

"그럴 생각은 없는데요."

"꼭 그렇게 해주었으면 좋겠습니다, 큰 지장이 없으시다면."

매컴도 강력하게 권했지만 번스가 그 말을 꺼내기 전까지는 그런 요구를 할 생각이 전혀 없었음을 나는 알았다.

파이피는 잠깐 머뭇거렸으나 마침내 체념했다는 듯이 고상한 몸짓 을 했다.

"그럼, 그렇게 하지요. 내가 도와드릴 일이 생기거든 말씀하십시 오. 앤서니어에 있겠습니다."

파이피는 아주 너그러운 태도로 부드럽게 말함으로써 도량이 넓음 을 과시하고 매컴에게 작별의 미소를 보냈다. 그러나 그 미소는 진심 에서 우러나온 것이 아니었다. 눈에 보이지 않는 조각가의 손이 그 얼굴에 만들어놓은 미소였다. 그리고 입가의 근육이 조금 움직였을 뿐이었다.

그가 나가자 번스는 억지로 웃음을 참는 눈길로 매컴을 보았다.

"'우아하고 유창한 금옥의 운율이여……'*3이지만, 시는 믿지 않는 게 좋을걸세. 저 키케로를 닮은 친구는 순전히 거짓말쟁이니까."

히스가 끼어들었다.

"저 사람이 굉장한 거짓말쟁이라는 말씀에는 찬성할 수 없는데요. 리콕 대위가 협박했다는 이야기는 정말이라고 생각합니다."

"아아, 물론 그 이야기는 정말이오. 매컴, 저 기사도 정신이 풍부한 파이피 씨는 자네가 세인트 클레어 양의 이름을 밝히라고 강요하지 않자 몹시 실망하더군. 파이피 씨는 여자를 위해 헬레스폰트 해협을 헤엄쳐 건널 사람은 결코 아닐세*4."

히스는 참을 수 없다는 듯이 대꾸했다.

"헤엄에 대해서는 어떨지 모르지만 그는 우리에게 단서가 될지도 모르는 것을 가르쳐 주었습니다."

매컴도 파이피가 리콕에게 걸려 있는 혐의에 자료를 덧붙여주었다는 점에 대해서는 다른 의견이 없었다.

그는 말했다.

"내일 리콕 대위를 사무실로 불러다가 신문해볼 생각이네."

그 뒤 곧 벤슨 소령이 모습을 나타냈으므로 매컴은 자리를 함께 하자고 권했다.

벤슨 소령은 자리에 앉자 물었다.

"지금 파이피가 택시에 타는 것을 보았는데, 앨빈 일로 그를 신문했나? 그래, 좀 도움이 되었는가?"

매컴이 부드럽게 대답했다.

"우리 모두를 위해 도움되었기를 바라고 있네. 그런데 소령, 자네는 필립 리콕 대위에 대해 뭔가 알고 있는 게 없나?"

벤슨 소령은 놀란 얼굴로 매컴을 보았다.

"모르고 있었나? 리콕 대위는 내 연대 소속이라네. 일급군인이지. 앨빈과도 꽤 잘 아는 모양이었으나 내가 보기에 그 두 사람은 그다지 사이가 좋지 않은 것 같았네. 그렇기는 하지만 리콕 대위를 이번 사건에 결부시켜 생각하는 건 아니겠지, 매컴?"

매컴은 그 질문에는 대답하지 않았다.

"자네는 리콕 대위가 자네 동생을 협박한 파이피의 파티에 갔었나?"

"파이피의 파티에는 몇 번 갔었지. 나는 본디 그런 모임을 좋아하지 않지만 앨빈이 사업상의 중요한 일이라고 자꾸 권해서 갔었다네."

소령은 얼굴을 뒤로 젖히고 가물가물하는 기억을 더듬듯이 눈살을 찌푸리며 허공을 지켜보았다.

"아무래도 생각이 잘 나지 않는군. 맞아, 역시 갔었네. 하지만 그날 밤의 일을 문제삼을 필요는 없네. 그 날은 모두들 너무 취했었으니까."

히스가 물었다.

"리콕 대위가 권총을 빼들었었습니까?"

소령은 입술을 오므렸다.

"그러고 보니 그런 일이 있었던 것 같군요."

히스가 다그쳐 물었다.

"권총을 보셨습니까?"

"아니, 보지는 못했소."

매컴이 다시 질문했다.

"리콕 대위가 살인 같은 것을 저지를 수 있다고 생각하나?"

벤슨 소령은 힘주어 대답했다.

"천만에! 그는 그처럼 차갑고 비열한 사람이 아닐세. 말썽의 불씨가 된 여자야말로 그런 짓을 할 만한 인물이지."

짧은 침묵이 흘렀다. 번스가 그 침묵을 깨뜨렸다.

"소령님, 그 유행하는 안경을 낀 멋쟁이 차림의 파이피 씨에 대해 어느 정도나 아십니까? 좀 색다른 사람이더군요. 그에 대한 무언가 특별한 이야기라도 있습니까? 아니면 겉보기와 똑같은 인물입니까?"

소령이 대답했다.

"리앤더 파이피는 요즘 한가한 젊은이의 전형적인 표본이지요. 젊은이라고 말했습니다만, 그도 그럭저럭 40살쯤 되었을 겁니다. 응석받이로 자랐지요. 갖고 싶은 것은 무엇이든지 다 가질 수 있었습니다. 하지만 침착하지 못하고, 여러 가지 도락에 손을 댔다가는 결국 모두 싫증내는 인물이지요. 2년쯤 남아프리카에 가서 맹수사냥을 한 적도 있고, 그 모험담을 책으로 써낸 적도 있는 모양입니다. 그 뒤로는 내가 아는 한 아무것도 하지 않은 것 같습니다. 몇 년 전에 돈은 많으나 다루기 힘든 여자와 결혼했지요. 물론 돈이 목적이었을 겁니다. 그런데 장인되는 사람이 재산권을 쥐고 근근이 살아갈 정도밖에 주지 않는다더군요. 파이피는 낭비가 심하고 게으르지만 앨빈은 그에게서 어떤 장점을 찾아냈던 모양입니다."

소령의 말투는 마치 자기와 아무 관계없는 이야기를 하듯 덤덤하고 솔직했다. 그러나 우리는 모두 소령이 파이피에 대해 개인적으로 깊은 혐오감을 품고 있다는 인상을 받았다.

번스가 비평했다.

"탐탁치 못한 인물이군요. 게다가 너무 거만하고."

그러자 히스가 의아한 듯이 눈썹을 모았다.

"그건 그렇고, 맹수사냥을 한다면 신경이 꽤 굵은 것 같군요. 신경에 대해서 말하자면 동생을 쏜 범인은 지독하게 머리가 냉정한 녀석입니다, 소령님. 상대가 눈을 크게 뜨고 있고 가정부가 3층에 있는데 정면으로 쏘았으니까요. 그러기 위해서는 어지간히 신경이 굵어야 할 필요가 있겠지요."

번스가 칭찬했다.

"히스 부장, 당신은 과연 안목이 높으시오."

＊1 베르길리우스의 《아에네이드》에 나오는 주인공들로 트로이 전쟁의 영웅. 아카테스는 트로이 전쟁이 끝난 뒤 아에네어스와 그림자처럼 붙어지낸 친구로, 'Fidus Achates(충실한 아카테스)'라고 불리며 우정의 모범으로 인용되어 왔다.

＊2 토머스 그레이(1716~1771)의 Ode for Music or Installation Ode에서 인용.

＊3 셰익스피어의 《Love's Labour Lost》 제4막 제2장 호로파네스의 대사에서 인용한 구절.

＊4 헬레스폰트는 지금의 다다넬스 해협. 그리스 아비도스의 젊은이 레안다는 세스토스의 비너스 궁전 무녀 헤로의 사랑을 받았다. 그래서 밤마다 등불에 의지하여 헬레스폰트를 헤엄쳐 건너 애인을 만났는데, 어느 날 밤 폭풍우 때문에 등불이 꺼져 익사했다. 헤로도 그 뒤를 따라 탑에서 몸을 던져 죽었다.

45구경 콜트 권총 소유자

6월 17일 월요일 오전

번스와 나는 다음날 아침 9시 조금 지나 지방검사 사무실에 닿았는데, 리콕 대위는 20분 전에 와서 기다리고 있었다. 매컴은 스워커에게 일러 그를 들어오게 했다.

필립 리콕 대위는 전형적인 육군 장교로, 키가 아주 크고——6피트 2인치도 더 되어 보였다——얼굴을 깨끗이 면도했으며, 자세가 똑바르고 탄력 있었다. 그는 무슨 일을 당해도 동요하지 않는 엄숙한 얼굴로 상관의 명령을 기다리는 병사처럼 몸을 똑바로 펴고 진지한 태도로 지방검사 앞에 섰다.

매컴이 형식적인 인사를 했다.

"앉으십시오, 리콕 대위. 이렇게 와달라고 한 것은 이미 아시리라 생각합니다만 앨빈 벤슨 씨에 대해 두세 가지 물어보고 싶은 일이 있기 때문입니다. 그와 당신의 관계에 대해 설명 듣고 싶은 점이 몇 가지 있습니다."

"제가 이 범죄와 관계있다고 의심하는 겁니까?"

리콕의 말투에는 남부 사투리가 조금 섞여 있었다.

매컴이 싸늘하게 대답했다.

"그것은 아직 모르지요. 그 점을 확실히 하기 위해 당신을 오시라고 한 겁니다."

리콕 대위는 몸을 꼿꼿이 하고 의자에 앉아 다음 말을 기다렸다. 매컴은 똑바로 대위를 쏘아보았다.

"당신은 최근에 앨빈 벤슨 씨를 죽이겠다고 협박한 적이 있습니다. 그렇지요?"

리콕은 움찔 놀라며 무릎 위의 손에 힘을 주었다. 그가 미처 대답하기 전에 매컴이 다시 말했다.

"협박한 날짜도 알고 있습니다. 리앤더 파이피 씨가 베푼 파티 자리에서였지요."

리콕은 다시 주춤했다. 그는 턱을 내밀며 기세등등하게 대답했다.

"네, 협박한 것은 인정합니다. 벤슨은 비열한 사람이었습니다. 사살당해도 당연하지요. 그날 밤에는 여느 때보다 더 밉살스러웠습니다. 게다가 술이 좀 지나쳤었지요. 나도 그것은 인정합니다."

리콕 대위는 일그러진 미소를 지으며 지방검사의 어깨 너머로 창밖을 향해 신경질적인 눈길을 보냈다.

"하지만 제가 그를 쏘아죽인 것은 아닙니다. 다음날 아침신문을 읽기 전까지는 그가 살해된 것도 모르고 있었습니다."

"벤슨 씨가 맞은 권총은 육군용 콜트였습니다. 당신이 전쟁 중에 지녔던 것과 같은 권총이지요."

매컴은 상대방에게서 눈길을 떼지 않았다.

리콕이 대답했다.

"알고 있습니다. 신문에도 그렇게 났더군요."

"당신도 그런 권총을 가지고 있겠지요, 리콕 대위?"

대위는 다시 머뭇거렸다.

"아닙니다."

그의 목소리는 겨우 알아들을 수 있을 정도로 낮았다.

"어떻게 했습니까?"

상대방은 흘끗 매컴을 보더니 곧 눈길을 돌렸다.

"잃어버렸습니다…… 프랑스에서."

매컴은 희미하게 웃었다.

"그렇다면 당신이 앨빈 벤슨 씨를 협박한 날 밤 파이피 씨가 권총을 보았다는 사실을 어떻게 설명하겠습니까?"

대위는 지방검사를 노려보았다.

"그가 권총을 보았다고 하던가요?"

"그렇습니다. 육군용 권총이었던 것 같다고 하더군요."

매컴은 어조를 바꾸지 않고 말을 계속했다.

"그리고 벤슨 소령도 당신이 권총을 꺼내려고 하는 것을 보았다고 했습니다."

리콕 대위는 깊은 숨을 내쉬며 못마땅한 듯이 입을 삐죽 내밀었다.

"아까도 말씀드렸듯이 저는 권총을 가지고 있지 않습니다. 프랑스에서 잃어버렸습니다."

"잃어버린 게 아니라 누군가에게 빌려주었겠지요."

"그렇지 않습니다!" 입술에서 튀어나온 듯한 말투였다.

"차근차근 생각해 보십시오. 누구에게 빌려주지 않았습니까?"

"아니, 그런 일 없습니다."

"당신은 어제 리버사이드 드라이브에 갔었지요. 혹시 거기에 갖다 놓지 않았습니까?"

번스는 열심히 듣고 있었다. 그는 내 귀에 대고 속삭였다.

"흐음, 꽤 머리가 좋은걸."

리콕 대위는 침착하지 못하게 몸을 움직거렸다. 햇빛에 검게 그을렸는데도 얼굴만은 파리해보였다. 그는 신문자의 끈질긴 눈길을 피해서 테이블 위의 무언가에 주의를 집중하려고 애쓰고 있었다. 그리고 지금까지 무뚝뚝하던 목소리에 불안스러운 빛이 나타나기 시작했다.

"가지고 가지 않았습니다. 누구에게 빌려준 적도 없습니다."

매컴은 책상 위로 몸을 내밀고 한 손으로 턱을 받치더니 그림에서 본 듯한 위협적인 얼굴을 했다.

"그날 아침 이전에 누구에겐가 빌려주었는지도 모르지요."

"이전이라니요?"

리콕 대위는 눈길을 치켜들고 상대방의 말을 분석하려는 듯이 잠깐 사이를 두었다.

매컴은 그의 혼란을 이용했다.

"프랑스에서 돌아온 뒤 누구에겐가 권총을 빌려주지 않았습니까?"

"아니오, 빌려준 적 없습니다."

대위는 갑자기 입을 다물고 얼굴을 붉혔다. 그리고 얼른 덧붙였다.

"그런 걸 어떻게 빌려줄 수가 있겠습니까. 아까도 말씀드렸듯이……."

매컴이 말을 가로막았다.

"그 점은 됐습니다. 그럼, 당신은 권총을 가지고 있었군요. 지금도 가지고 있습니까?"

리콕은 무슨 말을 하려고 입술을 벌렸다가 다시 굳게 다물어버렸다.

매컴은 긴장을 풀고 의자에 기댔다.

"당신은 물론 눈치채고 있었겠지요. 벤슨 씨가 세인트 클레어 양에게 여러 가지로 주제넘은 짓을 하며 귀찮게 군 것을."

여자의 이름이 나오자 대위는 몸을 꼿꼿이 했다. 얼굴빛이 검붉게 변하더니 지방검사를 위협하듯 노려보았다. 이윽고 그는 천천히 숨을 들이마시고는 이를 악물듯 말했다.

"여기에 그녀를 끌어들이지 마십시오!"

대위는 당장에라도 매컴에게 덤벼들 것 같았다.

매컴은 동정적이지만 엄격하게 말했다.

"안됐습니다만 그렇게 할 수 없습니다. 너무나 많은 사실이 세인트 클레어 양을 이 사건에 연결시키고 있습니다. 예를 들어 그녀의 핸드백이 살인이 일어난 다음날 아침 벤슨 씨의 거실에서 발견되었습니다."

"그건 거짓말입니다."

매컴은 리콕의 말을 무시했다.

"세인트 클레어 양 자신이 그것을 인정했습니다."

대위가 뭐라고 말하려 하자 매컴은 손을 들어 가로막았다.

"오해하지 마십시오, 나는 사실을 말하고 있을 뿐입니다. 나는 세인트 클레어 양이 이 사건에 책임이 있다고 나무라는 게 아닙니다. 다만 이 사건에서의 당신 입장을 밝히려고 애쓰고 있을 뿐입니다."

리콕 대위는 뚫어지게 매컴을 노려보았다. 그 표정은 매컴의 보증을 의심하고 있음을 드러내 보여주었다. 그는 마침내 입가에 힘을 주며 결심한 듯이 말했다.

"그 문제에 대해서는 아무것도 말씀드릴 게 없습니다."

매컴이 다시 이야기했다.

"리콕 대위, 클레어 양이 벤슨 씨가 살해된 날 저녁 그와 함께 마르세이유에서 저녁식사했던 일을 알고 있겠지요?"

리콕은 불끈하며 내뱉었다.

"그것이 어쨌다는 겁니까?"

"두 사람은 마르세이유에서 12시에 나왔고, 세인트 클레어 양이 1시가 넘도록 집으로 돌아가지 않았다는 것도 알고 있겠지요?"

대위의 눈에 이상한 빛이 번뜩였다. 목의 힘줄이 뻣뻣해지며 골똘히 생각하는 듯 깊이 숨을 내쉬었다. 그러나 지방검사를 쳐다보려 하지는 않았다. 말하려고 하지도 않았다.

매컴은 단조로운 목소리로 말을 이었다.

"벤슨 씨가 12시 30분에 살해되었다는 것도 물론 알겠지요?"

매컴은 대답을 기다렸다. 꼬박 1분쯤 방 안에 침묵이 흘렀다. 매컴이 마침내 물었다.

"이제 아무것도 할 말이 없습니까? 더 이상 당신의 설명을 들을 수 없는 겁니까?"

리콕 대위는 대답하지 않았다. 가만히 앉아 어디서 바람이 부느냐는 듯 뚫어지게 앞만 보고 있었다. 지금으로서는 입을 굳게 다물 작정인 듯했다.

매컴은 일어섰다.

"그럼, 면회는 이것으로 되었습니다."

리콕 대위가 나가자 매컴은 버튼을 눌러 서기 한 사람을 불렀다.

"벤에게 지금 그 사람을 뒤쫓으라고 이르게. 어디 가서 무얼 하는지 알아보도록. 보고는 오늘밤 스타이비샌트 클럽에서 듣겠네."

우리만 남게 되자 번스는 반쯤 놀라는 기분으로 감탄하며 매컴을 바라보았다.

"멋있었네, 매컴! 예술적이라고까지 할 수는 없었지만. 그런데 여보게, 그녀에 대한 질문은 아찔할 만큼 서툴렀네."

매컴이 인정했다.

"물론 그랬겠지. 그러나 그럭저럭 본궤도에 오른 것 같네. 리콕 대위는 한 치의 틈도 없이 결백하다는 인상을 남기지 않았으니까."

그러자 번스가 물었다.

"그런가? 그럼, 수상쩍게 여길 만한 점이 무엇이었지?"

"권총에 대해 묻자 파랗게 질리지 않던가. 신경이 바늘 끝처럼 날카로워져 있었지. 마음 속으로부터 무서워 떨고 있었네."

번스는 한숨을 쉬었다.

"매컴, 자네는 어쩌면 그토록 기성품적인 견해밖에 갖지 못하나. 죄 없는 사람이 의심받으면 죄 있는 사람보다 더 신경질적이 된다는 사실을 모르나? 죄 있는 사람은 첫째로 죄를 저지를 만한 신경을 가지고 있고, 둘째로 벌벌 떨면 자네들 수사관들이 죄가 있는 것으로 간주한다는 사실을 알고 있단 말일세. '내 힘은 장사, 내 마음은 깨끗하니까'*¹라는 것은 주일학교 주문에 지나지 않네.

　누구라도 좋으니 죄 없는 사람의 어깨를 툭 치며 '당신을 체포하겠소'라고 말해보게. 거의 모두 눈을 동그랗게 뜨고 식은땀을 흘리고 얼굴에서 핏기가 가시며 떨다가 호흡곤란을 일으킬걸세. 만일 히스테리나 신경성 심장질환이 있는 사람이라면 그대로 쓰러지겠지. 그러나 시치미를 뚝 떼고 놀란 척하며 눈썹을 치켜올리고 '농담마시오, 거참. 자, 여송연이나 피우시지'라고 말하는 사람은 틀림없이 죄가 있네."

매컴이 양보했다.

"해묵은 악당이라면 자네 말이 맞겠지. 그러나 결백하고 정직한 사람이라면 누명을 쓰더라도 그토록 당황하지 않네."

번스는 다루기 힘들다는 듯이 머리를 저었다.

"여보게, 매컴, 자네들에게 걸리면 클라일도 보로노프도*² 일생을 헛되이 보내게 되겠군. 공포라고 불리는 현상은 내분비선의 작용 결과일세. 그밖의 아무것도 아니라네. 그 사람의 갑상선 발육이 나쁘거나 부신 호르몬이 정상이 아니기 때문임이 뚜렷이 증명되어 있네. '네가 범인이다'라는 말을 듣거나 사용된 피투성이 흉기가 들이대어졌을 때 태연한 얼굴로 웃기도 하고, 길길이 날뛰고, 히스테리를 일으키고, 기절하고, 전혀 무관심한 표정이 되기도 하는 것은 모두 저마다의 호르몬 상태에 따른 것이라네.

죄가 있는지 없는지에는 관계없이 사람들이 모두 여러 가지 내분비선을 똑같은 양으로 가지고 있다면 자네 이론도 옳겠지. 그러나 그렇지가 않거든. 그러니 매컴, 단순히 상대방의 내분비선에 이상이 있다는 것만으로 전기의자에 앉힌다는 건 말도 안 되네. 그건 공정한 일이 아닐세."

매컴이 그 말에 대답하려는데 스워커가 문 앞에 나타나 히스가 왔다고 알렸다.

히스 부장은 만족한 미소를 지으며 뛰듯이 방으로 들어왔다. 그는 악수하는 것도 잊고 말했다.

"이제야 쓸 만한 단서가 잡힌 것 같습니다. 어젯밤 리콕 대위의 아파트에 가보았습니다. 리콕 대위는 13일 저녁 죽 집에 있었답니다. 여기까지는 좋았지요. 그런데 자정이 조금 지나자 방을 나와 서쪽으로 갔답니다. 어떻습니까? 그리고 1시 15분쯤까지 돌아오지 않았다는군요."

매컴이 물었다.

"그럼, 관리인이 처음에 한 말은 어떻게 된 거지요?"

"바로 그 점입니다. 리콕 대위가 관리인을 매수했던 겁니다. 돈을 주고 그날 밤에 외출하지 않았다고 말하도록 시킨 거지요. 어떻게 생각하십니까, 지방검사님? 서투른 짓이 아닙니까? 안 그렇습니까? 관리인을 붙잡고서 거짓말하지 말라고 호통치며 강 위쪽*3으로 보내겠다고 위협했더니 실토하더군요."

히스는 싱긋 웃었다.

"그래서 리콕 대위에게는 아무 말도 하지 말라고 관리인의 입을 막아놓았습니다."

매컴은 천천히 고개를 끄덕였다.

"히스 부장, 당신 말은 오늘 아침 내가 리콕 대위와 이야기할 때 얻은 결론과 어떤 점에서 꼭 들어맞는군요. 그래서 벤에게 미행하도록 일러놓았소. 보고는 오늘밤에 듣기로 했으니 이 문제는 내일 검토하기로 합시다. 아침에 당신에게 연락하지요. 무언가 할 일이 생긴다면 물론 당신에게 수고를 끼쳐야 할 테니까."

히스가 돌아가자 매컴은 두 손을 머리 위로 깍지끼고 만족스럽게 몸을 뒤로 젖혔다.

"드디어 해답이 나올 것 같군. 그녀는 벤슨과 저녁식사를 마친 다음 함께 그의 집으로 갔겠지. 대위는 그럴지도 모른다는 의심이 들어 뒤쫓아가보니 아니나 다를까 그녀가 벤슨의 집에 있었으므로 그만 화가 치밀어 그를 쏜걸세.

그러면 장갑이나 핸드백에 대해서도 설명할 수 있을 뿐 아니라 마르세이유에서 그녀의 집으로 돌아가는 데 걸린 시간도 설명할 수 있지. 그리고 토요일에 그녀가 여기서 취한 태도도, 리콕 대위가 권총에 대해 거짓말한 것도 모두 설명할 수 있네. 이것으로 겨우 이 사건을 마음먹은 대로 다룰 수 있게 되었군. 리콕 대위의 알리바이가 무너졌으니 사건은 윤곽이 잡힌 셈일세."

이때 번스가 유쾌한 듯이 말했다.

"그럴 테지. '희망은 승리의 날개를 펴고 기뻐 춤추네!'"

매컴은 번스의 얼굴을 잠깐 바라보았다.

"자네는 하나의 결정에 도달하는 방법으로서의 인간의 이성을 완전히 무시하는군. 협박한 일을 인정했고, 동기와 때와 장소와 기회와 행동과 범인이 모두 갖추어져 있지 않나!"

번스는 미소지었다.

"그 말들이 묘하게 정답게 들리는군. 하지만 그것들은 대부분 그녀에게도 적용되지 않을까? 게다가 자네는 아직 범인을 실제로 체포하지 못했네. 지금쯤 거리 어딘가를 헤매고 있을 테지. 그렇다 해도 그리 중요한 문제는 아니네만."

매컴이 역습했다.

"아직 체포하지는 않았지만 뛰어난 부하에게 빈틈없이 감시시키고 있네. 리콕에게는 흉기를 처치할 기회가 아마도 없을걸."

번스는 흥미 없다는 듯이 어깨를 으쓱해보였다. 그는 매컴에게 충고했다.

"아무튼 성급하게 굴지 말게. 나의 보잘것없는 의견에 따르면 자네는 다만 음모를 파헤쳤을 뿐일세."

"음모라니, 그건 또 무언가?"

"상황의 음모라는 거지."

그러자 매컴이 호인답게 대꾸했다.

"어쨌든 나는 기쁘네. 국제정치와 관계없다는 것을 알았으니까."

그는 벽시계를 올려다보았다.

"이제 그만 실례하고 일을 해야겠네. 처리해야 할 일이 한 다스 이상 밀렸고 위원회에도 몇 군데 얼굴을 내밀어야 한다네. 복도 저쪽 방에 가서 벤 핸런과 이야기 나누다가 12시 30분쯤 이리로 오지 않겠나? 함께 은행가 클럽에 가서 점심이나 하세. 벤은 외국계 시민에 대해서는 누구보다도 잘 알지. 거의 한평생 동안 법률의 손에서 빠져나간 녀석들을 뒤쫓아 온 세계를 두루 돌아다닌 사람이니까. 아마 재미있는 이야기를 들려줄걸세."

번스는 선하품을 하며 말했다.

"그거 참 멋지군."

그러나 그는 그 제안을 받아들이는 대신 창가로 다가가 담배에 불을 붙였다. 잠깐 거기에 서서 손가락으로 담배를 돌리기도 하고 찬찬히 들여다보기도 하며 연기를 뿜어 올렸다.

"매컴, 요즘은 모든 것이 저질이 되었다고 생각지 않나? 얼빠진 민주주의라는 것 때문이지. 고귀성마저 타락했단 말일세. 이 레지 담배 역시 마찬가지라네. 품질이 떨어졌어. 자존심 있는 높으신 분들이라면 이런 담배는 이제 그만 피우는 게 좋을 것 같네."

매컴은 미소 지었다.

"부탁이 무언가?"

"부탁? 그것이 유럽 귀족의 퇴폐와 무슨 관계가 있나?"

"내가 아는 한 자네는 예절상으로 보아 그리 내키지 않은 부탁을 하고 싶을 때에는 언제나 귀족들 험담부터 시작했으니까."

"눈치가 빨라서 좋군."

번스는 쌀쌀맞게 말하며 미소지었다.

"오스틀랜더 대령을 점심에 초대해도 괜찮겠나?"

매컴은 날카로운 눈길을 번스에게로 던졌다.

"빅스비 오스틀랜더 대령 말인가? 지난 이틀 동안 내내 자네가 이사람 저 사람에게 물어본 그 수수께끼의 인물 말인가?"

"그렇지. 위풍당당한 바보, 하지만 조금은 눈을 뜨게 해줄 수 있을지도 모르겠네. 이른바 벤슨 패거리들의 대부이지. 파티라면 어디든지 나타나네. 그야말로 진짜 허풍만 떨고 다니는 늙은이라네."

"꼭 부르도록 하는 게 좋겠네."

매컴은 동의하고 수화기를 들었다.

"그럼, 벤에게 자네가 한 시간쯤 방해할 거라고 말하겠네."

---

*1 '내 힘은 장사……'는 테니슨의 《갤러하드 경》에서 인용한 것임.

＊2 세르게이 보로노프(1860~?). 러시아 외과의사. 파리의 러시아 병원 외과주임을 지냈으며 뒤에 콜레쥬 드 프랑스의 생리학 연구소 소장이 되었다. 호르몬에 의해 젊어지는 방법을 실험함으로써 유명해짐. 조지 워싱턴 클라일(1864~1943)은 미국 외과의사. 클리블랜드 클리닉 파운데이션의 원장이었음. 《기구적으로 본 전쟁과 평화》라는 훌륭한 저서가 있음.

＊3 강 위쪽이란 허드슨 강 위쪽으로, 그곳에 신 신 형무소가 있다.

회색 캐딜락

6월 17일 오후 12시 30분

12시 30분에 매컴과 번스와 나 세 사람이 에쿼터블 빌딩에 있는 은행가 클럽의 그릴에 들어서자 오스틀랜더 대령은 이미 바에서 찰리가 금주법에 충실하고자 만들어낸 클램 브로스 앤드 우스터 소스 칵테일을 한 잔 마시는 참이었다*[1]. 번스가 지방검사 사무실에서 나와 곧 전화를 걸어 클럽에서 만나고 싶다고 하자 대령도 기꺼이 그 초대에 응했던 것이다.

번스는 매컴에게 대령을 소개했다. 나는 전에 이미 만난 적이 있었다.

"이분은 뉴욕에서 첫째가는 난봉꾼이라네. 사치와 쾌락을 일삼는 도락주의자지. 한낮까지 주무시므로 점심 전에 누구와 만날 약속을 하는 법이 없는데, 오늘은 내가 두드려 깨워서 자네 직함의 위력을 들이대고 이처럼 이른 시간에 나오시게 한걸세."

오스틀랜더 대령이 매컴에게 말했다.

"무언가 도움드릴 수 있다면 기쁘겠습니다. 정말 놀랐습니다. 신문에서 그 기사를 읽었을 때는 사실이라는 생각이 들지 않더군요. 실은——말씀드려도 괜찮을지 모르겠습니다만——나로서는 이 사건에 대해 한두 가지 생각나는 점이 있습니다. 그래서 내 쪽에서 당신을 찾아볼까 생각하고 있던 참입니다."

모두들 테이블에 자리잡자 번스는 머리말을 생략하고 질문하기 시작했다.

"오스틀랜더 대령님, 당신은 앨빈 벤슨 씨의 친구들을 대개 아시고 계시겠지요. 리콕 대위에 대해 물어보고 싶은데, 그는 어떤 사람입니까?"

"호오, 그 미남 대위를 의심하고 있습니까?"

오스틀랜더 대령은 거드름피우며 하얀 콧수염을 비틀었다. 대령은 혈색 좋은 큰 얼굴에 속눈썹이 짙은 작고 파란 눈을 가지고 있었다. 태도는 희가극에 나오는 으스대는 장군과 똑같았다.

"참 좋은 데 착안했습니다. 그가 했을지도 모르니까요. 그는 성미가 아주 급한 사람이지요. 게다가 세인트 클레어라는 여자에게 완전히 반해 있었습니다. 뮤리엘은 좋은 여자지요. 그리고 앨빈 벤슨도 그녀에게 빠져 있었습니다. 나도 20살만 젊었다면……."

번스는 상대방의 말을 가로막았다.

"당신은 지금도 여자들이 너무 좋아합니다, 오스틀랜더 대령님. 그보다도 리콕 대위에 대해 들려주십시오."

"아, 그랬었지……리콕 대위. 그는 조지아 주 출신입니다. 전쟁에 나가 무슨 훈장도 받았지요. 앨빈 벤슨 따위는 거들떠보지도 않았지요. 아니, 그보다도 아주 싫어했지요. 성미가 급하고 외곬인데다 질투심이 강한 사람, 흔한 타입이지요. 메이슨 앤드 딕슨 라인[2]의 남부 종족 기풍이 낳은 산물입니다. 여자를 신주 모시듯 하고…… 뭐, 그러면 안 된다는 말은 아닙니다만, 그렇게 하면 좋겠지요.

그는 여자의 명예를 위해서라면 감옥에라도 갈 만한 남자입니다. 여성의 방패막이인 셈이지요. 아주 감상적이고 기사도 정신이 흘러 넘친답니다. 연적의 뇌수를 터뜨리는 일도 마다하지 않을 겁니다. '잔말 말아! 탕!' 하는 식으로. 그를 놀리는 것은 위험합니다. 앨빈 벤슨도 그녀가 리콕 대위의 약혼녀라는 사실을 알면서도 손대다니 정말 바보짓을 했지 뭡니까. 불장난이었지요. 충고해줄까 생각하기도 했답니다. 하지만 나와 상관없는 일인데다 참견해서 이득이 생기는 것도 아니라 가만히 있었지요. 그런 짓은 악취미니까요."

이번에는 번스가 물었다.

"리콕 대위는 벤슨 씨와 어느 정도 가까이 지냈습니까? 즉 얼마나 친했느냐는 뜻입니다."

"가까이 지내다니요!"

대령은 과장된 몸짓으로 부정하고 덧붙여 말했다.

"가까이 지내지 않았다고 대답할 수밖에 없군요. 전혀. 그 두 사람은 여기저기서 얼굴을 마주 대했습니다. 나도 두 사람을 모두 잘 알고 있기 때문에 우리 집에서 작은 모임을 열면 대개 두 사람을 모두 초대했지요."

"리콕 대위는 도박 같은 것을 잘했습니까? 빈틈이 없었는지 어떤지 알고 싶어서 묻는 겁니다."

대령은 몹시 경멸하듯 말했다.

"도박을 잘했느냐고요? 천만에요! 그렇게 서투른 사람은 본 적이 없습니다. 포커를 시키면 여자보다 더 솜씨가 서툴렀지요. 지나치게 잘 흥분하기 때문입니다. 감정을 억누를 수 없나봅니다. 요컨대 성질이 급한 거지요."

그는 잠시 말을 끊었다.

"아, 당신이 묻는 의도를 알겠습니다. 맞습니다, 그처럼 성미 급한 젊은이라면 싫은 사람을 탕 쏘아죽일 수도 있겠지요."

번스가 물었다.

"그렇다면 리콕 대위는 그런 점에서 보면 당신 친구 리앤더 파이피 씨와는 전혀 다른 타입이로군요?"

오스틀랜더 대령은 생각에 잠기더니 이윽고 판정내렸다.

"그렇다고 할 수도 있고 그렇지 않다고 할 수도 있지요. 파이피는 냉정한 도박사입니다. 그 점은 내가 보증해도 좋습니다. 그는 한때 롱아일랜드 근처에서 직접 도박장을 경영했었지요. 룰렛, 몬티, 배커라 등을 했습니다. 그리고 또 한때는 아프리카에서 호랑이며 멧돼지를 쫓아다녔답니다. 하지만 그에게는 감상적인 일면이 있어 도저히 가망이 없는데도 모든 사람을 상대로 될 대로 되라는 식의 도박도 한답니다.

과학적인 훌륭한 도박사는 못되지요. 미친 사람처럼 충동적이라고 하면 이해하겠습니까? 사람을 쏘아죽이고도 5분만 지나면 씻은 듯이 모두 잊어버리는 그런 사람을 생각하면 됩니다. 하지만 그렇게 하도록 만들려면 어지간히 화를 돋궈주어야 합니다. 그가 이번에 그 정도로 화냈는지도 모르겠군요. 그건 아무도 모릅니다."

"파이피 씨와 벤슨 씨는 친했었지요?"

"굉장히 친했습니다. 파이피가 뉴욕에 오면 늘 둘이 함께 지냈으니까요. 오랫동안 사귀어온 친구지요. 마음이 맞는 짝패라고나 할까요. 사실 파이피가 결혼하기 전까지는 둘이 함께 살았답니다. 파이피의 아내는 말이 많은 여자입니다. 파이피가 아주 벌벌 떨지요. 하지만 돈이 아주 많다더군요."

번스가 물었다.

"여자 이야기가 나왔으니 말씀입니다만, 벤슨 씨와 세인트 클레어 양 사이는 어땠습니까?"

오스틀랜더 대령은 딱 잘라 대답했다.

"그건 아무도 모릅니다. 그러나 뮤리엘은 벤슨을 좋아하지 않았습니다. 그건 분명합니다. 하지만 여자란 이상한 동물이니까……."

번스가 조금 진절머리를 내며 맞장구쳤다.

"정말이지 어디까지 이상한지 그 바닥을 알 수 없을 정도지요. 하지만 대령님, 나는 그녀와 벤슨 씨의 개인적인 관계를 파헤쳐보려는 게 아닙니다. 다만 벤슨 씨에 대한 그녀의 마음이 어떨지 당신이라면 알 것 같아서 물어보았을 뿐입니다."

"알겠소. 요컨대 그녀가 벤슨에게 과감한 수단을 쓸 수 있었겠느냐는 거지요?……네, 좋은 착상입니다."

대령은 그 점을 생각해 보는 모양이었다.

"뮤리엘은 성격이 강한 여자입니다. 예술에 열성적이지요. 그녀는 가수로서 내가 보기에 아주 훌륭합니다. 그리고 교활하지요. 굉장히 교활한 여자입니다. 능력 있고, 기회잡는 것을 두려워하지 않으며 독립심이 강한 여자입니다. 나라면 만일 유혹받았다 해도 그녀의 길을 가로막고 서지는 않을 것입니다. 무슨 일을 당할지 모르니까요."

대령은 의젓하게 고개를 끄덕였다.

"여자란 정말 이상한 존재여서 늘 우리를 놀라게 하지요. 그녀들에게는 사물에 대한 가치판단이 없습니다. 얌전한 여자라고 생각하고 있었는데 느닷없이 시치미 뚝 떼고 남자를 쏘기도 하니까요."

오스틀랜더 대령은 갑자기 자세를 고쳐 앉았다. 작고 파란 눈이 도자기처럼 반짝였다. 그는 꽤 큰소리로 외쳤다.

"깜박 잊고 있었군! 뮤리엘은 벤슨이 총에 맞는 날 밤, 바로 그날 밤 벤슨과 함께 식사했습니다. 나는 두 사람이 마르세이유에 있는 것을 보았습니다."

번스는 그리 신기할 것도 없다는 듯이 중얼거렸다.

"아, 그랬군요! 하지만 누구나 식사를 해야 하지요. 그건 그렇고, 당신은 벤슨 씨와 어느 정도 가까이 지냈습니까?"

대령은 움찔한 것 같았으나 번스의 담담한 표정을 보자 마음놓이는 모양이었다.

"앨빈은 사랑스러운 사람이었지요. 나는 15년 전부터 그와 알고 지냈습니다. 15년 동안이나……더 길었는지도 모르겠군요. 지금처럼 단속이 까다롭기 전에는 이곳의 옛거리를 여기저기 구경시켜 주며 데리고 다녔지요. 그 무렵에는 무척 재미있는 거리였거든요. 개방적이고 자기 마음대로 할 수 있었습니다. 정말 굉장한 시대였지요. 옛날의 헤이마켓*[3] 시대도 비교가 되지 않습니다. 새벽이 될 때까지도 집으로 돌아갈 생각을 하지 않았으니까요."

번스가 대령의 탈선을 가로막았다.

"당신과 벤슨 소령은 어느 정도나 친합니까?"

"소령 말이오? 그건 문제가 조금 다르지요. 그와 나는 잘 어울리지 않았습니다. 취미도 다르고 뜻이 맞지 않았기 때문이지요. 좀처럼 서로 만나지도 않습니다."

대령은 무언가 설명해야 할 필요가 있다고 느꼈는지 번스가 다시 입을 열기 전에 덧붙여 말했다.

"소령은 우리가 말하는 이른바 한패가 아닙니다. 그는 들떠서 몰려다니는 것을 싫어합니다. 우리와 함께 어울리려 하지 않았으며, 나와 앨빈이 좀 지나치다고 생각하고 있었습니다. 착실한 사람이지요."

번스는 잠시 아무 말없이 먹고만 있었다. 그런 다음 그는 아무렇지도 않게 물었다.

"당신도 벤슨 앤드 벤슨 상회를 통해 상당한 투기를 하고 계시지요?"

오스틀랜더 대령은 여기서 처음으로 대답을 머뭇거리는 태도를 보였다. 그는 냅킨으로 부자연스럽게 입을 닦았다.

"도락삼아 조금 하고 있지요."

그리고 마침내 쾌활하게 사실을 인정했다.

"하지만 그리 운 좋은 편이 아니었습니다. 우리는 모두 가끔 벤슨 상회에서 운명의 여신에게 조롱당한답니다."

식사하는 동안 내내 번스는 이런 종류의 질문을 대령에게 퍼부었으나 한 시간이 지났는데도 처음과 마찬가지로 이렇다할 해답을 얻지 못한 것 같았다. 오스틀랜더 대령은 쉬지 않고 지껄여댔으나 그의 말은 애매하고 조리가 없었다. 대부분 주석이 덧붙여졌고, 종잡을 수 없는 자기 의견을 펴고는 스스로 결론을 내리기 때문에 그 이야기에 담긴 얼마 안 되는 정보마저 끌어낼 수가 없었다.

그러나 번스는 실망하지 않았다. 리콕 대위의 성격에 대해 깊이 캐물었고, 대위와 벤슨의 개인적인 관계에 특히 흥미를 보였다. 파이피의 도박 버릇에 대해서도 주의를 기울였고, 롱아일랜드의 도박장과 아프리카에서의 수렵 경험에 대한 대령의 장황하고 지루한 이야기를 잠자코 듣고 있었다. 번스는 벤슨의 다른 친구에 대해서도 여러 가지 질문을 했으나 대답은 그다지 주의해서 듣지 않았다.

이 회견에서 나는 처음부터 끝까지 아무것도 얻은 것이 없는 듯한 인상을 받았으므로 번스가 무엇을 알아내려고 기대했었는지 이상하게 여기지 않을 수 없었다. 내가 보기에 매컴 역시 어쩔 줄 몰라 하고 있었다. 겉으로는 흥미를 느끼고 있는 척하며 대령의 길고 터무니없는 이야기에 자못 감탄한 듯 고개를 끄덕였으나 그의 눈은 이따금 엉뚱한 곳을 헤매고 있었다. 한 번이 아니라 여러 번이나 나는 그가 번스에게 나무라는 눈길을 던지는 것을 보았다. 아무튼 오스틀랜더 대령이 그의 패거리들에 대해 잘 알고 있는 것만은 의심할 여지가 없었다.

우리가 지하철 입구에서 말 잘하는 손님과 헤어져 지방검사 사무실로 돌아오자 번스는 아주 만족한 듯이 안락의자에 몸을 던졌다.

"정말 재미있었네. 어떤가, 대령이 용의자 제거 작업을 아주 잘하지 않던가, 매컴?"

그러나 매컴이 대들 듯이 말했다.

"용의자 제거 작업이라고? 그가 경찰과 관계없는 것이 얼마나 다행인지 모르겠네. 만일 경찰관계자라면 벤슨 살해범이라며 시민의 절반을 감옥에 집어넣었을 테니까."

번스가 동의했다.

"그는 지금 피에 굶주려 있네. 이번 사건으로 누군가를 감옥에 처넣고 싶은 모양일세."

"그 늙은 전사의 말에 따르면 벤슨 패거리들은 권총을 휴대한 Camora(폭력단)였던 것 같네, 여자단원까지 끼어서. 대령의 말을 듣고 있노라니 벤슨이 오래 전에 총알을 맞아 벌집처럼 되어 있지 않은 것이 오히려 기적적으로 생각되더군."

번스가 비평했다.

"확실한 것은 대령의 천둥소리 속에는 계몽의 번갯불이 있었는데 자네가 그것을 못 보고 넘어갔다는 걸세."

"그런 것이 어디 있었나? 아무튼 그 번갯불 때문에 내 눈이 멀었다고 말하는 건 아니겠지, 번스?"

"그럼, 자네는 대령의 말에서 아무 위안도 얻지 못했다는 말인가?"

"헤어질 때 지나칠 정도로 상냥하게 한 인사말 말고는. 그 작별인사만은 확실히 마음 상하게 하지 않았네. 하지만 그 노인이 리콕 대위에 대해 한 말은 정확한 견해라고 보아도 괜찮을 것 같네. 대위에 대한 고발을 보증해준 셈일세. 새삼스럽게 보증이 필요하다면 말이지만."

번스는 짓궂은 미소를 지었다.

"물론이지. 그리고 세인트 클레어 양에 대해 대령이 한 말은 그 여자에 대한 고발——지난 토요일 일 말일세——도 동시에 보증해 준 셈이 되겠구먼. 그리고 파이피에 관해 한 말은 Beau Sabreur (미남 검객)에 대한 고발을 보증해 준 셈이 되고, 자네가 그를 의심하고 있다면 말일세. 어떤가, 매컴?"

번스는 말을 채 끝내기도 전에 스워커가 들어와 살인과의 에멜리가 히스 부장의 심부름으로 왔는데, 가능하면 지금 지방검사를 만나봤으면 한다고 알렸다.

나는 방으로 들어온 사람이 벤슨네 벽난로에 담배꽁초를 찾아낸 형사임을 곧 알아보았다. 에멜리는 번스와 나를 흘끗 보더니 곧장 매컴 옆으로 갔다.

"회색 캐딜락을 찾아냈습니다, 검사님. 히스 부장님은 이 정보를 빨리 검사님께 알려드리는 게 좋겠다고 생각했지요. 암스테르담 애비뉴 근처의 74블록에 있는 관리인이 하나뿐인 작은 차고에 있었는데, 사흘 전부터 거기에 주차되어 있었답니다.

68블록 관할 경찰서 경관이 발견하여 뉴욕 경찰국에 전화해 주어 제가 부리나케 달려가 보았더니 진짜였습니다. 낚시 태클이며 다른 것들도 모두 있었습니다. 그러나 낚시대는 없었습니다. 센트럴 파크에서 발견된 것이 바로 이 자동차에 있었던 게 아닌가 합니다. 아마 떨어뜨렸겠지요. 자동차 주인이 지난 금요일 정오쯤 차고에 넣은 모양입니다. 차고관리인에게 입막음으로 20달러를 주었다더군요. 그는 신문을 읽지 않았답니다. 아무튼 세게 다그치자 pronto(대뜸) 실토했습니다."

형사는 작은 수첩을 꺼냈다.

"자동차 번호를 알아보니, 롱아일랜드 포트 워싱턴 앨름불바드 24번지 리앤더 파이피라는 이름으로 등록되어 있습니다."

매컴은 이 뜻밖의 정보를 듣자 당황하여 눈살을 찌푸렸다. 그는 거의 매정하다고 해도 좋을 태도로 에멜리를 돌려보낸 다음 책상을 똑똑 두드리며 생각에 잠겼다.

번스는 유쾌한 듯이 미소 지으며 그 모습을 바라보았다. 그는 부드럽게 말했다.

"여보게, 매컴, 여기는 정신병원이 아닐세. 대령이 이야기를 듣고도 기분이 전혀 나아지지 않았나? 벤슨이 저 세상으로 끌려간 바로 그 시각에 리앤더 파이피가 그 부근을 서성거리고 있었다는 사실을 알았는데도."

매컴은 퉁명스럽게 대꾸했다.

"그 늙어빠진 대령 따위는 아무래도 좋네. 지금 내가 생각하고 있는 것은 이 새로운 발전을 어떻게 상황에 맞추느냐 하는걸세."

"아주 멋지게 맞출 수 있지. 자네는 파이피가 그 수수께끼의 자동차 주인이라는 사실이 드러나 정말로 당황하고 있나, 매컴?"

"나는 자네같이 명철한 두뇌를 갖지 못했네. 솔직히 말해서 이 새로운 사실은 나를 당황하게 만들고 있네."

매컴은 여송연에 불을 붙였다. 마음이 답답한 증거였다. 이윽고 그는 잔뜩 비꼬는 목소리로 덧붙였다.

"자네는 물론 에멜리가 오기 전부터 파이피의 자동차라는 것을 알고 있었겠지?"

그러자 번스는 그의 말을 바로잡았다.

"그런 것을 어떻게 알고 있었겠나. 하지만 의심은 많이 갔네. 파이피가 캐츠킬즈로 가다 자동차가 고장났다는 이야기를 할 때 몹시 과장해서 당황하는 표정을 짓더군. 그리고 히스 부장이 길을 묻자 허둥거렸는데, 그 대목의 연극이 지나쳤네."

"자네의 ex post facto(이후의) 지혜는 참으로 편리하단 말이야."

매컴은 다시 잠깐 말없이 담배를 피우고 있었다.

"이 문제를 한 번 조사해봐야겠네."

그는 버튼을 눌러 스워커를 부르더니 퉁명스럽게 일렀다.

"앤서니어 호텔을 불러 리앤더 파이피 씨를 연결해달라고 하게. 그가 나오거든 오늘 6시 스타이비샌트 클럽에서 내가 만나고 싶어한다고 전하게. 꼭 와야 한다고 이르게."

매컴은 스워커가 나가자 말했다.

"이 자동차 건은 무언가 도움될 것 같군. 파이피는 그날 밤 틀림없이 뉴욕에 있었네. 무슨 이유인지는 모르나 그 사실이 알려지면 곤란한 모양일세. 무엇 때문일까? 그는 리콕 대위가 벤슨을 협박했다고 일러바치며 그의 행적을 조사해 보라고 말했네. 하긴 리콕 대위가 세인트 클레어 양을 뺏으려는 벤슨에게 앙심을 품고 그런 방법으로 복수했는지도 모르지. 그리고 만일 파이피가 살인이 일어난 날 밤 벤슨의 집에 있었다면 무언가 사실을 알고 있을지도 모르네. 이제 우리가 자동차를 발견한 지금은 알고 있는 사실을 털어놓지 않을 수 없을걸세."

"아무튼 무슨 말이든 하겠지. 그 사람은 자기가 말려들어 불쾌한 일을 당하지 않는 한 누구에게나 어떤 말이든 할 수 있는 타고난 거짓말쟁이일세."

"큐메어의 시빌이라고 기억하는데, 그 시빌*4처럼 그가 무슨 말을 할지 미리 가르쳐줄 수 없겠나, 번스?"

번스가 소탈하게 대답했다.

"큐메어의 시빌은 아니지만 내 견해로는 아마 그날 밤 성급한 대위를 벤슨의 집에서 보았다고 말할 것 같네."

매컴은 웃었다.

"그렇게 말하기를 바라네. 자네도 입회하여 듣고 싶겠지?"

"물론."

번스는 이미 문 앞으로 가서 돌아갈 채비를 하고 있었는데, 이때 다시 매컴을 돌아보며 덧붙였다.

"자네에게 한 가지 부탁이 있네, 매컴. 파이피에 대한 dossier(자세한 보고)가 필요하네……아주 재미있는 사람이니까. 자네 밑에 있는 많은 도그베리*5한 사람을 포트 워싱턴으로 보내 그 신사의 행적과 사교생활 등을 조사시키게. 여자 관계에 중점을 두어서. 보증하지만 절대로 후회하지 않을걸세."

매컴은 이 요구에 몹시 놀라며 거절하려고 했다. 그러나 잠깐 생각하더니 미소 지으며 책상 위의 버튼을 눌렀다.

"자네 마음에 드는 일이라면 무엇이든지 하지. 지금 곧 부하 한 사람을 보내겠네."

*1 벤슨 살인사건이 일어난 즈음의 미국은 금주시대로, 클램 브로스 앤드 우스터 소스 칵테일 종류가 알코올 대신 애용되었다. 찰리는 아마도 바텐더의 이름인 듯하다.

*2 메릴랜드 주와 펜실베이니아 주 경계를 이루는 선으로, 영국 천문학자 찰스 메이슨과 제레미어 딕슨이 1763년과 1767년에 일어난 볼티모어와 펜 지방 주민의 소유권 다툼을 해결하기 위해 조사하여 확립시킨 북위 39도 43분 26.3을 말함. 이 선이 남북전쟁 때 남과 북을 가르는 선의 일부가 되었고, 1820년부터는 모든 선의 통칭이 되었다.

＊3 런던 웨스트 엔드의 환락가로, 옛날에는 크게 번창했었다. 같은 이름의 지명이 시카고와 보스턴에도 있는데, 여기서는 런던을 말하는 것이리라.

＊4 시빌은 그리스 신화에 나오는 여자예언자로, 그 중에서도 큐메어의 시빌이 가장 유명함. 그 예언을 적은 책을 타르킨 왕에게 처음에는 아홉 권 팔겠다고 말하며 값을 결정했는데, 나중에는 여섯 권을 그 값에 팔겠다고 하더니 마지막에는 세 권만 아홉 권 값을 받고 팔았다는 이야기가 전해지고 있다.

＊5 셰익스피어의 《Much Ado about Nothing(헛소동)》에 나오는 얼뜨기 순경.

쇠사슬고리

6월 17일 월요일 오후 6시

번스와 나는 오후에 한 시간쯤 앤더슨 화랑에서 다음날 경매에 나올 여러 가지 실로 짠 직물을 보며 보낸 다음 셸리즈에서 차를 마셨다.

스타이비샌트 클럽에 닿은 것은 6시 조금 못되어서였다. 조금 뒤 매컴과 파이피가 왔으므로 우리는 곧 담화실로 들어갔다.

파이피는 처음 만났을 때와 마찬가지로 한껏 멋을 부리고 거드름피웠다. 래트캐처*¹를 입고 표백하지 않은 삼베로 된 뉴마켓풍의 각반을 차고 있었는데 향수 냄새가 진동했다. 그는 마치 축복이라도 내리듯 우리에게 인사했다.

"이렇게 빨리 다시 뵙게 되어 기쁩니다."

그러나 매컴은 마음을 터놓기는커녕 거의 무뚝뚝해 보일 정도로 퉁명스럽게 인사했다. 번스는 고개만 까닥하고 자리에 앉아 나른한 눈길로 그를 바라보았다. 그 모습은 자기가 여기 와 있는 것을 어떻게든 변명하고 싶지만 마음대로 잘 안 된다는 태도였다.

매컴은 곧 본론으로 들어갔다.

"파이피 씨, 우리는 당신이 금요일 정오에 자동차를 차고에 맡기고 관리인의 입을 막기 위해 20달러 주었다는 사실을 알아냈습니다."

파이피는 불쾌한 눈길로 매컴을 쳐다보았다. 그는 한심한 듯이 투덜거렸다.

"그거 참, 괘씸하군요. 나는 그에게 50달러나 주었는데."

"이처럼 순순히 사실을 인정해주셔서 다행입니다. 당신은 신문을 통해 벤슨 씨가 살해된 날 밤 당신 자동차가 그 집 앞에 있는 것을 본 사람이 있음을 알겠지요?"

"그렇지 않다면 많은 돈을 주고 자동차가 뉴욕에 있었다는 것을 감추려고 했겠습니까?"

파이피의 말투에는 상대방의 아둔함을 못마땅해 하는 마음이 드러나 있었다.

매컴이 좀더 다그쳤다.

"그렇지만 하필 시내에 감출 필요는 없었겠지요, 롱아일랜드로 몰고 가면 되지 않았겠습니까?"

파이피는 동정의 빛이 담긴 눈길로 안됐다는 듯이 고개를 내저었다. 그리고는 이 일만큼은 참아주겠다는 듯이 몸을 앞으로 내밀었다. 그는 너그러운 교사가 진도 느린 학생을 대할 때처럼 아둔한 지방검사에게 친절히 해줌으로써 어떻게든 깨우쳐줘야겠다고 마음먹은 듯했다.

"나는 아내가 있는 사람입니다, 매컴씨."

그의 말투는 이 사실에 어떤 특별한 가치라도 있는 것처럼 들렸다.

"목요일, 저녁식사를 마치고 캐츠킬즈를 향해 여행을 떠났는데, 작별인사를 나누어야 할 친구가 있어 뉴욕에 들렀습니다. 그런데 자정이 지난 늦은 시각에 닿았기 때문에 앨빈을 찾아가기로 마음먹었습니다. 집 앞에 자동차를 대고 보니 집 안이 캄캄했습니다.

그래서 나는 벨을 누르지 않고 자동차도 그대로 세워둔 채 43블록의 피에트로 바까지 걸어가서 한잔 마시기로 했습니다. 만일의 경우를 위해 그 집에 헤이그 앤드 헤이그를 한 병 맡겨두었는데, 아직 조금 남아 있었거든요. 그런데 유감스럽게도 가게문이 닫혀 있었습니다. 그래서 나는 하는 수 없이 어슬렁어슬렁 자동차 있는 곳으로 돌아왔지요. 요컨대 내가 없는 동안 가엾은 앨빈이 총에 맞은 것입니다."

파이피는 잠시 말을 끊고 안경을 닦았다.

"짓궂은 일이지요. 나는 다정한 친구의 신상에 무슨 일이 일어났는지 전혀 몰랐습니다. 어떻게 알 수 있었겠습니까? 참극이 일어난 것도 모르고 그 길로 자동차를 몰아 어떤 터키탕으로 가서 그날 밤을 지냈습니다. 다음날 아침 살인사건 기사를 신문에서 읽었고, 신문에 자동차가 나와 있는 것을 보았습니다. 그때 비로소 뭐라고 할까요, 걱정이 되었지요.

아니, 그렇지 않습니다. '걱정'이라는 말은 오해를 사기 쉽지요. 그보다 이렇게 말하는 편이 좋겠군요. 자동차가 내 것이라는 사실이 알려지면 내 입장이 난처해질지도 모른다고 생각되었습니다. 그래서 나는 자동차를 차고에 맡기고 관리인에게 돈을 쥐어주며 사실을 입 밖에 내지 말아달라고 부탁했습니다. 자동차가 발견되면 앨빈 살해사건을 오히려 혼란시킬지도 모른다고 생각했기 때문입니다."

그 말투와 매컴을 보는 거만한 눈길로 미루어 파이피는 검사나 경찰 따위는 안중에도 없는 듯했다. 그리고 차고관리인을 매수했다고 생각해도 어쩔 수 없다는 태도였다.

매컴이 물었다.

"어째서 여행을 중단했습니까? 그냥 계속했다면 자동차가 발견될 염려가 더 적어졌을 텐데요."

파이피는 그런 질문을 하는 것도 무리가 아니지만, 그러나 정말 놀랍다는 표정을 지었다.

"가장 친한 친구가 그처럼 무참하게 살해당했는데 여행을 계속하다니. 그런 슬픈 일이 생겼는데 구경이나 하고 다닐 마음이 생기겠습니까? 집으로 돌아가 아내에게는 자동차가 고장났다고 말해두었지요."

매컴이 다시 말했다.

"당신 자동차로 돌아갈 수 있었을 텐데요."

파이피는 상대방이 자기를 뚫어지게 보고 있는데도 자못 온순한 태도를 취하며 깊은 한숨을 내쉬었다. 그것을 보며 나는 자기에게는 사람의 지각을 날카롭게 해줄 힘이 없으나 적어도 이해력이 없음을 한탄할 수는 있다고 생각하는 듯한 인상을 받았다.

"만일 내가 캐츠킬즈에 가 있었다면——아내는 내가 그곳으로 간 줄 믿고 있었습니다——어떻게 앨빈이 살해된 것을 알았겠습니까? 아마 며칠 뒤에야 알게 되겠지요. 그런데 공교롭게도 나는 뉴욕에서 하룻밤 묵는다는 것을 아내에게 말하지 않았습니다.

매컴 씨, 나에게는 뉴욕에 있었다는 사실을 아내에게 알리고 싶지 않은 이유가 있었습니다. 따라서 만일 내가 자동차를 그대로 몰고 돌아갔다면 말씀드리기 부끄럽습니다만 아내는 내가 여행을 도중에서 그만둔 데 대해 의심을 품었을 겁니다. 그래서 가장 간단하게 여겨지는 방법을 택했지요."

매컴은 상대방의 유들유들한 위선이 역겨워지기 시작한 듯했다. 잠시 말없이 있다가 그는 불쑥 물었다.

"그날 밤 당신 자동차가 벤슨 씨 집 앞에 있었던 것은 리콕 대위를 이 사건에 끌어들이고 싶어하는 당신의 희망과 어떤 관계가 있겠지요?"

파이피는 뜻밖이라는 듯이 눈썹을 치켜올리고 정중하지만 항의하는 몸짓을 했다.

"검사님!"

그 목소리에는 상대방의 부당한 트집에 대한 깊은 노여움이 배어나와 있었다.

"어제 내가 말씀드린 말 속에 리콕 대위에 대한 의심이 담겨 있음을 알아차린 모양이군요. 그렇다면 나는 유일한 설명으로써 그날 밤 내가 자동차를 갖다댔을 때 앨빈의 집 앞에서 대위를 직접 보았다는 사실을 말씀드릴 수 있습니다."

매컴은 재미있다는 듯한 눈길로 번스를 흘끗 보더니 파이피에게로 눈길을 돌리며 물었다.

"틀림없이 리콕 대위를 보았습니까?"

"똑똑히 보았습니다. 어제 그 말을 했어야 했지만, 그렇게 되면 나 자신이 그 자리에 있었다는 것을 고백하는 결과가 되었겠지요."

매컴은 좀더 다그쳤다.

"그게 무슨 상관입니까! 이것은 굉장히 중요한 정보입니다. 그 사실을 알았다면 오늘 아침 리콕 대위를 신문할 때 써먹을 수 있었을 텐데…… 당신은 자신의 안전을 정의를 추구하는 법질서보다 위에 두고 있습니다. 당신의 태도는 그날 밤의 행동에 대한 당신의 진술을 의심스러운 것으로 만들고 있습니다."

파이피는 풀이 죽어 말했다.

"무척 엄격하군요. 하지만 나 스스로 난처한 입장으로 몰고 갔으니 비난을 달게 받겠습니다."

매컴은 말을 이었다.

"만일 다른 검사가 당신 행동에 대해 지금 내가 아는 것만큼 알고 있고, 지금 당신이 나에게 보여준 태도를 그에게 취했다면 당신을 용의자로 체포했을 겁니다."

파이피는 순순히 대꾸했다.

"그렇다면 나는 신문을 받는데도 굉장한 행운아라고 해야겠군요."

매컴은 자리에서 일어섰다.

"파이피 씨, 오늘은 이쯤으로 그치겠습니다. 그러나 내가 집으로 돌아가도 좋다고 할 때까지 뉴욕에 있어야 합니다. 그렇지 않으면 중요한 증인으로 당신을 구치시키겠습니다."

파이피는 이처럼 신랄한 말에 항의하듯 몸을 꼿꼿이 굳혔으나 지나칠 정도로 공손한 작별인사를 했다.

우리만 남게 되자 매컴은 진지한 얼굴로 번스를 보았다.

"자네의 예언이 들어맞았네. 나로서는 이런 행운이 찾아올지 몰랐네만. 파이피의 증언으로 대위를 옭아맬 쇠사슬의 마지막 고리가 생겼네."

번스는 나른하게 담배를 피우고 있었다.

"이번 사건에 대한 자네의 이론은 일단 만족할 만한 것임을 인정하네. 그러나 유감스럽게도 심리적 이론이 남아 있네. 모든 것이 다 들어맞는데 꼭 하나 리콕 대위가 예외일세. 그 사람은 전혀 맞지 않네…… 우스운 이야기지. 대위에게 벤슨을 살해하는 역할을 주는 것은 들소 같은 테트라티니[2]에게 가슴 앓는 미미의 역할을 주는 것만큼이나 불합리한 배역이지[1]."

매컴이 대답했다.

"다른 경우라면 나는 자네의 훌륭한 이론을 삼가 받들어 모시겠네. 그러나 리콕 대위에 대한 상황증거며 추정증거가 이처럼 갖추어졌으니 이러쿵저러쿵할 것 없네. '그 사람이 머리 한가운데에 가르마를 타고 깃에 장식 손수건을 꽂았으니 범인일 수 없다'는 것은 내 저능한 법률적 두뇌에는 시시한 넌센스로 들린다네. 그것은 논리를 지나치게 무시한 이야기거든."

"자네의 이론에 한 치의 빈틈도 없다는 것은 인정하네, 물론 모든 이론이 그렇지만. 자네는 아마 많은 죄없는 사람들을 그들이 유죄라는 기묘한 이론으로 벌주어왔겠지."

번스는 피곤한 듯이 몸을 쭉 폈다.

"옥상에서 가벼운 식사를 들면 어떻겠나? 그 파이퍼라는 사람 때문에 지쳐버렸네."

스타이비샌트 옥상의 여름 식당에서 우리는 혼자 있는 벤슨 소령과 마주쳤다. 매컴이 자리를 함께 하자고 권했다.

매컴은 우리가 주문을 마치자 입을 열었다.

"좋은 소식이 있네. 범인이 누구인지 대충 짐작가네. 여러 가지 점으로 보아 그 남자임에 틀림없어. 내일 모두 결판났으면 좋겠군."

벤슨 소령은 의아한 듯이 눈썹을 모으며 매컴을 쳐다보았다.

"무슨 말인지 도무지 이해가 안 가는군. 지난번에 이야기했을 때는 여자가 개입되어 있는 듯한 인상을 받았는데."

매컴은 멋쩍은 듯이 미소 지으며 번스의 눈길을 피했다.

"그 뒤로 여러 가지 일이 있었다네. 내가 마음에 두었던 여자는 조사 결과 결백하다는 결론이 나왔지. 그 대신 지금 말한 남자가 떠올랐다네. 그 남자가 범인이라는 것은 거의 의심할 여지가 없네. 그 점에 대해서는 오늘 아침부터 꽤 확신이 있었는데, 조금 아까 어떤 믿을 만한 증인으로부터 자네 동생이 살해된 시각 무렵 그 집 앞에서 그를 보았다는 증언을 확보했거든."

"그 남자가 누구인지 수사에 지장 없다면 말해줄 수 있겠나?"

소령은 아직도 눈썹을 모으고 있었다.

"그야 지장은 없네. 내일이면 뉴욕에 온통 퍼질 테니까. 리콕 대위라네."

벤슨 소령은 눈을 동그랗게 뜨고 믿을 수 없다는 듯이 지방검사를 바라보았다.

"그럴 리가…… 나는 도저히 믿을 수 없네. 나는 유럽에서 그와 3년이나 함께 지냈기 때문에 그를 잘 알지. 경찰이 무언가 잘못 알고 있는 게 아닌가?"

소령은 잠시 입을 다물더니 얼른 덧붙여 말했다.

"잘못 짚었을걸세."

"경찰이 아니라 내가 직접 조사한 결과 리콕 대위가 드러난걸세."

소령은 아무 대답도 하지 않았으나 그 침묵은 아직 믿지 못하고 있음을 말해주었다.

이때 번스가 말참견했다.

"리콕 대위에 대해서는 나도 당신과 같은 의견입니다. 벤슨 소령님. 그를 오래 전부터 알고 있는 분이 내 생각과 같다니 나로서도 기쁘군요."

매컴이 못마땅한 듯이 내뱉었다.

"그렇다면 리콕 대위는 그날 밤 그 집 앞에서 무엇을 했단 말인가?"

번스가 주석을 붙였다.

"창 밑에서 사랑의 노래를 부르고 있었을지도 모르지."

매컴이 무슨 말을 하려는데 지배인이 들어와 그에게 명함 한 장을 건네주었다. 매컴은 명함을 흘끗 들여다보더니 만족스럽게 코를 울린 다음 손님을 곧 안내하라고 일렀다. 그리고 나서 우리에게 말했다.

"이제 무언가 좀더 알게 되겠지. 나는 히긴보섬을 기다리고 있었다네. 오늘 아침 리콕 대위의 뒤를 미행했던 형사지."

히긴보섬은 아주 힘세 보이는 파리한 얼굴의 젊은이로 눈빛은 흐리멍덩했으나 동작은 매우 시원시원했다. 그는 몸을 굽히고 테이블 옆으로 다가와 지방검사 앞에 서서 우물쭈물했다.

매컴이 명령했다.

"앉아서 보고하게, 히긴보섬. 여기 계신 분들은 모두 이 사건에 협력해 주시는 이들일세."

히긴보섬 형사는 교활한 눈으로 매컴을 보며 말했다.

"저는 용의자가 엘리베이터를 기다리고 있을 때 따라잡았습니다. 그는 지하철을 타고 주택가인 79블록과 브로드웨이 교차점에서 내렸습니다. 그런 다음 걸어서 80블록을 지나 리버사이드 드라이브로 가더니 94번지의 아파트로 들어갔습니다. 문지기에게 이름도 대지 않고 곧장 엘리베이터를 타더군요. 두 시간쯤 그곳에 있다가 1시 20분에 나오더니 택시를 잡아탔습니다.

저도 재빨리 다른 택시를 잡아타고 뒤를 밟았지요. 그는 72블록까지 내려가더니 센트럴 파크를 지나 59블록에서 동쪽으로 달렸습니다. 그리고 A애비뉴에서 택시를 내려 걸어서 퀸즈보로 다리로 갔습니다. 블랙웰즈 섬을 향해 반쯤 걸어가더니 난간에서 몸을 앞으로 내밀고 5, 6분 동안 서 있더군요. 그리고 주머니에서 작은 꾸러미를 꺼내 강물에 던졌습니다."

"어느 정도 되는 꾸러미였나?"

매컴의 질문에는 누를 길 없는 흥분이 담겨 있었다.

히긴보섬은 두 손으로 크기를 어림해보였다.

"두께는?"

"1인치쯤 될 것 같았습니다."

매컴은 몸을 앞으로 내밀었다.

"권총 같지 않던가? 콜트 자동권총 말일세."

"그럴지도 모릅니다, 꼭 그만한 크기였으니까요. 그리고 꽤 무거워 보였습니다. 그가 그것을 다루는 손놀림이며 물 속으로 떨어질 때의 상태로 보아 아무래도 그런 것 같았습니다."

매컴은 기뻐 어쩔 줄 몰라했다.

"좋아. 그밖에는?"

"그것뿐입니다. 권총을 강물에 던져버리자 집으로 돌아가서 나오지 않았습니다. 그래서 저도 돌아왔지요."

히긴보섬이 나가자 매컴은 의기양양하게 번스 쪽으로 턱을 들어올려보였다.

"이젠 범인이 틀림없겠지…… 아직도 무언가 할 말이 있나, 번스?"

번스는 귀찮다는 듯이 대답했다.

"많이 있네."

벤슨 소령은 납득할 수 없다는 표정으로 눈길을 들었다.

"도무지 이해할 수가 없군. 리콕 대위가 무엇 때문에 리버사이드 드라이브로 권총을 가지러 가야 했을까?"

매컴이 대답했다.

"나는 그 이유를 알겠네. 그는 벤슨을 쏘아죽인 다음날 세인트 클레어 양의 집에 그 권총을 갖다놓았을걸세. 안전하게 숨겨둘 수 있는 장소로 생각하고 말일세. 자기 집에서 발견되면 큰일이니까."

"세인트 클레어 양의 집에 갖다놓은 것은 사건이 일어나기 전이 아니었을까?"

"자네가 무슨 말을 하는지 그 뜻은 잘 알겠네."

매컴의 대답을 듣자 나도 소령이 전날 세인트 클레어 양이 리콕 대위보다 자기 동생을 쏠 가능성이 훨씬 더 높다고 말했던 일이 생각났다.

"나도 같은 생각을 했었으니까. 하지만 어떤 뚜렷한 사실에 의해 그녀에 대한 혐의는 거두어졌다네."

소령은 의심담긴 어조로 말했다.

"자네는 물론 그 점에 대해서도 자신을 가지고 있겠지. 하지만 나는 도저히 리콕 대위가 앨빈을 죽였다고 생각할 수 없네."

소령은 말을 끊자 한 손을 지방검사의 팔에 얹었다.

"나는 주제넘게 나서고 싶지도 않고 자네 하는 일을 흠잡을 생각도 없네. 하지만 그를 감옥에 넣는 일만은 좀더 기다려주었으면 좋겠네. 아무리 신중하고 양심적으로 해도 실수가 있기 쉬운 법일세. 사실로 생각했던 일이 때로는 완전히 거짓인 경우도 있으니까. 이 경우 나는 그 사실이라는 것이 자네를 속이고 있다고밖에 생각할 수 없네."

매컴은 오랜 친구의 부탁에 마음이 움직인 듯했다. 그러나 의무에 대한 본능적인 성실성이 친구의 호소에 맞설 힘을 주었다.

매컴은 깊은 동정을 담아 또박또박 말했다.

"소령, 나는 내 확신에 따라 행동해야 한다네."

(1) 이 인용은 틀림없이 1908년 테트라티니가 맨해턴 오페라 하우스에서 '라 보엠'을 공연한 것을 가리키는 것이리라.

＊1 승마복의 한 종류.

＊2 루이자 테트라티니. 피렌체 태생의 소프라노 가수로, 1895년 피렌체에서 첫무대를 밟았고 널리 공연여행을 다녔는데, 1904년 샌프란시스코에 나타나 미국에 첫선을 보였다. 루치아 디 랜멜무어와 라 소난블라를 특히 잘했다. 《내 노래의 일생》이라는 자서전이 있다. 1871～1940.

'파이피―개인용'

6월 18일 화요일 오전 9시

다음날――수사가 시작된 지 나흘째 되는 날――은 벤슨 살해사건으로 제기된 여러 가지 문제를 해결하는 데 있어 중대한, 어떤 뜻에서는 가장 중대한 날이었다. 결정적인 단서가 나온 것은 아니었지만 사건에 새로운 요소가 도입되었으며, 이 요소가 결국 범인을 찾아내는 실마리가 되었다.

벤슨 소령과 식사를 마치자, 번스는 매컴과 헤어지기 전에 다음날 아침 또 지방검사국으로 찾아가도 좋겠느냐고 물었다. 매컴은 성가셔하는 듯했으나 이상할 정도로 열성적인 번스의 태도에 감동하여 승낙했다. 그러나 매컴으로서는 다른 사람의 귀찮은 간섭을 받지 않고서 리콕 대위의 체포절차를 밟고 싶었으리라고 나는 생각한다. 히긴보섬의 보고를 들은 뒤부터 매컴은 리콕 대위를 체포하여 대배심에 넘길 조서를 꾸며야겠다고 마음먹었음에 틀림없다.

번스와 나는 9시에 매컴의 사무실에 닿았는데, 그는 이미 와 있었다. 우리가 방으로 들어갔을 때 그는 마침 수화기를 들고 히스 부장을 부르도록 명령하는 참이었다.

그때 번스가 놀라운 행동을 했다. 날쌔게 지방검사의 책상으로 가더니 매컴의 손에서 수화기를 빼앗아 덜컥 전화기에 걸었던 것이다. 번스는 전화기를 옆으로 밀어놓자 매컴의 어깨에 두 손을 얹었다. 매컴은 어처구니없이 허둥지둥할 뿐 항의조차도 하지 못했다. 매컴이 미처 놀라움에서 깨어나기도 전에 번스가 나직하고 또렷한 목소리로 말했다. 말투가 온화했기 때문에 더 박력있게 들렸다.

"리콕 대위를 체포하게 내버려두지는 않겠네. 오늘 아침 내가 여기 온 것은 그 때문일세. 내가 이 사무실에 버티고 있는 한 그를 체포하라는 명령은 못 내릴 걸세. 무슨 수단을 써서라도 방해하겠네. 자네가 끝내 그처럼 어리석은 행동을 하고 싶다면 방법은 하나뿐이네. 경관을 불러 나를 억지로 밀어내는 것. 그러나 꽤 많은 인원을 불러야 할걸. 나는 끝까지 싸워 혼내줄 작정이니까."

정말이라고 여기기 어려운 이 협박은 글자 그대로 번스의 본심에서 우러나온 말이었다. 매컴도 그것을 잘 알고 있었다.

번스는 말을 이었다.

"부하를 불러온다면 자네는 1주일 안에 세상에 웃음거리가 될 걸세. 그때쯤에는 누가 벤슨을 쏘았는지 알게 될 테니까. 그러면 나는 민중의 영웅이며 순교자가 되겠지. 굉장한 공로가 아닌가! 지방검사조차 두려워하지 않고 진리와 정의의 제단에 내 감미로운 자유를 바쳤느니 하며……."

전화벨이 울렸다. 번스가 수화기를 들어올렸다.

"취소하겠네."

그는 한마디 하고 전화를 끊었다. 그리고 뒤로 한걸음 물러서서 팔짱을 끼었다.

짧은 침묵이 흐른 뒤 매컴이 입을 열었다. 그 목소리는 노여움으로 떨려나왔다.

"번스, 당장 이 사무실에서 나가지 않으면 별수 없이 나는 자네 희망대로 경관을 부르겠네."

번스는 미소 지었다. 매컴이 그런 극단적인 수단을 취하지 않으리라는 것을 그는 잘 알고 있었다. 이 두 친구 사이의 다툼은 지능적인 것이었다. 번스의 갑작스러운 행동이 다툼을 잠시 육체적인 것으로 만들었지만, 그것이 언제까지나 계속될 위험은 없었다.

매컴의 도전적인 눈길은 차츰 깊은 당혹의 눈길로 바뀌었다. 그는 날카롭게 물었다.

"자네는 어째서 리콕 대위에 대해 당치도 않은 관심을 가지는 건가? 무엇 때문에 그토록 억지 쓰면서까지 그를 자유롭게 해주려는 거지?"

번스는 애써 냉정한 목소리로 말했다.

"자넨 정말 한심한 바보로군. 그가 우연히 남부 태생의 육군대위이기 때문에 내가 특별한 관심을 가지고 있다고 생각하나? 리콕 대위와 비슷한 삶은 이 세상에 몇천 명도 더 있네. 떡벌어진 어깨에 네모난 턱, 여기저기 보풀이 인 양복을 입고, 케케묵은 기사도를 부적처럼 소중히 여기는 사나이. 어머니말고는 분간도 못하는 사나이…… 그러나 내가 걱정하는 것은 자네야, 매컴. 리콕 대위보다 더 상처입는 실수를 저지르게 하고 싶지 않은 걸세."

매컴의 눈에서 험상궂은 빛이 사라졌다. 번스의 동기를 알고 그 행동을 용서한 것이다. 그러나 그는 아직도 리콕 대위가 유죄라는 것을 굳게 믿고 있었다. 매컴은 잠시 깊은 생각에 잠겼다. 이윽고 무언가 결심이 섰는지 버튼을 눌러 스워커가 나타나자 펠프스를 불러오라고 일렀다.

"그를 꼼짝 못하게 만들 좋은 생각이 있네. 번스, 자네도 군소리할 수 없는 증거가 나올 걸세. "

펠프스가 들어오자 매컴은 지시를 내렸다.

"지금 곧 세인트 클레어를 만나러 가게. 무슨 일이 있어도 직접 만나서 어제 리콕 대위가 그녀의 아파트에서 들고 나가 이스트 강에 던진 꾸러미 속에 무엇이 들어 있었는지 알아오게. "

매컴은 전날 저녁 히긴보섬에게 들은 보고를 대강 설명해 주었다.

"아무리 숨겨도 소용없다고 말하게. 꾸러미 속에 있었던 것이 벤슨을 쏜 권총임을 알고 있다고 넌지시 비추게. 아마 대답을 거부하며 나가라고 하겠지. 그러면 아래로 내려와 계속 지켜보며 기다리게. 그녀가 거는 전화를 교환대에서 들어야 하네. 그리고 편지 같은 것을 보내거든 도중에서 압수해야 하네. 외출하면——설마 그런 일은 없겠지만——뒤를 밟아 어디로 가는지 샅샅이 알아내게. 무언가 잡히면 곧 나에게 보고하도록. 알겠나? "

"알았습니다. "

펠프스는 그 임무가 마음에 들었는지 기운차게 나갔다. 번스가 말했다.

"그런 강도나 좀도둑 같은 짓이 자네들의 학문있는 직업에서는 도덕적이라고 여겨지는 모양이지? 그런 행동은 자네의 다른 자질과 아무래도 잘 어울리지 않는 것 같군그래. "

매컴은 몸을 뒤로 젖히고 샹들리에를 올려다보았다.

"개인적인 도덕은 지금 문제되지 않네. 문제된다 해도 보다 크고 중대한 고려로 말미암아 거두어져야겠지. 보다 높은 정의가 그것을 요구하니까. 사회는 보호되어야 하네. 뉴욕 시민들은 범죄자며 악인들이 판치는 속에서 자신들의 안전을 나에게 기대하고 있거든. 임무를 수행하기 위해서 나는 이따금 나 자신의 개인적 본능과 모순되는 행동을 해야만 할 경우도 있다네.

한 개인에 대한 도덕적 의무 때문에 사회 전체를 위태롭게 할 권리는 나에게 없네. 물론 자네도 알고 있겠지만, 나는 이처럼 비도덕적 수단으로 손에 넣은 정보는 결코 쓰지 않기로 하고 있다네. 단 그 정보로 상대방에게 범죄적인 행동이 숨겨져 있음이 드러났을 때는 문제가 다르지. 그런 경우 나에게는 공공의 안녕질서를 위해 그것을 쓸 권리가 충분히 있다네."

"물론 자네 말이 맞겠지."

번스는 하품을 했다.

"그러나 나는 사회에 대해 흥미가 없네. 나로서는 정의보다 훌륭한 예절이 훨씬 더 마음에 든단 말일세."

번스가 이 말을 마쳤을 때 스위커가 나타나 벤슨 소령이 찾아와 매컴을 만나고 싶어한다고 말했다.

벤슨 소령은 22살쯤 된 아름다운 젊은 여자와 함께 들어왔다. 여자는 금발을 짧게 자르고 산뜻하고 간단한 연푸른빛 crêpe de chine 옷을 입고 있었다. 얼른 보기에 아직 어리고 어딘지 모르게 천해보였으나 태도가 조심스럽고 요령이 좋아 곧 상대방에게 신뢰감을 갖게 했다.

벤슨 소령은 우리에게 그녀를 비서라고 소개했다. 매컴은 자기 책상 맞은편의 의자를 그녀에게 권했다.

소령이 말했다.

"호프먼 양으로부터 지금 막 자네에게 들려주면 좋을 듯한 이야기를 들었기 때문에 본인을 직접 데려왔네."

소령의 태도는 여느때보다 진지했고 눈에는 납득이 안 가지만 기대 걸어 봐야겠다는 듯한 빛이 떠올라 있었다.

"매컴 씨에게 아까 나에게 이야기한 것을 말씀드리오, 호프먼 양."

그녀는 보기좋은 얼굴을 들고 시원하고 억양이 부드러운 목소리로 이야기하기 시작했다.

"약 1주일 전——수요일이었다고 생각합니다만——파이피 씨가 앨빈 벤슨 씨를 찾아오셨습니다. 저는 타이프라이터가 있는 옆방에 있었습니다. 두 방 사이에는 유리칸막이가 있을 뿐이어서 벤슨 씨 방에서 큰소리로 이야기하면 저에게까지 들립니다. 파이피 씨가 오고 5분쯤 지난 뒤 두 분이 말다툼을 시작했습니다. 저는 그처럼 사이좋은 분들이 이상하다고 생각되었으나 대수롭지 않게 여기고 계속 타이프라이터를 쳤습니다.

그러다 두 분이 목소리가 너무 높아져서 저에게도 몇 마디 들렸습니다. 벤슨 소령님이 오늘 아침 두 분이 무슨 말을 했느냐고 물어보셨는데, 여기서도 그것을 말씀드리면 되겠지요. 이야기는 모두 어음에 관한 것이었습니다. 한두 번 '수표'라는 말도 들려왔습니다. 그리고 '장인'이라는 말도 여러 번 들렸지요. 그리고 한 번쯤 벤슨 씨가 '그건 안 되네'라고 말씀하셨습니다. 그런 뒤 벤슨 씨가 나를 불러 금고의 전용서랍에서 '파이피——개인용'이라고 씌어진 봉투를 가져오라고 말씀하셨습니다. 그것을 갖다드린 다음에는 곧 장부계로 불려갔기 때문에 아무것도 듣지 못했습니다.

약 15분 뒤 파이피 씨가 돌아가시자 벤슨 씨가 저를 불러 봉투를 도로 갖다 넣으라고 하셨습니다. 그리고 파이피 씨가 찾아와도 자신이 있을 때 말고는 무슨 사정이 있더라도 결코 방에 들여놓아서는 안 된다고 말씀했습니다. 그리고 봉투는 아무에게도, 비록 서류상에 적은 명령을 받더라도 꺼내주어서는 안 된다고 이르셨습니다. 이야기는 이것뿐입니다, 매컴 씨."

여비서가 이야기하는 동안 나는 그녀의 말은 물론 번스의 행동에도 그 못지않은 흥미를 가졌다. 그녀가 방에 들어왔을 때 번스는 그녀를 흘끗 보더니 눈에 갑자기 생기가 돌았다. 이윽고 그것은 주의 깊은 눈길로 바뀌었으며 무언가 알아내려는 듯이 뚫어지게 그녀를 지켜보기 시작했다. 매컴이 그녀를 위해 의자를 권할 때 번스는 자리에서 일어나 그녀 옆에 놓인 책으로 손을 뻗으며 필요 이상 몸을 굽혀――나에게는 그렇게 보였다――그녀의 머리 옆면을 살펴보았다. 그리고 이야기하는 동안에도 관찰을 계속했고, 이따금 잘 볼 수 있도록 몸을 오른쪽이나 왼쪽으로 가볍게 굽혔다. 이해할 수 없는 행동처럼 보였지만, 나는 어떤 중대한 생각이 떠올라 번스가 그토록 세심하게 살피고 있음을 알아차렸다.

호프먼 양이 이야기를 마치자 벤슨 소령은 주머니에 손을 넣어 긴 다갈색 종이봉투를 꺼내 매컴의 책상 위에 놓았다.

"이것일세. 호프먼 양에게서 이야기를 듣고 곧 가져오게 했지."

매컴은 그 내용물을 조사해볼 권리가 있는지 없는지 결단내리지 못하고 머뭇거리며 봉투를 집어들었다.

소령이 권했다.

"꺼내보는 게 좋을걸세. 그 봉투 속에 사건과 중요한 관계가 있는 것이 들어 있을지도 모르니까."

매컴은 고무 밴드를 끌러 봉투 알맹이를 꺼냈다. 그 속에는 세 가지 물건이 들어 있었다. 리앤더 파이피 앞으로 앨빈 벤슨이 발행한 1만 달러짜리 수표 한 장과 앨빈 벤슨 앞으로 파이피가 발행한 1만 달러짜리 어음 한 장, 그리고 이 수표는 위조라는 사실을 고백한 파이피의 서명이 든 짧은 사과편지였다. 수표는 3월 20일자로 되어 있었다. 고백편지와 어음에는 그 이틀 뒤의 날짜가 적혀 있었다. 어음은 90일 기한으로――6월 21일 금요일, 즉 앞으로 겨우 사흘 뒤면 만기였다.

매컴은 꼬박 5분이 넘도록 그 문서들을 들여다보았다. 느닷없이 이런 것이 사건에 끼어들어 당황한 모양이었다. 이윽고 그 서류들을 다시 봉투에 넣었는데, 얼굴에서 곤혹스러운 빛이 조금도 가시지 않았다.

매컴은 여비서를 차근차근 신문했고, 어떤 부분은 되풀이해서 진술시켰다. 그러나 더 이상은 아무것도 알아내지 못했다. 매컴은 벤슨 소령에게로 얼굴을 돌렸다.

"이 봉투를 얼마 동안 내가 맡아가지고 있어도 괜찮겠나? 지금으로서는 여기에 무슨 뜻이 있는지 나로서도 알 수 없으니 좀더 생각해봐야겠네."

벤슨 소령과 비서가 돌아가자 번스는 일어나서 두 다리를 벌렸다. 그는 중얼거렸다.

"A la fin(아아, 신난다)! '모든 것이 여행떠났다, 해도 달도 아침도 낮도 저녁도 밤도 그리고 별도,' Videlicet(그래서) 우리도 이제 겨우 전진하기 시작한 모양이지."

"무슨 실없는 소리를 하는 건가!"

파이피의 시시한 묵은 악이 새로 끼어들어 매컴은 신경질적이 되어 있었다.

그러나 번스는 뚱딴지 같은 대답을 했다.

"호프먼이라는 아가씨는 재미있는 여자지? 어떤가, 매컴? 그 아가씨는 죽은 벤슨을 좋아하지 않았던 모양일세. 그리고 역겨운 리앤더 파이피는 아주 싫어했고, 아마 그가 아내에게 오해받고 있다느니 어쩌니 하며 그 아가씨에게 저녁식사를 함께 하자고 했을지도 모르네."

매컴은 내키지 않는 듯이 맞장구를 쳤다.

"굉장한 미인이니까. 벤슨도 귀찮게 굴었겠지. 그래서 싫어했을걸세."

번스는 뭔가 생각에 잠겼다.

"아름다운 여자야, 확실히. 하지만 거기에 속아 넘어가서는 안되네. 저래 뵈도 야심이 상당하고 재능도 있네. 급소를 제대로 알고 있어. 그녀는 풍선이 아니네. 단단한 심이 한 줄기 굳게 박혀 있단 말일세. 튜턴의 피가 조금 섞여 있는 것 같군."

번스는 생각에 잠기며 잠시 말을 끊었다.

"여보게, 매컴, 그 귀여운 아가씨가 머지않아 또다시 자네를 만나자고 할지도 모르네."

매컴이 힘없이 중얼거렸다.

"수정 구슬 점인가?"

번스는 창 밖을 멍하니 내다보았다.

"천만에. 나는 아까 이른바 '무언의 수업'을 했지. 두개골학상 고찰에 잠기며 말일세."

매컴이 말을 받았다.

"자네가 그녀를 유심히 살피고 있는 것을 나도 알아차렸네. 하지만 머리를 짧게 자르고 모자를 썼는데 어떻게 두상을 분석할 수 있었다는 건가? 자네들 골상학자가 '두상'이라는 말을 쓰는지 어떤지 모르지만."

그러자 번스는 태연하게 타일렀다.

"골드스미스의 설교자가 한 말을 잊어서는 안 되네[*1]. 그의 입술에 오른 진리는 이 세상에 수없이 많지. 그것을 어긴 자는 어떤 벌을 받느니 어쩌느니 하며…… 첫째로 나는 골상학자가 아닐세. 그러나 시대적 민족적 유전적으로 두개골이 모두 다르다는 것을 믿고 있지. 그 점에서라면 나는 구식인 다윈파일세. 필드다운인의 두개골과 크로마뇽인의 두개골이 서로 다르다는 것은 3살 먹은 어린아이도 알고 있네[*2]. 아무리 법밖에 모르는 법률가지만 자네도 아리안인의 두개골과 우랄 알타이인의 두개골은 구별할 수 있겠지. 말라야인과 니그로의 두개골이 어떻게 다른지 정도는 아마 알걸세.

따라서 멘델의 법칙을 조금이나마 알고 있는 사람이라면 유전적인 두개골이 서로 비슷하다는 것은 알아볼 수 있지. 하지만 이런 고매한 지식은 자네에게 무리일 걸세. 그러나 나는 그 젊은 여자가 머리 위에 모자를 쓰고 있었는데도 머리의 윤곽이며 얼굴의 골격에 대해 잘 알 수 있었네. 귀까지 한 번 훑어보았지."

"다시 한 번 나를 만나자고 말할지도 모른다는 결론이 거기서 나왔나?"

"간접적으로는 그렇네."

번스는 인정한 다음 조금 뒤 다시 덧붙였다.

"매컴, 호프먼 양이 털어놓은 이야기와 맞추어보면 어제 오스틀랜더 대령의 설명이 슬슬 빛을 내기 시작하고 있는 것 같지 않나?"

매컴은 안타까운 표정을 지었다.

"번스, 그렇게 에둘러 말하지 말고 어서 요점을 설명해주게."

번스는 창가에서 천천히 돌아 매컴을 뚫어지게 보았다.

"매컴, 한 가지 묻겠네. 순수하게 이론적인 면에서 말일세. 파이피의 위조수표는 거기에 따르는 고백편지 및 기한이 다가오고 있는 어음과 더불어 생각할 때 벤슨을 없애야 하는 이른바 '유력한 동기'가 되지 않겠나?"

매컴은 갑자기 몸을 일으켰다.

"그럼, 파이피가 범인이라는 말인가?"

"글쎄, 상당히 동정받을 만한 입장이기는 하네. 파이피는 수표에 분명히 벤슨의 이름을 서명했거든. 그리고 이 사실을 벤슨에게 털어놓자 뜻밖에도 오래 사귀어온 친한 친구로부터 90일짜리 어음을 요구당한데다 어김없이 지불을 보증하겠다는 고백서까지 써야 했으니까. 여기서 그 뒤의 일을 생각해 보세.

첫째로 파이피는 1주일 전 벤슨을 찾아가서 말다툼했는데, 그때 수표 이야기가 나왔네. 다몬은 아마 어음기간을 연기해 달라고 피 시어스에게 탄원했을걸세[*3]. 그러나 '그건 안 되네'라고 냉정하게 거절당했겠지.

둘째로 벤슨은 그 이틀 뒤에 살해되었는데, 1주일 안으로 어음기 한이 끝나게 되어 있었네.

셋째로 파이피는 벤슨이 살해된 시각에 그 집에 있었는데도 그 점을 자네에게 숨겼을 뿐만 아니라 차고관리인을 매수해 자동차에 대해 입을 막았네.

넷째로 자네가 다시 다그치자 헤이그 앤드 헤이그를 마시러 갔으 나 문이 닫혀 있었다고 설명했지만 아무리 보아도 이 대목이 좀 신 통치 않네. 게다가 잊어선 안 될 일이지만 대자연의 고독을 찾아 오직 혼자 캐츠킬즈로 떠났다는 처음 이야기도, 어떤 수수께끼의 인물에게 작별인사를 하기 위해 뉴욕에서 하룻밤 머물렀다는 이해 할 수 없는 이야기와 아울러 생각할 때, 납득가지 않네.

다섯째로 그는 흥하든 망하든 하늘에 운을 맡기고 한 번 해볼 기 회를 노리는 충동적인 도박사일세. 그리고 남아프리카에서의 경험 으로 무기 다루는 솜씨도 보통이 아닐 테지.

여섯째로 리콕 대위에게 혐의를 뒤집어씌우기 위해 비열하게도 고자질하여 그 중요한 시각에 현장에서 대위를 보았다고 말했네.

일곱째……아니, 자네 왜 그렇게 얼빠진 얼굴을 하고 있나, 매 컴? 자네가 아주 좋아할 만한 요인들을 열거하고 있는데 말이야. 그 요인이란 즉 동기, 때, 장소, 기회, 행동이 아니었나? 빠진 것 은 범인뿐일세. 그런데 리콕 대위의 권총은 이스트 강 바닥에 있 네. 그렇다고 해서 대위가 파이피보다 훨씬 더 유력한 용의자라고 단정할 수는 없지 않겠나. 안 그런가?"

매컴은 번스의 설명에 주의 깊게 귀 기울이고 있었다. 그는 책상 위를 뚫어지게 보며 시무룩한 얼굴로 입을 다물고 앉아 있었다.

번스가 제안을 내놓았다.

"자, 리콕 대위에 대해 최종적인 조치를 취하기 전에 파이피와 잠깐 이야기해보는 게 어떻겠나?"

매컴은 몇 분 동안 생각한 다음 느릿느릿 대답했다.

"자네의 충고에 따르겠네."

그는 수화기를 들었다.

"지금 이 시각에 호텔에 있을까?"

번스가 대답했다.

"있을걸세. 눈을 번뜩이며 기다리고 있을 테지, 틀림없이."

파이피는 호텔에 있었다. 매컴은 곧 그에게 사무실로 나와 달라고 말했다.

이윽고 번스는 매컴이 전화를 끊자 말했다.

"또 한 가지 자네가 해주어야 할 일이 있네. 벤슨이 죽은 시각, 즉 13일 밤, 좀더 정확히 말하자면 14일 새벽이 되겠지만——12시에서 1시 사이에 관계자들이 저마다 무엇을 하고 있었는지 알고 싶네."

매컴은 놀란 얼굴로 번스를 보았다. 번스는 자못 유쾌하게 말을 이었다.

"바보짓이라고 생각하겠지, 매컴? 하지만 자네는 알리바이를 굳게 믿을 사람 아닌가, 때로는 완전히 실망할 경우도 있겠지만. 안 그런가? 예를 들어 리콕 대위가 그렇지. 아파트 관리인의 한마디로 히스 부장이 여기저기 뛰어다니다 제비꽃다발을 강매당했다고 해서 자네가 대위를 혼내줄 수는 없네. 그건 자네가 사람을 너무 쉽게 믿는다는 증거가 되네. 여보게, 자네는 어째서 관계자들이 저마다 어디 있었는지 조사하지 않나?

파이피와 리콕 대위는 벤슨네 집에 있었네. 자네가 소재를 알아본 것은 이 두 사람뿐이라고 해도 지나친 말이 아니야. 그날 밤 앨빈 벤슨의 둘레에는 그밖에도 몇 사람이 있었을걸세. 친구나 친지들이 그 옆에 밀치락달치락 했을지도 모르지. 이른바 soirée(야회)라는 것을 하며. 따라서 다시 한 번 그 패거리들을 모두 조사하면 풀죽은 히스 부장의 기분을 풀어줄 만한 뭔가가 나올걸세."

나와 마찬가지로 매컴도 뭔가 중대한 근거 없이는 번스가 이런 제안을 하지 않으리라는 것을 알고 있었다. 잠깐 동안 매컴은 이 뜻밖의 요구를 하게 된 이유를 알아내려는 듯이 번스의 얼굴을 살폈다. 이윽고 그는 물었다.

"특히 누구를 조사하면 좋겠나? 자네는 관계자들 모두라고 했지만."

그는 연필을 들고 종이 위에 댔다.

번스가 대답했다.

"한 사람도 남김없이 모두 조사해야지. 우선 세인트 클레어 양을 적게. 그리고 리콕 대위, 벤슨 소령, 파이피, 호프먼 양."

"호프먼 양?"

"모두 다일세. 호프먼 양을 적었겠지? 다음은 오스틀랜더 대령."

매컴이 그의 말을 가로막았다.

"아니, 여보게!"

"한두 사람 더 있을지도 모르네만 나중에 생각해보기로 하지. 우선 그들부터 조사하게."

매컴이 다시 항의하려는 순간 스워커가 들어와 히스 부장이 밖에서 기다리고 있다고 알렸다.

"리콕 대위는 어떻게 되었습니까?"

이것이 히스 부장의 첫 질문이었다.

"하루 이틀쯤 기다리기로 했소. 결정적인 조치를 취하기 전에 파이피와 다시 한 번 이야기해 봐야겠소."

그리고 나서 매컴은 벤슨 소령과 여비서가 왔었던 일을 히스에게 말해 주었다. 히스는 그 봉투와 내용물을 훑어보더니 지방검사에게 돌려주었다.

"별 것 아닌 것 같은데요. 벤슨과 파이피의 개인적인 거래가 아닐까요? 리콕 대위가 아무래도 수상쩍습니다. 빨리 잡아넣을수록 내 마음이 편하겠는데요."

"내일이면 그렇게 할 수 있을 거요."

매컴이 기운을 북돋아주었다.

"조금 늦춰졌다고 해서 풀죽을 건 없소. 대위를 감시하고 있겠지요?"

"그렇습니다."

히스는 히죽 웃었다. 번스가 매컴을 보며 불쑥 말했다.

"히스 부장에게 줄 명단을 어떻게 했나? 알리바이에 대해 말이 있었던 것 같은데…….."

매컴은 눈썹을 찌푸리며 머뭇거렸다. 그는 번스가 불러준 이름을 적은 종이를 히스에게 건네주며 얼굴을 찌푸렸다.

"다만 신중을 기하기 위해서요. 아무튼 이 사람들이 살인이 일어난 날 밤 무엇을 하고 있었는지 조사해주오. 무언가 도움될 만한 것이 나올지도 모르니까. 당신이 이미 알고 있는 것도 다시 한 번 확인해보오. 예를 들어 파이피 같은 경우는 특히 보고가 빠를수록 좋소."

히스가 나가자 매컴은 화가 치밀어 견딜 수 없는 듯한 눈길로 번스를 노려보았다.

"모든 일을 휘저어놓고 성가시게 굴 작정⋯⋯."

그러나 번스가 부드럽게 그 말을 가로막았다.

"자네는 배은망덕한 사람이로군, 매컴. 모르겠나? 나는 자네를 지켜주는 수호신이라네. 자네의 deus ex machina(때맞춰 기계적으로 나타나는 수호신), 여신의 어머니란 말일세!"

＊1 골드스미스의 시 '한촌행'에서 인용한 것.

＊2 필드다운인은 Eoanthropus Dawosni라고도 불리며, 1912년 우연한 기회에 영국 웨섹스 주 필드다운에서 발견된 두개골에 의해 이름 붙여진 원시인으로 빙하기 초기에 살았으리라고 추정되고 있다. 크로마뇽인은 구석기시대부터 신석기시대에 이르는 과도기에 유럽으로 이주해 온 원시인으로 추정되며 1868년 폴 브로커가 프랑스의 도르도뉴 지방 레 제이지에 있는 크로마뇽 동굴에서 발견한 몇 개의 두개골에 의해 이름 붙여졌다. 북구와 지중해 인종의 원시인으로 여겨지고 있다.

＊3 다몬과 피시어스는 그리스 디오니시우스 왕 시대의 피타고라스파 철학자이며 우정의 모범으로 인용되고 있다. 피시어스는 폭군에게 사형을 언도받았는데, 집안일을 정리할 때까지 집행유예를 간청했다. 그동안 디몬이 대신 갇혀 있겠다고 나섬으로써 그 간청이 받아들여졌는데, 형집행 시간이 다가왔는데도 피시어스는 나타나지 않았다. 그러나 사형집행 직전에 피시어스가 달려왔으므로 왕은 두 사람의 우정에 감동되어 사형을 사면해 주었고 그 우정을 왕에게도 나누어주기 바랐으나 거절당했다.

시인과 은닉

　　　　　　　　　　　　　　6월 18일 화요일 오후

　한 시간쯤 지나자 매컴이 리버사이드 드라이브 94번지로 보냈던 형사 펠프스가 의기양양하게 얼굴을 빛내며 돌아왔다.

　"검사님, 바라시는 정보를 알아냈습니다."

　그의 쉰 목소리에는 감출 길 없는 우쭐한 기분이 담겨 있었다.

　"세인트 클레어 양의 아파트로 올라가 벨을 눌렀지요. 그녀가 직접 문 앞에 나오기에 홀로 밀고 들어가서 신문했습니다. 물론 대답은 거절당했지요. 벤슨을 쏜 권총을 싼 꾸러미에 대해 다 알고 있다고 날카롭게 으름장놓았으나 그녀는 웃기만 할 뿐 문을 활짝 열고 '이 아파트에서 어서 나가주세요. 더러워요'라고 말하더군요."

　형사는 씩 웃었다.

　"급히 아래로 내려가 교환대가 있는 방으로 달려갔지요. 그녀의 방 전등이 켜졌습니다. 교환원에게 전화를 연결시키도록 한 다음 옆으로 밀어내고 제가 직접 들었습니다. 그녀는 리콕 대위와 통화하더군요. 그녀는 다짜고짜 '어제 당신이 여기서 권총을 들고나가 강물에 던져버린 것을 저쪽에서 알고 있어요'라고 말했습니다.

그 말을 듣자 대위는 가슴이 철렁했던 모양입니다. 그는 한참 동안 아무 말이 없었습니다. 그리고 나서 겨우 침착하고 달콤한 목소리로 '걱정하지 마오, 뮤리엘. 어제 일을 아무에게도 말해선 안 되오. 오전 중에 깨끗이 처리할 테니까'라고 말했습니다. 그리고 내일까지 얌전히 있겠다고 약속을 받은 다음 전화를 끊었습니다."

매컴이 말없이 그 이야기를 되새기고 있었다.

"자네는 그 이야기를 듣고 어떤 인상을 받았나?"

"그렇게 물으시니 말씀입니다만, 십중팔구 리콕 대위가 범인이고 여자도 그것을 알고 있는 것 같습니다."

매컴은 수고했다고 말하며 형사를 물러가게 했다.

그러자 번스가 중얼거렸다.

"그 포토맥 남쪽의 기사도에는 정말 질렸네*1. 그건 그렇고, 그 멋쟁이 리앤더 파이퍼 씨와 고상한 대화를 나눌 시간이 되지 않았나, 매컴?"

번스의 말이 미처 끝나기도 전에 그가 와 있다는 말이 전해졌다. 파이퍼는 여전히 아주 세련된 모습으로 들어왔다. 하지만 태도는 부드러웠음에도 마음 속의 불안을 감추지 못하고 있었다.

매컴이 퉁명스럽게 말했다.

"앉으시오, 파이퍼 씨, 좀더 설명해주어야 할 일이 생겼습니다."

매컴은 다갈색 종이봉투를 꺼내 그 알맹이가 상대에게 보이도록 책상 위에 펼쳐놓았다.

"이것에 대해 묻고 싶은데요."

"기꺼이 이야기하겠습니다."

그 목소리는 침착하지 못했다. 거만한 태도도 어딘지 평정을 잃었으며 담뱃불을 붙이기 위해 말을 끊었을 때 성냥을 다루는 손길이 신경질적임을 나는 알아차렸다.

"실은 좀더 일찍 이 문제에 대해서 말씀드려야 했습니다."

파이피는 뜻도 없이 고상하게 손을 흔들어 서류를 가리키며 털어놓았다. 한쪽 팔꿈치에 몸무게를 걸고 앞으로 몸을 내밀며 비밀이야기라도 하려는 듯한 태도를 취했다. 그리고 이야기할 때마다 담배가 입술 사이에서 아래위로 흔들렸다.

"이 문제에 대해 말씀드리기가 매우 괴롭습니다. 하지만 진실을 밝히기 위한 일이니 불평할 수 없겠지요. 나의 가정사정은 저······ 이상적이라고 할 수 없습니다. 이야기하기 난처합니다만, 장인이 이유도 없이 나를 몹시 싫어합니다. 정말 몇 푼 안 되는 재정적인 도움을 줄 뿐 나에게는 모든 것을 빼앗고 기뻐하는 위인입니다. 나에게 주지 않는 돈이란 즉 아내의 돈입니다. 두세 달 전에 나는 얼마쯤의 돈을──정확히 말하면 1만 달러입니다만──써버렸습니다.

나중에 알고 보니 그것은 내 마음대로 쓸 수 있는 돈이 아니었습니다. 이 실수가 장인에게 알려져 나는 아내와의 사이에 오해가 생기지 않게 하기 위해 그 돈을 모두 돌려주어야 했습니다. 그런 오해가 생기면 아내를 더할 데 없이 불행하게 만들지도 모르기 때문입니다. 그래서 부끄러운 이야기지만 수표에 앨빈의 이름을 썼던 것입니다. 하지만 곧바로 그 사실을 앨빈에게 설명하고 어음을 준 뒤 내 성의 표시로써 간단한 사과편지도 썼습니다. 다만 그뿐입니다, 매컴 씨."

"지난주에 말다툼한 것도 그 때문이었습니까?"

파이피는 예기치 못한 질문을 받고 발끈한 눈길로 매컴을 보았다.

"아, 그 대수롭지 않은 contretemps(불행한 일)에 대해서도 들은 모양이군요······ 그렇습니다. 의견차이가 조금 생겼지요. 뭐라고 합니까, 결제기간 때문이었습니다."

"그는 기한대로 어음을 결제해달라고 고집했습니까?"

"아니오, 그렇지는 않았습니다."

파이피의 태도가 갑자기 활달해졌다.

"검사님, 앨빈과의 사소한 다툼에 대해서는 너무 캐묻지 말아주십시오, 보증합니다만 이 사건과는 전혀 관계없는 일입니다. 우리 둘 사이의 아주 개인적인 이야기니까요."

파이피는 상대방을 믿겠다는 듯이 미소 지었다.

"하지만 앨빈이 총에 맞은 날 밤 수표에 대해 이야기하기 위해 그의 집에 갔던 사실은 인정합니다. 그러나 아시다시피 집 안이 캄캄했기 때문에 그날 밤은 터키탕에서 잤습니다."

"잠깐만, 파이피 씨."

끼어든 것은 번스였다.

"앨빈 벤슨 씨는 담보 없이 어음을 받았습니까?"

파이피는 아주 당연하다는 듯이 대답했다.

"물론이지요, 앨빈과 나는 이미 말씀드렸듯이 둘도 없는 친구 사이였으니까요."

번스가 물고 늘어졌다.

"하지만 그만큼 큰돈이니 담보를 요구했을 텐데요. 당신이 확실히 갚아 주리라는 걸 그가 어떻게 알았겠습니까?"

파이피는 되도록 정중한 태도로 대답했다.

"그러나 그는 그것을 알고 있었다고밖에 설명드릴 수가 없군요."

번스는 여전히 납득하지 못하는 표정이었다.

"당신이 사과편지를 덧붙였기 때문인지도 모르겠군요."

파이피는 자기도 그렇게 생각한다면서 기쁨에 찬 눈길을 번스에게로 보냈다.

"당신은 사정을 완전히 이해해주는 것 같군요."

번스는 그 뒤부터 이야기에 끼어들지 않았다. 매컴은 30분쯤이나 파이피를 신문했으나 더 이상은 아무것도 알아내지 못했다. 파이피는 언제가지나 똑같은 이야기를 되풀이할 뿐 번슨과 있었던 말다툼에 대해서는 그 이상 깊이 파고드는 것을 부드럽게 거부하며 사건과 아무 관계가 없다고 주장했다. 그리하여 결국 돌아가도 좋다는 말이 떨어졌다.

그가 돌아가자 매컴이 말했다.

"그다지 도움을 얻지 못했군. 파이피의 무절제한 금전문제를 파헤쳐 결점을 알아냈을 뿐이라는 히스 부장의 의견이 옳은 것 같네."

번스가 한탄했다.

"자네는 대체 어쩌면 그렇게도 둔한가! 파이피가 비로소 자네에게 올바른 수사의 선을 제공해주었는데도 전혀 도움 얻지 못했다고 투덜거리니…… 내 설명을 들어보게, 매컴. nota bene(잘 기억해두어야 하네). 1만 달러에 대한 파이피의 이야기는 의심할 여지가 없는 진실일세. 그 돈을 쓰고 구멍을 메우기 위해 수표에 앨빈 벤슨의 이름을 마음대로 빌린 거지. 그러나 고백서말고는 담보가 없었다는 말은 나는 절대로 믿지 않네. 앨빈 벤슨은 친구이든 친구가 아니든 그만한 큰돈을 담보도 없이 빌려줄 사람이 아닐세. 그는 돈을 돌려받고 싶었던 거라네. 사람을 감옥에 처넣는다고 해서 돈이 나오는 건 아니지.

그래서 내가 끼어들어 담보에 대해 물었던걸세. 파이피는 부인했지만 벤슨이 어떻게 아무 탈 없이 어음이 결제되리라는 것을 알고 있었느냐고 묻자 구름 속으로 숨어버리지 않던가. 그래서 나는 사과문을 썼기 때문인지도 모른다고 말했지. 그때의 그 태도는 마음 속에 무언가가 있다는 것을 드러내주었네. 입 밖에 내고 싶지 않은 무언가가 있는걸세. 그는 내 암시에 선뜻 걸려들었거든. 그래서 나는 내 추측이 맞다는 것을 알았지."

매컴이 성급하게 물었다.

"그 추측이란 대체 무언가?"

번스는 한숨 섞인 목소리로 대답했다.

"아마 눈물의 선물이겠지. 배후에 누군가가 있다는 걸 자네는 모르겠나? 담보와 관계된 누군가가 있네, 틀림없이. 그렇지 않다면 파이피는 말다툼의 자초지종을 모두 털어놓았을걸세. 그렇게 함으로써 자기에게 씌어진 혐의가 풀린다면 말이네. 그런데 자신이 난처한 입장에 몰려 있다는 것을 알면서도 그는 그날 벤슨의 사무실에서 둘 사이에 무슨 일이 있었는지 밝히지 않았네. 파이피는 누군가를 감싸고 있네. 그에게 기사도 정신 따위는 없는데도 말일세. 바로 그 점이 의문이네. 어째서 그럴까……."

번스는 몸을 젖히고 천장을 올려다보았다.

"내 머릿속에서는 회오리바람이 일어날 만한 어떤 생각이 떠올랐네. 그것은 즉 그 담보만 압류하면 범인도 잡을 수 있다는 걸세."

바로 그때 전화벨이 울렸다. 전화를 받는 매컴의 눈에 재미있어하는 놀라움의 빛이 떠올랐다. 그날 오후 5시 30분에 그는 누군가와 만나기로 약속했다. 그리고 수화기를 내려놓자 번스를 보며 활짝 웃었다.

"자네의 천리안이 맞았네! 호프먼 양이 공중전화로 몰래 전화를 걸었는데, 그 이야기에 조금 덧붙일 것이 있다더군. 5시 30분에 이리로 오겠다고 했네."

번스는 그 말을 듣고서도 그다지 감동받지 않은 모양이었다.

"점심식사하러 나와 전화건 게 아닐까 짐작되네."

매컴은 다시 번스를 음미하듯이 살피는 눈길로 보며 감회어린 목소리로 말했다.

"이상한 일만 자꾸 생기는 군."

그러자 번스가 무뚝뚝하게 말했다.

"정말 그렇네. 자네가 상상하고 있는 것보다 더 이상한 일이."

15분 내지 20분 동안이나 걸려 매컴은 번스로부터 알아내려고 했으나 번스는 갑자기 선뜻 털어놓는 능력을 잃어버린 사람 같았다. 결국 매컴도 완전히 포기하고 말았다.

그는 말했다.

"나는 이제 결론내리기로 하겠네. 자네는 벤슨 살해사건에서 크게 공을 세우거나 아니면 보기 드문 억측의 명수이거나 둘 중 하나일 걸세."

번스가 대답했다.

"또 달리 보는 방법도 있지. 나의 심미적 가설과 순수 이론적 추리가——자네의 말을 빌면——공을 세울지도 모르네. 어떤가?"

점심식사하러 나가기 조금 전에 트레이시가 롱아일랜드에서 돌아왔다고 스워커가 알렸다.

번스가 매컴을 보고 말했다.

"파이피의 affaires du coeur(여자관계)를 조사해 오라고 보낸 사람 말인가? 그가 왔다니 반갑군."

"바로 그 사람일세, 번스, 들여보내게, 스워커."

트레이스는 한 손에 수첩을 들고 또 한 손에 코안경을 들고 부드러운 미소를 지으며 들어왔다. 그가 말했다.

"파이피에 대해 조사하는 건 그다지 어렵지 않았습니다. 포트 워싱턴에서는 잘 알려져 있어서——정말 널리 알려져 있더군요——추문을 알아내기가 쉬웠습니다."

트레이시 형사는 안경을 다시 잘 쓰고 수첩을 들여다보았다.

"1910년에 그는 호손이라는 여자와 결혼했습니다. 그녀는 굉장한 부자지만 파이피는 큰 덕을 보지 못하고 있답니다. 아내의 아버지가 재정권을 쥐고 있기 때문이지요."

이때 번스가 끼어들었다.

"트레이시, 호손 파이피 부인이나 그 아버지에 대해서는 됐소. 결혼생활이 행복하지 못하다는 건 파이피 씨가 직접 털어놓았으니까요. 아내 이외의 여자관계가 있거든 그 사실을 들려주시오. 다른 여자가 있소?"

트레이시는 의아한 눈으로 지방검사를 보았다. 번스의 locus standi(발언권)에 대해 묻는 것이었다.

매컴이 고개를 끄덕여보이자 형사는 수첩을 넘기며 설명을 계속했다.

"네, 다른 여자가 있습니다. 뉴욕에 사는데, 파이피 씨 집 근처 약국에 전화걸어 가끔 전갈을 부탁한답니다. 그도 여자를 부를 때 그 전화를 이용한다더군요. 물론 약국 주인과 어떤 계약이 되어 있겠지만, 결국 여자의 전화번호를 털어놓게 했지요. 그래서 뉴욕에 돌아오자 곧 전화국을 통해 가입자 이름과 주소를 알아내어 잠깐 만나보았습니다. 풀라 버닝이라는 미망인으로, 행실이 좀 좋지 않아보이는 여자였습니다. 서 75블록 268번지 아파트에 살고 있습니다."

트레이시의 보고는 그것으로 끝났다. 형사가 나가자 매컴은 번스를 보며 너그러운 미소를 지었다.

"자네에게 땔감을 좀 갖다주지 못한 것 같구먼."

"천만에! 생각했던 것보다 잘해주었는걸. 우리가 필요로 하는 정보를 선뜻 찾아내주었으니까."

"우리가 필요로 하는 정보?" 하고 매컴은 되풀이했다.

"나에게는 파이피의 여자관계보다 더 중요하게 생각해봐야 할 문제가 있네. ”

“하지만 파이피의 여자관계야말로 벤슨 살해사건을 푸는 열쇠라네, 매컴. ”

번스는 이야기를 마치자 더 이상 아무 말도 하지 않았다.

매컴은 할 일이 산더미처럼 쌓인데다 오후에 면회약속이 많았으므로 점심식사를 사무실로 가져오도록 시켰다. 그래서 번스와 나는 일단 거기서 물러나왔다.

우리는 엘리제에서 점심식사를 든 다음 크네드라 화랑에서 프랑스 점묘파의 전람회를 둘러보고 에얼리언 홀로 갔다. 그곳에서는 샌프란시스코의 현악 4중주단이 모차르트를 연주하고 있었다. 5시 30분 조금 못되어 우리는 다시 지방검사국으로 갔는데, 그때는 직원들이 모두 퇴근하고 매컴 혼자 남아 있었다.

조금 뒤 호프먼 양이 찾아와 단도직입적으로 사무적인 말투로 미처 못한 이야기를 들려주었다.

“오늘 아침에는 모두 말씀드리지 못했었습니다. 지금도 비밀을 지켜주겠다고 약속해주시지 않으면 말씀드릴 수 없습니다. 이 이야기를 했다는 사실이 탄로나면 저는 직장을 잃을 테니까요. ”

매컴이 보증했다.

“약속하지요. 당신의 비밀을 전적으로 존중하겠습니다. ”

여비서는 잠시 망설이다가 이윽고 말을 이었다.

“아침에 벤슨 소령님께 파이피 씨와 앨빈 벤슨 씨에 대해 말씀드렸더니 곧 당신에게로 가서 그 이야기를 해드려야 한다고 하셨습니다. 하지만 이리로 오는 도중 이야기의 일부를 빼는 게 좋겠다고 이르시더군요. 절대로 말하면 안 된다고 하시지는 않았지만, 사건과 관계없는 일이니 말씀드리면 오히려 당신을 혼란시킬 뿐이라고 말했습니다. 그래서 그 지시를 따랐습니다만, 나중에 사무실로 돌아가 곰곰이 생각해 보니 앨빈 벤슨 씨의 죽음은 이만저만 중대한 일이 아닌 것으로 여겨져 어쨌든 당신에게 말씀드려야겠다고 마음 먹었지요. 이것이 사건과 어떤 관계가 있을 경우 제가 숨겨두었다는 말을 듣고 싶지 않기 때문입니다."

그녀는 자신의 결심이 현명한지 어떤지 좀 불안한 모양이었다.

"이것이 어리석은 짓이 아니기를 바랍니다. 실은 앨빈 벤슨 씨와 파이피 씨가 말다툼을 벌인 날 벤슨 씨가 금고에서 가져오라고 하신 것은 봉투뿐만 아니라 다른 것도 있었습니다. 네모진 무거운 꾸러미였는데, 봉투와 마찬가지로 겉에 '파이피—개인용'이라고 씌어 있었습니다. 그리고 벤슨 씨와 파이피 씨가 다툰 것은 바로 그 꾸러미 때문이었습니다."

"오늘 아침 소령님에게 봉투를 갖다줄 때 그 꾸러미도 금고에 있었소?"

"아니오. 지난주 파이피 씨가 돌아간 다음 봉투와 꾸러미를 금고에 넣어두었는데 목요일——그분이 살해된 날 입니다만——에 벤슨 씨가 댁으로 가져가셨습니다."

매컴이 이 이야기에 조금 흥미를 보일 뿐으로 회견을 끝내려 하자 번스가 나섰다.

"정말 고맙습니다, 호프먼 양. 그 꾸러미에 대해 알려주려고 일부러 여기까지 나와 주시다니…… 한 가지만 더 묻겠는데, 앨빈 벤슨 씨와 소령의 사이는 좋은 편이었습니까?"

그녀는 놀란 듯한 얼굴에 희미한 미소를 떠올렸다.

"아주 좋았다고 할 수는 없었지요. 두 분은 성격이 전혀 달랐으니까요. 앨빈 벤슨 씨는 사실 유쾌한 분이라고 할 수 없었습니다. 그다지 훌륭한 분이 아니었다고 하는 편이 옳을 것 같군요. 형제라고 생각하기 어려울 정도였어요. 늘 사업상의 일로 다투었습니다. 두

분은 늘 서로 굉장히 의심하고 있었지요."

번스가 맞장구쳤다.

"무리도 아니겠지요. 성품이 그토록 달랐다니 말입니다. 그런데 어떤 식으로 서로 의심했지요?"

"예를 들면 서로 가끔 상대방을 염탐했습니다. 사무실이 맞붙어 있거든요. 그래서 문을 통해 서로 엿듣는 거에요. 저는 두 분의 비서 일을 맡아했기 때문에 엿듣는 것을 가끔 보았습니다. 저를 통해 상대방의 일을 알아내려고 한 적도 여러 번 있었지요."

번스는 알겠다는 듯이 그녀를 보며 미소지었다.

"당신으로서는 유쾌한 일이 아니었겠군요."

그러자 여비서는 되받아 미소지었다.

"아니, 저는 아무래도 괜찮았어요. 재미있었는걸요."

번스가 다시 물었다.

"마지막으로 엿듣는 것을 본 것은 언제였지요?"

그녀는 진지한 얼굴이 되었다.

"앨빈 벤슨 씨가 살아 계신 마지막 날, 소령님이 문 옆에 서 계시는 것을 보았습니다. 그때 앨빈 벤슨 씨에게 손님이 와 있었지요. 여자 분이었는데, 소령님은 굉장히 신경을 쓰는 것 같았어요. 그때는 오후였는데, 앨빈 벤슨 씨는 그날 일찍 퇴근했습니다. 그 여자 손님이 돌아가고 약 30분 뒤에 그 여자 분이 다시 찾아왔지만, 벤슨 씨가 안 계셨기 때문에 저는 물론 퇴근했다고 말씀드렸지요."

"그 여자 손님이 누구인지 알고 있겠지요?" 하고 번스가 물었다.

"아니오, 모릅니다. 이름을 말하지 않았거든요."

번스는 그밖에도 두세 가지 질문을 했다. 그런 뒤 우리는 호프먼 양과 함께 주택가로 가는 지하철을 탔다. 23블록에서 그녀와 헤어졌다.

그동안 내내 매컴은 말없이 생각에 잠겨 있었다. 번스는 우리가 스타이비샌트 클럽의 휴게실 안락의자에 편안히 자리잡을 때까지 의견다운 말 한마디 하지 않았다.

이윽고 그는 천천히 담뱃불을 붙여 물더니 입을 열었다.

"자네는 호프먼 양의 두 번째 방문을 예언하기에 이르기까지 내 마음 속에 일어난 정묘한 심리적 과정을 알겠나, 매컴? 나는 앨빈 벤슨이 아무리 친구라도 담보 없이는 위조수표에 순순히 돈을 내줄 인물이 아님을 알고 있었네. 그리고 또 말다툼도 담보 때문에 일어났음에 틀림없다고 생각했지. 파이피는 alter ego(또 하나의 자기)에 의해 감옥에 들어가게 되리라고는 꿈에도 생각지 못했겠지. 나는 파이피가 어음을 결제하기 전에 담보를 돌려달라고 부탁했다가 '그건 안 되네'하고 거절당한 게 아닌가 싶네. 그리고 그 골디록스*²는 좋은 여자일지 모르지만, 그래도 두 탕아의 말다툼을 옆방에 앉아 있으면서 엿듣지 않았다면 여자의 본성에 어울리지 않네. 그들이 다투고 있을 때 타이프치고 있었다는 그녀의 말을 캐들어갈 필요도 없지 않겠나.

나는 그녀가 털어놓은 것 이상의 사실을 알고 있으리라고 추측했네. 그래서 나는 어째서 그것을 빼버렸을까 스스로에게 물어보았지. 그 물음에 대한 합리적인 대답은 단 하나밖에 없었네. 소령이 그래야 한다고 권했기 때문이지. 그런데 이 gnadiges Fraulein(자비로운 젊은 아가씨)은 굳건한 독일인의 혼을 지니고 있는데다 선천적으로 자기본위적이며 신중하고 정직한 신념을 타고났거든. 그래서 나는 감히 그런 예언을 할 수 있었다네. 그녀는 고용주의 자애로운 감독의 눈길에서 벗어나면 틀림없이 나중에 탄로났을 때의 일을 생각하여 숨긴 이야기를 털어놓으리라고 말일세. 이렇게 설명하니 하나도 신비로울 게 없지, 매컴?"

매컴은 얼굴을 찌푸리며 양보했다.

"거기까지는 좋네. 그러니 이제 어떻게 되겠나?"

"앞으로의 일이 짐작되지 않는다고 말하지는 않네."

번스는 잠시 태연하게 담배를 피웠다. 마침내 그는 말을 이었다.

"그 수상쩍은 꾸러미에 담보가 들어 있었다는 건 자네도 알겠지?"

매컴이 동의했다.

"그런 결론이 나올지도 모르지. 하지만 그렇다 해도 나는 그다지 놀라지 않네. 자네는 그래주기를 바랄지도 모르지만."

그러자 번스는 태평스럽게 다음 말을 이었다.

"물론이지. 추론 기술이 뛰어난 자네의 법률적 두뇌는 그 꾸러미가 운명의 날 오후 플래트 부인이 벤슨의 테이블 위에서 본 보석상자였음을 이미 꿰뚫어보았을 테니까."

매컴은 앉음새를 고치고 어깨를 으쓱하더니 다시 의자에 몸을 묻었다.

"그렇다 해도 우리에게 무슨 도움이 되는지 나는 모르겠네. 벤슨 소령은 그 꾸러미가 사건과 아무 관계없다는 것을 알고 있기 때문에 그 이야기를 하지 말라고 비서에게 일렀을걸세."

"하지만 소령이 그 꾸러미가 사건과 관계없다는 것을 안다면 그도 사건에 대해 무언가 알고 있어야 한다는 이야기가 되지, 안 그런가? 만일 그렇지 않다면 무엇이 관계있고 무엇이 관계없는지 알 수 없을 테니까. 나는 처음부터 소령이 우리에게 이야기한 것 이상의 사실을 알고 있다고 여겼네. 파이피의 뒤를 밟으라고 권한 것도 소령이었고, 리콕 대위에게 죄가 없다고 뚜렷이 단언한 것도 소령이었다는 점을 잊으면 안 되네."

매컴은 잠시 동안 생각에 잠겼다. 이윽고 그는 느릿느릿하게 말했다.

"자네가 무엇을 목표로 하고 있는지 이제 알 것 같네. 그 보석은 이 사건과 중대한 관계가 있을지도 모르겠군. 소령과 만나 우선 그 점에 대해 물어보아야겠네."

그날 밤 우리가 클럽에서 저녁식사를 마치고 휴게실에 앉아 담배를 피우고 있는데 벤슨 소령이 모습을 나타냈다. 매컴이 얼른 그 옆으로 다가갔다.

"소령, 자네 동생의 죽음에 관한 진상을 밝히기 위해 부탁하는데, 좀더 도와주지 않겠나?"

소령은 살피는 듯한 눈길로 매컴을 뚫어지게 바라보았다. 매컴의 목소리가 질문의 겉으로 나타난 부드러움과 크게 어긋났기 때문이다. 이윽고 소령은 한마디 한마디 신중하게 저울질하며 말했다.

"자네 일을 방해할 생각은 조금도 없으니 도울 수 있는 데까지 기꺼이 돕겠네. 하지만 나로서도 당분간 말할 수 없는 일이 두세 가지 있다네. 나만의 일이면 그다지 문제될 것도 없지만."

번스가 물었다.

"혹시 누군가를 의심하고 있습니까?"

"어떤 뜻에서는 그렇습니다. 어느 날 앨빈 방에서 흘러나온 말소리를 들은 적이 있는데, 동생이 죽고 나니까 다른 뜻으로 해석되는군요."

그러자 매컴이 힘주어 말했다.

"이럴 때 기사도 운운해서는 안 되네, 소령. 그 의심에 근거가 없다면 곧 밝혀질 게 아닌가?"

그러나 소령은 딱 잘라 말했다.

"하지만 잘 모르면서 억측해서는 안 되네. 이 문제는 나를 제쳐두고 해결하는 게 가장 좋을걸세."

매컴이 아무리 재촉해도 소령은 한마디도 하지 않았으며 결국 적당한 핑계를 대고 나가버렸다.

매컴은 아주 못마땅한 표정을 짓고 신경질적으로 의자팔걸이를 톡톡 두드리며 담배를 피웠다.

번스가 비평했다.

"어떤가, 두목. 좀 질린 모양이군."

매컴이 투덜거렸다.

"웃을 일이 아닐세. 이 사건에서는 관계자들이 모두 경찰이나 지방 검사국보다 더 잘 아는 것 같구먼."

번스가 유쾌하게 말을 받았다.

"모두들 꼭꼭 숨기니 이토록 난처한 일은 없을걸세. 게다가 괘씸하게도 저마다 모두 누군가를 감싸주기 위해 조용히 있는 것 같지 않나? 우선 플래트 부인을 보게. 그녀는 벤슨네 집에서 그날 오후에 차를 마신 사람이 있었는데도 없다고 거짓말했네. 세인트 클레어 양은 철두철미하게 아무것도 말하지 않았네. 다른 사람에게 혐의가 가는 것을 바라지 않기 때문이지. 리콕 대위는 약혼녀가 의심스럽다는 말을 들은 순간부터 벙어리가 되지 않던가? 리앤더 파이피도 남이 말려들까봐 위험에서 혼자 빠져나가기를 거부했네. 그리고 지금 보았겠지, 소령도 역시 그렇다는 것을. 정말 야단이로군. 하지만 다른 한편에서 보면 오히려 믿음직스러운 일이라고 할 수 있지, 크게 칭찬할 것까지는 없어도, 이처럼 숭고한 자기 희생정신을 가진 사람들과 알게 되어서 말일세."

"빌어먹을!"

매컴은 여송연을 놓고 벌떡 일어섰다.

"이 사건 때문에 내 신경은 뒤죽박죽이 된 것 같네. 나는 이 문제를 끌어안고 우선 잠이나 자야겠네. 내일 아침 다시 대결하기로 하지."

우리가 매디슨 애비뉴를 걷기 시작했을 때 번스가 말했다.

"문제를 끌어안고 잠잔다는 낡은 생각은 잘못일세. 뚜렷하게 사물을 생각할 수 없는 사람을 위한 이른바 apologia(변명)이지. 시적인 생각이라고 할 수도 있겠군. 시인은 모두 그것을 믿고 있으니까. 그래서 대자연의 다정한 유모니, 괴로움의 진정제니, 어린아이의 흰 연꽃이니, 자연의 감미로운 회복제니 하며 갖가지 말을 늘어놓고 있지. 그런 건 모두 어리석은 생각일세. 두뇌는 태엽에 감겨 활동하고 있을 때가 잠이 덜 깨어 어리둥절한 때보다 훨씬 더 잘 움직인다네. 수면은 진정제지, 자극제가 아니라."

"그럼, 자네는 깨어서 생각하게."

이것이 매컴의 퉁명스러운 충고였다.

번스는 신이 나서 대답했다.

"나도 그럴 생각이라네. 하지만 벤슨 사건에 대해서는 아닐세. 그 일을 어떻게 처리하면 좋을지는 이미 나흘 전에 다 생각해 두었으니까."

*1 포토맥 강의 남쪽, 즉 남부 여러 주를 말함. 그 가운데에는 리콕 대위가 태어난 조지아 주도 있다.

*2 옛날이야기에 나오는 욕심쟁이 소녀. 결국 분수에 맞는 것이 가장 좋다는 뜻이다.

위조수표

6월 19일 수요일 오전

다음날 아침 우리는 매컴과 함께 중심가로 자동차를 몰았다. 9시가 되기 전 사무실에 닿았는데, 히스 부장이 이미 와서 기다리고 있었다. 부장은 걱정스러운 얼굴이었다. 말하는 목소리에는 지방검사에 대한 비난이 담겨 있었다.

"매컴 검사님, 리콕 대위를 어떻게 할 생각입니까? 되도록 빨리 잡아들이는 게 좋을 것 같습니다만. 미행시키고 있는데 수상한 점이 많습니다. 어제 아침에 그는 거래은행의 출납주임 방에서 30분이나 있다가 나왔습니다. 그런 다음 변호사를 찾아가 한 시간도 넘게 있다가 다시 은행으로 돌아가 또 30분이나 머물러 있었다더군요. 애스터 그릴에서 점심을 들었는데, 아무것도 먹지 않고 테이블만 노려보고 있더랍니다.

그리고 2시간쯤 그는 자기 아파트를 관리하는 토지건물 회사로 찾아갔답니다. 그가 나간 다음 알아보니 내일부터 세를 놓아달라고 부탁했다는군요. 그 뒤 친구를 6명쯤 방문했습니다. 저녁식사가 끝난 뒤 부하가 그의 아파트 벨을 누르고 여기가 호지트 씨 댁이냐고 물었더니 그는 한참 짐을 꾸리고 있더랍니다. 아무래도 도망치려는 것 같습니다."

매컴은 눈살을 찌푸렸다. 히스의 보고를 듣고 걱정되기 시작한 모양이었다. 그가 뭐라고 대답하려는데 번스가 먼저 말참견했다.

"뭘 그렇게 걱정하시오, 부장? 리콕 대위를 빈틈없이 감시시키고 있겠지요? 당신이 눈을 번뜩이고 있는 한 달아나지는 못할 거요."

매컴은 번스를 흘끗 본 다음 히스 부장에게로 눈길을 옮겼다.

"그냥 내버려두오. 그러나 만일 거리를 빠져나가려고 하거든 체포하시오."

히스는 볼멘 얼굴로 나갔다.

이윽고 번스가 말했다.

"매컴, 오늘 12시 30분에는 누구와도 만날 약속을 해선 안 되네. 이미 약속이 있으니까. 더구나 상대는 여자라네."

매컴은 펜을 놓고 눈을 크게 떴다.

"그게 무슨 말인가?"

"자네를 대신해서 약속해두었지. 오늘 아침 내가 그 여자에게 전화를 걸었다네. 그때까지 자고 있었던 모양이더군."

매컴은 화가 나 입에서 거품을 튀기며 맹렬히 항의했다. 번스는 그를 달래려고 손을 들었다.

"자네는 다만 약속을 지키기만 하면 되네. 내가 자네라고 말하며 약속했으니까. 그러므로 만나지 않는다면 크게 실례가 될 테지. 보증하지만 그 여자를 만나보면 결코 후회하지는 않을걸세. 어젯밤에는 일이 너무 얽혀서 나는 자네가 애쓰는 것을 그냥 보고 있을 수가 없었네. 그래서 자네 대신 폴라 버닝 부인과 만나기로 약속해두었지. 파이피의 엘루아즈[*1] 말일세. 나는 그녀가 틀림없이 자네를 에워싸고 있는 깊은 우수를 얼마쯤 걷어 주리라고 굳게 믿네."

마침내 매컴은 고함을 질렀다.

"번스, 말해두지만, 이 사무실을 꾸려나가는 것은 나일세……."

매컴은 갑자기 말을 끊었다. 번스의 태연한 태도에 아무리 대항해 봐야 소용없음을 깨달았던 것이다. 그리고 폴라 버닝 부인을 만나는 것이 그리 마음 내키지 않는 일도 아니었기 때문이리라. 매컴의 울화는 차츰 가라앉아서 다시 이야기를 시작했을 때의 목소리는 거의 정상으로 돌아가 있었다.

"내 이름을 대고 약속했다니 할 수 없이 만나봐야겠군. 하지만 파이피가 그녀와 깊이 교제하고 있는 것 같지는 않네. 가끔 들르는 정도겠지. 아무 때나 찾아가는 게 아니라 미리 약속하고 가는 그런 사이 말일세."

번스는 중얼거렸다.

"기묘하군. 나도 그렇게 생각했다네. 그래서 어제 전화를 걸어 롱아일랜드로 돌아가도 좋다고 했지."

"전화를 걸었다고? 자네가?"

번스는 곧 사과했다.

"미안하네, 매컴. 하지만 자네는 이미 잠자리에 들어 있었거든. 곤히 잠들어 피로를 풀고 있는데 차마 방해할 수가 없었네. 파이피도 무척 고마워하더군. 가엾을 정도로. 아내도 기뻐할 거라고 말했다네. 눈물이 나올 만큼 애처가더군. 아무튼 집을 비운 이유를 설명하려면 아마 부드러운 목소리로 온갖 말재주를 동원해야만 할걸세."

매컴이 따졌다.

"그밖에 또 나 모르는 새 어디어디다 나를 팔았나?"

"그것뿐이네."

번스는 간단하게 대답하더니 몸을 일으켜 천천히 창가로 다가갔다. 그는 잠시 창 밖을 내다보며 무언가 생각에 잠겨 담배를 피우고 있었다. 다시 자리로 돌아왔을 때에는 지금까지의 장난스러운 태도가 보이지 않았다. 그는 매컴과 마주보는 자리에 앉았다.

매컴이 말했다.

"소령은 이번 사건에 대해 우리에게 이야기한 것보다 많은 것을 알고 있다고 스스로 인정했네."

"그러나 이 사건에서 소령이 취한 훌륭한 태도로 보아 자네도 그를 추궁할 수는 없겠지. 그리고 어젯밤 그가 취한 태도로는 소령이 자기 입으로는 말할 수 없지만 자네 편에서 자신이 알고 있는 사실을 알아내는 데 대해서는 이의가 없다고 봐야 하지 않겠나? 그래서 매컴, 나는 소령의 의견을 거스르지 않고 또 그의 도움을 빌리지 않고 그것을 알아내는 방법을 생각했네⋯⋯.

자네는 호프먼 양의 이야기를 기억하고 있겠지, 매컴? 그리고 소령이 동생이 살해된 뒤 생각해 보니 어떤 의미를 지니고 있는 것으로 여겨지는 듯한 말을 언뜻 들은 적이 있다고 한 말도 기억하고 있겠지? 그렇다면 소령이 알고 있는 점은 그의 사업과 관계가 있거나, 아니면 적어도 그의 고객 가운데 한 사람과 관계있다고 생각해도 좋을걸세."

번스는 말을 끊고 천천히 새 담배에 불을 붙였다.

"그래서 내게 한 가지 제안이 있네. 소령에게 전화걸어 사람을 보낼 테니 회사의 원장부와 거래 장부를 잠깐만 보여주었으면 좋겠다고 부탁하게. 어떤 고객과의 거래에 대해서 알고 싶기 때문이라고 설명하게. 세인트 클레어 양이라고 해도 좋고, 파이피라고 해도 좋겠지. 아무튼 적당한 이름을 대면 되네. 그러면 소령이 감싸고도는 사람이 누구인지 알 수 있을 것 같은 묘한 예감이 드네. 그리고 소령이 자네가 원장부에 흥미가지는 일을 환영할 것 같은 예감이 드는군."

그러나 매컴으로서는 이 계획이 실행 가능하지도 효과가 있으리라고도 여겨지지 않았다. 벤슨 소령에게 그런 요구를 한다는 것 자체가 싫었다. 그러나 번스의 결의가 너무도 굳고 열심히 주장했으므로 결국 매컴도 동의했다.

매컴은 수화기를 내려놓으면서 말했다.

"사람을 보내겠다고 했더니 기분 좋게 승낙하더군. 정말 모든 협조를 아끼지 않으려는 모양일세."

그러자 번스가 말했다.

"선뜻 요구를 받아주리라고 생각했었네. 소령이 누구를 의심하고 있는지 자네 손으로 직접 찾아내면 고자질했다는 부담을 느끼지 않아도 되니까."

매컴은 버튼을 눌러 스위커를 불렀다.

"스티트 씨에게 전화걸어 오전 중에 여기서 만나고 싶어한다고 전해주게. 급히 부탁할 일이 있다고 말하게."

그리고 나서 매컴은 번스에게 설명했다.

"스티트는 뉴욕 생명 빌딩에 있는 회계사무소 소장일세. 이런 일이 있을 때마다 늘 도움받고 있지."

12시 조금 못되어 스티트가 왔다. 늙은이 같은 젊은 남자로, 날카롭고 재기에 넘치는 표정이 감도는 얼굴을 줄곧 찌푸리고 있었다. 지방검사를 위해 일하는 데 대해 크게 흡족해 하고 있는 듯했다.

매컴은 부탁할 일을 간단히 설명하고 일하는 데 참고될 만큼 사건의 내용을 설명해 주었다. 사나이는 곧 사정을 파악하고 꾸깃꾸깃한 봉투 뒤에 두세 가지 메모를 적었다.

번스 역시 매컴이 지시내리는 동안 종이쪽지에 무언가 적어 넣고 있었다.

매컴은 몸을 일으켜 모자를 집어 들었다. 그리고 번스에게 투덜거렸다.

"자, 그럼, 자네가 해놓은 약속을 지키기 위해 나가야겠지. 자, 갑시다, 스티트 씨. 판사 전용 엘리베이터로 아래까지 데려다 드리리다."

그러자 번스가 말참견했다.

"호의는 고맙지만, 스티트 씨와 나는 그 영광을 사양하고 일반용 리프트(번스는 영국적 취향을 좋아했다)로 내려가겠네. 아래에서 기다리지."

그리고 번스는 회계사의 팔을 붙잡고 대합실 쪽으로 걸어갔다.

그런데 우리와 다시 만날 때까지 10분이나 걸렸다.

우리는 지하철을 타고 72블록까지 가서 웨스트 엔드 애비뉴를 걸어올라가 폴라 버닝 부인의 집으로 갔다. 그녀는 75블록 모퉁이에 있는 작은 아파트에서 살고 있었다. 벨을 누르고 기다리고 있는데 강한 중국 향료 냄새가 풍겨왔다.

번스가 코를 쿵쿵거리며 말했다.

"일이 잘될 것 같군. 향을 피우는 여자는 틀림없이 감상적일 테니까."

버닝 부인은 키가 크고 조금 뚱뚱한, 나이를 짐작하기 어려운 여자였다. 밀짚빛 머리에 살빛이 희고 발그레했다. 새침한 얼굴이 젊어보였으며, 어리둥절한 듯한 천진난만한 표정은 일부러 꾸민 것 같았다. 짙은 파란색 눈은 엄한 느낌이 들었고, 광대뼈와 턱 밑의 좀 늘어진 살은 여러 해에 걸친 게으르고 방종한 생활을 말해 주었다. 그러나 싱싱하고 고운 매력이 없는 것도 아니었다. 지나치게 가구를 많이 들여놓은 로코코풍 거실로 우리를 맞아들였을 때의 태도는 개방적인 친밀감을 보여주고 있었다.

자리에 앉자 매컴은 폐를 끼치게 된데 대해 사과했고, 번스는 지체 없이 질문자의 역할을 맡고 나섰다. 번스는 먼저 여러 가지 변명을 늘어놓으며 바라는 정보를 얻어내기 위해 어떤 방법으로 접근하는 것이 좋을까 결정하기 위해서인지 주의 깊게 부인을 관찰하고 있었다.

2, 3분 동안 우선 말로 시험해보더니, 번스는 담배를 피워도 되겠느냐고 묻고 버닝 부인에게 자기 담배를 권했다. 그녀는 한 대 받아들었다. 이윽고 번스는 진심으로 감사하다는 뜻의 붙임성 있는 미소를 지어보이며 의자에 편안한 자세로 앉았다. 그 다음부터는 상대의 이야기가 무엇이든 더없는 동정심을 가지고 귀기울여 들을 충분한 준비가 되어 있다는 인상을 주려고 애쓰는 것 같았다.

번스는 말했다.

"파이퍼 씨는 이 사건에 당신이 휘말리지 않도록 무척 애썼답니다. 우리도 그가 그토록 마음쓴 데 대해 충분히 이해가 갑니다. 그러나 앨빈 벤슨 씨의 죽음과 관련된 어떤 사정 때문에 당신도 사건에 말려든 셈입니다. 그러므로 우리가 알고 싶어하는 사항을 솔직하게 말씀해주신다면 우리에게도 당신에게도, 그리고 특히 파이퍼 씨에게도 좋을 것입니다. 우리는 신중하게 행동하며 또한 이해하고 있으니 그 점은 믿어주시기 바랍니다."

번스는 '파이퍼'라는 이름에 특별히 힘을 주어 그 말에 의미를 부여했다. 버닝 부인은 불안한 듯이 눈을 내리깔았다. 그리고 불안해 견딜 수 없는 듯이 다시 번스를 올려다보았을 때의 그녀의 눈은 마치 이 사람은 어느 정도나 알고 있을까 라고 스스로에게 묻는 것 같았다.

버닝 부인은 애써 놀란 표정을 지으며 말했다.

"무엇을 알고 싶으신지 짐작도 못하겠군요. 그날 밤 앤디가 뉴욕에 없었다는 것은 알고 계시지요?"

버닝 부인이 그 거만 떠는 멋쟁이 파이피를 가리켜 '앤디'라고 부르는 것은 마치 Lèse majesté(불경죄)처럼 들렸다.

"그이가 여기에 온 것은 다음날 아침 9시 가까이 되어서였거든요."

"벤슨 씨 집 앞에 세워놓았던 회색 캐딜락에 대한 기사를 신문에서 읽지 못하셨습니까?"

번스는 버닝 부인에게 물으며 상대방의 놀란 표정을 흉내 냈다.

그녀는 자신있게 미소지었다.

"그것은 앤디의 자동차가 아니에요. 그이는 그날 아침 8시 기차로 뉴욕에 왔거든요. 그이의 것과 똑같은 자동차가 전날 밤 벤슨 씨 댁 앞에 있었다는 사실을 알자 기차로 오기를 잘했다고 말했어요."

그 말투는 아주 진지했고 자신 있게 들렸다. 파이피가 그녀에게 거짓말했음에 틀림없었다.

번스는 그녀가 잘못 알고 있는 것을 고쳐주지는 않았다. 고쳐주기는커녕 그녀의 설명을 그대로 받아들여 살인이 일어난 날 밤 파이피가 뉴욕에 있었다는 의심을 깨끗이 버린 것 같은 태도를 보였다.

"당신과 파이피 씨가 이번 사건에 말려들었다는 것은 실은 좀 다른 뜻으로 드린 말씀입니다. 당신과 벤슨 씨의 개인적인 관계를 뜻하는 것이었습니다."

그녀는 이 말에도 무관심한 태도를 보이며 미소지었다. 그녀는 가볍게 받아넘겼다.

"그것 역시 잘못 생각하신 것 같군요. 벤슨 씨와 나는 친구 사이 정도도 아니에요. 거의 알지 못한답니다."

부정하는 말에 지나칠 정도로 힘이 주어졌다. 믿어주기를 바라는 마음이 너무 강해서 완전히 무관심한 척 꾸며보이던 태도가 그만 드러나버린 것이다.

번스는 상대방의 주의를 환기시켰다.

"단순한 거래에서도 개인적인 관계가 생길 수 있는 법입니다. 특히 중간에 나선 사람이 거래 당사자 두 사람과 똑같이 친구가 될 경우에는."

그녀가 재빨리 번스를 훔쳐보고는 눈길을 돌렸다.

"무슨 말씀을 하시는지 전혀 모르겠어요."

그녀의 얼굴에서 잠시 천진난만한 표정이 사라지고 타산적인 표정이 떠올랐다.

"설마 나와 벤슨 씨 사이에 사업상의 거래가 있었다고 말씀하시는 건 아니겠지요?"

"직접적으로는 없었겠지요. 하지만 파이피 씨는 벤슨 씨와 사업상의 거래가 있었습니다. 그중 하나의 거래에서는 당신을 꽤 깊이 끌어들였다고 생각되는데요."

"나를 끌어들였다고요?"

그녀는 비웃는 듯한 미소를 지었으나 그 미소는 일그러져 보였다.

번스는 말을 이었다.

"아무래도 불행한 거래였다고 생각됩니다. 파이피 씨가 벤슨 씨와 거래해야 할 필요가 생긴 것도 불행한 일이고, 당신을 그 거래에 끌어들여야 할 처지에 몰린 것도 불행한 일이었습니다."

번스의 태도는 여유있고 자신만만했다. 그녀는 아무리 연극을 잘해도, 그리고 비웃음이나 경멸로써도 상대를 움직일 수 없음을 깨달았다. 그리하여 분한 마음을 애써 누르며 뜻밖의 말을 들어 재미있다는 태도를 취하기로 했다.

그녀는 농담투로 물었다.

"어디서 그런 말을 들었지요?"

번스는 버닝 부인의 태도에 맞장구치듯 대답했다.

"아무 데서도 듣지 않았습니다. 그래서 이런 유쾌한 방문을 하게된 거지요. 우리는 머리가 나쁩니다. 당신이 우리를 가엾게 여겨서 가르쳐주시리라고 생각했지요."

그녀는 말했다.

"어머나, 나는 조금도 이야기해 드릴 마음이 없는데요. 비록 그런 수수께끼 같은 거래가 있었다 해도 말이에요."

번스는 한숨을 내쉬었다.

"그래요? 실망이 큰데요…… 그렇다면 할 수 없군요. 내가 알고 있는 보잘것없는 정보를 말씀드리고 당신의 동정심에 매달려 다시한 번 애원하는 수밖에."

번스의 말이 풍기는 기분 나쁘고 은근한 뜻에도 불구하고 그 말투는 상대방이 느끼고 있는 불안의 해독제 역할을 했다. 그녀는 상대가 자기에 대해 어느 정도 아는지 모르지만 아무튼 호의를 가지고 있다고 생각한 듯했다.

"파이피 씨가 1만 달러짜리 수표에 벤슨 씨 이름을 쓴 사실을 당신은 모르십니까?"

그녀는 자기 대답에 따라 결과가 어떻게 될지 저울질하느라고 망설였다.

"아니오, 알고 있어요. 앤디는 무엇이든지 이야기해준답니다."

"그럼 벤슨 씨가 그 사실을 알고 몹시 화냈다는 것도 아시겠군요? 수표에 대한 책임을 묻기 위해 어음과 사과편지를 쓰게 한 것도."

그녀의 눈이 노여움으로 반짝였다.

"네, 그것도 알고 있어요. 앤디는 그 사람 때문에 그런 짓을 해야 했지요. 세상에서 총에 맞아 죽어도 가엾지 않은 사람이 있다면 바로 앨빈 벤슨일 거에요. 개 같은 사람이니까요. 그런데도 앤디는 앨빈의 가장 친한 친구인 척했지요. 그런 것을 사업상의 거래라고 할 수 있나요? 나보고 말하라면 비열하고 치사하며 옳지 못한 사기라고 하겠어요."

버닝 부인은 흥분했다. 고상하고 상냥한 태도는 어디론가 사라지고 자기가 무슨 말을 하는지도 모르는 채 벤슨에게 마구 욕을 퍼부었다. 그녀의 태도는 서로 모르는 사람끼리 만났을 때 지켜야 할 온갖 예절을 다 잊고 있었다.

번스는 그녀가 지껄이는 동안 위로하는 듯한 표정으로 고개를 끄덕이고 있었다.

"당신의 심정은 충분히 알 만합니다."

그 말을 하는 번스의 목소리에는 한층 더 rapprochement(정다움)이 깃들어 있었다.

잠시 동안 번스는 그녀에게 다정한 미소를 보냈다.

"사과편지만으로 만족하고 담보를 요구하지 않았더라면 벤슨 씨도 동정을 받았을 텐데……."

"담보라니, 무엇이지요?"

번스는 그녀 말투의 변화를 재빨리 알아차렸다. 상대방이 흥분해 있는 틈을 노려 번스는 담보 이야기를 꺼냈던 것이다. 그녀가 공포를 느끼고 엉겁결에 되물었을 때 번스는 기다리던 때가 왔음을 알았다. 그녀가 마음의 평정을 되찾아 일시적으로 덮친 공포에서 벗어나기 전에 번스는 조심스러운 목소리로 부드럽게 말했다.

"벤슨 씨는 총에 맞은 날 사무실에서 파란색 작은 보석상자를 집으로 가지고 갔답니다."

그녀는 바짝 긴장했으나 마음의 동요를 겉으로 나타내지는 않았다.

"훔친 것이라고 생각하나요?"

이 질문을 내뱉은 순간 그녀는 자신의 실수를 깨달았다. 보통 남자라면 이 질문으로 잠시 어리둥절했을 것이다. 그러나 번스는 싱글벙글 웃고 있었으므로 그녀는 한순간 아차했다. 상대가 이 질문을 마치 자기가 도난을 시인한 듯이 받아들였다고 깨달은 것이다.

"어음의 담보물로 파이피 씨에게 보석을 빌려준 일은 아주 잘하셨습니다."

이 말을 듣자 버닝 부인은 갑자기 고개를 번쩍 들었다. 얼굴에서 핏기가 가시며, 볼연지가 부자연스러운 반점이 되어 떠올랐다.

"내가 앤디에게 보석을 빌려주었다는 말씀인가요? 절대로 그렇지 ...."

번스는 말없이 가볍게 손을 들어 부인의 말을 가로막으며 coup d' oeil(흘끗 쏘아) 보았다. 나는 그녀가 지금 너무 강력하게 결정적인 말을 하면 나중에 부끄러워질 것이므로 미리 막아주려는 번스의 뜻을 알아차렸다. 적의 입장에 있으면서도 이처럼 너그러운 태도를 취하자 그녀는 번스에게 더욱 깊은 신뢰감을 느끼지 않을 수 없었을 것이다.

그녀는 의자에 깊숙이 앉아 두 손을 편안히 놓았다.

"어째서 내가 앤디에게 보석을 빌려주었으리라고 생각하시지요?"

그 목소리에는 윤기가 없었다. 번스는 그 질문의 뜻을 알 수 있었다. 발버둥이 끝난 것이었다. 그 뒤에 이어지는 침묵은 차라리 감사했다. 양쪽 모두 그렇게 받아들였다. 다음에 나오는 말이야말로 진실임에 틀림없다.

이윽고 그녀는 말했다.

"앤디에게 그렇게 해줄 수밖에 없었어요. 그렇지 않았다면 벤슨 씨는 그이를 감옥에 집어넣었을 거예요."

그 말에는 아무 쓸모도 없는 파이피에 대한 이상한 자기희생의 애정이 담겨 있었다.

"만일 벤슨 씨가 그렇게 하지 않았다면 그이의 장인이 그렇게 했을 거예요. 앤디는 정말이지 사려분별이 없거든요. 결과를 저울질해

보지도 않고 닥치는 대로 일을 저지르는 사람이에요. 내가 늘 고삐를 잡아당기지만…… 아무튼 이번 일은 그에게 좋은 약이 되었을 거예요. 나는 그렇게 믿어요."

이 세상에서 파이피에게 듣는 약이 있다면 바로 이 여자의 맹목적인 성실성이리라고 나는 생각했다.

번스가 물었다.

"지난주 수요일에 벤슨 씨 사무실에서 두 사람이 말다툼한 이유가 무엇인지 아십니까?"

그녀는 한숨지으며 설명했다.

"그것은 모두 내가 나빴어요. 어음기한은 다가오는데 앤디에게 그만한 돈이 없다는 것을 나는 알고 있었지요. 그래서 앤디에게 벤슨 씨를 찾아가서 있는 돈을 모두 내놓을 테니 보석을 돌려줄 수 있겠는지 물어보라고 부탁했어요. 하지만 벤슨 씨는 거절했지요. 우리도 그러리라고 짐작하고 있었어요."

번스는 동정하듯 잠시 버닝 부인을 보았다. 그리고 나서 말했다.

"나는 필요 이상 당신을 괴롭혀드리고 싶지는 않습니다. 그런데 아까 당신은 벤슨 씨에 대해 몹시 화를 내셨는데, 그 이유를 들려주실 수 있겠습니까?"

그녀는 탄복하며 고개를 끄덕여보였다.

"그 말씀이 맞아요. 나에게는 벤슨 씨를 몹시 미워할 이유가 있답니다."

그녀는 불쾌한 듯이 눈을 가늘게 떴다.

"앤디에게 보석을 돌려줄 수 없다고 거절한 다음날 벤슨 씨가 나에게 전화를 걸었어요. 오후였는데, 다음날 아침 자기 집으로 아침식사하러 오지 않겠느냐고 묻더군요. 그는 지금 집에 있으며 보석도 거기 있다고 말했어요. 그리고 넌지시 하는 말이 어쩌면 보석을 나에게 돌려줄 수 있다는 거였어요. 그자는 그런 짐승 같은 남자랍니다.

　나는 포트 워싱턴의 앤디에게 전화해서 그 이야기를 했지요. 그러자 앤디는 다음날 아침 뉴욕으로 오겠다고 했어요. 앤디가 여기와 닿은 것은 9시쯤이었는데, 우리는 그때 신문을 읽고 벤슨 씨가 전날 밤에 살해된 것을 알았지요."

번스는 한참 동안 말이 없었다. 이윽고 그는 몸을 일으켜 버닝 부인에게 고맙다고 인사했다.

"많은 참고가 되었습니다. 매컴 씨는 벤슨 소령의 친구랍니다. 그리고 수표도 사과편지도 우리가 보관하고 있으니 매컴 씨가 소령에게 잘 말해서 지금 당장 파기하도록 해드리지요."

＊1 프랑스의 스콜라 철학자 아벨라르가 가르친 제자로, 그와 열렬히 연애한 것으로 유명함. 그와 결혼했다가, 나중에 수녀가 되었다.

자백

6월 19일 수요일 오후 1시

밖으로 나오자 매컴은 물었다.

"자네는 그녀가 파이피를 구하기 위해 보석을 빌려주었다는 것을 어떻게 알았나?"

번스가 대답했다.

"내가 사랑해 마지않는 순수 이론적 추리 덕분이지. 전에도 말했듯이 벤슨은 담보없이 돈을 빌려줄 만큼 배짱센 박애주의자가 아니었거든. 그리고 가난뱅이 파이피에게 1만 달러에 해당하는 담보물이 어디 있겠나? 만일 그런 것이 있었다면 수표를 위조하는 짓을 하지 않았겠지. 그래서 그만한 액수에 해당하는 담보를 빌려줄 만큼 파이피를 믿는 사람이 누구일까 생각해보았네. 그의 기막힐 정도의 결점도 아랑곳하지 않는 감상적인 여자말고 또 누가 있겠나? 그가 누군가에게 au revoir(안녕)을 속삭이기 위해 뉴욕에서 하룻밤 머물렀다고 말했을 때 이 율리시즈의 생활에도 칼립소*¹가 있구나 하고 의심할 정도의 불순한 생각쯤은 나도 가지고 있다네. 파이피 같은 남자가 그 상대에 대해 남자라고도 여자라고도 밝히지 않는다면 여자라고 봐도 거의 틀림없거든.

그래서 폴 플라이*²를 포트 워싱턴으로 보내 그의 결혼생활 이외의 교제활동을 캐내도록 자네에게 제안했던걸세. 틀림없이 bonne amie(좋은 여자친구)가 있으리라고 생각했지. 그리고 분명 담보였음에 틀림없는 수수께끼의 꾸러미 속에 호기심 많은 가정부가 보았다는 보석상자가 들어 있으리라 생각하고, 나는 파이피의 분별없는 둘시네*³가 입을 벌리고 그 남자를 기다리는 감옥에서 구해주기 위해 번쩍거리는 보석을 빌려주었구나 추정했지. 또한 그 남자가 수표에 대해 설명할 때 누군가를 감싸고 있다는 것도 꿰뚫어보았네. 그래서 트레이시가 여자의 이름과 주소를 알아오자 나는 곧 자네 대신 면회신청을 했던걸세."

우리는 웨스트 앤드 애비뉴에서 리버사이드 드라이브 73블록에 늘어서 있는 고딕 르네상스 슈와브풍의 주택가를 지나고 있었다. 번스는 걸음을 멈추고 잠시 건물들을 바라보았다. 매컴은 참고 기다렸다. 이윽고 번스는 다시 걷기 시작했다.

"……버닝 부인을 보았을 때 나는 곧 그 결론이 옳았음을 알았다네. 그녀는 감상적이고, 너그러운 직업여성에서 흔히 있는 타입——amoroso(애인)를 위해서라면 보석이든 무엇이든 기꺼이 내놓는 타입일세. 그리고 우리가 방문했을 때 그녀는 몸에 보석을 하나도 지니고 있지 않았지. 그런 종류의 여자들은 다른 사람에게 인상을 남기기 위해 반드시 보석으로 치장하기를 좋아하는 법인데 말일세. 그녀들은 부엌이 텅 비어도 몸에 보석을 걸친다네. 이제 문제는 어떻게 해야 그 입을 열게 할 수 있을까 하는 것뿐이었네."

"대체로 썩 잘한 편이었네" 하고 매컴이 비평했다.

번스는 겸손하게 허리 굽혀 절했다.

"휴버트 경의 말씀을 들으니 황공하옵니다. 그건 그렇고, 내가 그녀와 이야기하는 것을 듣고 자네의 어두운 마음에 한 줄기 빛이 비치지 않던가?"

"그야 여부가 있겠나? 나도 그리 둔한 편은 아닐세. 그녀는 자신도 모르게 우리가 쳐놓은 덫에 걸려들었지. 그녀는 파이피가 살인이 일어난 다음날 아침까지 뉴욕에 오지 않았다고 믿고 있었으므로 벤슨이 보석을 자기 집으로 가져갔다는 걸 파이피에게 전화로 알려주었음을 털어놓았네. 따라서 사정은 이렇게 된 걸세. 우선 파이피는 보석이 벤슨네 집에 있다는 것을 알았고, 권총이 발사된 시각에 그 집에 있었네. 그런데 보석의 행방이 묘연하며, 파이피는 그날 밤의 자기 행동을 숨기려 하고 있네."

번스는 절망한 듯이 한숨쉬었다.

"매컴, 이 사건에는 나무가 너무 많네. 그래서 자네에게는 숲이 전혀 보이지 않는걸세."

"자네에게는 하나의 특정한 나무를 보느라 다른 나무를 보지 못하는 경향이 좀 있네."

번스의 얼굴에 언뜻 그늘이 스쳐지나갔다. 그가 말했다.

"자네 말대로라면 좋겠네만……."

이미 1시 30분에 가까웠다. 우리는 점심식사를 하기 위해 앤서니어 호텔 그릴로 들어갔다. 식사하는 동안 내내 매컴은 무언가 생각에 잠겨 있었다. 밖으로 나와 지하철을 타자 매컴은 불안한 듯이 시계를 보았다.

"사무실로 돌아가기 전에 잠깐 월 거리에 가서 벤슨 소령을 만나보고 싶군. 그가 호프먼 양에게 꾸러미에 대해 말하지 말라고 이른 것이 아무래도 마음에 걸리네. 그 속에 있었던 것이 보석이었을지도 모르지."

"앨빈 벤슨이 소령에게 그 꾸러미에 대해 사실대로 이야기했으리라고 생각하나? 그것은 정당치 못한 거래였네. 소령에게는 아마 달리 뭐라고 꾸며댔을걸세."

벤슨 소령의 설명은 번스가 추측했던 대로였다. 매컴은 폴라 버닝을 만나고 오는 길이라고 말하며 보석 이야기를 특히 강조했다. 소령이 스스로 그 꾸러미에 대해 말해주기를 기대했던 것이다. 여비서 호프먼 양과 약속했기 때문에, 소령이 꾸러미에 대해 알고 있다는 것을 아는 내색을 할 수 없었던 것이다.

소령은 몹시 놀라며 귀 기울이고 있었는데 눈에 차츰 노여움의 빛이 떠올랐다.

"아무래도 내가 앨빈에게 속은 것 같군."

얼마 동안 소령은 앞만 노려보며 앉아 있더니 얼굴이 차츰 누그러졌다.

"하지만 이제는 죽었으니 생각하고 싶지 않네. 솔직히 말하자면 오늘 아침 호프먼 양이 나에게 봉투에 대한 이야기를 할 때 금고 속 앨빈의 개인용 서랍에 작은 꾸러미가 있었다는 것도 말했지만 나는 그것에 대해서는 자네에게 이야기하지 말라고 일렀지. 그 꾸러미에 버닝 부인의 보석이 든 것을 알고 있었거든. 그러나 나로서는 자네에게 그런 이야기를 하면 문제를 더 복잡하게 만들 뿐이라고 판단했다네. 앨빈은 버닝 부인이 채무상의 일로 소송을 당하고 있는데, 보상수속을 밟기 직전에 파이피가 그 보석을 가지고 와서 얼마 동안 자기 금고에 보관해달라고 부탁했다고 말했네."

형사법정 건물로 돌아오는 도중 매컴은 번스의 팔을 붙잡고 미소지으며 말했다.

"자네의 억측은 아직 운세가 기울어지지 않은 모양이군."

그러자 번스가 맞장구쳤다.

"내가 보건대 앨빈 벤슨은 월렌 헤이스팅즈*⁴처럼 발뺌과 속임수를 마지막 방패로 삼아 죽을 결심을 했던 모양일세——Splendide mendax(빛나는 허위)라고나 할까. "

"아무튼 소령은 자기도 모르게 파이프에 대한 불리한 쇠사슬 고리를 하나 더 덧붙여준 셈일세. "

번스는 쌀쌀맞게 이죽거렸다.

"자네는 쇠사슬 수집을 하고 있는 모양이로군. 세인트 클레어 양과 리콕 대위를 위해 벼른 쇠사슬은 어떻게 됐나? "

그러자 매컴은 강하게 나왔다.

"그것도 아주 버리지는 않았네. 자네는 내가 완전히 포기했다고 생각하고 있을지 모르지만. "

사무실에 이르자 히스가 싱글벙글하며 기다리고 있었다. 그는 매컴에게 보고했다.

"깨끗이 해결됐습니다. 매컴 검사님. 나가신 다음 정오쯤 리콕 대위가 당신을 만나고 싶다고 여기 왔었습니다. 당신이 안 계셔서 본부로 전화를 건 모양인데 마침 내가 받았지요. 그랬더니 나를 만나고 싶다고 하더군요. 아주 중요한 이야기가 있다는 겁니다. 그래서 급히 달려왔지요. 그는 대기실에 있다가 나를 불러 세우고 '범인을 인도하려고 왔습니다. 벤슨을 죽인 사람은 나입니다'라고 말하지 않겠습니까! 나는 스워커를 시켜 자백서를 받아쓰게 했지요. 그리고 대위는 거기에 서명했습니다, 이것입니다. "

부장은 매컴에게 타이프 친 종이를 건네주었다.

매컴은 의자 깊숙이 몸을 내던졌다.

지난 며칠 동안의 긴장이 한꺼번에 풀린 것이다. 그는 길게 한숨을 쉬었다.

"다행이군. 이제 고생이 끝났소, 히스 부장! "

번스는 안됐다는 듯이 매컴을 바라보며 머리를 가로저었다. 그리고 나른한 목소리로 말했다.

"여보게, 매컴, 자네의 고생은 오히려 이제부터일 것 같네."

매컴은 자백서를 훑어본 다음 번스에게 건네주었다. 신중히 읽어 내려가는 동안 번스의 얼굴에 차츰 재미있어하는 표정이 떠올랐다.

"여보게, 매컴, 이 서류는 전혀 법률적 가치가 없네. 적어도 판사라는 자리에 있는 자라면 선뜻 법정 밖으로 내던질걸세. 너무 단순하고 지나치게 뚜렷해. '머리말'도 없고 '그러므로'도 '위에 쓴 바와 같이'도 '이렇게 되어'도 전혀 없지 않은가. '자유의사에 의해'도 '건전한 정신상태로'도 '기억에 의하면'하는 따위의 말도 보이지 않는군. 그리고 리콕 대위는 자기를 일러 한 번도 '당사자'라고 하지 않았네. 이것은 전혀 가치가 없어. 히스 부장, 나라면 이런 것은 찢어버리겠소."

히스는 너무도 의기양양하고 기뻐 어쩔 줄 몰랐기 때문에 번스의 말을 듣고도 기분이 상하지 않았다. 그는 두둑한 배짱을 보이며 웃었다.

"번스 씨, 당신에게는 그처럼 시시해 보입니까?"

"히스 부장, 이 자백서가 얼마나 시시한지 알면 당신은 아마 히스테리를 일으킬 거요."

번스는 매컴 쪽을 보았다.

"여보게, 나는 이것을 중요하게 여길 수가 없네. 하지만 진리의 문을 여는 중요한 지렛대가 될지도 모르지. 아무튼 리콕 대위가 공상적 문학에 취미가 있었다니 매우 기쁘구먼. 이처럼 매력 있는 동화가 입수되었으니 소령도 염려를 거두고 아는 사실을 모두 털어놓을지 모르네. 전혀 불가능할지도 모르지만 해볼 만한 가치는 있지."

번스는 지방검사의 책상으로 다가가 상대를 설득하려는 듯이 몸을 앞으로 내밀었다.

"나는 아직 자네를 놀린 적이 없었네. 그래서 또 한 가지 제안을 하겠네. 소령에게 전화걸어 빨리 이리로 오라고 부탁하게. 범인이 라고 나선 사람이 있다고 해야 하네. 하지만 그가 누구인지는 말하지 말게. 세인트 클레어나 파이피 정도로 생각하도록 해두게. 뭣하면 본디오 빌라도*5라고 해도 괜찮겠지. 어떻게 해서든 빨리 오게만 하면 되니까. 기소 수속을 밟기 전에 만나서 이야기할 게 있다고 하면 될 걸세."

그러나 매컴은 반대했다.

"어째서 그래야 할 필요가 있는지 전혀 모르겠군. 그렇게 하지 않아도 오늘 밤 클럽에서 만날 텐데. 그때 이야기하면 되지 않겠나?"

그러나 번스는 끈질기게 요구했다.

"그때는 좋지 않네. 소령이 무언가 우리에게 도움될 만한 말을 해준다면 히스 부장도 함께 있는 게 좋을 것 같아서 그러네."

히스가 끼어들었다.

"도움 따위는 필요 없습니다."

번스는 크게 감탄한 표정으로 히스 부장을 보았다.

"정말 굉장한 양반이로군. 괴테도 마지막에는 mehr Licht(좀더 빛을)하고 외쳤는데, 당신은 빛이 진절머리난다고 하니 정말 놀랍소."

매컴이 말했다.

"여보게, 번스, 자네는 어째서 문제를 복잡하게 만들려고 하나? 소령을 이리 불러다놓고 리콕 대위의 자백서를 논의해봐야 쓸데없는 시간낭비일 뿐일세. 아무튼 소령의 증언은 이제 필요없네."

매정한 목소리였으나 어딘지 다시 생각하는 듯한 느낌이 담겨 있었다. 본능은 번스의 요구를 전적으로 물리치고 있었지만 지난 며칠 동안의 경험으로 번스가 어떤 제안을 할 때에는 반드시 목적이 있음을 배웠기 때문이다.

번스는 매컴이 망설이는 것을 알아차리고 말했다.

"소령의 그 불그레한 얼굴을 보고 싶다는 얼토당토않은 욕망에서 그런 요구를 한 게 아님을 알아야 하네. 내가 지닌 조그만 열의를 담아 말하고 싶은 것은, 지금 소령을 이리 불러오면 크게 참고가 되리라는 걸세."

매컴은 생각에 잠겨 한참 동안 자기의 주장을 굽히지 않았다. 그러나 번스가 너무도 끈질기게 요구했으므로 결국 그의 제안에 따르는 것이 현명하리라고 판단했다.

벤슨 소령은 깜짝 놀랄 정도로 빨리 달려왔다. 매컴이 자백서를 건네주자 열성을 감추려 하지도 않고 얼른 그것을 받았다. 그러나 읽어 내려가는 동안 그의 얼굴이 어두워지고 그 눈에 이해할 수 없는 듯한 빛이 떠올랐다.

이윽고 그는 눈살을 찌푸리며 얼굴을 들었다.

"아무래도 알 수가 없군. 정말 놀랍네. 나는 리콕 대위가 앨빈을 쏘았다고 도저히 믿을 수 없네. 물론 내가 잘못 생각하는 것인지도 모르겠지만."

소령은 실망한 듯이 자백서를 매컴의 책상에 놓고 몸을 의자에 묻었다.

"자네는 이것으로 만족하나, 매컴?"

"그렇다 해도 이상할 게 없지 않겠나? 아무 죄도 없는데 일부러 출두해서 자백할 리는 없으니까. 게다가 그에게 불리한 증거가 많이 나왔다네. 벌써 이틀 전부터 체포하려고 했었지."

히스가 말참견했다.

"틀림없이 그가 범인입니다. 처음부터 나는 그를 점찍고 있었습니다."

벤슨 소령은 얼른 대답하지 않았다.

"어쩌면——다시 말해서 전혀 있을 수 없는 일은 아니라는 뜻이네만——리콕 대위에게는 남에게 털어놓지 못할 어떤 동기가 있었는지도 모르지."

소령의 말 속에 어떤 생각이 깔려 있는지 모두들 알아차렸을 것이다.

매컴이 말했다.

"실은 나도 한때는 세인트 클레어 양을 범인으로 보았었다네. 그래서 리콕 대위에게도 그 점을 넌지시 말했지. 그런데 나중에 그녀는 직접적인 관계가 없음이 확인되었다네."

소령이 급히 물었다.

"리콕 대위는 그 사실을 알고 있었나?"

매컴은 잠깐 생각했다.

"아니, 알고 있다고 할 수는 없네. 아마 아직도 내가 그녀를 의심하고 있다고 생각할걸세."

"아!"

소령의 외침은 엉겁결에 입 밖으로 새어나온 것이었다. 히스가 잔뜩 골이 나서 물었다.

"대체 그게 어떻다는 겁니까? 여자의 명예를 위해 그가 전기의자에 앉으려 한다는 말씀입니까? 그건 터무니없는 말입니다. 그런 일은 영화에나 나오지 실생활에서는 아무도 그렇게 못합니다."

번스가 느릿느릿 말했다.

"나에게는 그만한 확신이 없소, 히스 부장. 여자는 언제나 건전하고 실제적이라 그런 어리석은 짓을 하지 않지만, 남자는 어리석은 짓을 할 무한한 능력을 지니고 있지요."

번스는 살피는 듯한 눈길을 소령에게로 보냈다.

"소령님, 어째서 리콕 대위가 갤러하드*6 역할을 하고 있다고 여기는지 설명해 주시겠습니까?"

그러나 소령은 말을 얼버무리며 리콕 대위가 그렇게 행동한 동기에 대해 처음 비추었던 것마저 설명을 피했다. 번스는 잠시 동안 여러 가지 질문을 해보았으나 그 침묵을 깨뜨릴 수 없었다.

히스는 초조해지기 시작했다. 마침내 참을 수 없게 된 듯 그는 입을 열었다.

"번스 씨, 당신이 뭐라고 하든 리콕 대위의 죄를 씻어줄 수는 없습니다. 사실을 보십시오, 사실을. 그는 두 번이나 벤슨 씨를 협박하며 세인트 클레어 양에게 손대면 죽이겠다고 했습니다. 그런데 벤슨 씨는 그녀와 함께 외출하고 돌아온 날 총에 맞아 죽었습니다. 리콕 대위는 권총을 그녀의 집에 숨겨두었다가 발등에 불이 떨어지자 들고 나가 강물에 집어던졌습니다. 아파트 관리인을 매수하여 알리바이를 만들었고, 그날 밤 12시 30분에 벤슨 씨 집에 있는 것을 본 사람도 있습니다. 신문받을 때도 무엇 하나 만족할 만한 설명을 하지 못했습니다. 이런데도 그가 범인이 아니라면 내가 바보겠지요."

소령이 동의했다.

"상황은 확실히 토론할 여지가 없소. 하지만 다른 관점에서 해석할 수는 없을까요?"

히스는 그 질문에 대답하려 들지 않았다. 그리고 자기 이야기를 계속했다.

"내가 보기에는 이렇습니다. 리콕 대위는 밤중에 의심이 나서 권총을 들고 아파트를 나왔습니다. 그리고 벤슨 씨가 그녀와 함께 있는 현장을 보자 뛰어들어 협박한 대로 쏘아죽인 거지요; 물론 그녀도 관련이 있지만 쏜 것은 리콕 대위입니다. 지금은 이렇게 자백서까지 받아놓았습니다. 이 나라 어느 배심원들 앞에 내놓아도 유죄가 될 겁니다."

번스가 중얼거렸다.

"Probi et legales homines(정직하고 법률을 존중하는 사람들) —— 참으로 감탄했소."

스워커가 문 앞에 나타나 찌푸린 얼굴로 알렸다.

"신문기자들이 몰려와 법석입니다."

매컴이 히스에게 물었다.

"자백서를 받은 일을 그들이 알고 있나?"

"아직 모릅니다. 아무 말도 하지 않았으니까요. 그래서 법석일 겁니다. 하지만 검사님이 허락한다면 지금 발표할까 합니다."

매컴이 고개를 끄덕이자 히스는 문 쪽으로 걸어갔다. 그러나 번스가 날쌔게 그 앞을 막아섰다.

"내일까지 덮어둘 수 없겠나, 매컴."

매컴은 당황했다.

"못할 것도 없지…… 좋네. 하지만 어째서 그럴 필요가 있나?"

"자네를 위해서일세. 다른 이유가 없다고 한다면, 자네의 전리품에는 안전하게 쇠를 잠가두면 되지 않겠나? 허영심은 24시간쯤 눌러두고, 벤슨 소령님도 나도 리콕 대위가 결백하다는 것을 알고 있네. 내일 이맘때쯤에는 세상 사람들이 모두 그것을 알게 될걸세."

다시 의론이 들끓었으나 결과는 아까와 마찬가지로 뻔했다. 매컴은 번스가 어떤 확신을 가지고 있으나 지금으로서는 밝히고 싶어하지 않는다는 것을 알았다. 번스의 요구에 반대한 것도 주로 그 정보를 확인해보려는 노력의 결과가 아니었을까 매컴은 생각했다. 몸을 앞으로 내밀고 리콕 대위의 자백을 널리 발표하겠다고 자못 진지하게 이야기하던 태도로 보아 틀림없다. 번스는 그러나 조심성 있게 아무것도 털어놓지 않았으므로 결국 그의 굳센 결의가 이기게 되었다. 매컴은 히스에게 기자회견을 다음날까지 미루도록 일렀다. 소령은 가볍게 고개를 끄덕여 이 결정에 찬성의 뜻을 나타내보였다.

번스는 히스에게 권고했다.

"하지만 신문기자들에게 내일 깜짝 놀랄 만큼 굉장한 발표가 있을 예정이라는 것쯤은 말해도 될 거요."

히스는 맥이 빠져 부루퉁한 얼굴로 나갔다.

"히스 부장은 성급한 사람이로군, 무모하고."

번스는 다시 한 번 자백서를 집어 들고 차근차근 읽었다.

"매컴, 자네의 죄수를 이리로 불러냈으면 좋겠구먼. habeas corpus (출두영장)인지 뭔지 하는 것 있잖나? 그가 들어오거든 창을 향해 놓인 그 의자에 앉히고, 유력한 정치가에게나 대접하는 고급 여송연 한 대를 권하게. 그리고 내가 정중하게 이야기하는 동안 주의를 기울여 들어보게. 소령님도 물론 계셔 주어야겠습니다."

매컴이 미소지으며 말했다.

"그 요구는 너그럽게 받아들이겠네. 나도 그와 이야기해봐야겠다고 생각하던 참이니까."

버튼을 누르자 불그레한 얼굴의 씩씩한 서기가 나타났다.

매컴이 명령했다.

"필립 리콕 대위의 소환장을 가져오게."

서류를 가져오자 매컴이 서명했다.

"벤에게 주고 빨리 서둘러야 한다고 이르게."

서기는 복도로 나가는 문을 지나 사라졌다.

10분쯤 지나자 시 형무소 보안관보가 죄수를 데리고 들어왔다.

*1 바다의 요정으로, 율리시즈(오디세우스)를 사랑하여 영원한 생명을 줄 테니 언제까지나 있어달라고 애원했으나 그는 고향의 가족들 곁으로 돌아갈 생각을 바꾸지 않았다. 그리하여 제우스의 명령에 따라 하는 수 없이 많은 선물과 순풍을 주어 율리시즈를 바다로 떠나보냈다.

*2 영국 희극작가 존 F. 풀(1786~1872)의 희극에 나오는 게으름쟁이.

*3 돈키호테가 마음에 그리던 여자. 실제로는 토브소의 뚱뚱한 농부 딸이지만 우리의 기사는 흠잡을 데 없는 절세 미인으로 생각했다.

*4 인도 초대 총독. 상당한 수완가로 공적을 많이 올렸으나 그 때문에 적도 많이 만들었다. 그러나 마침내 고소되어 독재와 잔혹한 행위를 재판받았는데, 7년 동안 온갖 술책과 권모를 동원하여 싸워서 결국 무죄판결을 받았다. 그러나 이 때문에 7만 파운드의 전 재산을 써버려 늘그막에는 동인도회사에서 호의로 준 연금으로 지냈으며, 조지 4세를 알게 되어 그럭저럭 명예를 회복했다. 그처럼 분방하고 패기에 넘친 인물은 역사상 드물었다고 한다. 1732~1818.

*5 유대 지방을 다스리던 로마의 총독. 예수를 재판한 사람. 신약성서 참조.

*6 아서 왕 이야기에 나오는 전형적인 기사. 성배를 가지고 가는 여행을 하며 온갖 고난을 이겨냈다.

번스, 반대신문하다

6월 19일 수요일 오후 3시 30분

리콕 대위는 완전히 절망에 빠져 자포자기한 모습으로 들어왔다. 어깨가 축 처지고 팔이 맥없이 늘어졌으며 눈은 며칠 동안 자지 못한 사람처럼 핏발이 서 있었다. 그러나 벤슨 소령을 보자 곧 자세를 바로잡고 걸어와 손을 내밀었다. 그것으로 보아 앨빈 벤슨에 대해서는 지독한 증오심을 품었어도 소령에게는 우정을 느끼고 있음이 분명했다. 그러나 갑자기 자신이 지금 놓인 입장이 생각났는지 난처한 얼굴로 몸을 돌렸다.

소령이 재빨리 그 옆으로 다가가서 팔에 손을 얹으며 부드럽게 말했다.

"걱정할 것 없네, 리콕 대위. 나는 도저히 자네가 앨빈을 쏘았으리라고 생각되지 않네."

대위는 고마워하는 눈길로 소령을 보았다.

"제가 쏘았습니다."

그러나 그 목소리에는 힘이 없었다.

"쏘겠다고 말했었지요."

번스가 앞으로 나와 그에게 의자를 권했다.

"여기 앉으시지요. 지방검사님이 그때의 상황을 듣고 싶으시답니다. 당신도 알겠지만 비록 살인을 자백해도 그것을 뒷받침할 만한 증거가 없으면 법률은 죄를 인정하지 않습니다. 그리고 이번 사건에서는 당신보다 더 의심스러운 사람이 또 있기 때문에 당신의 유죄를 증명하기 위해 두세 가지 질문에 대답해주어야 합니다. 당신의 유죄가 입증되지 않으면 우리로서는 다른 용의자를 찾아내야 하니까요."

리콕 대위와 마주앉자 번스는 자백서를 집어들었다.

"당신은 이 자백서에서 벤슨 씨가 당신에 대해 부정한 짓을 했기 때문에 13일 밤 12시쯤 벤슨 씨 집으로 갔다고 자백했습니다. 이 '부정한 짓'이란 즉, 벤슨 씨가 세인트 클레어 양에게 치근거렸다는 뜻입니까?"

리콕 대위의 얼굴에 도전적인 표정이 뚜렷이 나타났다.

"어째서 쏘았는가 하는 것은 아무래도 좋습니다. 세인트 클레어 양과 이 사건을 관련시키지 않을 수는 없습니까?"

번스는 선선히 동의했다.

"알았습니다. 그 점은 약속하지요. 하지만 동기만은 납득할 수 있도록 설명해주어야 합니다."

짧은 침묵이 흐른 뒤 리콕 대위가 말했다.

"알았습니다. 동기는 지금 말씀하신 대로입니다."

"그날 밤 벤슨 씨가 세인트 클레어 양과 함께 식사하러 나간 것을 어떻게 알았습니까?"

"마르세이유까지 뒤를 밟았습니다."

"그리고 나서 집으로 돌아갔습니까?"

"그렇습니다."

"그 뒤 벤슨 씨 집에 간 이유는 무엇입니까?"

"여러 가지 일을 생각하는 동안 더 이상 참을 수 없게 되었던 겁니다. 눈앞이 캄캄해지며 견딜 수 없었습니다. 마침내 저는 콜트 권총을 꺼내가지고 뛰어나가 그를 죽이기로 결심했습니다."

그 목소리에는 정열이 담겨 있었다. 거짓말하고 있다고는 여겨지지 않았다.

번스는 다시 자백서로 눈길을 떨어뜨렸다.

"당신은 또 이렇게 말했군요. '나는 서48블록 87번지로 가서 현관으로 들어갔습니다……' 벨을 눌렀습니까? 아니면 현관문이 잠겨 있지 않았습니까?"

리콕 대위는 대답하려다가 잠시 머뭇거렸다. 문득 신문에서 읽은 기사가 생각났던 것이다. 그날 밤에는 한 번도 현관 벨이 울리지 않았다고 또렷이 진술한 가정부의 증언이.

"그건 아무래도 상관없는 일 아닙니까?"

대위는 시간을 벌려는 듯이 중얼거렸다.

"그러나 우리는 알고 싶습니다. 하지만 그다지 급하지는 않습니다."

"그처럼 중요하다면 말씀드리지요. 벨은 누르지 않았습니다. 그러나 문이 잠겨 있지 않았다는 건 아닙니다."

대위는 이제 망설이지 않았다.

"그 집 앞까지 갔는데 그가 마침 택시를 타고 와……."

"잠깐만, 집 앞에 다른 자동차가 한 대 서 있는 것을 보았습니까? 회색 캐딜락 말입니다."

"네, 보았습니다."

"그 안에 타고 있던 사람이 누구인지 알았습니까?"

또다시 짧은 침묵이 흘렀다.

"확실치는 않습니다만, 파이피라는 사람인 것 같았습니다."

"그렇다면 그 사람과 벤슨 씨가 동시에 집 밖에 있었습니까?"

리콕은 눈살을 찌푸렸다.

"아니오, 그렇지는 않습니다. 제가 그곳에 이르렀을 때는 아무도 없었습니다. 2, 3분 뒤 집에서 나왔는데, 그때 파이피 씨를 보았습니다."

"당신이 안에 있을 때 그가 자동차를 갖다댔다는 말씀이군요?"

"그런 모양입니다."

"알았습니다. 그럼, 이번에는 다시 뒤로 돌아가겠습니다. 벤슨 씨가 택시를 타고 왔다고 했는데, 그 다음 당신은 어떻게 했습니까?"

"옆으로 다가가서 할 이야기가 있다고 말했습니다. 그가 안으로 들어가자고 하기에 함께 들어갔습니다."

"당신과 벤슨 씨가 안으로 들어간 다음 무슨 일이 있었는지 설명해 주십시오."

"그가 모자와 스틱을 모자걸이에 걸고 나서 우리는 거실로 들어갔습니다. 벤슨 씨는 테이블 옆에 앉았고 저는 선 채 할 말을 했습니다. 그리고 권총을 꺼내 쏘았습니다."

번스는 상대방을 뚫어지게 바라보았다. 매컴은 긴장하여 몸을 앞으로 내밀었다.

"그런데 그때 벤슨 씨가 책을 읽고 있었던 것은 어찌된 까닭이지요?"

"제가 말하는 동안 책을 집어든 모양입니다. 무관심한 척하기 위해서였을 겁니다."

"잘 생각해보십시오. 당신과 벤슨 씨는 집 안에 들어가서 곧장 복도에서 거실로 갔습니까?"

"그렇습니다."

"그렇다면 벤슨 씨가 총에 맞았을 때 재킷을 입고 슬리퍼를 신고 있었던 사실을 어떻게 설명하겠습니까?"

리콕 대위는 신경질적으로 방 안을 둘러보았다. 대답을 하기 전에 먼저 혀로 입술을 축였다. 그리고 그는 필사적으로 덧붙였다.

"지금 생각났습니다만, 그는 우선 2층으로 올라갔습니다. 너무 흥분해 있었을 때의 일이라 처음부터 끝까지 똑똑히 기억하고 있지 못합니다."

번스는 동정하듯 말했다.

"무리도 아니지요. 그런데 그가 내려왔을 때 머리카락이 좀 이상하다고 생각지 않았습니까?"

리콕은 놀라 눈을 치켜떴다.

"머리카락이라니요? 무엇을 묻는 것인지 잘 모르겠군요."

"머리카락 빛깔 말입니다. 벤슨 씨가 테이블 램프 빛을 받으며 당신 앞에 앉았을 때 무언가 다른 점이 없었느냐고 묻는 것입니다. 머리카락 빛깔이 좀 다르다고 느끼지 않았습니까?"

대위는 눈을 감고 그때의 광경을 다시 그려보려고 애썼다.

"아니오, 잘 생각나지 않는데요."

그러자 번스가 대수롭지 않다는 듯이 말했다.

"이건 하찮은 점입니다만, 벤슨 씨가 내려왔을 때 말투에 이상한 점이 있다고 느끼지 않았습니까? 즉 목소리가 흐리멍덩하다거나 말이 좀 새어나오는 듯하지 않았느냐는 뜻입니다."

리콕 대위는 몹시 당황했다.

"무슨 말씀을 하는지 저로서는 잘 모르겠군요. 여느 때와 다름없는 말투였다고 생각했는데요."

"그때 혹시 테이블과 파란 보석상자가 놓여 있는 것을 보지 못했습니까?"

"못 보았습니다."

번스는 잠시 생각에 잠기며 담배를 피웠다. 더 이상 아무 대답이 없자 번스가 다시 물었다.

"벤슨 씨를 쏘고 거실에서 나갈 때 물론 불을 껐겠지요? 틀림없이 껐을 겁니다. 파이피 씨가 자동차를 대었을 때 집 안이 캄캄했다고 말했으니까요."

그러자 리콕 대위는 그렇다는 듯이 고개를 끄덕였다.

"그렇습니다. 생각이 곧 나지 않았습니다."

"그런데 이제 생각이 났군요. 그럼, 어떻게 껐습니까?"

"그야……."

대위는 중간에서 말을 끊었다. 이윽고 겨우 대답했다.

"스위치를 내려서 껐지요."

"스위치는 어디 있었습니까?"

"생각나지 않습니다."

"생각해보십시오. 틀림없이 생각날 겁니다."

"복도로 나가는 문 옆에 있었던 것 같습니다."

"문 어느 쪽에 있었습니까?"

대위는 가냘픈 목소리로 대답했다.

"그런 것까지 어떻게 기억합니까? 저는 몹시 흥분해 있었기 때문에…… 하지만 문 오른쪽에 있었던 것 같습니다."

"방 안으로 들어가면서 보아 오른쪽입니까, 나갈 때로 보아 오른쪽입니까?"

"나갈 때로 보아 오른쪽입니다."

"그렇다면 책장이 놓여 있는 쪽이겠군요."

"그렇습니다."

번스는 만족한 얼굴이었다.

"그럼, 이번에는 권총 문제로 넘어갑시다. 어째서 당신은 권총을 세인트 클레어 양 집으로 가져갔습니까?"

그러자 대위가 얼른 대답했다.

"저는 비겁했습니다. 제 아파트에서 발견되는 것이 겁났습니다. 그리고 그녀에게 혐의가 돌아가리라고는 전혀 생각지 않았지요."

"그런데 그녀에게 혐의가 가자 당신은 부리나케 권총을 들고나가 이스트 강에 던져버렸군요?"

"그렇습니다."

"탄창의 약포가 한 발 없어져 있었겠지요. 그 사실은 의심받아도 어쩔 수 없는 것이었습니다."

"그렇게 생각했습니다. 그래서 강물 속에 던졌던 것입니다."

번스는 눈살을 찌푸렸다.

"그거 참, 이상하군요. 권총이 두 자루 있었나 보지요? 강바닥을 훑어보았는데 콜트 자동권총은 한 자루뿐이었습니다. 그것은 탄창이 가득차 있더군요…… 리콕 대위님, 세인트 클레어 양 집에서 가지고 나와 다리에서 던진 권총은 '당신' 것이 확실합니까?"

나는 강에서 권총을 찾아낸 사실을 몰랐으므로 번스가 무엇을 꾀하고 있는지 알 수 없었다. 그녀도 함께 끌어들이려는 것일까? 내가 보기에 매컴도 그 점을 미심쩍게 생각하는 것 같았다.

리콕 대위는 몇 분 동안 대답하지 않았다. 이윽고 그는 몹시 기분 상하여 입을 열었다.

"권총을 두 자루 가지고 있지는 않았습니다. 탄창은 제가 다시 채워넣었습니다."

"아, 그렇습니까?" 번스의 목소리는 유쾌하고 침착했다.

"한 가지만 더 묻겠습니다. 당신은 무엇 때문에 오늘 여기에 출두하여 자백했습니까?"

리콕 대위는 턱을 앞으로 내밀고 반대신문이 시작된 뒤 처음으로 생기를 띠었다.

"왜냐하면 자백이야말로 제가 취해야 할 오직 하나의 명예스러운 길이었기 때문입니다. 당신들은 죄 없는 사람에게 부당한 누명을 씌웠습니다. 저는 어느 누구든지 괴로워하는 것은 볼 수가 없습니다."

회견이 끝났다. 매컴은 아무것도 묻지 않았다. 보안관보가 대위를 데리고 나갔다.

대위 뒤에서 문이 닫히자 기이한 침묵이 방 안을 휩쌌다. 매컴은 두 손을 머리 뒤에서 깍지 끼고 천장을 올려다보며 거칠게 담배를 피워댔다. 소령은 의자등받이에 몸을 기댄 채 감탄하고 만족했다는 표정으로 번스를 바라보았다. 번스는 매컴을 곁눈질로 쳐다보며 입가에 엷은 미소를 떠올렸다. 이 회견에 대한 세 사람의 표정과 태도는 저마다 다르게 나타나 있었다. 매컴은 당혹했고, 소령은 기뻐했으며, 번스는 빈정거리고 있었다.

맨 먼저 침묵을 깨뜨린 사람은 번스였다. 그 말투는 구김살 없이 밝다기보다 거의 귀찮아하는 듯했다.

"이 진술이 얼마나 어처구니없는 것인지 알았겠지, 매컴? 그 순정적이고 고결한 대위는 참으로 놀랍고도 어설픈 만챠우젠*¹이라네. 하지만 그토록 거짓말에 서투른 사람도 처음 봤군. 그것은 아무도 흉내내지 못할걸세. 그런데도 자기가 범인이라고 나서서 우리를 속이려 들다니 정말 재미있네. 틀림없이 자네가 곧 자백에 덤벼들어 사형집행인에게 넘길 줄 알았던 모양이지. 매컴, 자네도 눈치챘겠지? 그날 밤 어떤 식으로 벤슨 씨 집에 들어갔는지조차도 생각해

두지 않았다는 것을. 죽이려는 사람과 bras dessus bras dessosu (팔짱을 끼고)로 함께 들어갔다고 엉겹결에 설명했지만, 파이피가 바깥에 있었다고 설명하는 대목에 이르자 정말 형편없더군.

게다가 벤슨 씨가 평상복 차림이었다는 것도 기억하지 못했네. 내가 그 점을 지적하자 먼저 한 진술을 얼른 뒤엎고 벤슨 씨를 뜀박질시켜 2층으로 올려보내 부랴부랴 옷을 갈아입게 하지 않던가! 다행히 신문에는 가발에 대한 기사가 나와 있지 않았기 때문에 벤슨 씨가 옷과 구두를 바꿀 때 머리카락도 물들인 것처럼 넌지시 말했으나 대위는 그게 무슨 소리인지 전혀 짐작조차 하지 못하더군. 저, 벤슨 소령님, 동생분은 틀니를 빼면 말이 새어나왔겠지요?"

"네, 그것이 눈에 띄었습니다. 그날 밤 앨빈이 틀니를 뺐다면——당신이 아까 한 말에 의하면 뺐던 모양인데——리콕 대위도 틀림없이 그 점을 알아차렸을 겁니다."

"리콕 대위가 알아차리지 못한 것이 또 있습니다. 예를 들면 보석상자나 전기 스위치의 위치 등이지요."

소령이 거들었다.

"그 이야기가 나오자 리콕 대위는 몹시 당황하더군요. 앨빈의 집은 구식이라 스위치가 샹들리에에 늘어져 있는 것 하나뿐입니다."

번스가 다시 말을 받았다.

"그 말씀이 맞습니다. 그러나 리콕 대위의 가장 큰 실수는 권총에 대한 이야기였습니다. 그것 때문에 완전히 두 손 들지 않을 수 없게 되었지요. 권총을 강물에 던져버린 중요한 이유는 약포가 한 개 부족했기 때문이라고 말했는데, 탄창에 총알이 가득차 있더라고 하자 자신이 다시 채워 넣었다고 설명하며 강바닥에서 찾아낸 것이 바로 자기 권총이라고 주장했지요. 이야기는 뻔합니다. 세인트 클레어 양을 범인으로 생각하고 그 죄를 자기가 뒤집어쓰기로 각오한 것이지요."

"나도 그런 인상을 받았습니다."

번스는 다시 생각에 잠기며 매컴을 향해 말했다.

"하지만 대위의 태도도 조금 이상해. 그가 이번 범죄에 어떤 관련이 있다는 것만은 의심할 여지가 없네. 그렇지 않다면 다음날 세인트 클레어 양의 아파트에 권총을 감출 이유가 없으니까. 리콕 대위는 다른 남자가 자기 약혼녀에게 관심을 보이면 위협을 하고 경우에 따라서는 그 위협을 실천에 옮길 수도 있는 어리석은 사나이지.

그에게는 틀림없이 무언가 마음에 걸리는 일이 있었을걸세. 양심에 가책을 받을 무언가를 가지고 있네. 물론 권총을 쏜 사람은 그가 아닐세. 이번 범죄는 계획적인 것이었는데 대위에게는 그런 계획이 없었으니까. 대위는 idée fixe(고정관념)에 사로잡혀 있다가 정색을 하고 결과에 대해 책임질 각오로 기사도적으로 일을 해치우는 타입이네. 이런 기사도는 진정한 뜻에서의 beau geste(아름다운 행위)라고 할 수 있네, 매컴. 그것을 신봉하는 사람들은 자신의 장한 행위를 알아주기 바라는 법일세.

그리고 그들은 이 세상에서 돈 주앙을 몰아내는 일에서는 가장 철저하지. 예를 들면 대위가 사랑하는 미인의 장갑이나 핸드백을 못 보았을 리 없네. 보았다면 틀림없이 가지고 갔겠지. 사실 리콕 대위가 벤슨 씨를 쏘아 죽이고 싶다고 생각한 것은 쏘아죽이지 않았다는 것만큼 확실한 일일세. 호박 속의 투구벌레를 들여다보는 것처럼. 리콕 대위가 그를 해치우고 싶다고 생각한 것은 심리적으로 보아 가능하지만, 그런 식으로 해치우는 것은 불가능하네."

번스는 담배에 불을 붙이고 날아올라가는 연기의 동그라미를 지켜보았다.

"지나친 상상이라고 할지 모르지만, 나보고 말하라면 리콕 대위는 그렇게 하려고 했으나 막상 가보니 이미 끝난 다음이었을걸세. 틀림없네. 파이피가 대위를 본 것도, 다음날 세인트 클레어 양 집에 권총을 감춰둔 것도 이것으로 모두 설명할 수 있지. 안 그런가?"

전화벨이 울렸다. 오스틀랜더 대령이 지방검사에게 할말이 있다는 것이었다. 매컴은 통화를 마치자 아주 못마땅한 얼굴로 번스를 보았다.

"피에 굶주린 자네 친구가 아직 아무도 체포하지 못했느냐고 물어왔네. 범인이 누구인지 아직 짐작하지 못하면 귀중한 조언을 해주겠다는군."

"자네는 속이 뒤집힐 정도로 정중하게 고맙다는 인사를 하던데, 지금의 자네 심정이 어떻다고 말했나?"

매컴은 침울하고 피곤한 미소를 곁들여 대답했다.

"아직 뭐가 뭔지 모르겠다고 해두었지."

그것은 리콕 대위를 범인으로 여기는 생각을 깨끗이 버렸음을 알리는 그 특유의 방식이었다.

벤슨 소령은 매컴 옆으로 걸어가 손을 내밀었다. 그는 말했다.

"자네 기분은 이해하겠네, 매컴. 이런 일에는 늘 실망이 따르기 마련이지. 하지만 죄 없는 사람이 괴로움당하는 것보다 죄 있는 사람이 법망을 벗어나는 편이 낫지 않겠나? 너무 무리하지 말고, 실망으로 건강을 해치지 않도록 주의하게. 이제 곧 올바른 해결이 내려질 걸세. 그때에는……"

소령은 턱에 힘을 주고 다음 말을 악문 잇새로 내뱉었다.

"나도 자네를 방해하지 않겠네. 일이 잘되도록 도울 걸세."

소령은 매컴에게 미소지어 보이며 모자를 집어 들었다.

"지금 사무실로 돌아갈 텐데, 나에게 볼일이 있거든 언제든지 연락하게. 무언가 도움줄 수 있을지도 모르니까. 그럼, 또……. "

소령은 감사의 뜻이 담긴 눈길로 번스에게 정다운 인사를 한 다음 방을 나갔다.

매컴은 몇 분 동안 아무 말도 없었다. 이윽고 그는 못마땅한 듯이 중얼거렸다.

"이 사건은 시간이 갈수록 어려워지는군. 나는 그만 지쳐버렸네. "

그러자 번스가 소탈하게 충고했다.

"너무 화내지 말게. 인생의 trivia(사소한 일)를 가지고 끙끙 앓아봐야 이로울 게 없으니까.

> 무슨 일이든 새롭지 않다
> 무슨 일이든 진실이 아니다
> 무슨 일이든 대수롭지 않다

몇 백만의 병사가 전쟁에서 죽었지만 그 일로 자네 백혈구가 손상되지도 않았고 자네 뇌세포에 염증이 생기지도 않았네. 그런데 자네 관할구역에서 시시한 사나이가 고맙게도 총에 맞아죽었다고 해서 밤낮없이 진땀을 흘리고 있다니, 무슨 꼴인가! 자네는 정말 모순투성이일세. "

"시종일관은……. *2"

매컴이 말을 꺼내자 번스가 얼른 가로막았다.

"에머슨의 인용은 그만두게. 나는 에라스무스가 훨씬 더 좋네. 자네는 《우둔함에 대한 예찬》을 읽어야겠네. 크게 힘이 생길 테니까. 그 염소수염을 기른 네덜란드의 늙은 학자라면 앨빈 Le Chauve(대머리 임금)가 죽었다고 해서 그토록 절망적으로 한탄하지는 않을 걸세. "

그러자 매컴이 발끈하여 반격했다.

"나는 자네 같은 fruges consumere natus(밥벌레)로 태어나지는 않았네. 나는 선거로 이 자리에⋯⋯."

"알고 있네. '이보다 더 훌륭한 것 어디 또 있으리'*3라고 말하려는 거겠지?"

번스가 맞장구쳤다.

"너무 그렇게 신경과민이 되지 말게. 리콕 대위가 연극 솜씨가 부족하여 감옥에서 쫓겨났다 해도 아직 가능성이 다섯 가지나 있으니까. 우선 플래트 부인, 그리고 파이피, 오스틀랜더 대령, 호프먼 양, 버닝 부인, 이렇게 말일세. 어째서 한 사람씩 불러다 자백시키지 않나? 히스 부장이 춤추며 좋아할 텐데."

매컴은 완전히 풀죽어 이런 놀림에도 화낼 마음조차 들지 않는 모양이었다. 오히려 번스의 그 태평스러운 태도에 이끌려 조금 기분 좋아진 것 같았다.

"실은 나도 그렇게 해보려고 생각했었네. 아직 손대지 않은 것은 누구부터 먼저 불러들여야 할지 망설여졌기 때문일세."

"그거 참, 장하군. 그렇다면 리콕 대위는 어떻게 할 생각인가? 석방시키면 그가 실망할 텐데."

"그거야 실망하려면 하라지! 당장 수속을 밟는 게 좋겠군."

매컴은 수화기를 집어 들었다.

번스가 손을 들어 매컴을 말렸다.

"잠깐만 기다리게, 매컴. 기꺼이 자신을 희생하고 있는 거니까 조금 더 놓아두게. 하루만이라도 기쁨을 더 누리도록. 시용*4의 포로처럼 독방에 가둬두면 크게 도움될 때가 올지도 모르네."

매컴은 아무 말도 하지 않고 수화기를 내려놓았다. 나는 매컴이 번스의 지시에 따를 기분이 되어가고 있음을 알았다. 그가 이런 태도를 보이는 것은 마음 속이 크게 혼란해져 수습하기 어려워졌기 때문이기도 하지만——물론 확신이 서지 않는다는 점도 얼마쯤 영향을 미쳤으리라——그보다도 번스가 입으로 말하는 것 이상으로 뭔가 알고 있다고 생각되기 때문인 듯했다.

번스가 물었다.

"자네는 파이피와 그 정부가 이 사건에 어떻게 연관되어 있는지 생각해본 적이 있나?"

매컴은 화를 내며 대답했다.

"그 밖의 몇 천 가지도 넘는 수수께끼와 함께 말인가? 물론 생각해보았지. 하지만 조리에 맞지 않는 것 투성이라 더욱 수수께끼가 되었다네."

"여보게, 매컴, 사람이 하는 일에 수수께끼란 없다네. 다만 문제가 있을 뿐이지. 그러므로 사람에게 일어난 문제는 어떤 것이든지 다른 사람에 의해 해결될 수 있네. 이때에는 사람 심리에 대한 지식과 그 지식을 사람 행위에 적용하는 일이 필요할 뿐일세. 아주 간단한 이야기지."

번스는 벽시계를 보았다.

"스티트 씨는 벤슨 앤드 벤슨 상회의 장부를 어떻게 했을까? 이렇게 마음 죄며 기다리고 있는데……."

이 말은 매컴에게 커다란 효과를 나타냈다. 지루하게 질질 끄는 번스의 이죽거림과 빗대어 놀리는 말투에 그만 자제심을 잃어버린 것이었다. 매컴은 몸을 앞으로 내밀고 노기를 가득 담아 한 손으로 책상을 내리치며 노골적으로 불만을 털어놓았다.

"자네의 그 거드름피우는 태도에는 이제 진절머리가 나네! 자네는 무언가를 알고 있든지 아니면 모르고 있든지 둘 중 하나겠지. 아무 것도 모른다면 이런 지식 자랑 같은 짓은 그만두게. 만일 알고 있다면 사실을 가르쳐주는 것이 당연하지. 벤슨이 살해된 뒤 지금까지 자네는 이러니저러니 변죽만 울리고 있는데, 누가 죽였는지 짐작 간다면 나도 알고 싶단 말일세."

매컴은 몸을 뒤로 젖히고 여송연을 꺼냈다. 끝을 조심스럽게 자르고 불을 붙이는 동안 번스 쪽을 한 번도 보지 않았다. 울화를 터뜨린 게 아무래도 좀 부끄러웠던 모양이었다.

번스는 매컴이 화를 터뜨리는 데 대해 전혀 무관심한 태도였다. 이윽고 그는 다리를 쭉 뻗고 바라보았다.

"여보게, 이 못난 사람아. 나는 자네가 꼴사납게 흥분하는 것을 나무라지는 않겠네. 초조해지는 것도 당연하니까. 하지만 그럭저럭 이 희극도 막을 내릴 때가 온 것 같군. 나는 지금까지 자네를 속여온 건 아닐세. 나에게는 이 문제에 대해 아주 재미있는 생각이 있다네."

번스는 몸을 일으키고 하품을 했다.

"굉장히 덥군. 그래도 할 수 있는 만큼은 해야지, 안그런가?

　먼지 같은 세상 가까이 위대함이 있고
　사람들 가까이 신이 머물도다
　의무를 묻는 소리 비록 낮더라도
　젊은이는 기꺼이 대답해야 하리, 다하겠노라고. [*5]

내가 바로 그 숭고한 젊은이일세. 그리고 자네는 의무의 목소리이고——정확하게 말하면 나직이 속삭이지는 않지만. 안 그런가? ——Was aber ist deine pflicht(그대의 임무가 무엇인가). 괴테는 이 질문에 대해 Die Forderung des Tages(때에 맞는 요청)라고 대답했지. 하지만 틀림없이 해내겠네. 매컴 그 요청이 좀더 서늘한

날에 왔으면 했지."

번스는 매컴에게 모자를 집어주었다.

"자, Postumen(뒤를 따르게). 하늘 아래 모든 일에는 때가 있느니라[1]. 모든 업무에는 때가 있느니라. 오늘은 이로써 사무실 일을 그만하세. 스워커에게 그렇게 말하게. 좋겠지? 귀여운 사람이 기다리고 있다네. 미인을 찾아가는걸세. 바로 세인트 클레어 양을."

매컴은 번스의 허풍스러운 태도가 중대한 목적을 감추는 가면에 지나지 않음을 알고 있었다. 번스가 알고 있는 것, 또는 단순히 의심하는 것을 이야기할 때 자기 방식대로 번거롭게 서둘러 하기 때문에 불합리하게 들리지만, 그렇게 해야 할 충분한 이유가 있다는 것도 알고 있었다. 그리고 리콕 대위의 자백이 거짓임이 드러난 뒤부터는 진상을 알아낼 수 있는 조그만 가능성이라도 있으면 어떤 제안이든 받아들일 마음이 되어 있었다. 그래서 매컴은 버튼을 눌러 스워커를 불러 그날은 이만 퇴근하겠다고 말했다.

10분도 채 못 되어 우리는 지하철을 타고 리버사이드 드라이브 94번지를 향해 가고 있었다.

---

(1) 이 전도서 제3장 제1절의 인용은 번스가 늘 구약성서를 읽고 있다는 사실을 나에게 상기시켜 주었다. 그는 언젠가 이렇게 말했었다. "나는 직업적 문학가의 작품에 싫증나면 성서의 웅장한 문장에서 자극을 찾는다네. 근대인이 무언가 꼭 써야겠다고 느낀다면 적어도 하루에 두 시간은 성서의 역사가와 함께 지내야 하지."

* 1 바월리아의 제롬 폰 뮌히하우젠 남작. 굉장한 허풍선이로 알려진 전설적인 인물. 1720~1797.

* 2 에머슨은 "어리석은 일이 어리석게 끝나는 것은 소견좁은 정치가와 철학자와 목사들처럼 쩨쩨한 인간들이 즐겨 쓰는 방어책 때문이다"라고

말했다.

*3 이것은 조금 오역한 것으로 리처드 러블레이스(1618~1658)의 '싸움터로 나가는 루커스터에게'라는 제목의 시의 한 구절이다. '칼이나 말이나 방패만큼 (귀여운 사람이여) 그대를 사랑할 수도 없고 찬양하고 싶지도 않다'라고 되어 있다.

*4 스위스 레만 호숫가의 성채 감옥으로 제네바의 애국자 프랑소와 보니발이 사보이 공 샤를르 3세에 의해 유폐되어 있었다. 그것을 노래한 '시용의 포로'라는 유명한 바이런의 시가 있다.

*5 에머슨의 '자유의지' 제3절에서 인용한 것임.

클레어 양의 설명

6월 19일 수요일 오후 4시 30분

번스는 주택가로 가는 도중에 말했다.

"우리가 지금 발을 내디딘 계몽의 탐구는 좀 힘들지도 모르네. 그러나 나와 함께 굳센 의지로 참아주게. 지금부터 내가 하려는 일이 얼마나 아슬아슬한 것인지 자네는 상상도 못할걸세. 그리고 유쾌한 일도 아니지. 나는 감상적이 되기에는 너무 젊다고 할 수 있지만, 그런데도 범인을 너그러이 봐주고 싶은 기분이 얼마쯤 들기 시작했다네."

매컴이 체념한 듯이 물었다.

"어째서 또 세인트 클레어 양을 찾아가는지 설명해 주게."

번스는 그 부탁을 기분 좋게 받아들였다.

"좋아. 자네가 알고 있는 편이 오히려 더 나을지도 모르지. 그녀와 관련하여 해명되어야 할 일이 몇 가지 있네. 첫째, 장갑과 핸드백일세. 그 물건들에 대해 납득갈 때까지는 '양귀비꽃도 흰 연꽃도 그대가 어제 맛본 달콤한 잠으로 이끌어가지는 못하리라'[1]겠지.

그리고 자네는 벤슨이 살해된 날 여자 손님이 찾아왔을 때 소령이 엿들었다는 호프먼 양의 말을 기억하고 있는가?

나는 그 손님이 세인트 클레어 양이 아니었을까 싶네. 그날 사무실에서 무슨 일이 있었는지, 무엇 때문에 나중에 또 왔었는지 알고 싶어 견딜 수가 없네. 그리고 또 그날 오후 그녀는 무엇 때문에 벤슨네 집으로 차를 마시러 갔었는지도. 그때 그 보석이 어떤 역할을 했었는지 아무튼 여러 가지 점을 알고 싶네. 예를 들면 리콕 대위는 무엇 때문에 권총을 그녀의 집으로 가져갔을까? 어째서 대위는 그녀가 벤슨을 쏘았다고 생각하게 되었을까? 대위는 정말로 그렇게 생각하고 있다네. 그리고 또 그녀는 어째서 처음부터 대위가 범인이라고 생각하고 있었을까?"

매컴은 비관적이었다.

"그녀가 모든 것을 털어놓을 것 같은가?"

"나는 크게 기대하고 있네. 완전무결하고 고상하며 상냥한 기사가 스스로 살인자라고 나서서 갇혀 있으니 그녀가 마음의 무거운 짐을 내려놓는다고 해서 해결될 건 없을 테니까…… 하지만 고압적인 자세로 나가면 안 되네. 보증하지만 자네들 경찰이 하는 식의 거친 반대신문은 그녀에게 먹혀들지 않을걸세."

"그럼, 어떤 식으로 정보를 끌어낼 생각인가?"

"화가들이 말하는 morbidezza(유연성)를 가지고, 되도록 세련된 신사적인 방법으로."

매컴은 잠깐 생각에 잠겼다.

"나는 나서지 않기로 하지. 소크라테스의 논박은 모두 자네에게 맡기겠네."

"아주 머리를 잘 쓴 제안일세" 하고 번스가 말했다.

아파트에 닿자 매컴이 구내전화로 중대한 용건이 있어 찾아왔다고 알렸다. 그리고 우리는 지체 없이 세인트 클레어 양의 방으로 맞아들여졌다. 내가 상상하기에 그녀는 리콕 대위의 행방에 대해 걱정하고 있었던 것 같았다. 허드슨 강이 내려다보이는 작은 응접실에서 우리와 마주 앉은 그녀의 얼굴은 몹시 파리했고 꼭 쥔 두 손이 조금 떨리고 있었다. 여느 때의 그 냉정하던 신중성은 찾아볼 수 없었으며 눈에는 잠을 못 잔 흔적이 뚜렷했다.

번스는 곧 요점으로 들어갔다. 목소리가 거의 경박스러울 정도로 상쾌하여 긴장된 분위기를 순식간에 풀어주었고, 우리들의 방문이 지나가다 잠깐 들렀을 뿐인 듯한 분위기를 자아내게 했다.

"이런 소식을 알려드리게 되어 안됐습니다만, 리콕 대위는 자신이 벤슨을 죽였다고 자수했습니다. 하지만 우리는 그분의 bona fides(정직성)에 대해 완전히 만족하고 있지는 않습니다. 유감스럽게도 실라와 칼립디스*² 사이에서 헤매고 있는 셈이지요. 대위가 과연 극악무도한 악인인지, 아니면 chevalier sans peur et sans reproche(두려움도 모르는 순결한 기사)인지 결정짓지 못하고 있습니다.

어떻게 그런 끔찍한 짓을 해치웠는지 그의 설명으로는 이야기가 너무 간단한데다 중요한 점이 애매합니다. 우리가 가장 당황한 것은 있지도 않는 스위치로 벤슨의 방 전등을 껐다고 주장한 점입니다. 그래서 내 마음에 슬며시 의심이 고개를 들었는데, 그는 누군가를 범인으로 생각하고 그 사람을 감싸주기 위해 필사적으로 그처럼 무모한 이야기를 만들어낸 게 아닌가 싶습니다."

번스는 가볍게 고개를 들어올리며 매컴을 가리켰다.

"여기 계신 지방검사님은 나와 의견이 완전히 일치하지는 않습니다. 하지만 당신도 알다시피 법률가란 지나치게 머리가 딱딱해서 한번 이렇다 하고 마음먹으면 좀처럼 바꾸지 않지요. 기억하겠지만 벤슨 씨가 세상에 살아 있던 마지막 날 밤 당신과 함께 있었다는 것과 그밖에 이치에도 맞지 않는 그 비슷한 이유로 매컴 씨는 당신이 그 신사의 죽음에 관련되어 있다는 결론을 내렸었습니다."

번스는 매컴에게 익살스러운 비난의 미소를 던졌다.

"그런데 리콕 대위가 그처럼 영웅적으로 감쌀 만한 사람은 세인트 클레어 양 당신밖에 없습니다. 그리고 적어도 나만은 당신의 결백을 굳게 믿고 있으니 당신의 행동과 벤슨 씨의 행동이 엇갈리는 두세 가지 점에 대해 설명해주시면 고맙겠습니다. 그것을 말했다고 해서 리콕 대위나 당신에게 불리해질 일은 하나도 없습니다. 오히려 지금 매컴 씨의 마음 속에 있는 대위의 결백에 대한 의심을 완전히 가시게 하는 데 큰 도움이 될 것입니다."

번스가 말하는 방식은 클레어 양의 응어리진 마음을 푸는 데 효과가 있었다. 매컴은 입 밖에 내어 말하지는 않았으나 자기에 대한 번스의 혹평 때문에 속이 부글부글 끓고 있음을 나는 알아차렸다.

세인트 클레어 양은 몇 분 동안 꼼짝하지 않고 번스를 말끄러미 바라보다가 마침내 차분한 목소리로 입을 열었다.

"저로서는 어째서 당신을 믿고 의지해야 하는지, 또 어째서 믿어야 하는지 잘 모르겠군요. 하지만 리콕 대위님이 자수한 지금에 와서는——마지막으로 만났을 때 그렇게 할 것 같은 눈치가 보여 걱정했습니다만——당신 물음에 대답해서 안 될 이유가 없겠지요. 당신은 그분이 결백하다는 것을 진심으로 믿고 계신가요?"

그녀의 마지막 말은 엉겁결에 입에서 튀어나온 질문이었다. 애써 억누르고 있던 감정이 냉정의 껍질을 뚫고 폭발한 것이다.

번스는 진지하게 말했다.

"진심으로 믿고 있습니다. 매컴 씨에게 물어보면 알겠지만, 아까 검찰국에서 나오기 전에도 나는 리콕 대위의 석방을 위해 열심히 탄원했습니다. 당신 설명을 들으면 그를 풀어주는 것이 현명하다고 깨달을지도 모른다고 여겨져 여기까지 이렇게 나오자고 설득한 것입니다."

번스의 말투와 태도의 어떤 부분이 클레어 양에게 믿음을 심어준 것 같았다.

그녀가 물었다.

"무엇을 알고 싶으시지요?"

번스는 마음속의 분노를 겨우 억누르고 있는 매컴에게 비난의 눈길을 흘끗 던진 다음 클레어 양 쪽을 보았다.

"먼저 당신의 장갑과 핸드백이 어째서 벤슨 씨 집에 있었는지 그것부터 설명해 주십시오. 그 물건들이 거기에 있었다는 점이 지방검사의 마음을 가장 괴롭히고 있으니까요."

그녀는 열성어린 눈길로 똑바로 매컴을 보았다.

"그날 밤 저는 벤슨 씨의 초대를 받아 그와 함께 식사했어요. 그런데 우리 사이에 불쾌한 일이 생겼지요. 돌아갈 때에는 그의 태도에 참을 수 없이 화가 나서 타임즈 스퀘어 근처에서 자동차를 세워 혼자 돌아왔습니다. 몹시 화가 나 있었으므로 장갑과 핸드백을 자동차에 놓고 내렸던 모양입니다. 제 소지품이 벤슨 씨 집에 있었던 것을 보니 그가 자기 집으로 가져간 거겠지요."

"나도 그렇게 생각했었습니다. 그러나 타임즈 스퀘어라면 걷기에 꽤 멀었겠군요."

번스는 다시 매컴을 보며 놀리는 듯한 미소를 던졌다.

"그것 보게, 그런 일이 있었는데 클레어 양이 어떻게 1시 이전에 돌아올 수 있었겠나?"

매컴은 무서운 얼굴을 지었으나 아무 대답도 하지 않았다. 번스는 이야기를 계속했다.

"그럼, 어떤 이유로 저녁식사 초대를 받게 되었는지 알고 싶습니다."

그녀의 얼굴빛이 어두워졌으나 목소리는 여전히 침착했다.

"나는 벤슨 씨의 주식중매소를 통해 무척 많은 돈을 손해보았습니다. 그런데 직감적으로 그가 일부러 저에게 손해를 입히고 있으며, 그가 조금만 마음이 내켜 손써주면 그 돈을 건질 수 있으리라는 것을 깨달았지요."

그녀는 눈을 내리떴다.

"그는 전부터 저에게 성가시게 굴었습니다. 그러므로 그런 비열한 일을 꾸미는데 가만히 앉아서 당하고만 있을 수는 없었어요. 그래서 사무실로 쫓아가 의심스러운 점을 똑똑히 말했지요. 그러자 그는 그날 밤 함께 식사하며 그 점에 대해 이야기를 나누어보자고 하더군요. 그의 목적은 잘 알고 있었지만, 저는 입장이 다급했기 때문에 잘 부탁해봐야겠다는 생각에서 약속했던 겁니다."

"그런데 당신은 왜 그 저녁식사가 정확하게 몇 시에 끝나야 한다는 식으로 벤슨 씨에게 말했습니까?"

그녀는 깜짝 놀란 눈으로 번스를 보더니 그리 망설이는 빛도 없이 대답했다.

"그가 이런저런 말을 하며 재미있게 하룻밤을 지내자고 했지만 저는 정각 12시까지 같이 있겠다고 말했지요. 아주 또렷하게 정각 12시까지. 어떤 파티든 저는 그렇게 하고 있거든요. 아시겠지만 저는 열심히 노래 연습을 하고 있기 때문에 어떤 경우에나 12시에는 집으로 돌아온답니다. 그것이 제 희생의 하나——속박이라 해도 좋겠지요——제가 스스로 만들어놓은 규칙이지요."

번스는 칭찬했다.

"아주 좋은 일이며 현명한 방법입니다. 당신의 그 습관을 다른 사람들도 알고 있겠지요?"

"네, 물론이에요. 그래서 저에게는 신데렐라*³라는 별명이 붙었답니다."

"오스틀랜더 대령이나 파이퍼 씨도 그것을 알고 있었겠지요?"

"네, 알고 있습니다."

번스는 잠깐 생각에 잠겼다.

"벤슨 씨가 살해된 날 당신은 그 집으로 왜 차를 마시러 갔습니까? 그날 밤에 함께 식사하기로 약속되어 있었는데 말입니다."

클레어 양의 볼이 붉어졌다. 그녀는 또렷하게 말했다.

"그 점에 대해서도 숨길 일이 없습니다. 벤슨 씨 사무실에서 나와 생각해 보니 그와 함께 식사하기가 싫어졌어요. 그래서 집으로 찾아갔지요. 처음에는 사무실로 다시 돌아갔지만 벌써 퇴근한 다음이었습니다. 다시 한번 만나서 마지막으로 부탁하고 약속을 취소할 생각이었지요. 하지만 그는 제 이야기를 웃어넘기며 차나 마시고 가라고 하더군요. 그리고 저녁식사를 위해 옷을 갈아입으라며 저를 택시에 태워 보냈습니다. 그 뒤 7시 30분쯤 그는 저를 데리러 왔지요."

"약속을 취소했으면 좋겠다고 말할 때 리콕 대위의 협박을 들이대며 위협했지만 벤슨 씨는 그런 건 엄포에 지나지 않는다고 웃어넘겼지요?"

클레어 양의 얼굴에 다시 놀라워하는 빛이 떠올랐다. 이윽고 그녀는 낮은 목소리로 말했다.

"그렇습니다."

번스는 위로하는 미소를 던졌다.

"오스틀랜더 대령이 당신과 벤슨 씨를 마르세이유에서 보았다고 말하던데요."

"네, 저는 정말 부끄러웠어요. 대령님은 벤슨 씨가 어떤 사람인지 잘 알고 있었고, 겨우 2, 3일 전에 저에게 그를 조심하라는 충고를 해주었거든요."

"그분과 벤슨 씨는 사이좋은 친구인 줄 알았는데요."

"그랬지요……약 1주일 전까지는. 하지만 대령님은 얼마 전에 벤슨 씨가 조작하고 있던 주식을 사들였다가 저보다 훨씬 손해를 보셨답니다. 그래서 벤슨 씨가 자기 이익을 위해 일부러 우리를 속였다고 아주 심한 말로 저에게 털어놓았어요. 그날 밤 마르세이유에서 만났는데도 대령님은 벤슨 씨에게 아무 말도 하시지 않았습니다."

"당신이 벤슨 씨와 차를 마실 때 옆에 있던 아름다운 보석은 무엇이었습니까?"

"미끼지요."

그녀의 경멸에 찬 미소가 벤슨을 얼마나 혐오하고 멸시했는지 어떤 신랄한 혹평보다도 훨씬 잘 말해 주었다.

"그 신사는 보석으로 저를 유혹할 생각이었지요. 진주목걸이를 꺼내 식사하러 갈 때 걸라고 했지만, 나는 거절했습니다. 그러자 번지르르한 말을 늘어놓으며 나에게 물건볼 줄 아는 눈이 있으면 그와 똑같은 보석을 손에 넣을 수 있다고, 21일에는 틀림없이 손에 넣을 수 있다고 말하더군요."

번스가 빙그레 미소지었다.

"21일에는 그렇게 되겠지요. 여보게, 매컴, 들었나? 21일에는 리 앤더 파이퍼의 어음기한이 끝나니까 지불하지 못하면 보석을 차압할 수 있었겠지."

번스는 다시 세인트 클레어 양에게 말을 걸었다.

"벤슨 씨는 식사하는 데도 보석을 가지고 갔습니까?"

"아니오. 내가 진주목걸이를 거절하자 크게 실망한 것 같았어요."

번스는 그녀의 비위를 맞춰주듯 정답게 바라보며 잠시 입을 다물고 있었다.

"그럼, 이번에는 부디 권총에 대한 이야기를 들려주십시오. 당신의 입을 통해 듣고 싶습니다. 법률가들이 흔히 말하듯, 자칫 잘못 말하면 나중에 당신에게 불리할 수도 있습니다."

그러나 그녀는 그런 걱정은 하고 있지 않음이 분명했다.

"살인이 일어난 다음날 아침 리콕 대위님이 여기에 와서 벤슨 씨를 쏘아죽일 생각으로 12시 30분쯤 그 집에 갔었다고 하더군요. 그런데 바깥에서 파이피 씨를 보았고, 그도 벤슨 씨를 만나러 온 것 같아 하는 수 없이 계획을 취소하고 돌아왔다고 말했습니다. 저는 파이피 씨가 그분을 보았을지도 모른다는 생각이 들어 권총을 제 아파트에 숨기고 누가 묻거든 프랑스에서 잃어버렸다고 하도록 권했지요.

일은 그렇게 된 거에요. 저는 대위님이 벤슨 씨를 쏘고 나서 제가 몹시 당황할까봐 신사로서 거짓말하는 거라고 믿었습니다. 나중에 갖다버리기 위해 다시 권총을 가지고 나갔을 때는 더욱 그렇게 생각되었지요."

그녀는 매컴에게 힘없이 미소지어 보였다.

"그래서 당신 질문에 대답하기를 거부했던 거예요. 제가 한 것으로 여겼으면 좋겠다고, 그것으로 리콕 대위님에 대한 혐의가 풀렸으면 좋겠다고 생각했지요."

번스가 말했다.

"하지만 리콕 대위는 거짓말하지 않았습니다."

"지금은 저도 그것을 알고 있어요. 좀더 빨리 알았어야 했는데……만일 그분이 정말 그런 일을 저질렀다면 결코 권총을 제 아파트로 가져오지 않았을 거에요."

그녀의 눈에 눈물이 괴었다.

"정말 가엾은 분이에요. 그이는 제가 범인인 줄 알고 자수한 거에요."

번스는 고개를 끄덕였다.

"참으로 안됐습니다. 하지만 리콕 대위는 당신이 어디서 권총을 손에 넣었다고 생각했을까요?"

"저는 군인을 많이 알고 있어요, 대위님 친구며 벤슨 소령님 친구분들을. 게다가 지난해 여름에는 산에 올라가 재미삼아 사격 연습을 많이 했거든요. 그러니 그렇게 생각한 것도 무리가 아니지요."

번스는 몸을 일으켜 정중하게 허리를 굽혔다.

"참으로 고마웠습니다. 많은 참고가 되었습니다. 매컴 씨는 이번 살인사건에 대해 여러 가지 가설을 세우고 있었지요. 첫째는 당신 혼자 보르지아 부인 역할을 했다는 것입니다. 둘째는 당신과 리콕 대위가 함께 한 행위——말하자면 à quatre mains(사수연탄 ; 四手連彈)라는 것이지요. 셋째는 대위가 à capella(단독)로 방아쇠를 당겼다는 겁니다. 법률가의 머리란 정말 정묘하게 되어 있어 모순된 여러 가지가 설을 동시에 믿을 수가 있답니다. 유감스럽게도 매컴 씨는 아직 당신들 두 분이 혼자서 또는 공모하여 저지른 범행이라고 믿고 싶어하지요. 이곳에 오기 전에 나는 매컴 씨를 설득하기 위해 무척 애썼지만 실패했습니다. 그래서 당신의 아름다운 입으로 직접 듣게 하려고 억지로 끌고 왔답니다."

번스는 입술을 꾹 다문 채 노려보고 있는 매컴 옆으로 다가가 유쾌하게 말했다.

"어떤가, 매컴. 이제 세인트 클레어 양이나 리콕 대위 두 분 중 누군가가 범인이라는 망상을 더 이상 고집하지 않겠지? 내가 부탁한 대로 리콕 대위를 가엾게 생각하고 풀어주지 않겠나?"

번스는 연극적인 몸짓으로 마치 탄원하듯 두 팔을 벌려 보였다.

매컴은 거의 폭발 직전에 이르러 있었으나 비상한 자제력으로 감정을 억누르며 클레어 양 옆으로 걸어가 손을 내밀었다. 그는 부드럽게 말했다.

"세인트 클레어 양, 나는 지금 여기서 당신이나 리콕 대위가 범인이라는 심증을 버렸음을 보증합니다. 번스 씨는 내 머리가 터무니없이 딱딱하고 융통성없다고 하지만…… 나는 번스 씨도 용서하겠습니다. 하마터면 당신에게 엄청난 부정행위를 할 뻔했는데, 그가 그것을 말려주었으니까. 석방서류에 서명이 끝나는 즉시 리콕 대위를 풀어드리겠습니다."

나는 매컴의 넓은 도량에 다시 한 번 감탄했다.

우리가 걸어서 리버사이드 드라이브로 나오자 매컴이 번스에게 정면으로 대들었다.

"여보게, 번스, 내가 그 소중한 대위를 언제까지나 가둬두려고 했기 때문에 자네가 풀어주라고 권고했단 말인가? 내가 그 두 사람 모두 범인으로 생각지 않는다는 것은 자네도 잘 알고 있었잖나! 자네는 여자라면 정신을 못 차리는 바보일세!"

번스는 한숨을 쉬며 씁쓸하게 말했다.

"저런, 자네는 벌써 이 사건에서 내 도움이 필요없다는 건가?"

매컴은 흥분하여 계속 지껄였다.

"여자 앞에서 나를 놀려대어 무슨 이득이 있겠나! 자네의 그 어릿광대짓으로 얼마만큼 수확이 있었는지 모르겠군."

번스는 매우 놀란 표정을 지었다.

"지금 들은 증언은 범인을 밝혀내는 데 더없이 큰 도움이 될걸세. 장갑과 핸드백 문제도 풀렸고, 그녀가 무엇 때문에 벤슨 사무실에 찾아갔었는지, 그리고 그녀가 12시에서 1시 사이에 무엇을 하고 있었는지, 그리고 어째서 앨빈 벤슨과 단둘이 저녁식사를 했는지, 어째서 벤슨의 집에서 차를 마셨는지, 어째서 보석이 그 집에 있었는지, 어째서 대위가 그녀의 집에서 권총을 들고 나왔는지, 어째서 그가 자수했는지 모두 알지 않나? 기가 막히는군! 이만큼 많은 일을 알게 되었는데도 자네는 기쁘지 않단 말인가? 이것으로 débris(먼지)가 꽤 떨어져나가 주위가 깨끗해졌는데."

번스는 걸음을 멈추고 담뱃불을 붙였다.

"그녀의 말 가운데 가장 중요한 것은, 그녀가 밤에 외출하면 반드시 12시에 집으로 돌아간다는 것을 친구들이 모두 알고 있다는 점일세. 이것을 지나쳐 넘기거나 대수롭지 않게 여겨서는 안 되네. 가장 중요한 일이니까. 전부터도 말하지 않던가, 벤슨을 쏜 사람은 그날 밤 그녀가 벤슨과 함께 식사한다는 것을 알고 있었다고."

매컴은 차가운 웃음을 지었다.

"다음은 누가 벤슨을 죽였는지 가르쳐줄 단계라는 말이겠지."

번스는 담배 연기의 동그라미를 하나 하늘로 날려 보냈다.

"그 바보를 쏜 사람이 누구인지 나는 처음부터 알고 있었다네."

매컴은 비웃듯 코웃음을 쳤다.

"그런가? 언제 그런 신의 계시를 받았지?"

번스가 대답했다.

"첫날 아침, 벤슨의 집에 가서 5분도 못되어 알았지."

"흐음, 그렇다면 어째서 나에게 귀띔해서 이런 번거로운 수고를 덜도록 해주지 않았나?"

번스가 익살맞게 설명했다.

"그건 불가능했네. 자네에게는 첫째 나의 경외서적 지식을 받아들일 마음의 준비가 없었거든. 그렇기 때문에 자네가 빠져 들어가고자 하는 여러 가지 어두운 숲과 늪에서 손을 잡아주어 참을성 있게

인도해야 할 필요가 있었다네. 자네라는 사나이는 한심할 정도로
상상력이 모자라니까. 안 그런가?"

마침 택시가 앞을 지나가자 번스는 불러 세웠다.

"서48블록 87번지."

운전기사에게 갈 곳을 대고 번스는 다정하게 매컴의 팔을 잡았다.

"이제부터 플래트 부인을 만나러 가세. 그런 다음 내가 소중하게
간직해 둔 비밀을 모두 자네에게 들려주지."

*1 셰익스피어의 《오델로》 제2막 제3장에 나오는 대사.

*2 둘 다 시실리 메시나 해협의 유명한 암초. 고대에는 항해자들의 공포의
   대상이었다. 진퇴양난을 뜻하는 비유로 흔히 쓰인다.

*3 옛날이야기에 나오는 신데렐라는 마녀의 명령대로 밤 12시만 되면 반드
   시 무도회에서 돌아와야 한다. 그렇게 하지 않으면 그 순간부터 누더기
   옷을 걸친 모습으로 바뀐다.

가발의 계시

6월 19일 수요일 오후 5시 30분

가정부 플래트 부인은 그날 오후의 우리들 방문을 몹시 불안한 얼굴로 맞이했다. 크고 튼튼해보이는 몸에서 기운이 다 빠진 듯한 모습이었으며 얼굴은 오래 계속된 걱정으로 여위어 있었다.

우리가 들어가자 스니트킨이 그녀는 사건의 진행상태를 보도하는 신문들을 차근차근 읽고는 미주알고주알 끝없이 캐묻는다고 투덜거렸다.

그녀는 우리가 있는데도 거의 의식하지 못하는 모습으로 거실에 들어와 번스가 권하는 의자에 앉았다. 두려워도 피할 길 없는 시련 앞에 세워져 체념한 기분으로 그것을 받아들이는 사람 같은 태도였다. 번스가 날카롭게 쏘아보자 겁에 질린 눈길로 흘끗 보더니 곧 얼굴을 돌렸다. 두 사람의 눈길이 마주친 그 짧은 1초 동안에 그녀는 마음에 감추어둔 어떤 소중한 비밀을 상대방이 꿰뚫어보았음을 깨달은 것 같았다.

번스가 곧바로 물었다.

"플래트 부인, 벤슨 씨는 가발에 대해 특별히 신경쓰고 있었지요? 다시 말해서 가발을 쓰지 않고 사람을 만나는 일이 있었소?"

그녀는 안도의 숨을 내쉬는 것 같았다.

"아니오, 그런 일은 결코 없으셨습니다."

"잘 생각해봐야 합니다, 플래트 부인. 당신이 알고 있는 한 벤슨 씨는 가발을 쓰지 않고 다른 사람 앞에 나간 적이 결코 없었단 말입니까?"

가정부는 잠시 동안 눈살을 찌푸리며 말이 없었다.

"꼭 한 번 가발을 벗어서 오스틀랜더 대령님에게 보여주신 적이 있습니다. 자주 놀러 오신 나이든 신사분이지요. 오스틀랜더 대령님은 벤슨 씨의 오랜 친구로, 한때는 함께 사신 적도 있다는 이야기를 들었습니다."

"그밖에는 한 번도 없었소?"

가정부는 다시 생각에 잠기며 눈살을 찌푸렸다. 잠시 뒤 그녀는 대답했다.

"없었습니다."

"장사꾼들에게는 어땠소?"

"장사꾼들에게는 특별히 신경 쓰셨습니다. 그리고 모르는 분에게도, 더운 날이면 흔히 가발을 벗고 여기 앉아 계셨지만 늘 창문의 해가리개를 내리셨지요."

가정부는 복도에 가장 가까운 창문을 가리켰다.

"현관의 돌층계에서 방 안이 들여다보이거든요."

번스가 말했다.

"좋은 것을 가르쳐주었소. 그렇다면 돌층계 위에 서면 창문이나 쇠창살을 두드려 방 안에 있는 사람에게 신호를 보낼 수 있겠군요?"

"그렇습니다. 저도 언젠가 한 번 심부름 갔다가 열쇠를 잊고 나갔기 때문에 그렇게 한 적이 있지요."

"당신은 어떻게 생각하시오, 플래트 부인? 벤슨 씨를 죽인 사람도 그런 식으로 이 안에 들어오지 않았을까요?"

그녀는 기운차게 대뜸 그 말에 달려들었다.

"네, 그랬을지도 모르겠군요."

"벨을 누르지 않고 창문을 두드렸다면 벤슨 씨를 아주 잘 아는 사람이라는 이야기가 되는데, 당신은 어떻게 생각하시오?"

"네, 맞습니다."

그 말투는 흐릿했다. 이야기가 그렇게 되면 가정부의 입장이 불리해지기 때문이다.

"모르는 사람이 창문을 두드렸을 경우 벤슨 씨는 가발을 벗은 채 그를 집 안에 들여놓았을까요?"

"아니오, 그럴 리가 없어요. 모르는 사람이라면 들여놓지 않았을 겁니다."

"그날 밤 벨이 울리지 않은 게 확실하오?"

"네, 확실합니다."

"현관 돌층계에 전등이 있소?"

"아니, 없습니다."

"만일 누군가가 캄캄한 밖에서 창문을 두드렸다면 벤슨 씨가 내다보고 상대를 알아볼 수 있었을까요?"

그녀는 대답을 망설였다.

"글쎄요, 아마 알아보기 힘들었겠지요."

"현관문을 닫은 채 바깥에 누가 있는지 알아보는 방법은 없소?"

"없습니다. 있었으면 좋겠다고 가끔 생각했습니다만……."

"그렇다면 누군가가 창문을 두드렸을 때 벤슨 씨는 목소리로 상대방을 알아보는 수밖에 없었겠군요."

"그럴 겁니다."

"열쇠가 없으면 아무도 현관으로 들어올 수 없겠지요?"

"그렇습니다. 현관문은 자동으로 잠기게 되어 있으니까요."

"흔히 쓰는 스프링 자물쇠입니까?"

"그렇습니다."

"그럼, 제어장치를 틀어두면 어느 쪽에서도 문을 열 수 있겠군요?"

"물론 그런 제어장치가 있습니다만 벤슨 씨가 움직이지 않게 해두셨습니다. 제어장치를 틀어놓은 채 제가 그냥 나가기라도 하면 문이 열려 있는 거나 다름없으니까요."

번스는 복도로 나갔다. 잠시 뒤 현관문을 열었다닫았다 하는 소리가 들려왔다.

이윽고 그가 돌아와서 말했다.

"플래트 부인이 말하는 대로구먼. 그건 그렇고, 누군가 다른 사람이 이 문 열쇠를 가지고 있지 않다는 것은 확실하오?"

"그렇습니다. 저와 벤슨 씨 말고는 아무도 열쇠를 가지고 있지 않습니다."

번스는 상대방의 말을 받아들인다는 듯이 고개를 끄덕였다.

"당신은 벤슨 씨가 총에 맞은 날 밤 침실문을 열어놓은 채 잤다고 했는데, 늘 열어놓소?"

"아니오, 대개 닫고 잡니다. 하지만 그날 밤에는 너무 더워서 열어놓았습니다."

"그러니까 우연히 열어놓게 되었군요."

"그렇습니다."

"여느 때처럼 문이 닫혀 있었다면 총소리가 들렸을까요?"

"잠이 깨어 있었다면 아마 들렸을 겁니다. 하지만 잠들었다면 들리지 않았겠지요. 이처럼 낡은 집은 문이 두껍거든요."

"그 말이 맞소."

번스는 한마디 대답하고는 복도 쪽으로 열린 육중한 마호가니 쌍바라지문을 반한 듯이 바라보았다.

"여보게, 매컴, 우리의 이른바 문명이란 아름다운 것과 내구력이 있는 것을 닥치는 대로 파괴하고 싸구려 대용품을 만드는 짓에 지나지 않네. 자네도 오스월드 슈펭글러의 《Untergang des Abendlands(서양의 몰락)》[1]를 읽어야겠군. 아주 뛰어난 논문이라네. 어느 야심있는 출판사가 우리의 argot(방언)로 번역해서 명성을 떨치면 좋으련만. 그 책에는 근대문명이라고 불리는 이 퇴폐시대의 모든 면이 뚜렷이 그려져 있거든.

예를 들어 저 육중하고 고풍스러운 문을 보게. 비스듬히 붙여진 널빤지, 아름답게 도려낸 곡선, 이오니아풍의 기둥, 조각된 가로목 등 모든 것이 훌륭하지 않은가. 저것을 날마다 기계로 5만 장이나 찍어내는 평범하기 이를 데 없는 얄팍한 셸락 칠 판자와 비교해보게. sic transit……. [*1]"

번스는 잠시 동안 물끄러미 문을 바라보다가 갑자기 플래트 부인 쪽으로 몸을 돌렸다. 가정부는 아까부터 의아한 눈으로 번스를 빤히 지켜보고 있었다.

"벤슨 씨는 저녁식사하러 나갈 때 보석상자를 어떻게 했지요?"

그녀는 신경질적으로 대답했다.

"그냥 테이블 위에 놓아두었습니다."

"나간 다음에 보았소?"

"네. 치워놓을까 했습니다만 손대지 않는 편이 좋을 것으로 생각되어……."

"벤슨 씨가 나간 다음 누군가 현관이나 집 안으로 들어온 사람이 없었소?"

"없었습니다."

"틀림없지요?"

"틀림없습니다."

번스는 일어나서 방 안을 거닐기 시작했다. 그는 가정부 옆을 지나다 갑자기 걸음을 멈추고 그녀와 마주보고 섰다.

"플래트 부인, 당신의 결혼 전 성은 호프먼이지요?"

두려워하고 있던 일이 드디어 일어났다. 여자는 얼굴이 파랗게 질리며 눈이 크게 떠지고 아랫입술이 조금 벌어졌다.

번스는 그 앞에 선 채 그녀를 내려다보았으나, 그 태도는 엄격하지 않았다. 그녀가 평정을 되찾기 전에 번스 쪽에서 먼저 말했다.

"며칠 전에 우리는 당신의 예쁜 따님을 만났소."

가정부는 더듬거리며 말했다.

"제 딸을……?"

"호프먼 양 말이오. 금발 머리의 귀여운 아가씨, 벤슨 씨의 비서지요."

가정부는 몸을 꼿꼿이 굳히고 악문 잇새로 말했다.

"그 아가씨는 제 딸이 아닙니다."

번스는 마치 어린아이를 타이르듯 부드럽게 말했다.

"플래트 부인, 무엇 때문에 그런 어리석은 거짓말을 하지요? 며칠 전 벤슨 씨와 차를 마신 여자에 대해 당신이 특별히 감싸고 있으므로 내가 좀더 따져 묻자 당신이 몹시 당황했던 일을 기억하겠지요. 내가 그녀를 호프먼 양으로 생각할까봐 당신은 무척 걱정했소. 어째서 호프먼 양의 일을 그토록 걱정해야 했지요, 플래트 부인? 그 아가씨는 아주 좋은 처녀요. '플래트' 대신 '호프먼'이라는 이름을 쓴다고 언짢게 생각하지 마시오. '플래트'는 보통 '평지'라는 뜻으로 쓰이지만 '폭발'이나 '충돌'을 뜻할 때도 있고, 때로는 '부풀어오른 빵'을 말할 경우도 있지요. 그런데 '호프먼'이란 궁전에서 임금님을 섬기는 사람 아니오? 부풀어오른 빵보다 얼마나 멋지오."

번스는 붙임성 있게 웃음지었다. 그 태도가 가정부의 마음을 가라앉히는 데 효과가 있었다.

가정부는 호소하듯 번스를 올려다보며 말했다.

"아니, 그렇게 생각지 않아요. 제가 그런 이름을 붙여주었답니다. 이 나라에서는 똑똑하기만 하면 어떤 여자든 기회를 잡아 출세할 수 있으니까요. 게다가……"

번스가 유쾌한 목소리로 말을 가로막았다.

"알겠소, 플래트 부인. 호프먼 양은 머리가 좋소. 당신이 가정부로 있다는 게 세상에 알려지면 그녀의 출세에 방해가 된다고 생각했겠군요. 말하자면 따님의 행복을 위해 자신의 정체를 감춘 셈이지요. 아주 갸륵한 생각이오. 그런데 따님은 혼자 살고 있소?"

그녀는 겨우 알아들을 만한 목소리로 말했다.

"네, 모닝사이드 하이츠에 있습니다. 하지만 매주 만나고 있어요."

"물론 만나고 싶을 때는 언제나 만났겠지요. 따님이 비서로 일하기 때문에 당신은 벤슨 씨의 가정부가 될 수 있었지요?"

그녀는 원망하는 눈길로 번스를 올려다보았다.

"네, 그렇습니다. 벤슨 씨가 어떤 분인지 딸에게서 들었습니다. 게다가 벤슨 씨는 밤에도 자주 딸을 이 집에 불러다놓고 일을 시켰지요."

"그래서 당신은 이 집에 들어와 살면서 따님을 지켜야겠다고 생각했군요."

"네, 그렇습니다."

"살인이 일어난 다음날 아침 매컴 검사가 주인이 이 집 어딘가에 총기를 감춰두지 않았느냐고 물었을 때 당신은 몹시 당황했는데 왜 그랬지요?"

가정부는 눈길을 돌렸다.

"저는 당황하지 않았습니다."

"아니, 당황했소, 플래트 부인. 왜 그랬는지 내가 말하겠소. 당신은 호프먼 양이 쏘았다고 생각할까봐 걱정되었던 거요."

"아닙니다! 그런 일은 있을 수 없습니다! 딸아이는 그날 밤 여기에 오지 않았습니다. 그 점은 맹세할 수 있어요. 딸아이는 여기에 오지 않았습니다……."

그녀는 이성을 잃었다. 1주일에 걸친 신경의 긴장이 풀린 것이다. 그녀는 절망적으로 주위를 둘러보았다.

번스가 위로하듯 말했다.

"괜찮소, 마음 놓으시오, 플래트 부인. 아무도 호프먼 양이 벤슨 씨의 죽음과 관련 있다고 생각하지는 않으니까."

그녀는 살피듯이 번스의 얼굴을 훔쳐보았다. 믿을 수 없는 모양이었다. 오랫동안 그 걱정으로 마음 죄고 있었음에 틀림없다. 번스는 자기 말이 진실이라는 것을 그녀에게 이해시키는 데 15분도 넘게 걸렸다. 겨우 그녀가 마음놓은 듯했으므로 우리는 그 집을 나왔다.

스타이비샌트 클럽으로 가는 동안 내내 매컴은 골똘히 생각에 잠겨 있었다. 플래트 부인과의 회견으로 드러난 새로운 사실에 몹시 당황하고 있었던 것이다.

번스는 꿈꾸듯이 담배를 피우며 이따금 얼굴을 돌려 지나쳐가는 건물을 바라보았다. 48블록을 빠져나가서 동쪽으로 자동차를 달리게 하여 뉴욕 성서협회 회관 앞에 이르자 번스는 운전기사에게 자동차를 세우게 하고 그 건물의 아름다움을 감상하도록 권했다.

번스는 설명했다.

"그리스도교는 건물에 의해서만 가치가 입증되고 있다해도 지나친 말이 아닐세. 두세 개 예외는 있지만, 이 도시에서 눈을 거슬리지 않는 건물이라면 교회나 그 비슷한 부류에 속하는 건물뿐이니까. 미국사람들은 무조건 크기만 하면 무엇이든지 아름답다고 한다네. 스카이스크레이퍼(마천루)라고 불리는 네모진 구멍이 뚫린 커다란 궤짝은 크다는 것 때문에 미국인들에게 존중받고 있지. 구멍이 40개 뚫려 있는 궤짝은 20개 뚫린 궤짝보다 두 배 아름답다는 걸세. 단순한 공식이지…… 길 건너편에 있는 저 작은 5층 건물을 보게. 이 도시 여기저기에 있는 스카이스크레이퍼보다 훨씬 아름답고 또한 인상적이 아닌가?"

번스는 클럽으로 자동차를 달리게 하는 동안 꼭 한 번 그것도 간접적으로 사건에 대해 언급했다.

"매컴, 친절심이란 잔뜩 장식해 놓은 관보다 훨씬 더 좋은 것이더군. 나는 오늘 좋은 일을 했다네. 그리고 나니 내가 제법 덕 있는 사람 같은 기분이 드는구먼. 플래트 Frau(부인)도 오늘 밤은 아마 편안히 Schlafen(잠잘) 수 있을걸세. 그동안 귀여운 그레트헨*² 때문에 크게 마음죄고 있었을 테니까. 장한 여자지. 과연 어머니답네. 미래의 귀부인이 의심받고 있다고 생각하자 안절부절못했겠지. 하지만 어째서 그렇게 걱정했을까?"

번스는 말을 마치자 장난스러운 눈길로 매컴을 보았다.

그 뒤 옥상정원에서 저녁식사를 마칠 때까지 사건에 대한 이야기는 한마디도 나오지 않았다. 우리는 의자를 뒤로 물리고 매디슨 스퀘어의 가로수 너머로 보이는 거리 경치를 바라보고 있었다. 번스가 불쑥 말을 꺼냈다.

"자, 매컴, 모든 편견을 버리고 사태를 신중히 생각해 보게. 자네도 이제 그날 권총에 대해 물었을 때 플래트 부인이 왜 그토록 당황했는지, 그리고 그녀가 벤슨과 함께 차를 마신 젊은 여자에 대해 특별한 관심을 보이는 이유를 묻자 왜 그렇게 몹시 흥분했는지 알았겠지? 그러니까 이 두 가지 수수께끼는 풀린 셈인데……. "

매컴이 질문을 던졌다.

"자네는 그 가정부와 호프먼 양 관계를 어떻게 알았나?"

번스는 매컴에게 타이르는 듯한 표정을 지어보였다.

"나의 추파 덕분일세. 처음 그 아가씨와 만났을 때 내가 줄곧 '추파'를 던진 일을 기억하고 있겠지? 뭐, 자네를 나무랄 생각은 없네, 매컴…… 그리고 그때 두개골의 특이성에 대해 몇 마디 설명한 것도 기억하고 있겠지? 나는 호프먼 양이 가정부 플래트 부인의 신체적 구조를 너무도 닮았다는 사실을 알았네. 호프먼 양은 머리를 짧게 자르고 광대뼈가 두드러지게 튀어나왔으며 턱 모양이 바르고 정수리의 구조가 평평하며 중간형의 코를 가지고 있더군.

그 다음 나는 귀를 보았지. 플래트 부인은 귓불이 뾰족한 목양신형, 또는 다원형이라고도 불리는 귀를 가지고 있음을 보아두었었거든. 그런 귀는 유전된다네. 그래서 호프먼 양의 귀가 모양은 좀 다르지만 같은 형임을 알았을 때 나는 큰 확신을 가지고 혈연관계가 있다고 단정했다네. 그리고 그밖에도 비슷한 점이 있었네. 예를 들면 살빛이며 키 등 두 사람 모두 키가 크지 않은가. 두 사람 모두 몸 중앙부가 팔다리에 비해 매우 컸네. 그리고 어깨가 좁고 손목과 발목이 작으며 엉덩이가 튀어나온 편일세. 호프먼 양이 플래트 부인의 처녀 시절 이름이라는 것은 억측에 지나지 않았네. 하지만 그런 건 아무래도 상관없는 일이지. "

번스는 의자 속에서 좀더 편한 자세로 고쳐 앉았다.

"그럼, 여기서 자네의 법률적 고려에 참고가 될 만한 사항을 말해야겠군. 우선 13일 밤 12시 30분 조금 전에 어떤 나쁜 사람이 벤슨의 집에 갔는데 거실에 불이 켜져 있어 창문을 두드렸으며, 벤슨이 그를 집 안으로 들여놓았다고 가정하세. 이런 경우 방문자에 대해 어떤 추정을 내릴 수 있겠나?"

"벤슨이 그 사람과 아는 사이라는 추정이 나오겠지."

그러자 번스가 따끔하게 나무랐다.

"그것만으로는 아무 도움이 안 되네. 벤슨이 알고 있던 사람을 모두 sus. per coll(교수형)에 처할 수는 없으니까. 여보게, 매컴, 좀 더 깊이 추리해볼 수 없겠나? 벤슨을 죽인 범인은 틀림없이 그와 가까이 지낸 친구 가운데 한 사람으로, 적어도 옷차림 같은 것에 신경쓰지 않고 만날 수 있는 사람이었네. 아까도 말했듯이 가발을 벗고 있었다는 점이 아주 중요한 단서가 되지. 가발은 머리가 벗어진 중년의 보 브란멜*3로서는 sine qua non(없어서는 안 될) 장신구니까.

자네는 이 부분에 대해 증언한 플래트 부인의 이야기를 들었겠지? 야채가게 심부름꾼에게도 벗어진 머리를 보이지 않던 벤슨이 영광스러운 관을 쓰지 않고 깊이 알지도 못하는 사람과 만났으리라고 생각하나? 그뿐 아니라 벤슨은 틀니까지 빼놓고 있었네. 게다가 칼라도 넥타이도 없이 허름한 스모킹 재킷에 침실용 슬리퍼를 신고 있었지. 그 광경을 상상해 보게. 칼라도 안 달고 목덜미도 그대로 드러내놓은 채 금단추를 자랑스럽게 보이는 남자, 그다지 호감가지 않겠지. 마치 귀부인이 머리카락에 클립을 말고 있는 모습과 같네…… 그처럼 거의 벌거벗은 모습을 tête à tête(단둘이) 만날 수 있는 사람이라면 그 수가 뻔하잖나!"

그러자 매컴이 대답했다.

"서넛 정도겠지. 하지만 그들을 모두 체포할 수는 없네."

"할 수만 있으면 체포하고 싶겠지. 하지만 이제 그럴 필요는 없을

걸세."

번스는 케이스에서 새 담배를 꺼냈다.

"또 다른 유력한 추정을 해볼 수 있네. 예를 들면 범인은 벤슨의 가정 사정을 아주 잘 알고 있었다는 점일세. 가정부의 침실이 거실에서 멀리 떨어져 있으며, 여느 때처럼 문이 닫혀 있으면 총소리가 들릴 염려가 없다는 것을 알고 있었음에 틀림없네. 그리고 그 시각에는 집에 아무도 없다는 것을 알고 있었을걸세. 그리고 또 한 가지 범인의 목소리가 완전히 벤슨의 귀에 익숙했다는 점을 잊어서는 안되네. 목소리가 조금이라도 의심스러웠다면 늘 도둑을 두려워하고 리콕 대위의 협박을 마음에 두고 있었을 벤슨이 집에 들여 놓았을 리 없네."

"일단은 수긍되는 가설이군. 또 그밖에는?"

"보석일세, 매컴. 그 사랑의 대변자지. 벤슨이 그날 밤 집에 돌아왔을 때 보석상자는 가운데 테이블 위에 있었네. 그런데 다음날 아침에는 보이지 않았네. 그렇다면 범인이 가져갔다고 볼 수밖에 없겠지. 어떤가, 그날 밤 범인이 그 집에 간 이유 가운데 하나는 보석이었을지도 모르지 않나? 그렇다면 보석이 그 집에 있다는 걸 아는 벤슨의 가장 친한 personae gratae(호감가는 사람)는 누구였을까? 그리고 특히 그 보석을 갖고 싶어한 사람은 누구였을까?"

매컴은 천천히 고개를 끄덕였다.

"그 말이 맞네, 번스. 바로 그걸세. 나는 파이피를 의심하고 있었고, 오늘 히스 부장이 리콕 대위의 자백서에 대해 보고하기 전까지만 해도 나는 파이피의 체포영장을 내리던 참이었네. 그리고 그 자백이 거짓임이 드러나자 나의 혐의는 다시 또 그에게로 돌아갔지. 오늘 오후 내내 아무 말도 하지 않은 것은 자네가 무슨 생각을 하고 있는지 알고 싶었기 때문이었네. 지금 자네가 하는 말은 내 생각과 완전히 일치하는군. 파이피야말로 바로 범인일세!"

매컴은 바닥에서 들렸던 의자 앞다리를 세게 소리 나도록 내려놓았다.

"그런데 한심하게도 자네가 놓아주었잖나."

"성급하게 굴 것 없네, 매컴. 파이피는 부인의 무릎에서 태평스럽게 지내고 있을 테니까. 그리고 자네 친구 벤 헨런은 도망자를 찾아오는 데 으뜸가는 사람이 아닌가. 그 가엾은 파이피는 당분간 가만히 놔두게. 오늘 밤에 체포할 필요는 없네. 내일이 되면 자네는 그를 상대로 하지 않을걸."

매컴은 번스 쪽으로 몸을 홱 돌렸다.

"지금 뭐라고 했나? 상대도 하지 않는다고? 어째서 그렇단 말인가, 번스?"

번스는 귀찮은 듯이 설명했다.

"그렇잖나? 그처럼 속마음을 알 수 없는 싫은 사람이 어디 있겠나? 내 말이 틀렸는가? 어느 모로 보나 호감가는 사나이가 아닐세. 필요없는 한 옆에서 어슬렁거리는 것은 질색이지. 덧붙여 말하지만, 그는 범인이 아닐세."

매컴은 완전히 당황해서 어쩔 줄 몰라했다. 꼬박 1분이 넘도록 그는 번스를 살피듯 바라보았다.

"나는 자네가 무슨 말을 하는지 전혀 모르겠네. 파이피가 결백하다면 대체 누가 범인이란 말인가?"

번스는 시계를 들여다보았다.

"내일 아침 우리 집에서 아침식사를 같이하세. 그리고 히스 부장에게 알리바이를 조사해오라고 하게. 그러면 누가 벤슨을 죽였는지 가르쳐주지."

그 목소리 속에 깃든 무언가가 매컴에게 감명을 주었다.

번스가 지킬 자신 없는 약속을 할 리 없다는 것을 그는 잘 알고 있었다. 그 장담을 무시하거나 흘려듣기에는 너무나도 번스를 잘 알았다.

"어째서 지금 가르쳐주지 않나?" 매컴이 물었다.

"정말 안됐네만 오늘 밤 나는 필하모니의 특별연주회에 갈 작정일세. 세자르 프랑크의 D단조가 연주되지. 스트란스키의 기질은 그 전음계적 정서에 꼭 맞거든. 자네도 마음을 가라앉힐 겸 함께 갔으면 좋겠군."

매컴은 잔뜩 골이 나서 말했다.

"그만두겠네. 나에게 필요한 것은 브랜디와 소다수라네."

매컴은 우리와 함께 택시 타는 데까지 왔다.

택시에 오르자 번스가 말했다.

"내일 9시에 오게. 출근은 조금 늦게 하고, 히스 부장에게 전화해서 알리바이 보고를 잊지 않도록 해주게."

자동차가 움직이기 시작하자 번스는 창 밖으로 몸을 내밀고 덧붙였다.

"매컴, 플래트 부인의 키가 얼마나 될 것 같은가?"

---

(1) 이 책은──초역인지도 모르지만──요즘 《The Decline of the West》라는 제목으로 영어 번역판이 나와 있다. 슈펭글러(1880~1936)는 독일의 역사철학자. 영역판은 1918년에 나왔다.

＊1 gloria mundi로 이어지는데, '이리하여 세상의 영광으로 이어진다'는 뜻.

＊2 괴테 《파우스트》의 여주인공.

＊3 조지 브라이언 브란멜. 멋쟁이의 전형으로 여겨지고 있다. 옥스퍼드 대학을 나온 지 얼마 안되어 3만 파운드의 유산을 상속받고 런던 사교계에서 온갖 향락을 누렸다. 조지 4세가 황태자였던 시절에 그를 알게 되어

세도가 굉장했으나 나중에는 다투고 헤어졌다. 얼마 뒤 도박으로 재산을 잃고 프랑스로 달아났다. 한때 칸느에서 영사로 있었으나 마침내 백치상태에 빠져 그곳에서 사망했다. 1778~1840.

번스, 설명하다

6월 20일 목요일 오전 9시

다음날 아침 9시가 채 못 되어 매컴이 번스의 아파트로 왔다. 기분이 좋아 보이지 않았다.

매컴은 식탁에 앉자마자 물었다.

"한마디 묻겠는데, 어제 저녁 헤어질 때 자네가 한 말은 무슨 뜻인가?"

번스가 말했다.

"멜론이나 들게. 북부 브라질에서 가져온 것인데, 아주 맛있다네. 후추나 소금을 쳐서 맛을 상하게 하지는 말게. 그건 정말이지 한심한 습관일세. 하기야 멜론에 아이스크림을 채워넣는 것은 더욱 한심한 짓이지만. 미국 사람의 아이스크림 취향에는 정말 기가 막히지 않을 수 없네. 파이 위에 얹고 소다수에 넣고 봉봉같이 딱딱한 초콜릿 껍질에 씌우고 달콤한 비스킷 사이에도 끼워 넣어 아이스크림 샌드위치라고 하지. 심지어 거품을 일게 한 크림 대신 샬로트 류스*¹에 넣은 사람도 있지."

"내가 알고 싶은 것은……."

매컴이 다시 말했으나 번스가 가로막았다.

"그리고 멜론에 대해 잘못 알고 있는 데 또 놀라지 않을 수 없지. 멜론에는 두 종류밖에 없다네, 머스크멜론과 수박이지. 아침 식탁에 오르는 멜론은 캔털우프, 시트론, 너트메그, 캬사바, 하네디우 등 모두 머스크멜론의 변종이지. 그런데도 캔털우프가 멜론의 속칭인 줄 알고 있거든. 그리고 필라델피아 사람들은 멜론이면 무엇이든지 캔털우프라고 부르지. 이런 종류의 머스크멜론은 이탈리아 캔털우프에서 재배되었기 때문에……."

그러나 매컴은 초조한 마음을 반도 감추지 못하고 말했다.

"그거 참, 재미있군. 그런데 어제 저녁에 자네가 한 말의 뜻은……."

"멜론 다음에는 캐리가 자네를 위해 특별히 만든 요리가 나올걸세. 그것은 내 미각상의 chef d'oeuvre(걸작)라네. 물론 캐리의 도움을 받았지만. 이것을 착상하는 데 몇 달이 걸렸는지 모른다네. 이른바 배합의 구성을 위해서 말일세. 아직 이름을 붙이지 않았네. 어쩌면 자네가 적당한 이름을 생각해내줄지도 모르겠군.

그 요리를 만들려면 우선 완전히 삶은 달걀을 으깨서 거기에 폴뒤 사뤄 치즈 가루를 섞은 다음 향료와 사철 쑥잎을 soupçon(조금) 넣어야 하네. 이렇게 만든 반죽을 놓어 흰살인 filet(등심살)로 싸지. 프랑스식 팬케이크처럼. 이것을 명주실로 묶어서 특별히 만든 아몬드 자루에 굴려가지고 소금기 없는 버터로 튀긴다네. 이것은 만드는 방법만 대강 설명했을 뿐 정말로 미묘하고 자세한 점은 생략한걸세."

매컴은 힘없는 목소리로 말했다.

"듣기만 해도 맛있을 것 같군. 하지만 나는 요리강습을 받으려고 여기 온 게 아닐세."

"여보게, 매컴, 자네는 뱃속을 즐겁게 하는 일의 중요성을 과소평가하고 있군. 먹는다는 것은 사람의 지적인 발달을 위해 절대적으로 필요한 안내인 가운데 하나일세. 또한 개인의 기질을 파악하는 정확한 척도가 되지. 야만인은 야만인처럼 요리해서 먹네. 인류 초창기에는 사람들이 모두 소화불량에 시달렸다네. 사신이나 악마 또는 지옥의 관념은 그 시대에 만들어진 산물일세. 그런 것들은 위장병 때문에 생겨난 것이지.

그러다가 사람들은 요리기술을 익히기 시작하여 비로소 문명화되었네. 요리예술이 최고조에 이르렀을 때 문화적 영광도 최고봉에 다다랐다네. gourmet(미식가) 예술이 저하되면 인간의 문명도 역시 쇠퇴한다네. 맛도 멋도 없는 표준화된 미국 요리는 우리의 쇠퇴를 단적으로 말해주고 있지. 완전히 조합이 이루어진 스프는 베토벤의 C단조 교향곡 이상으로 사람을 고상하게 만든다네."

매컴은 식사하는 동안 잠자코 번스의 수다를 듣고 있었다. 두세 번 화제를 사건 쪽으로 돌리려고 했으나 그때마다 번스의 참견으로 무시당했다.

캐리가 식탁을 치우자 번스는 매컴의 방문 목적을 화제에 올렸다.

"알리바이 보고를 가지고 왔나, 매컴?"

이것이 번스의 첫 질문이었다. 매컴은 고개를 끄덕였다.

"어제 저녁 자네와 헤어진 뒤 히스 부장을 찾아내는 데 두 시간이나 걸렸다네."

"그거 안됐군!"

번스는 책상 앞으로 가더니 정리함 속에서 무언가 잔뜩 적혀 있는 반으로 접힌 종이를 한 장 꺼냈다. 그는 그 종이를 매컴에게 건네주며 말했다.

"그것을 읽어보고 박식한 자네의 의견을 들려주게. 어젯밤 음악회
가 끝난 다음 작성했다네."

나는 나중에 그 서류를 받아 벤슨 사건에 관한 다른 메모며 서류와
함께 철해두었다. 여기에 그것을 옮겨 적는다.

가정 앤너 플래트 부인이 6월 13일 밤 앨빈 벤슨을 사살했다.

장소 그녀는 벤슨의 집에 살고 있고 범행이 일어난 시각에 그
집에 있었음을 인정했다.

기회 그녀는 벤슨의 집에 피해자와 단둘이 있었다. 창문은 모두
안으로 빗장이나 쇠가 잠겨 있었다. 현관문도 잠겨 있었다. 다른
곳으로 들어갈 방법은 없다. 그녀가 거실에 있는 것은 부자연스럽
지 않다. 벤슨에게 집안일에 대해 물어본다는 구실로 들어갔을지도
모른다. 벤슨의 바로 앞에 섰다 해도 벤슨이 얼굴을 들지 않을 수
도 있다. 그러므로 벤슨은 책을 읽는 자세로 그냥 앉아 있었을 것
이다.

벤슨을 살해할 목적을 가지고 그의 주의를 끌지 않은 채 그토록
가까이 갈 수 있는 사람이 그녀 말고 또 있을까? 벤슨은 가정부
앞에서라면 어떤 모습으로 있든 마음쓰지 않을 것이다. 틀니를 빼
내고 가발을 벗고 실내복만 걸친 벤슨을 가정부는 늘 보아왔을 것
이다. 또한 가정부는 그 집에 살고 있으니 편리한 시각에 범행을
저지를 수 있다.

때 그녀는 잠들지 않고 벤슨을 기다리고 있었다. 그녀 자신은
부인했으나 벤슨은 귀가 시간을 알려놓고 나갔을지도 모른다. 벤슨
이 혼자 돌아와 스모킹 재킷으로 갈아입는 것을 보자 가정부는 그
날 밤에 손님이 없다는 것을 알았다. 그녀는 벤슨이 집에 돌아온
바로 그 시각을 택했다. 벤슨이 누군가를 데리고 왔다가 그 인물에

게 살해됐다는 추측이 가능하기 때문이다.

방법 그녀는 벤슨의 총을 사용했다. 벤슨은 틀림없이 한 자루 이상의 총기를 가지고 있었을 것이다. 권총을 두는 장소로는 거실보다 침실이 더 적당하다. 스미스 앤드 웨슨이 거실에서 발견됐으므로 다른 것은 아마 침실에 있었으리라고 추측된다.

그녀는 가정부였으므로 2층에 권총이 있다는 것을 알고 있었다. 벤슨이 책을 읽기 위해 거실로 내려간 다음 권총을 꺼내 앞치마 속에 감추고 내려갔다.

범행을 저지른 뒤 그녀는 권총을 버렸거나 또는 감추었을 것이다. 그것을 처리할 시간은 아침까지 충분히 있었다.

그녀는 벤슨이 집에 총기를 두고 있었느냐는 질문을 받았을 때 몹시 겁을 냈다. 우리가 침실에 권총이 있었다는 것을 알고 있는지 어떤지 몰랐기 때문이다.

동기 그녀는 딸에 대한 벤슨의 태도가 걱정되어 가정부로 벤슨의 집에서 함께 살았다. 딸이 그 집에 와서 일할 때에는 은밀히 경계했다. 최근 벤슨이 수상한 의도를 갖고 있음을 알자 마침내 딸에게 위험이 다가왔다고 믿었다. 그녀처럼 딸의 앞날을 위해 스스로 기꺼이 희생하는 어머니라면 딸을 구하기 위해 살인도 마다하지 않을 것이다.

그리고 또 보석이 있다. 그녀는 이것을 딸에게 주기 위해 감춰두었다. 벤슨이 외출할 때 그것을 테이블에 그대로 두었을까. 만일 어디에 치우고 나갔다면 집안 사정에 밝고 충분한 시간적 여유가 있었던 가정부 말고 누가 찾아낼 수 있겠는가?

행동 그녀는 세인트 클레어가 차를 마시고 간 사실에 대해 처음에는 거짓말을 했다. 그리고 나중에는 세인트 클레어가 범행과 아무 관계도 없다는 것을 안다고 변명했다. 이것은 그녀의 직관일까? 아니다. 그녀는 자기가 범인이기 때문에 세인트 클레어에게 죄가 없음을 알고 있었던 것이다. 죄 없는 사람에게 혐의가 씌워지는 것을 바라기에는 그녀는 너무 모성적이다.

그녀는 딸의 이름이 나오자 몹시 당황했다. 모녀 관계임이 드러나 벤슨을 죽인 동기가 폭로될 염려가 있기 때문이다.

그녀는 총소리를 들었다고 인정했다. 부인해봐야 실험에 의해 거실에서 쏜 총소리가 그녀의 방까지 충분히 들린다는 사실이 증명될지도 모르기 때문이다. 그렇게 되면 그녀에게 혐의가 두어질 것이다. 잠에서 깨어날 때마다 일일이 불을 켜고 정확한 시간을 확인하는 사람이 있을까? 그리고 집 안에서 총소리 같은 것을 들었다면 살펴보거나 주인을 깨우는 것이 당연하지 않았을까?

첫 번째 신문 때 그녀는 벤슨을 싫어하고 있는 태도를 드러냈다. 그녀는 신문할 때마다 더욱 불안한 태도를 보였다. 그녀는 냉정하고 영리하며 의지가 강한 독일인 같은 여자로, 이번 범죄를 계획하고 실행할 수 있는 능력을 가지고 있다.

키 그녀의 키는 약 5피트 10인치다. 실험으로 재 본 범인의 키와 비슷하다.

매컴은 이 précis(요약)을 몇 번이나 되풀이해서 읽었다. 그 일에 꼬박 15분이나 걸렸다. 다 읽고 난 뒤에도 10분이 넘도록 말이 없었다. 이윽고 그는 의자에서 몸을 일으켜 방 안을 서성거리기 시작했다.

번스가 변명했다.

"썩 잘된 법률문서는 아닐세. 하지만 대배심에서도 이해해 주리라고 생각하네. 그야 물론 자네가 고쳐도 좋지. 뜻도 없는 문장이나 알아듣기 어려운 법률용어로 장식해서 말일세."

매컴은 곧 대답하지 않았다. 그는 프랑스식 창문 앞으로 걸어가 큰 길을 내려다보며 말했다.

"자네 힘으로 사건이 해결된 것 같군. 정말 훌륭하네. 나는 처음부터 자네가 어디를 눈여겨보는지 알 수가 없었네. 어제 플래트 부인을 신문할 때 아주 못마땅했지. 솔직히 말해서 그 여자를 의심해본 적은 한 번도 없었으니까. 벤슨은 어지간히 그녀에게 원한을 산 모양이구먼."

매컴은 몸을 돌려 뒷짐 지고 고개를 숙인 채 천천히 우리 쪽으로 걸어왔다.

"그 여자를 체포해야겠지만 마음이 썩 내키지 않는군. 이상하게도 그녀와 이번 사건을 결부시켜 생각해본 적이 한번도 없었기 때문일세."

그는 번스 앞에서 걸음을 멈추었다.

"자네도 처음에는 그녀를 문제삼지 않았잖나. 번스의 집에 들어가 5분도 못되어 누가 범인인지 알았다고 큰소리쳤지만 말일세."

번스는 기분 좋게 미소지으며 의자 속에서 몸을 쭉 뻗었다.

매컴은 화가 나기 시작한 모양이었다.

"괘씸하게도 자네는 그 다음날부터 어떤 증거를 들고 나오든 이것은 여자의 범행이 아니라고 주장하지 않았나! 그리고 예술이니 심리학을 들추며 나를 골탕먹였지."

번스는 여전히 미소지으며 중얼거렸다.

"물론 그랬지. 이것은 여자가 할 수 있는 일이 아닐세."

"여자가 할 수 있는 일이 아니라고?"

매컴의 목이 꿈틀거렸다.

"맞네. 여자가 저지른 일이 아닐세."

번스는 매컴의 손에 쥐어진 종이를 가리켰다.

"그것은 자네를 감쪽같이 속여보았을 뿐일세. 가엾은 플래트 부인은 어린 양처럼 결백하다네."

매컴은 종이를 테이블에 내던지고 의자에 주저앉았다. 나는 매컴이 이토록 화내는 것을 본 적이 없었다. 그러나 그는 정말 훌륭하다고 말해도 과언이 아닐 만큼 자신을 잘 억누르고 있었다.

번스는 아무 감정이 없는 나른한 목소리로 설명하기 시작했다.

"여보게, 나의 친애하는 멍텅구리 선생, 나는 자네가 말하는 상황증거며 물적 증거가 얼마나 시시한 것인지 자네에게 실제로 증명해 보여주고 싶었다네. 플래트 부인에 대한 나의 고발은 자랑해도 좋을 만큼 훌륭한 것이라고 생각하네. 이것으로 자네는 그녀를 유죄로 만들 수도 있겠지. 하지만 자네의 고매한 법률이론과 마찬가지로 이것은 완전히 겉만 번드르르할 뿐 진실이 아닐세. 상황증거처럼 어리석은 것은 또 없네. 그것은 현대의 민주주의 이론과 비슷하다고 할 수 있는데, 선거에서 아무것도 모르는 사람들의 표를 긁어모으면 그곳에서 지혜가 나온다는 소리지. 상황증거의 이론은 약한 쇠사슬고리를 충분히 긁어모으면 강한 꼬리가 된다고 하는 데 바탕을 두고 있지."

매컴이 쌀쌀맞게 물었다.

"자네가 오늘 아침 나를 부른 것은 법률론을 강의하기 위해서였나?"

"아니, 그렇지 않네. 다만 내 해명을 자네에게 받아들이게 하려면 사전 준비가 필요했기 때문일세. 진범인에 대한 물적 증거 또는 상황증거라는 것을 나는 자네가 그 의자에 앉아 어떻게 하면 처벌받지 않고 나를 골려주다가 죽일 수 있을까 골똘히 계획세우고 있음을 알고 있는 것만큼 누가 진범인지 확실히 알고 있네."

매컴은 화난 목소리로 물었다.

"증거가 없는데 어떻게 결론내릴 수 있다는 건가?"

"주로 심리분석에 의해서지. 각 개인이 저마다 지닌 가능성의 과학이라고 해도 좋을걸세. 인간의 심리적 본성을 꿰뚫어 볼 수 있는 사람의 눈에는 헤스터 프린의 주홍글씨만큼이나 뚜렷한 낙인이 보인다네. 나는 너새니얼 호손은 읽지 않지만, 내게는 뉴잉글랜드 기질이 맞지 않거든."

매컴은 입을 굳게 다물며 얼음같이 차갑고 매서운 눈길을 번스에게로 던졌다.

"그렇다면 자네는 내가 자네가 지적한 희생자의 팔을 붙잡고 법정으로 끌고가 판사에게 '이 사람이 벤슨을 쏘아 죽였습니다. 증거는 없지만 사형을 선고해주십시오, 더없이 총명한 나의 친구이며 농어에 속을 넣어 만드는 요리를 발명한 파이로 번스 씨가 이 사람의 사악한 본성을 꿰뚫어보았으니까요'라고 말하기를 기대하고 있는 건가?"

번스는 거의 알아볼 수 없을 정도로 어깨를 움츠렸다.

"나는 자네가 그 범인을 체포하지 않는다 해도 그리 슬퍼하거나 풀죽지는 않을걸세. 다만 자네가 죄 없는 사람들을 분별없이 쫓아다니는 짓을 그만두게 하기 위해서라도 누가 범인인지 가르쳐주는 것이 인도적이라고 생각했을 뿐이네."

"알았네. 자, 어서 가르쳐주게. 빨리 일을 처리할 수 있도록 해주게."

누가 벤슨을 죽였는지 번스가 그 범인을 알고 있다는 점에 대해서 매컴은 전혀 의심하고 있지 않았다고 나는 믿는다. 그러나 어째서 번스가 이처럼 며칠이나 그를 애타게 만들었는지 그 이유를 완전히 이해한 것은 그날 아침이 거의 지난 무렵이었다. 그 이유를 알자 매컴은 번스를 용서했지만, 이때의 그는 화가 나서 부글부글 끓어오르는 것을 겨우 참고 있을 뿐이었다.

번스가 말했다.

"그 신사의 이름을 밝히기 전에 아직 두세 가지 해야 할 일이 있네. 우선 그 알리바이 보고서를 보여주게."

매컴은 주머니에서 타이프친 서류를 꺼내 건네주었다.

번스는 외눈안경을 고쳐 쓰고 찬찬히 그 서류를 읽어 내려갔다. 그리고 서재로 가더니 전화 거는 소리가 들려왔다. 돌아오자 그는 다시 한 번 보고서를 읽었다. 특히 그중 어떤 부분에 눈길이 멎더니 가능성을 헤아리듯 한참 머물러 있었다.

"기회는 있었군."

마침내 나직이 중얼거리더니 번스는 결단내리지 못한 듯이 물끄러미 난로를 바라보았다. 그리고 다시 한 번 보고서를 쭉 훑어보았다.

"오스틀랜더 대령은 13일 밤 몰리어티라는 브롱크스 구 참사회의원과 함께 47블록의 피커딜리 극장으로 미드나이트 폴리즈*2를 보러 갔었군. 12시 조금 전에 극장에 닿아 끝까지 구경했는데, 공연이 끝난 시각은 2시 30분쯤이었네. 자네는 이 참사회의원을 알고 있나?"

매컴은 번스의 얼굴을 날카롭게 쳐다보았다.

"몰리어티 씨라면 만난 적이 있지. 그런데 왜 그러나?"

나는 그 목소리에서 흥분을 누르고 있음을 느꼈다.

"그 브롱크스 구 참사회의원은 지금쯤 어디를 헤매고 있을까?"

"집에 있겠지. 아니면 서머세트 클럽에 있을지도 모르고, 또 어떤 때는 시청에 볼일이 있는 경우도 있다네."

"흐음, 그런 활동을 하다니, 정치가에게 어울리지 않는 걸. 번거롭겠지만 몰리어티 씨가 집에 있는지 아니면 클럽에 있는지 확인해주지 않겠나? 큰 지장이 없다면 잠깐 이야기해 보았으면 하네."

매컴은 찌르는 듯한 눈길로 번스를 바라보더니 말없이 서재의 전화기 앞으로 갔다.

잠시 뒤 매컴이 돌아와서 말했다.

"몰리어티 씨는 집에 있네. 막 시청으로 나가려던 참이었다네. 그래서 가는 도중에 잠깐 여기 들러달라고 부탁했네."

번스는 한숨을 내쉬었다.

"기대에 어긋나지 않았으면 좋겠군. 하지만 해볼 만한 일이기는 하네."

그러나 매컴은 유머도 호의도 담겨 있지 않은 목소리로 물었다.

"자네는 지금 낱말 뜻 알아맞히기 게임이라도 하고 있는 건가?"

번스가 대답했다.

"맹세해도 좋지만 나는 본 줄거리를 혼란시킬 생각은 조금도 없네. 자네가 풍부하게 가지고 있는 그 단순한 신뢰성을 조금만 보여주게. 노르만식 무분별한 용맹함보다 훨씬 좋을걸세. 범인은 오전 안에 자네에게 넘겨주겠네. 그러나 여보게, 그러기 위해서는 자네가 납득할 수 있도록 만들어야 한단 말일세. 이 알리바이 보고는 내가 coup de boutoir(신랄한 말)를 하는데 큰 도움이 될 것 같군. 전에도 자네에게 말했듯이 알리바이란 마음놓을 수 없는 위험한 것이라 철저하게 의심하고 덤벼들어야 한다네. 그리고 알리바이가 없다고 해서 무슨 뜻이 있는 게 아니라는 점을 명심해야 하네.

예를 들어 이 보고서를 보니 호프먼 양에게는 13일 밤의 알리바이가 없군. 영화관에 갔다가 집에 돌아왔다고 했는데, 그동안 그녀를 본 사람은 아무도 없으니까. 어쩌면 어머니를 만나기 위해 벤슨네 집에 갔다가 늦게까지 거기 있었을지도 모르지. 자, 의심스럽지 않은가? 그러나 그녀가 만일 그 집에 갔다 해도 그녀의 유일한 죄라면 딸로서 어머니에 대해 애정을 가졌다는 것뿐일세. 그런데 여기에는 이른바 철근처럼 한 치의 빈틈도 없는 튼튼한 알리바이도 두셋 있군. 짓궂은 비유지. 하지만 철근 같은 건 쉽사리 두드려 부술 수 있네. 그리고 나는 이 가운데 하나가 거짓이라는 것을 알고 있네. 그러니 얌전히 참고 기다리게, 매컴. 이 알리바이는 하나하나 면밀히 검토해볼 필요가 있네."

15분쯤 뒤 몰리어티가 나타났다. 20대 후반쯤 되어 보이는 성실한 인상의 미남으로 옷차림이 단정한 젊은이였다. 아무튼 내가 상상하고 있던 참사회의원과는 전혀 달랐다. 브롱크스 사투리가 거의 없는 정확한 영어로 말했다.

매컴이 인사하며 그를 부른 이유를 간단히 설명했다.

몰리어티는 대답했다.

"그 일에 관해서라면 바로 어제 살인과 형사가 와서 묻고 갔습니다만."

그러자 번스가 말했다.

"그 보고는 받았습니다. 그러나 너무 막연해서요. 그날 밤 오스틀랜더 대령과 만나 무엇을 했는지 한 번 자세하게 설명해 주시겠습니까?"

"오스틀랜더 대령이 저를 저녁식사와 폴리즈에 초대했습니다. 우리는 10시에 마르세이유에서 나왔지요. 그 다음 12시 조금 전에 피커딜리로 가서 2시 30분쯤까지 거기에 있었습니다. 그리고 대령님의 아파트까지 함께 걸어가 또 술을 마시며 이야기를 나누다가 3시 30분쯤 지하철로 돌아왔습니다."

"어제 형사에게 말씀하신 것을 보니 극장에서는 발코니석에 앉아 있었다지요?"

"그렇습니다."

"당신과 오스틀랜더 대령은 공연 내내 발코니석에 있었습니까?"

"아니오, 1막이 끝나자 제 친구 한 사람이 발코니석으로 찾아왔기 때문에 대령님은 자리를 비켜주기 위해 손을 씻으러 나갔습니다. 그리고 2막이 끝나자 대령님과 저는 바깥 옆 골목으로 나가 담배를 피웠습니다."

"1막이 끝난 것은 몇 시쯤이었습니까?"

"12시 30분쯤이었을 겁니다."

"옆 골목이 어디 있습니까? 내 기억에 따르면 극장 옆으로 뻗어나가 큰길로 통하게 되어 있다고 생각됩니다만."

"네, 그렇습니다."

"그리고 발코니석 바로 옆에 출구가 있어 곧장 옆 골목길로 나갈 수 있지 않습니까?"

"그렇습니다. 그날 밤 우리는 그 출구로 나갔습니다."

"1막이 끝난 뒤 대령은 얼마 동안 자리를 비웠습니까?"

"몇 분 정도였을 겁니다. 정확하게 말씀드릴 수는 없습니다만."

"2막이 오를 때 돌아왔습니까?"

몰리어티는 생각에 잠겼다.

"그렇지 않은 것 같습니다. 막이 오르고 조금 뒤에 돌아온 것 같습니다."

"10분 정도였습니까?"

"확실하지 않습니다만 그 이상은 아니었을 겁니다."

"그렇다면 막간을 10분으로 잡고, 대령은 20분쯤 자리를 비운 셈이로군요."

"네, 그랬을지도 모릅니다."

이것으로 회견이 끝났다. 몰리어티가 가자 번스는 의자에 기대앉아 깊이 생각에 잠기며 담배를 피웠다.

이윽고 그는 말했다.

"뜻밖의 수확이 있었네. 피커딜리 극장은 벤슨의 집에서 모퉁이 하나만 돌면 되는 거리에 있지. 이런 가능성을 자네는 생각해 보았나? 참사회의원을 미드나이트 폴리즈에 초대하고 옆 골목으로 통하는 출구 가까운 발코니석에 자리잡았네.

12시 30분 조금 전에 자리를 떠나 골목길을 통해 벤슨네 집으로 가서 창을 두드렸겠지. 벤슨이 문을 열어주자 그를 쏘아죽이고 서둘러 극장으로 돌아왔을지도 모르네. 20분이면 충분했을 테니까."

매컴은 몸을 꼿꼿이 긴장시키며 아무 말도 하지 않았다. 번스는 다음말을 이어나갔다.

"그럼, 이제부터 암시적인 상황과 확증적인 사실을 검토해보세. 세인트 클레어 양의 이야기에 따르면 대령은 벤슨이 권한 주식을 사들였다가 큰 손해를 보고 그 부정행위를 비난했네. 1주일 이상이나 벤슨에게 말도 걸지 않았다고 했었네. 그렇다면 두 사람 사이에 나쁜 감정이 있었던 것만은 틀림없지. 대령은 마르세이유에서 세인트 클레어 양이 벤슨과 함께 있는 것을 보았네. 그런데 그녀는 언제나 12시에는 집으로 돌아간다는 것을 알고 있었으므로 12시 30분이라는 적당한 시각을 택했겠지. 처음에는 좀더 늦게까지 기다릴 생각이었을지도 모르네. 즉 1시 30분이나 2시까지 극장에서 빠져나오는 것을 말일세. 육군 장교이니 콜트 45구경 권총을 가지고 있었을 테고 사격의 명수일지도 모르지.

게다가 대령은 자네가 누군가를 빨리 체포하기를 몹시 바랐네. 아무라도 상관없다는 태도였지. 그리고 자네에게 전화 걸어 수사가 어떻게 되어 가느냐고 묻기까지 했네. 대령은 벤슨이 그런 옷차림으로도 집 안에 들여놓을 수 있는 몇 안 되는 사람 가운데 하나일세. 15년 전부터 알고 있는 사이좋은 친구였으니까. 플래트 부인은 벤슨이 가발을 벗어 대령에게 보여주는 것을 목격한 적이 있다고 말했잖나. 그리고 대령은 그 집의 구조를 잘 알고 있었을걸세. 오랜 친구에게 뉴욕의 놀라운 밤생활을 안내한다며 그 집에 여러 번 묵은 적이 있었을걸세. 어떤가, 자네 마음에 들지 않나?"

매컴은 일어나 거의 눈을 감고 방 안을 서성거렸다.

"그래서 자네는 대령에게 그토록 관심을 가지고 있었구먼. 이 사람 저 사람 붙잡고 대령에 대해 알고 있느냐고 묻고 식사에 초대하기도 하며. 먼저 묻겠는데, 대령이 범인이라는 생각은 어디서 착안해냈나?"

번스는 큰 목소리로 말했다.

"대령이 범인이라고? 그 쓸모없는 늙은 바보가 범인이라니, 여보게, 매컴, 그런 생각은 당치도 않네. 대령은 그날 밤 정말 손을 씻으러 가서 눈썹을 매만지고 넥타이를 고치기도 했을걸세. 사실 발코니석에 버티고 앉아 있으면 무대의 아가씨들 눈에 띄거든."

매컴은 갑자기 걸음을 멈췄다. 보기흉한 빛깔이 두 볼에 떠오르며 눈이 불길처럼 무섭게 이글거렸다. 그러나 그가 미처 말을 꺼내기도 전에 번스는 상대방의 노여움을 아랑곳하지 않는 침착한 태도로 설명을 이어나갔다.

"내가 한 일은 정말 운이 좋았네. 아무튼 그 대령은 손을 씻으러 가서 모양을 내는 구식 멋쟁이임에 틀림없네. 나도 그러리라고 생각했었지. 오늘 아침에는 정말 놀라운 진척이 있었네. 자네의 감정을 상하게 했지만 말일세. 자, 지금 자네 앞에 저마다 다른 다섯 인물이 있네. 자네가 조금만 법률적인 머리를 쓰면 그들을 모두 유죄로 만들 수 있네. 적어도 고발단계까지 끌고 갈 수 있네."

번스는 생각에 잠기듯 머리를 뒤로 젖혔다.

"우선 세인트 클레어 양인데, 자네는 꽤 확신을 가지고 그녀의 범행으로 단정하자마자 곧 소령에게 체포할 준비가 되었다고 말했지.

범인의 키에 대한 내 실험은 너무 이론적이어서 결정적인 순간에 법정에서 쓸모가 없다며 거들떠보지 않으면 되니까, 아마 판사도 틀림없이 자네 의견에 동의할걸세.

다음은 리콕 대위인데, 그 사나이를 감옥에 넣지 못하게 하기 위해 나는 직접 실력을 행사해야 했네. 자네는 그를 체포함으로써 훌륭한 사건을 만들어낼 수 있었겠지. 그 유쾌한 자백서는 건드리지 않고도 말일세. 자네가 어떤 곤란을 당하게 되면 대위가 도와주겠지. 그는 자네가 유죄로 인정해주기를 애타게 바라고 있으니까.

이번에는 사랑스러운 리앤더 파이피를 끌어내볼까? 일을 성사시키기에는 다른 누구보다도 편리한 사람이지. 상황증거가 풍부하게 갖추어져 있으니까. 사실 embarras de richesse(진절머리날 만큼 풍부함)거든. 파이피라면 어떤 배심원도 기꺼이 유죄판결을 내릴걸세.

네 번째로 나는 자부심을 가지고 플래트 부인을 추천하겠네. 그녀 역시 상황증거는 완전하네. 단서며 추정이며 법률적인 여러 가지 문제가 상당히 다양하니까.

다섯 번째는 오스틀랜더 대령을 제공하지. 지금 막 그에 대한 자네의 고발내용 복습을 마쳤지만, 시간이 있으면 좀더 정교하게 다듬어 완성시킬 수 있었을걸세."

번스는 애교가 담긴 짓궂은 미소를 매컴에게 던졌다.

"부디 명심해주기 바라네, 매컴. 이 다섯 사람은 모두 범인으로 추정할 수 있는 조건을 갖추고 있네. 모두들 때와 장소와 기회와 수단과 동기와 행동에 관한 법률적 요구를 채워주고 있으니까. 그런데 유일한 약점은 다섯 사람 모두 죄가 없다는 것이지. 참으로 곤란한 사실이 아닌가? 그러니 하는 수 없지. 의심가는 사람이 모두 죄가 없다면 어떻게 해야 할까…… 이거 야단났군그래."

번스는 다시 알리바이 보고서를 집어 들었다.

"이 알리바이들을 검토해 나가는 수밖에 없지 않겠나?"

완전히 헛다리를 짚는 이런 탈선적인 방법으로 번스가 대체 어떤 목표에 이르려고 하는지 나로서는 전혀 짐작이 가지 않았다. 매컴 역시 어리둥절한 모양이었다. 그러나 우리 두 사람은 모두 번스의 이런 엉뚱한 방법 속에서 이치에 어긋나지 않는 이유가 있다는 것을 확신했다.

이윽고 번스는 감회를 담아 말했다.

"이번에는 벤슨 소령 차례일세. 어떤가, 또 한 번 해보겠나? 시간은 많이 걸리지 않을걸세. 바로 가까이 살고 있으니까. 소령의 알리바이는 완전히 그 아파트 야근 관리인의 증언에 의존해 있네. 자, 가세!"

번스는 벌떡 일어섰다.

"그날 야근했던 관리인이 지금 있을까?"

"아까 전화를 걸어 확인해보았네."

"하지만 그렇게 해봐야 무슨 소용 있겠나?"

번스는 이미 매컴의 팔에 손을 얹고 반장난처럼 문 쪽으로 끌고 가면서 신나게 맞장구쳤다.

"하긴 그렇지. 하지만 여보게, 전에도 여러 번 말했듯이 자네는 인생을 너무 고지식하게 받아들인단 말이야."

매컴은 정색한 얼굴로 저항하고 뒷걸음질치며 붙잡힌 팔을 뿌리쳤다. 그러나 번스의 결의는 굳었다. 꽤 심한 말다툼이 오간 끝에 결국 매컴이 양보했다.

매컴은 택시에 올라타자 투덜거렸다.

"이런 연극에는 이제 질렸네."

"나는 벌써 오래 전에 질려버렸는걸."

번스가 말했다.

* 1 카스타드가 든 카스텔라.
* 2 레뷔(révue)를 중심으로 한 대중오락 또는 그 오락장.

알리바이 조사

6월 20일 목요일 오전 10시 30분

벤슨 소령이 살고 있는 체이섬 암즈는 46블록의 5번 거리와 6번 거리 중간에 자리잡은 작은 고급 독신자 아파트였다. 간소하지만 품위 있어 보이는 정면 현관이 도로에 잇닿아 있고, 보도에서 이어지는 돌층계가 두 단 있었다. 현관문을 열면 좁은 홀이 있고, 그 왼쪽으로 cul-de-sac(막다른 골목)처럼 작은 응접실이 보였다. 구석에 엘리베이터가 있고 그 옆으로 좁은 철제 층계가 엘리베이터를 휘감듯이 위로 뻗어 있다. 그리고 그 아래에 전화 교환실이 있었다.

우리가 도착했을 때에는 제복차림의 젊은이 두 사람이 근무하고 있었는데, 한 사람은 엘리베이터 문에 기대서 있고 또 한 사람은 교환대에 앉아 있었다.

번스는 입구 옆에서 매컴을 세웠다.

"아까 전화로 물어보았더니 이 두 관리인 가운데 한 사람이 13일 밤에 근무했다고 하네. 어느 쪽인지 확인한 다음 무서운 검사의 직함으로 겁을 주어 순순히 털어놓도록 만들게. 그 다음에는 나에게

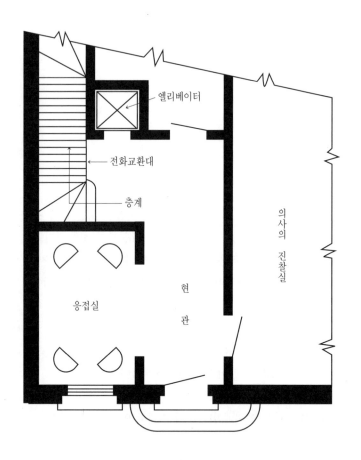

엘리베이터

전화교환대

층계

의사의 진찰실

현관

응접실

서46블록
체이섬 암즈의 1층

넘겨주어야 하네."

매컴은 내키지 않는 걸음으로 구석을 향해 걸어갔다. 그는 두세 가지 질문을 하더니 그중 한 사람을 응접실로 데리고 들어와 짐짓 위엄을 부리며 용건을 설명했다[1].

번스는 상대방이 아는 것은 무엇이든지 다 알고 있다는 듯한 자신만만한 태도로 묻기 시작했다.

"벤슨 소령은 동생이 살해된 날 밤 몇 시에 들어왔지요?"

관리인의 눈이 크게 떠졌다. 그는 한순간 주춤하며 대답했다.

"11시쯤 돌아왔습니다, 연극이 끝나고 바로 뒤에."

지면을 절약하기 위해 이제부터는 질의응답을 연극대사처럼 쓰겠다.

번스 "당신에게 말을 걸었소?"

관리인 "네. 연극 구경을 갔었는데 너무 재미가 없어 머리가 아팠다고 말씀하셨습니다."

번스 "1주일 전에 들은 이야기를 어떻게 그처럼 잘 기억하고 있소?"

관리인 "그날 밤에 소령님 동생이 살해되었으니까요."

번스 "살인사건으로 그토록 흥분했었다면 그날 밤 P의 행동에 대해서도 잘 기억하고 있겠군요?"

관리인 "그렇습니다. 소령님은 살해된 사람의 형님이니까요."

번스 "그날 밤 돌아왔을 때 벤슨 소령이 날짜에 대한 이야기를 하지 않았소?"

관리인 "별다른 말씀은 없으셨습니다. 다만 그처럼 시시한 연극을 보게 된 것은 13일이기 때문일 거라고 말씀하셨습니다."

번스 "그리고 다른 말은 없었소?"

관리인 (히죽 웃으며) "13일을 제 행운의 날로 해주시겠다며 주머니에 있던 잔돈을 모두 주셨습니다. 5센트, 10센트, 25센트짜리 말고도 50센트짜리 은전이 한 개 있었습니다."

번스 "모두 얼마였소?"

관리인 "3달러 45센트였습니다."

번스 "그리고 나서 소령은 곧장 방으로 돌아갔소?"

관리인 "네. 제가 엘리베이터로 모셔다드렸지요. 소령님은 3층에 살고 계십니다."

번스 "그 뒤 외출하지 않았소?"

관리인 "네, 외출하지 않으셨습니다."

번스 "어떻게 그것을 아시오?"

관리인 "나가셨다면 제가 봤을 테니까요. 밤새도록 교환대에 있거나 엘리베이터를 운전했으니까 나가셨다면 제가 봤을 겁니다."

번스 "당신 혼자 야근했소?"

관리인 "10시 이후에는 언제나 한 사람만 근무합니다."

번스 "그 다음에 소령을 본 것은 언제였소?"

관리인 (잠시 생각한 다음) "벨을 눌러 잘게 부순 얼음이 필요하다고 하셔서 갖다드렸습니다."

번스 "그게 몇 시였지요?"

관리인 "그건 잘 모르겠는데요…… 아, 그래, 12시 30분쯤이었습니다."

번스 (희미하게 웃으며) "아마 소령이 시간을 물었겠지요?"

관리인 "그렇습니다. 소령님은 거실의 탁상시계를 보아달라고 하셨습니다."

번스 "어째서 그런 것을 물었을까요?"

관리인 "그것은 제가 얼음을 가지고 올라갔을 때 소령님은 이미 잠자리에 들어 계셨기 때문입니다. 얼음을 가져가자 거실 주전자에 넣어두라고 이르셨습니다. 시키신 대로 하고 있는데 벽난로 위의 탁상 시계가 몇 시인지 보아달라고 하셨습니다. 몸시계가 멎어서 맞추어야 겠다면서요."

번스 "그밖에 다른 말은 없었소?"

관리인 "없었습니다. 전화가 걸려오더라도 방으로 연결시키지 말라고 했습니다. 자고 싶으니까 깨우지 말라고 했지요."

번스 "꼭 그렇게 해달라고 다짐하지 않았소?"

관리인 "글쎄요, 그렇다고 할 수도 있겠지요."

번스 "그리고 다른 일은 시키지 않았소?"

관리인 "네. 고맙다고 하며 불을 끄시기에 저는 아래로 내려왔습니다."

번스 "어느 불을 껐지요?"

관리인 "침실 불입니다."

번스 "거실에서 침실이 보입니까?"

관리인 "아니오, 침실 문은 복도 쪽으로 나 있습니다."

번스 "그렇다면 어떻게 불이 꺼진 것을 알았소?"

관리인 "침실 문이 열려 불빛이 복도로 비쳐 나왔거든요."

번스 "나올 때 침실 문 앞을 지나왔겠군요."

관리인 "물론이지요. 그렇게 하지 않으면 나올 수가 없습니다."

번스 "그때도 문이 열려 있었소?"

관리인 "네."

번스 "침실 문은 그것 하나뿐이오?"

관리인 "그렇습니다."

번스 "당신이 거실에 있을 때 소령은 어디 있었지요?"

관리인 "침대 속에 계셨습니다."

번스 "어떻게 그것을 알았지요?"

관리인 (조금 불끈하며) "보였으니까요."

번스 (잠시 사이를 두었다가) "그 뒤 소령이 내려오지 않은 것은 틀림없겠지요?"

관리인 "아까도 말씀드렸듯이 내려오셨다면 보였을 겁니다."

번스 "당신이 엘리베이터를 타고 위로 올라가 있는 동안에 내려올 수는 없었을까요?"

관리인 "그럴 수도 있겠지요. 하지만 소령님에게 얼음을 갖다드리고 2시 30분쯤 몬터규 씨가 돌아올 때까지 엘리베이터를 가동시키지 않았습니다."

번스 "그러니까 벤슨 소령에게 얼음을 갖다준 다음 2시 30분쯤 몬터규 씨가 돌아올 때까지 아무도 엘리베이터로 올려다주지 않았다는 말이군요."

관리인 "그렇습니다."

번스 "그동안 이 홀을 떠난 적은 없었소?"

관리인 "네, 내내 여기 앉아 있었습니다."

번스 "12시 30분쯤 당신이 마지막으로 보았을 때 소령은 잠자리에 들어 있었다고 했지요?"

관리인 "그렇습니다. 아침에 어떤 부인(2)이 전화를 걸어 그분 동생이 살해됐다는 사실을 알려올 때까지요. 그러고 나서 약 10분 뒤에 소령님은 내려와 외출하셨습니다."

번스 (관리인에게 1달러 주며) "수고했소. 이제 됐소. 하지만 우리가 여기 왔었다는 것을 아무에게도 말해서는 안 되오. 그렇지 않으면 경찰에 끌려갈 거요. 알았소? 그럼, 가서 일보시오."

관리인이 나가자 번스는 호소하는 듯한 눈길로 매컴을 보았다.

"매컴, 사회를 옹호하기 위해, 보다 높은 정의의 요구를 받아들이기 위해, 그리고 최대다수의 최대행복을 위해, pro bono publico

(공공의 선을 위해), 이 모든 것을 위해 다시 한 번 자네의 선천적인 기호——자네 자신은 어떤 용어를 쓰는지 모르지만——에 어긋나는 행동을 하게 된 것을 참아주기 바라네. 야비한 말로 표현하자면 나는 지금 당장 소령의 방을 몰래 뒤져봐야겠네."

"무엇 때문인가?"

매컴의 목소리에는 절규에 가까운 항의의 울림이 담겨 있었다.

"자네 완전히 미쳤군. 관리인의 증언에는 미심쩍은 점이 하나도 없었지 않나. 나는 좀 둔할지 모르지만 저 증인이 거짓말하고 있지 않다는 것쯤은 나도 알고 있네."

그러자 번스는 태연히 동의했다.

"물론 그는 거짓말하지 않았네. 그렇기 때문에 올라가 보자는걸세. 자, 가세, 매컴. 이 시간에 소령이 ensurpise(불쑥) 들어오지는 않겠지."

번스는 비위맞추듯 미소지었다.

"자네는 무슨 일이든 도와주겠다고 약속했잖나!"

매컴은 온 힘을 다해 항의했으나 번스도 그 못지않게 자기 주장을 고집했다. 그리고 몇 분 뒤 우리는 여벌쇠로 벤슨 소령의 방을 열고 들어갔다.

공용복도 쪽으로 난 문을 열자 좁은 복도가 곧장 구석의 거실로 이어졌다. 그 복도 오른쪽 입구 바로 옆에 침실로 들어가는 문이 있었다.

번스는 곧장 거실로 들어갔다. 오른쪽 벽에 벽난로와 맨틀피스가 있고, 그 위에 구식 마호가니 탁상시계가 놓여 있었다. 맨틀피스에 가까운 저쪽 모퉁이에 자리잡은 작은 테이블 위에는 물주전자와 컵 여섯 개로 구성된 은제 세트가 놓여 있었다.

번스가 말했다.

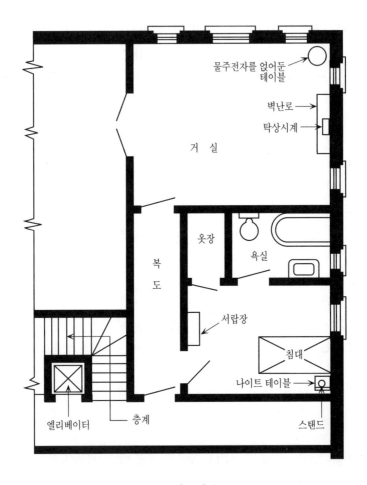

물주전자를 얹어둔
테이블

벽난로 →

탁상시계 →

거 실

옷장

욕실

복
도

서랍장

침대

나이트 테이블 →

엘리베이터   층계   스탠드

서46블록
체이섬 암즈 아파트 3층

"저것이 바로 그 편리한 탁상시계로군. 이것은 그 관리인이 얼음을 넣은 물주전자……셰필드*[1]의 모조품이군."

번스는 창가로 다가가서 25피트 내지 30피트쯤 아래쪽의 포장된 뒤뜰을 내려다보며 중얼거렸다.

"이 창문으로는 도저히 빠져나가지 못했겠군."

그는 몸을 돌려 잠시 동안 복도를 바라보았다.

"문만 열려 있었다면 관리인에게도 침실 불이 꺼지는 게 잘 보이겠군. 통로의 벽이 하얗기 때문에 아주 밝게 반사될 테니까."

그리고 다시 되돌아와서 침실로 들어갔다. 문 쪽으로 시트 덮인 작은 침대가 있고 그 옆의 나이트테이블에 전기스탠드가 놓여 있었다. 번스는 침대 가장자리에 걸터앉아 주위를 한 번 둘러보고 소켓의 줄을 잡아당겨 불을 켰다가 다시 껐다. 그런 다음 매컴을 뚫어지게 바라보았다.

"소령이 관리인 몰래 빠져나간 방법을 알겠지, 매컴?"

"하늘을 날아서 나갔겠지" 하고 매컴이 대답했다.

"그와 비슷하네. 아무튼 정말 아주 교묘해. 들어보게, 매컴. 12시 30분쯤 소령은 잘게 부순 얼음이 필요하다고 전화를 걸었네. 관리인이 얼음을 가지고 올라와 거실로 가다가 열린 침실 문을 통해 침대에 누워 있는 소령을 보았지. 소령이 얼음을 거실 물주전자에 넣어달라고 하여 관리인은 홀을 지나서 거실을 가로질러 구석의 테이블까지 갔는데, 그때 소령이 맨틀피스 위의 시계가 몇 시인지 봐달라고 했네. 그래서 관리인이 시계를 보았는데 12시 30분이었지.

소령은 이제 자야겠으니 가보라고 하며 나이트테이블의 스탠드를 끄고는 부리나케 침대에서 빠져 나왔네. 물론 옷을 입고 있었을 테지. 관리인이 얼음을 넣고 홀로 다시 나오기 전에 급히 공용복도를 뛰어나가 층계를 달려 내려가서 엘리베이터가 내려오기 전에 길

로 나갔을걸세. 관리인이 나오며 침실 문을 지날 때 안을 들여다보
았다 해도 방 안이 캄캄하니 소령이 침대에 있는지 없는지 알 수
없었겠지. 머리가 아주 좋아, 안 그런가?"

매컴은 한 걸음 양보했다.

"물론 그럴 수도 있겠지. 하지만 자네의 그럴 듯한 추리도 돌아오
는 방법에 대해서는 생각하지 않았군그래."

"그것은 소령의 계획 가운데 가장 간단한 문제라네. 그는 아마 길
건너편 어느 문간에 서서 이 아파트에 사는 누군가가 들어가기를
기다렸을걸세. 관리인은 몬터규 씨가 2시 30분쯤 돌아왔다고 말했
지. 바로 그때 소령은 엘리베이터가 위로 올라가는 틈을 노려 살짝
현관으로 들어와 층계를 걸어서 올라갔을걸세."

매컴은 씁쓸하게 웃을 뿐 아무 말도 하지 않았다.

번스가 설명을 계속했다.

"자네도 소령이 날짜와 시간을 관리인에게 뚜렷이 기억시키기 위해
얼마나 마음 썼는지 알았겠지? 시시한 연극, 두통, 운수 나쁜 날.
운수 나쁜 날이란 물론 13일이지. 하지만 관리인에게는 운 좋은 날
이었네. 돈이 들어왔으니까. 모두 은전으로 팁을 주는 방법치고는
묘하지 않나? 1달러짜리 지폐로 주었으면 잊어버렸을지도 모르
지."

매컴의 얼굴은 어두웠으나 여전히 평온하고 무감동한 목소리로 말
했다.

"나는 플래트 부인에 대한 자네의 주장을 택하겠네."

"조금만 기다리게. 일이 아직 끝나지 않았으니까."

번스는 곧 일어섰다.

"이제 흉기를 찾아야겠군."

매컴은 어느새 재미있어하면서도 혹시나 하는 태도로 번스를 빤히

지켜보았다.

"흉기가 나온다면 물론 하나의 뒷받침이 되겠지. 자네는 정말 흉기가 나오리라고 생각하나?"

번스는 유쾌하게 보증했다.

"문제없네."

그는 서랍장 옆으로 가서 서랍을 뒤지기 시작했다.

"이 집 주인은 앨빈 벤슨의 집에 권총을 두고 오지 않았네. 게다가 그는 권총을 버리기에는 너무 교활한 사람일세. 지난 대전에 참전한 소령이니까 그런 무기를 가지고 있다 해도 이상할 건 없지. 사실 소령이 권총을 한 자루 가지고 있다는 것을 아는 사람도 몇 명 될걸세. 더구나 결백하다면——소령은 우리가 그렇게 생각해 주기를 기대하고 있는 모양인데——늘 두는 자리에 놓아두어도 이상할 게 없겠지. 총을 없앤다면 그것이 오히려 의심을 사기 쉬울 테니까. 그리고 여기에는 아주 재미있는 심리적 요소가 담겨 있다네. 오히려 범인이 아닌데도 의심받는 사람은 숨기거나 버리지. 예를 들면 리콕 대위처럼 말일세. 그러나 진짜 범인은 결백을 꾸며 보이기 위해 사용한 흉기를 본디 있던 자리에 도로 갖다놓을걸세."

번스는 여전히 서랍장을 뒤지고 있었다.

"그러므로 문제는 다만 소령이 여느 때 권총을 어디에 넣어두는지 그 장소를 찾아내기만 하면 되네. 이 서랍장에는 넣어두지 않은 모양이군."

번스는 서랍을 닫았다. 다음에는 침대다리 밑에 놓아둔 여행가방을 열고 그 속을 살폈다. 그는 그다지 초조해 하지도 않고 중얼거렸다.

"여기에도 없군. 그렇다면 그밖에 넣어둘 만한 곳은 옷장밖에 없겠지."

번스는 방을 가로질러가서 옷장 문을 열고 천천히 전기 스위치를 컸다. 윗선반에 불룩한 권총 케이스가 달린 군인용 혁대가 눈에 잘 띄게 놓여 있었다. 그는 세심한 주의를 기울여 그것을 집어 들고 창문 가까운 침대 위에 놓았다.

"이것 보게, 내 말이 맞지!"

번스는 기쁜 듯이 몸을 굽히고 자세히 들여다보았다.

"혁대와 케이스를 특히 자세히 보게, 케이스 덮개는 빼고, 다른 데에는 온통 먼지가 끼어 있구먼. 뚜껑이 비교적 깨끗한 것은 열었다는 증거지. 물론 단정할 수 없네만. 자네는 늘 단서 단서 하니 말일세."

번스는 조심스럽게 케이스에서 권총을 꺼냈다.

"보게나, 권총에도 먼지가 끼어 있지 않네. 최근에 손질한 모양일세."

번스는 손수건 끝을 총부리에 틀어넣었다. 그런 다음 손수건을 빼고 살펴보았다.

"이것 보게, 총부리 속도 깨끗하군. 그리고 내가 가지고 있는 세잔의 그림을 모두 법학사님의 학위에 걸어도 좋지만, 총알 하나도 부족하지 않을걸세."

번스는 탄창을 빼내어 나이트테이블 위에 놓았다. 총알이 우리들 앞에 가지런히 줄지어 나타났다. 일곱 개 들어 있었다. 이 형의 권총에는 일곱 개의 총알이 들어가게끔 되어 있었던 것이다.

"매컴, 자네가 말하는 귀중한 단서라는 것을 또 하나 제공하겠네. 총알은 오랫동안 탄창에 넣어두면 색이 좀 변하기 마련이지. 탄창은 공기가 통하지 않도록 되어 있지 않으니까. 그러나 잘 봉해진 새 약포함 속에 넣어두면 알맹이는 훨씬 오래 광택을 유지할 수 있다네."

번스는 탄창에서 굴러 나온 첫 번째 총알을 가리켰다.

"이 총알을 보게. 맨 마지막에 탄창에 넣은 것일세. 다른 것보다 광택이 있지. 여기에서 추정해 낼 수 있는 것은——자네는 추정의 명수니까——이것은 새 총알이며 아주 최근에 탄창에 넣었다는 사실일세."

번스는 똑바로 매컴의 눈을 들여다보았다.

"이것은 해지든 주임이 보관하고 있는 것 대신 여기에 넣은 총알일세."

매컴은 자신도 모르게 최면술에 끌려드는 것을 뿌리치려는 사람처럼 갑자기 머리를 쳐들었다. 그러나 그는 굉장한 노력으로 미소지었다.

"나는 아직도 플래트 부인에 대한 자네의 주장이 더 걸작이라고 생각하네."

번스는 대답했다.

"소령의 초상화는 이제 겨우 윤곽이 잡혔을 뿐일세. 이제부터 화필을 놀려 뚜렷한 형태를 갖추게 해보지. 그러나 우선 먼저 간단한 교리문답을 해보세. 13일 밤 12시 30분에 동생 앨빈이 집에 있다는 것을 소령은 어떻게 알았는가? 소령은 앨빈이 세인트 클레어 양을 저녁식사에 초대한 것을 알고 있었네. 소령에게는 엿듣는 버릇이 있다고 말한 호프먼 양의 진술을 기억하겠지, 매컴? 그리고 소령은 또 세인트 클레어 양이 12시에는 반드시 집으로 돌아간다는 것을 들어서 알고 있었을 걸세.

어제 나는 세인트 클레어 양을 만나본 다음 그녀가 우리에게 들려준 이야기 가운데 진범을 단죄하는 데 도움될 만한 점이 있다고 말했었지. 그것은 그녀가 어디에 가든 12시면 반드시 집으로 돌아온다고 말했던 점일세. 따라서 소령은 앨빈이 12시 30분쯤에는 집에 돌아와 있으리라는 것을 알고 있었네. 집에는 다른 사람이 없으리라고 짐작했겠지. 그리고 만일의 경우에는 기다리면 될 테니까. 앨빈은 en déshabilla(거의 벌거숭이)로 그를 만나줄까? 물론 만나주겠지. 소령은 창을 두드렸네. 틀림없는 형의 목소리였지. 앨빈은 형 앞에서 옷차림에 마음쓸 필요가 없었을걸세. 틀니도 가발도 없이 맞아들여도 상관없었네. 소령의 키는 꼭 들어맞는가? 꼭 들어맞네. 며칠 전 나는 자네 사무실에서 일부러 소령 옆에 서 보았는데, 약 5피트 10인치 반쯤 되었거든.”

매컴은 창자를 드러낸 권총을 말없이 바라보았다. 번스는 다른 사람을 비난하는 가설을 펼 때와는 전혀 다른 목소리로 이야기하고 있었다. 매컴도 그 변화를 알아차렸다. 번스는 이야기를 이어갔다.

“다음은 보석일세. 언젠가 내가 한 말을 잊지 않았겠지? 파이피의 담보를 찾아낼 때가 범인의 어깨에 손을 얹을 때라고 한 말 말일세. 그때 나는 소령이 담보를 가지고 있다고 점찍었지. 소령이 꾸러미에 대해 말하지 말라고 일렀다는 호프먼 양의 말을 들었을 때 나는 그 확신을 더욱 굳혔네. 앨빈은 13일 오후 그것을 자기 집으로 가져갔는데, 소령은 그 사실을 알고 있었음에 틀림없네. 이 사실이 소령으로 하여금 그날 밤 앨빈의 목숨을 빼앗아야겠다고 결의를 굳히게 한 것 같네. 매컴, 소령은 보석이 필요했던걸세.”

번스는 기운차게 벌떡 일어나 문 쪽으로 걸어갔다.

“자, 이젠 그 보석을 찾아내는 일만 남았네. 살인범이 그것을 가지고 갔을걸세. 그렇지 않다면 없어질 리가 없으니까. 따라서 보석은 이 아파트에 있네. 만일 사무실로 가지고 가면 누군가에게 들킬 염려가 있고, 은행금고에 맡기면 은행직원이 신문에 실렸던 보석 기사를 기억하고 있을지도 모르니까. 그리고 권총에 적용한 심리가 보석에도 해당되네. 소령은 지금까지 줄곧 결백한 척 시치미 떼고 있거든. 또 사실 그 보석을 둘 곳으로는 여기보다 더 안전한 곳이 없지. 사건이 해결된 다음에도 처리할 시간은 얼마든지 있으니까. 매컴, 함께 가세. 자네의 괴로운 마음을 나도 아네. 자네의 심장은 마취제에 몹시 약하니까."

매컴은 어리둥절한 얼굴로 번스를 따라 복도를 걸어갔다.

나는 매컴이 몹시 가엾게 생각되었다. 번스가 진지하게 소령의 유죄를 실증해 보이고 있다는 것은 이미 의심할 여지가 없었기 때문이다. 나는 번스가 소령의 알리바이를 조사하자는 말을 처음 꺼냈을 때부터 매컴도 그 참된 목적을 어렴풋이나마 깨달았으나, 번스가 애태우는 것이 견딜 수 없이 싫은 것만큼 그 조사 결과가 그로서는 견딜 수 없이 두려워 반대했다고 느끼고 있었다. 매컴은 오랫동안 벤슨 소령과 우정을 맺어왔는데, 결국 자기로서도 어쩔 수 없는 진상에 맞부딪치게 된 것이다. 그리고 지금에야 알아차렸지만 그는 도저히 피할 길 없는 상황에 몰리면서도 여전히 번스의 생각이 오해였으면 좋겠다는 한 가닥 희망을 품고 있었다. 그리하여 사건 진행이 한 단계씩 오를 때마다 온 힘을 다해 반대함으로써 운명 자체의 모습을 바꿀 길이 없으니까 안간힘 쓰고 있었던 것이다.

번스는 앞장서서 거실로 들어가 5분쯤 우뚝 선 채 가구들을 둘러보았다. 매컴은 문 앞에 서서 두 손을 깊이 주머니에 찌르고 가늘게 뜬 눈으로 번스를 지켜보고 있었다.

번스가 의견을 말했다.

"물론 전문 수사관을 데리고 와서 방 안을 샅샅이 뒤져도 좋지만, 그렇게 할 필요는 없을걸세. 소령은 대담하고 교활한 사람이네. 그것은 넓고 네모진 이마와 사람을 위압하듯 쏘아보는 동그란 눈과 곧게 퍼진 척추 뼈와 안으로 들어간 복부를 보면 알 수 있지. 그런 사람의 심리작용은 모두 직선적이고 분명하다네. 그는 에드거 앨런 포의 D장관*2처럼 보석을 남들이 찾아내지 못할 장소에 힘들여 감출 필요는 없다고 생각했을걸세. 감출 필요는 없으며 다만 남의 눈에 띄지 않도록 해두기만 하면 된다고 생각하고 있을 테지. 그렇다면 자물쇠와 열쇠가 있어야 하네. 그런데 침실에는 그런 cache(감출 곳)가 없기 때문에 이리로 온걸세."

번스는 구석의 낮은 자단책상으로 걸어가 서랍을 열었다. 열쇠가 잠겨 있지 않았다. 다음은 가운데 테이블 서랍을 열었다. 그것도 역시 잠겨 있지 않았다. 창가의 작은 스페인풍 장롱 역시 어긋났다.

"매컴, 반드시 열쇠가 잠겨진 서랍을 찾아내야 하네."

다시 한 번 방 안을 살피고 침실로 돌아가려고 할 때 번스의 눈이 가운데 테이블 뒤 선반 위에 놓인 낡은 잡지들 속에 반쯤 가려진 사카시아 산 호두나무로 만든 여송연 상자 위에 멎었다. 그는 문득 걸음을 멈추더니 급히 그 상자쪽으로 가서 뚜껑을 열었다. 열쇠가 잠겨 있었다.

번스는 의아해 하며 말했다.

"소령이 무슨 담배를 피우는지 모르겠군. 로메오 에 율리에타 펠페시오너도스일 것 같은데, 그거라면 열쇠를 잠가둘 만한 물건이 아니지."

번스는 테이블 위에 있는 튼튼해 보이는 청동제 나이프를 집어 들고 그 끝을 여송연 상자 자물쇠 위의 틈에 넣었다.

"그런 짓 하면 안 되네, 번스!"

매컴의 다급한 목소리에는 비난이 담겨 있었으나 그와 비슷한 정도로 고뇌에 차 있었다.

매컴이 미처 말리기도 전에 날카로운 소리와 함께 뚜껑이 열렸다. 그 속에는 파란 비로드 보석상자가 들어 있었다. 번스는 한 발자국 뒤로 물러서며 말했다.

"그것 보게. '말 못하는 보석이 말보다 더 잘 이야기해준다'지 않나!"

매컴은 침통한 표정으로 여송연 상자 속을 들여다보았다. 그는 천천히 눈길을 돌리며 옆에 있는 의자에 쓰러지듯 몸을 던졌다. 그리고 낮게 중얼거렸다.

"아, 나는 무엇을 믿어야 할지 모르겠군."

"그 점에 있어서는 자네도 모든 철학자와 마찬가지로 구원받을 길 없는 늪에 빠져 있네. 하지만 자네는 반 다스나 되는 죄 없는 사람들에게 간단히 유죄판단을 내리려 했었잖나? 그런데 정말로 죄가 있는 소령을 앞에 놓고는 어째서 뒷걸음질치지?"

번스의 말투는 비웃는 듯했으나 눈에 떠올라 있는 알 수 없는 기묘한 빛이 목소리를 배신했다. 이 두 사람은 끊을 수 없는 우정으로 맺어져 있으면서도 감상적인 말이나 동정적인 말을 나눈 적이 한 번도 없다는 것을 나는 알고 있었다.

매컴은 절망적인 몸짓으로 팔꿈치를 무릎에 짚고 두 손으로 얼굴을 감싸며 몸을 앞으로 숙였다. 그리고 고집스럽게 물었다.

"하지만 동기는? 한줌의 보석 때문에 형제를 죽인 사람이 어디 있겠나?"

"그야 없겠지. 보석은 단순한 부록에 지나지 않네. 여기에는 중대한 동기가 있을걸세. 앞으로 확인해 봐야겠지만. 그러나 그 회계사로부터 보고가 오면 알게 될걸세."

매컴은 벌떡 일어섰다.

"그래서 장부를 조사해봐야겠다고 말했군. 자, 가세."

그러나 번스는 일어나려고 하지 않았다. 그는 맨틀피스 위에 놓인 동양풍 디자인의 낡은 촛대를 유심히 바라보고 있었다. 그리고 그는 중얼거렸다.

"흐음, 모조품치고는 꽤 훌륭한걸."

⑴ 그 관리인은 켈리 거리 621번지에 사는 잭 플리스코였다.

⑵ 틀림없이 플래트 부인이었을 것이다.

＊1 셰필드 은그릇은 1740년에 토머스 블소버가 만들어냈는데 동판에 얇게 은을 입힌 것이다. 버밍엄과 셰필드가 그 제조의 중심지이며, 후자의 이름을 따서 불리고 있다. 이 방법이 알려지자 은그릇이 싸고 또 만들기 쉬워 일반화되었다.

＊2 이 장관은 에드거 앨런 포의 '도둑맞은 편지'에 나옴.

체포

6월 20일 목요일 정오

매컴은 소령의 아파트에서 권총과 보석 상자를 들고 나왔다. 그리고 6번 거리 모퉁이의 약국에서 히스 부장에게 전화를 걸어 지금 곧 검사국에서 만나고 싶으니 헤지든 주임과 함께 오라고 알렸다. 그리고 그는 회계사 스티트에게도 전화를 걸어 되도록 빨리 보고를 들었으면 좋겠다고 말했다.

우리가 형사법정 건물로 가기 위해 택시에 올라타자 번스가 말했다.

"이제 자네도 내 방법이 자네의 방법보다 훨씬 낫다는 것을 알았겠지? 처음 발단부터 누가 했는지 알고 있으면 속임수에 넘어가는 일이 없지. 그런 선견지명이 없으면 교묘한 알리바이에 속아 넘어가기 쉽네. 내가 알리바이를 조사해달라고 부탁한 것은 소령이 범인임을 알았기 때문일세. 그가 범인이니 얼마나 교묘하게 알리바이를 만들어놓았을까 생각되었기 때문이지."

"그럼 어째서 관계자들 모두의 알리바이를 조사하게 했나? 오스틀랜더 대령의 알리바이를 무너뜨리는 등 시간을 낭비해가며 말일세."

"그런 식으로 소령의 이름을 다른 사람들 이름에 끼워넣지 않으면 그의 알리바이를 어떻게 알 수 있나? 처음부터 소령의 알리바이를 조사해달라고 했다면 자네는 틀림없이 거절했겠지. 맨 먼저 대령의 알리바이를 조사하도록 한 것은 아무래도 빠져나갈 구멍이 있을 것 같았기 때문이었네. 그것은 잘 들어맞았지. 다른 사람의 알리바이를 무너뜨리면 소령의 알리바이 검토에 자네가 좀더 힘을 기울이지 않을까 생각했던 거지."

"자네 말대로 처음부터 소령이 범인임을 알고 있었다면 어째서 나에게 가르쳐주지 않았나? 만일 가르쳐주었다면 지난 1주일 동안의 마음고생도 덜었을 텐데."

"너무 그렇게 간단히 몰아붙이지 말게나. 처음부터 내가 소령을 비난하면 자네는 scandalum magnatum(명예훼손)과 비방죄로 나를 체포했을걸. 소령이 범인이라는 사실을 줄곧 자네에게 감추어 자네의 주의를 다른 곳으로 돌림으로써 오늘 그 사실을 승인하도록 만들 수 있었네. 하지만 매컴, 한 번도 자네에게 진짜 거짓말은 하지 않았네. 끊임없이 암시를 주고 중요한 사실을 지적하여 자네 자신이 진상을 꿰뚫어보기를 바랐었네. 그런데 자네는 화가 날 정도로 비뚤어져서 내 암시를 죄다 무시하거나 아니면 곡해하더군."

매컴은 잠시 말이 없었다.

"자네 말이 무슨 뜻인지 알겠네. 하지만 어째서 자네는 그런 식으로 지푸라기 인형을 만들어냈다가는 부숴버리곤 했나?"

그러자 번스가 설명했다.

"자네는 몸도 마음도 상황증거의 포로가 되어 있었지. 소령이 범인이라는 것을 인정시키려면 우선 상황증거 같은 것이 아무 쓸모없음을 자네에게 인식시키는 수밖에 없었네. 소령에게 불리한 증거는 하나도 없었으니까. 물론 소령도 그것을 알고 있었지. 단 한 사람도 그가 범인일지 모른다는 가능성을 생각해 보지 않았으니까. 형제를 죽인다는 건 lusus naturae(조화의 장난)로, 카인시대 이래 생각조차 할 수 없는 일이거든. 내가 온갖 지혜를 짜내고 있는데 자네는 하나하나 트집을 잡아 닥치는 대로 반대했고, 나의 겸허한 노력을 꺾기 위해 온갖 수단을 다 동원했지. 자네도 남자라면 이 점을 인정하게. 내가 끝까지 버티지 않았다면 소령은 혐의조차 받지 않았으리라는 것을."

매컴은 천천히 고개를 끄덕였다.

"하지만 아직도 나로서는 납득되지 않는 점이 있네. 예를 들어 소령은 리콕 대위의 체포를 어째서 그토록 반대했을까?"

번스는 머리를 내둘렀다.

"자네는 정말 단순한 사람이로군. 자네 같은 사람은 죄도 짓지 못할 걸세, 매컴, 당장 붙잡힐 테니까. 소령이 범인체포에 대해 아무 관심이 없는 척하면……자네가 리콕 대위를 체포하려고 할 때 적극적으로 반대하는 척하면 자기 입장이 더 확고해진다는 점을 자네는 모르겠나? 자기에게 씌워질지도 모르는 혐의를 완전히 걷어버리는 데 이보다 더 좋은 방법이 또 어디 있겠나? 그리고 무슨 말을 하든 자네가 결코 그 의사를 바꾸지 않는다는 것을 소령은 잘 알고 있었지. 자네는 그만큼 고결한 신사니까 말일세."

"하지만 소령은 한두 번 나에게 세인트 클레어 양을 범인으로 생각하는 듯한 인상을 주었다네."

"그것은 교활한 지혜를 써서 기회를 이용한걸세. 대위에게 혐의가 돌아가도록 꾸민 거지. 리콕 대위는 세인트 클레어 양 때문에 사람들 앞에서 앨빈을 공공연하게 협박했는데, 그녀는 앨빈과 단둘이

식사했네. 그러니 다음날 아침 앨빈 벤슨이 육군용 콜트 권총에 의해 사살된 시체로 발견됐을 때 대위 말고 혐의를 둘 만한 사람이 또 누가 있겠나. 소령은 리콕 대위가 혼자 살기 때문에 알리바이를 만들기 어렵다는 것도 알고 있었네.

파이피를 참고인으로 추천한 소령의 교활성을 이제 알겠지. 소령은 자네가 파이피를 신문하면 협박 사실이 자네 귀에 들어가리라는 것을 계산에 넣고 있었네. 게다가 소령이 파이피의 이름을 꺼낼 때 자못 나중에야 생각났다는 듯이 꾸며보인 태도를 잊어서는 안 되네. 문득 머리에 떠오른 것처럼 꾸며 보이고 싶었던걸세. 빈틈없는 악마지. "

매컴은 어두운 얼굴로 열심히 듣고 있었다. 번스는 말을 계속했다. "그런데 아까 내가 기회를 이용했다고 말했는데, 그 기회란 이것이었네. 자네가 벤슨과 함께 식사한 여자가 누구인지 알아냈다고 말하자 소령의 눈초리가 홱 달라졌네. 그때 자네는 그녀를 기소할 충분한 증거를 가지고 있다고 말했지. 소령은 자네의 그 생각이 마음에 들었던걸세. 기사도 정신이 넘쳐흐르는 이곳에서는 증거야 어떻든 아름다운 여자가 살인사건에서 유죄판결을 받은 예가 없다는 것을 소령은 알고 있었거든. 소령은 스포츠 정신이 뛰어난 사람이어서 이 범죄 때문에 아무도 처벌받지 않기를 바라고 있었을걸세. 그러므로 자네가 그녀에게로 혐의의 화살을 돌리자 그로서는 더 이상 바랄 수 없이 좋게 된 셈이지. 그렇기 때문에 여자가 사건에 말려드는 것을 바라지 않는다는 듯한 연극을 해보인걸세. "

"그래서 자네는 그의 장부를 조사하게 하고, 자백서에 대해 할 이야기가 있다며 사무실로 나와달라는 말을 나에게 시킬 때도 세인트 클레어 양이 자백한 것처럼 넌지시 풍기도록 했구먼. "

"물론 그렇지. "

"그렇다면 소령이 감싸고 돌던 인물은……."

"소령 자신이었지만 자네에게는 세인트 클레어 양인 것처럼 보이게 하고 싶었지."

"소령이 범인인 줄 알면서도 자네는 어째서 오스틀랜더 대령을 이 사건에 끌어들였나?"

"소령을 화장할 장작을 대주리라고 생각했기 때문일세. 나는 대령이 앨빈 벤슨과 친한 사이였으며 완전히 그와 같은 camarilla(동류)임을 알고 있었네. 게다가 엄청난 허풍쟁이라네. 어쩌면 벤슨 형제의 사이가 좋지 않다는 것을 알고 진상을 얼마쯤 짐작하고 있을지도 모른다 생각되었던걸세. 그리고 파이피에 대한 대략적인 지식을 얻어둠으로써 만일에 생길지도 모르는 그 반대의 가능성을 모두 없애고 싶었다네."

"파이피에 대해서는 이미 대충 알고 있었잖나?"

"내가 말하는 건 물적 단서가 아니라 파이피의 본성, 그의 심리라네. 특히 도박꾼으로서의 성격을 알고 싶었던걸세. 알겠나, 매컴? 이것은 타산적이고 냉혈적인 투기꾼의 범죄일세. 그런 특수한 타입의 사람이 아니면 도저히 해낼 수 없는 일이거든."

매컴은 번스의 이론에는 흥미 없는 듯했다. 그는 물었다.

"소령은 그 보석에 대해 동생이 거짓말을 했다고 진술했는데, 자네는 그 말을 믿었나?"

"그 엉큼한 벤슨이 보석에 대해 형에게 사실대로 말했을 리가 없지. 아마 파이피가 찾아왔을 때 엿들어서 알아냈으리라고 생각되네. 엿듣는다는 이야기가 나왔으니 말인데, 나는 범죄의 동기를 거기서 짐작하게 되었다네. 자네의 사랑하는 스티트 씨가 그 점을 밝혀내주기를 바라고 있네."

"자네의 설명을 들으니 이 범죄는 순간적으로 생각나 저지른 우발적인 범행인 것 같군."

매컴의 말은 사실 질문이었다. 번스가 그 말을 바로잡아주었다.

"세부사항은 순간적으로 생각난 거겠지. 하지만 소령은 아마 언제고 동생을 죽여야겠다고 생각해 왔을걸세. 언제 어떻게 죽일 것인가는 결정짓지 못했지만. 아마 열 가지 이상 계획을 짰다가 버렸을걸세. 그러다 13일에야 적당한 기회가 온 것이지. 모든 조건이 소령의 목적에 꼭 들어맞게 되어 있었거든. 세인트 클레어 양과 벤슨이 저녁식사를 같이하러 간다는 말을 듣자 소령은 동생이 12시 30분쯤 집에 혼자 있게 되리라고 짐작했지.

그 시각에 해치우면 혐의가 리콕 대위에게 돌아가리라는 것도 계산에 넣고 있었네. 소령은 벤슨이 보석을 집으로 가지고 가는 것을 보았을걸세. 이것 역시 하늘이 내려준 좋은 기회였지. 애타게 기다리던 좋은 기회가 마침내 찾아온 셈이었네. 남은 일은 알리바이를 만들고 modus operandi(실행방법)을 생각해내는 것뿐이었지. 그것을 어떤 식으로 했는지는 이미 설명했네."

매컴은 몇 분 동안 생각에 잠겨 있다가 이윽고 얼굴을 들었다.

"자네 덕분에 소령이 범인이라는 확신이 생겼네. 하지만 난처하군. 나는 그것을 입증하지 않으면 안 되는데 이렇다할 법적 증거가 없으니 말일세."

번스는 가볍게 어깨를 움찔해보였다.

"나는 자네들의 그 어리석은 증거 규정에는 흥미가 없네. 그러나 일단 자네를 납득시켰으니 자네의 도전을 피했다고 말하지는 말게."

매컴은 우울하게 대답했다.

"그런 말은 하지 않을걸세."

그의 입 주변의 근육이 차츰 긴장하기 시작했다.

"번스, 자네는 자네가 해야 할 몫을 다했네. 그 다음은 내가 맡지."

히스 부장과 헤지든 주임은 이미 사무실에서 기다리고 있었다. 매컴은 여느 때처럼 차분하고 사무적인 태도로 두 사람에게 인사했다. 그는 이미 자신을 되찾아 임무를 수행할 때 보이는 그 특유의 무뚝뚝하고 정력적인 태도로 눈앞의 일을 처리하기 시작했다.

"이제 겨우 진범인을 알아낸 것 같소, 히스 부장. 좀 앉으시오. 이제부터 설명할 테니까. 하지만 그전에 해야 할 일이 한두 가지 있소."

매컴은 벤슨 소령의 권총을 총기 전문가에게 넘겨주었다.

"이 권총을 조사해 보고 벤슨을 살해한 흉기인지 아닌지 말해 주시오, 헤지든 주임."

헤지든은 느릿느릿 창가로 걸어갔다. 그는 창틀에 권총을 놓고 헐렁한 윗옷주머니에서 여러 가지 도구를 꺼냈다. 그리고 보석상이 쓰는 확대경을 한쪽 눈에 끼고 언제 끝날지 알 수 없는 일을 시작했다. 먼저 총머리를 떼어서 방아쇠를 내려놓고 발화전을 꺼냈다. 슬라이드를 빼고 연접봉 나사를 풀어 스프링을 꺼냈다. 권총을 완전히 분해하려는 줄 알았으나 총진 속에 광선을 비춰보기 위해서였던 모양이었다. 그는 총을 창 쪽으로 들어올리고 총부리에 눈을 갖다대었던 것이다. 5분쯤이나 총신 속을 들여다보며 햇빛이 내부 여러 부분에 비치도록 조금씩 앞뒤로 움직이고 있었다.

이윽고 그는 아무 말없이 차근차근 공들여서 권총을 본대로 조립해 나갔다. 그런 다음 어슬렁어슬렁 자리로 돌아와 잠시 동안 눈을 깜박거리며 앉아 있었다.

이윽고 헤지든은 머리를 앞으로 내밀고 쇠테안경 너머로 매컴을 빤히 보며 말했다.

"내가 보기에는 이 권총인 듯싶군요. 확정적으로 단정할 수는 없습니다만 그날 아침 총알을 조사했을 때 특수한 줄 자국을 보았는데, 이 권총 내부의 줄이 그 총알의 줄 자국과 같은 것으로 보입니다. 물론 이것도 확실하게 단정할 수는 없습니다. 힐릭스미터[1]로 이 총신을 조사해봐야겠습니다."

"하지만 당신 생각에는 이 권총인 듯하다는 거지요?"

"그런 것 같습니다. 잘못 본 건지도 모르겠습니다."

"좋소, 가지고 가서 철저히 조사한 뒤 곧 그 결과를 알려주시오."

헤지든이 나가자 히스가 말했다.

"이 권총이 틀림없습니다. 나는 저 사람을 잘 압니다만, 확신이 없는 한 이런 식으로 말하지 않습니다. 그런데 누구의 권총입니까, 검사님?"

"이제 가르쳐 주겠소."

매컴은 아직도 진상과 싸우고 있었다. 빠져나갈 구멍이 완전히 막힐 때까지 소령이 범인이라는 말을 자신의 귀에도 들려주고 싶지 않았던 것이다.

"스티트 씨의 보고를 들은 다음에, 벤슨 앤드 벤슨 상회 장부를 조사해 오라고 부탁했는데, 이제 곧 올 거요."

스티트를 기다리는 동안 매컴은 다른 일을 처리하려고 했으나 마음만 앞설 뿐 손에 잡히지 않는 모양이었다. 15분쯤 지나자 스티트가 들어왔다. 그는 우울한 얼굴로 지방검사와 히스 부장에게 인사했다. 그리고 번스를 보자 반가운 듯이 미소지었다.

"좋은 말씀을 해주셔서 크게 도움이 되었습니다. 정말 안목이 높으십니다. 좀더 벤슨 소령을 오래 붙잡아 두셨더라면 더 잘했을 겁니다. 사무실에 있는 동안 내내 벤슨 소령은 내 옆에 꼭 붙어 서서 눈을 번뜩이고 있었거든요."

"힘껏 한 거랍니다."

번스는 한숨을 내쉬었다. 그리고는 매컴을 바라보았다.

"여보게, 나는 어제 점심식사를 하며 어떻게 하면 스티트 씨가 조사하는 동안 소령을 사무실에서 끌어낼 수 있을까 궁리했다네. 리콕 대위의 자백이 있었다는 말을 듣고 필요한 구실이 생긴 셈이었지. 실은 소령을 이리 불러올 필요는 없었다네. 다만 스티트 씨가 일하는 데 방해받지 않도록 하기 위해서였지."

"무언가 찾아냈소?" 매컴이 회계사에게 물었다.

그는 사무적으로 대답했다.

"아주 많이 알아냈습니다."

그는 주머니에서 종이를 한 장 꺼내 책상 위에 놓았다.

"여기 간단한 보고서가 있습니다. 번스 씨의 충고에 따라 주식대장과 회계 보조 기입부를 조사하고 계좌이체 기록을 점검해 보았습니다. 주로 그 상회 간부들의 활동상황을 조사한 거지요. 원장부는 손대지 않고 그 결과 알아낸 사실은 벤슨 소령이 상습적으로 자기 명의로 고쳐 쓴 증권을 담보로 넣고 매매 차액의 이익금을 긁어 들이는데 보증으로 썼으며, 비상장주의 투기에 깊이 손대고 있었다는 것입니다. 크게 손해를 보았더군요. 정확한 액수는 알 수 없습니다만."

"앨빈 벤슨 쪽은?"

"그도 마찬가지입니다. 하지만 그는 운이 좋았지요. 2, 3주일 전에 컬럼버스 모터즈 주식에 공동 투기한 것이 맞아 들어간 모양입니다. 그는 그 돈을 자기 금고에 넣어두었답니다. 비서가 그렇게 말하더군요."

이때 번스가 끼어들었다.

"벤슨 소령이 그 금고 열쇠를 갖게 되면 결국 동생의 죽음이 그에게는 행운인 셈이군요."

"행운이라……." 스티트가 되풀어서 말했다. "적어도 주 형무소에 끌려갈 걱정만은 없어지겠지요."

회계사가 돌아가자 매컴은 돌부처처럼 앉아서 눈을 정면 벽에 못 박았다. 소령의 유죄를 부인하고 싶어 본능적으로 붙잡을 지푸라기가 다시 또 하나 손에서 빠져나간 것이다. 전화벨이 울렸다. 천천히 수화기를 집어 들고 이야기를 듣는 매컴을 바라보던 나는 그 눈에 완전히 체념한 빛이 떠오르는 것을 알아차렸다. 매컴은 힘이 다 빠진 사람처럼 의자등받이에 몸을 기댔다. 그는 말했다.

"헤지든에게서 온 걸세. 그 권총이 틀림없다는군."

그리고 그는 몸을 일으켜 히스를 보았다.

"히스 부장, 그것은 벤슨 소령의 권총이오."

부장은 획 휘파람을 불며 눈을 동그랗게 떴다. 그러나 차츰 그 얼굴도 무감동한 표정으로 돌아갔다.

"그렇습니까? 뭐 그다지 놀라울 것도 없지요."

매컴은 벨을 눌러 스워커를 불렀다.

"벤슨 소령에게 전화를 걸어 범인을 체포하려고 하니 곧 와달라고 말하게."

매컴이 스워커를 시켜 전화를 걸게 한 심정을 우리는 모두 이해하고 있었다. 적어도 나는 그렇게 생각한다.

매컴은 히스에게 소령의 용의점에 대해 간단히 설명했다. 그것이 끝나자 그는 일어나서 사무용 책상 앞에 놓여 있는 테이블 둘레에 의자를 죽 늘어놓았다. 그리고 히스에게 말했다.

"벤슨 소령이 오면, 나는 그를 여기에 앉힐 작정이오."

그는 자기 바로 앞 의자를 가리켜보였다.

"당신은 이 오른쪽에 앉으시오. 펠프스를 데려다놓는 게 좋을 거요. 그가 없으면 다른 사람이라도 좋소. 그를 왼쪽에 앉히시오. 그러나 내가 신호할 때까지 절대로 손대서는 안 되오. 신호가 있으면 체포하시오."

히스가 펠프스를 데리고 들어오자 저마다 테이블 둘레에 자리잡았다. 이때 번스가 말했다.

"히스 부장, 조심해야 하오. 자기를 체포하려는 것을 알면 그 순간 소령은 있는 힘을 다해 덤벼들 테니까."

히스는 경멸하듯 히죽 웃었다.

"번스 씨, 충고는 고맙습니다만, 내가 사람을 처음 체포하는 줄 압니까? 게다가 소령은 그렇게 나오지 못할 겁니다. 아주 신경질적인 사람이니까요."

그러자 번스는 깨끗이 대답했다.

"마음대로 하시오, 매컴. 틀림없이 경고해 드렸으니까. 소령은 냉정하고 경험도 많은 사람이니까 마지막 파국이 와도 털 끝 하나 까닥하지 않을 거요. 그러나 마침내 끝까지 몰려 결국 졌다는 것을 알게 되면 끝장이라는 생각에서 한평생 억눌렀던 것을 육체적으로 폭발시킬 테지요. 정열도 감동도 감격도 겉으로 드러내지 않고 살아온 사람은 이따금 돌파구를 찾는 법이오. 어떤 사람은 그것을 폭발시키고 어떤 사람은 스스로 목숨을 끊소. 하지만 원리는 똑같소. 심리반응이 문제지요. 소령은 자살할 사람이 아니오. 그러므로 그는 폭발할 거요."

히스는 비웃었다.

"우리는 심리학에 대해 무식하지만 인간의 성질에 대해서는 얼마쯤 알고 있습니다."

번스는 하품을 삼키며 담뱃불을 붙였다. 그러나 나는 번스가 나와 나란히 앉아 있던 테이블 끝에서 의자를 조금 뒤로 물린 것을 알아차렸다.

펠프스가 쉰 목소리로 말했다.

"검사님, 이것으로 검사님의 고생도 끝나는 셈이로군요. 저는 리콕 대위가 틀림없이 범인인 줄 알고 있었는데, 벤슨 소령을 눈여겨보기 시작한 사람이 누굽니까?"

"이 사건의 공적은 히스 부장과 살인과로 돌리겠네."

매컴은 잠시 말을 끊었다.

"안됐네만 펠프스, 지방검사국과 여기에 관계했던 사람들은 모두 빠지는 걸로 해야겠네."

펠프스는 잘 알았다는 듯이 말했다.

"하는 수 없지요. 세상일이란 모두 그런 게 아닙니까?"

우리는 긴장된 침묵 속에서 소령이 오기를 기다리고 있었다. 매컴은 멍하니 담배를 피우며 두세 번 스티트가 놓고 간 보고서를 흘끗 바라보았다. 그리고 한 번 냉수기 옆으로 물을 마시러 갔다. 번스는 앞에 놓인 법률책을 아무데나 펼치고는 서부의 어느 판사가 내린 증회 사건 판결문을 재미있다는 듯이 미소지으며 읽고 있었다. 히스와 펠프스는 기다리는 일에는 익숙하여 거의 꼼짝도 하지 않았다.

벤슨 소령이 들어왔을 때 매컴은 아무렇지도 않은 태도로 맞이했는데, 악수를 피하기 위해 몹시 수선스럽게 서랍 속의 서류를 뒤적거렸다. 그러나 히스는 명랑하다고 해도 좋을 만큼 붙임성있게 그를 맞이했다. 소령을 위해 의자를 끌어내어 권한 다음 날씨에 대해 길게 늘어놓으며 얼토당토않은 수다를 떨었다. 번스는 법률책을 덮고 발을 뒤로 끌어당겨 똑바로 앉았다.

벤슨 소령은 허물없는 태도를 보이면서도 위엄을 잃지 않았다. 그는 매컴을 흘끗 보았다. 무언가 눈치챘는지도 모르지만 겉으로 드러내지는 않았다.

"소령, 두세 가지 묻고 싶은 일이 있어서 불렀네. 그다지 지장이 없다면……."

매컴의 목소리는 나직했으나 어딘지 늠름한 데가 있었다.

소령은 선선히 대답했다.

"무엇이든지 괜찮네."

"자네는 육군 권총을 가지고 있나?"

"가지고 있네, 콜트 자동권총 한 자루."

소령은 의아한 듯이 눈썹을 치켜 올렸다.

"언제 손질하고 충전했나?"

소령의 얼굴은 조금도 움직이지 않았다. 그는 말했다.

"확실히 기억하지는 못하지만 손질은 여러 번 했네. 하지만 해외에서 돌아온 뒤 총알은 한 번도 갈아넣지 않았네."

"최근 누구에게 빌려준 적이 없나?"

"기억하고 있는 한 그런 적은 없네."

매컴은 스티트의 보고서를 집어 들고 잠깐 들여다보았다.

"고객으로부터 선불거래 증권을 인수하겠다는 제안을 받았을 때 자네는 어떻게 응할 생각이었나?"

소령의 윗입술이 경멸하듯 치켜 올라가며 하얀 이가 드러나 보였다.

"그랬었군. 우정의 탈 뒤에 숨어서 사람을 보내 장부를 조사시키다니."

나는 소령의 목덜미에 붉은 반점이 나타나 귓불까지 번져가는 것을 보았다. 그의 비난에 매컴은 불끈 화를 냈다.

"나는 그런 목적으로 사람을 보낸 게 아니었네. 오늘 아침에는 자네 아파트를 구경했지."

"그렇다면 자네는 가택 침입까지 했군."

소령의 얼굴은 마침내 새빨갛게 되었다. 이마에 푸른 힘줄이 솟아올랐다.

"그리고 버닝 부인의 보석을 찾아냈네. 어째서 그것이 자네 아파트에 있나, 소령?"

"어째서 거기에 있었든 자네가 알 바 아닐세."

소령의 목소리는 차가웠으나 여전히 침착했다.

"어째서 호프먼 양에게 그 사실을 나에게 말하지 말라고 시켰나?"

"그것 역시 자네가 알 바 아니네."

매컴은 조용히 물었다.

"자네 동생을 죽인 총알이 자네 권총에서 쏘아졌다는 것도 내가 알 바 아닌가?"

소령은 입가에 차가운 미소를 머금고 매컴을 노려보았다.

"자네가 알고 있는 짓은 배신행위일세. 체포하기 위해 사람을 불러다놓고 혐의가 씌워진 것을 이쪽에서 모르고 있는 것을 이용하여 죄를 뒤집어씌우는 질문을 하다니, 정말 비열한 사람이로군."

이때 번스가 몸을 앞으로 내밀고 낮지만 채찍처럼 매서운 목소리로 말했다.

"그런 소리 마시오! 친구이기 때문에 무죄이기를 바라는 최후의 필사적인 희망으로 묻고 있는 것을 모르겠소?"

소령은 흥분하여 번스 쪽으로 몸을 돌렸다.

"당신이 뭔데 나서는 거요! 이 바보 같은 녀석!"

번스가 중얼거렸다.

"당신 말이 맞겠지요."

소령은 떨리는 손으로 매컴을 가리켰다.

"매컴, 두고 보게, 진땀 빼게 해줄 테니까……."

온갖 잡소리와 신을 모독하는 말이 소령의 입에서 튀어나왔다. 콧

구멍이 벌어지고 눈이 번쩍거렸다. 그 노여움은 사람의 한계를 넘어서 있었다. 중풍 앓은 사람 같았다. 얼굴이 일그러져서 보기 흉했고 미친 사람처럼 보였다.

매컴은 그동안 두 손으로 머리를 감싸 쥐고 눈을 감은 채 꼼짝도 않고 참아냈다. 이윽고 지나친 분노로 소령의 말소리가 고르지 않게 되자 매컴은 눈길을 들어 히스에게 고개를 끄덕여보였다. 히스 부장이 초조하게 기다리고 있던 신호였다.

그러자 히스 부장이 행동으로 옮기기 전에 소령이 먼저 자리를 걸어차고 일어섰다. 일어서자마자 그 기세를 몰아 재빨리 몸을 뒤로 빼더니 히스의 얼굴에 무시무시한 주먹을 한 대 날렸다. 부장은 의자에 주저앉아 눈을 희번덕거리더니 바닥에 뻗어버렸다. 펠프스가 달려들어 붙잡으려고 했으나 소령의 무릎이 위로 올라가 그의 아랫배를 무섭게 찼다. 펠프스도 바닥에 고꾸라져 신음소리를 냈다.

그런 다음 소령은 매컴과 맞섰다. 그 눈은 미친 사람처럼 번뜩이고 입술은 힘껏 위로 젖혀 올라가 있었다. 숨쉴 때마다 콧구멍이 거칠게 부풀어 올랐다. 꼽추처럼 어깨를 동그랗게 하고 두 팔을 몸에서 축 늘어뜨린 자세로 주먹을 불끈 쥐었다. 그 모습에서는 억누르기 어려운 무시무시한 악의가 흘러넘쳤다.

"다음엔 너!"

목구멍에서 쥐어짜낸 독기어린 목소리는 짐승의 울부짖음 같았다. 그는 울부짖으며 앞으로 몸을 날렸다.

이런 난투가 벌어지는 동안 조용히 앉아 눈을 반쯤 감고 한가하게 담배 피우고 있던 번스가 이때 갑자기 테이블을 돌아 앞으로 나아갔다. 그는 두 팔을 앞으로 내밀었다. 한 손으로 소령의 손목을 잡고 한 손으로 팔꿈치를 잡았다. 그리고 날쌔게 발뒤꿈치를 돌리며 뒤로 물러섰다. 소령의 팔이 어깻죽지 뒤까지 비틀어 올려졌다. 소령은 고

통의 외마디 소리를 질렀다. 잠시 뒤 그는 번스에게 붙잡힌 채 갑자기 축 늘어졌다.

그때 히스가 정신을 차렸다. 그는 비틀거리며 얼른 일어나더니 달려왔다. 철커덕 수갑이 채워졌다. 소령은 의자에 털썩 주저앉아 아픈 듯이 어깨를 앞뒤로 움직였다.

번스는 소령에게 말했다.

"대수롭지 않을 거요. 관절의 인대가 좀 끊어졌을 뿐이오. 2, 3일 지나면 나을 거요."

히스가 앞으로 나와 말없이 번스에게 손을 내밀었다. 그것은 사과인 동시에 감탄의 표시였다. 나는 히스가 좋아졌다.

히스 부장과 소령이 나가자 펠프스가 부축을 받으며 일어나 안락의자에 앉혀졌다. 매컴이 한 손을 내밀어 번스의 팔에 얹었다.

"가세. 나는 몹시 피곤하네."

---

(1) 나중에 알았지만 helixometer란 현미경에 걸고 총신 속을 조사할 수 있는 기계이다.

번스, 그 방법을 설명하다

6월 20일 목요일 오후 9시

같은 날 밤 터키탕에서의 목욕과 저녁식사가 끝난 뒤 몹시 우울한 매컴과 쾌활한 번스, 그리고 나 세 사람은 스타이비샌트 클럽 휴게실 구석방에 앉아 있었다.

30분도 넘게 우리는 말없이 담배만 피우고 있었는데, 번스가 자기 생각에 매듭을 지으려는 듯 불쑥 입을 열었다.

"히스같이 머리가 딱딱하고 상상력이 없는 이들이 범죄인과 일반사회 사이에 울타리를 치다니 정말 슬픈 일이지."

매컴이 말을 받았다.

"지금 세상에 나폴레옹은 없네. 있다 해도 형사는 되지 않을걸세."

"그런 직업을 갖고 싶어도 키 때문에 퇴짜 맞겠지. 내가 보니 자네들 경관은 키와 몸무게에 일정한 기준을 두고 뽑는 모양이더군. 범죄가 마치 폭동이나 갱 사건 밖에 없는 것처럼 말일세. 크다는 것 ……이것은 예술에서도, 건축에서도, 정식요리에서도, 탐정에서도 위대한 미국인의 이상인 모양일세. 정말 어이없는 관념이지."

매컴이 변명하듯 말했다.

"아무튼 그래 봬도 히스는 배짱이 대단하다네. 자네에 대해서도 지금은 전혀 나쁘게 생각하고 있지 않아."

번스는 미소지었다.

"저녁 신문에서 그만큼 푸짐하게 칭찬받으면 누구나 기분이 좋아지겠지. 소령에게 얻어맞은 것도 아마 용서했을걸. 정말 기묘한 일격이었지. 회전력을 이용한 것이었네. 히스의 몸은 아주 튼튼한 모양일세. 그렇지 않다면 그처럼 빨리 일어날 수 없었을걸세. 그건 그렇고, 펠프스가 안됐구먼. 아마 일생 동안 무릎이라면 평생 진절머리를 칠걸세."

"소령의 반응에 대한 자네의 추측은 옳았네. 결국 자네의 심리학적 잔소리에도 뭔가 장점이 있다는 것을 인정하는 데 인색할 필요가 없을 듯한 기분이 드는군. 자네의 심리학적 추리 덕분에 수사가 궤도에 오른 셈이니 말일세."

잠시 사이를 두었다가 매컴은 번스 쪽으로 몸을 돌리고 의아한 듯이 바라보았다.

"그런데 번스, 자네는 소령이 범인이라는 것을 어떻게 처음부터 확신하게 되었나?"

번스는 의자등받이에 몸을 기댔다.

"지금부터 이 범죄의 특질, 아주 뚜렷한 특질을 생각해 보세. 총이 발사되기 직전에 앨빈 벤슨과 범인은 서로 이야기를 나누고 있었을걸세, 한 사람은 앉고 또 한 사람은 선 채로. 그러나 벤슨은 책을 읽는 척했지. 할말을 다했으니까. 책을 읽는다는 것은 이제 다 끝났다는 뜻이었지. 범인은 더 이상 가망이 없음을 알자 사나이답게 대처할 결심을 굳히고 총을 꺼내 앨빈 벤슨의 관자놀이를 향해 방아쇠를 당겼네. 그런 다음 불을 끄고 나간걸세. 이것이 현장이 보여준 사실, 그리고 현실적으로 일어난 사실이었네."

번스는 두세 모금 담배를 피웠다.

"그럼, 이 사실을 분석해보세. 내가 지적했듯이 범인은 몸을 겨누지 않았네. 명중률은 훨씬 크지만 숨질 확률이 적거든. 그래서 범인은 좀더 어렵고 실패할 위험이 있지만 확실하고 효과적인 방법을 택했네. 그 수법은 대담하고 직접적이고 용감한 것이었지. 강철 같은 신경과 고도로 발달된 도박 본능을 지닌 사람이 아니면 그처럼 직접적이고 대담한 짓을 할 수 없네. 따라서 신경질적인 사람, 흥분하기 쉬운 사람, 충동적인 사람, 또 겁이 많은 사람은 모두 용의자에서 제외되었네.

범죄솜씨가 뛰어나고 사무적인 양상을 띠고 있다는 점이 범인의 유죄를 결정짓는 물적 단서가 전혀 없다는 점과 함께 이 범죄가 굉장히 자신만만한 인물이 냉정하고 치밀하게 미리 계획을 세워 해치운 것임을 뚜렷이 보여주었네. 이 범죄에는 교묘함도 상상력도 전혀 작용하고 있지 않네. 모든 특징이 공격적이고 결단적인 정신——정적이고 의지가 강한 사람, 일을 직접적이고 구체적으로 명확하게 처리하는 데 익숙한 사람의 손으로 이루어졌음을 가리키고 있었네. 매컴, 자네도 겉으로 나타난 징후를 보고 사람의 성질을 판단할 수는 있겠지?"

매컴은 어딘지 믿음직스럽지 못하게 대답했다.

"자네 이론의 줄거리쯤은 알 수 있다고 생각하네."

번스는 이야기를 계속했다.

"그럼 됐네. 행위의 정확한 심리적 본질이 드러났으니 이제는 주어진 조건 아래에서 이런 종류의 일을 계획했을 경우 이번 사건과 똑같은 방법으로 해치울 정신과 기질을 가진 관계인물을 찾아내기만 하면 되었네. 우연히도 나는 오래 전부터 소령을 알고 있었네. 그래서 그날 아침 상황을 대충 훑어본 뒤 그의 짓임을 뚜렷이 알았네. 이 범죄는 모든 점에서 볼 때 소령의 성격과 정신상태가 그대로 드러난 것이라고 할 수 있네. 그러나 만일 개인적으로 소령을 알고 있지 않았다 해도, 또한 용의자가 아무리 많다 해도 범인의 개성을 뚜렷이 알고 있는 한 그를 쉽게 골라낼 수 있었을걸세."

매컴이 물었다.

"하지만 소령과 같은 타입의 사람이 또 있었다면?"

"사람의 성질이란 저마다 모두 다르다네. 두 사람이 아주 비슷하게 보인다 해도 말일세. 이번 사건의 경우 소령과 같은 타입에 같은 기질을 가진 다른 사람이 했을지도 모른다는 생각은 전혀 들지 않네. 만일 그렇다면 거기에는 개연성의 법칙을 고려해넣을 필요가 있겠지. 개성과 본질이 아주 비슷한 두 사람이 뉴욕에 있었다 하더라도 그 두 사람이 모두 앨빈 벤슨을 죽일 동기를 가지고 있었다고 생각하기는 어렵네. 그러나 파이피가 등장하여 그가 도박꾼이고 수렵가였다는 사실을 알았을 때 가능성은 적지만 아무튼 그의 자질을 조사해보기로 했지. 나는 그를 개인적으로 모르기 때문에 오스틀랜더 대령을 통해 정보를 얻어냈는데, 대령의 이야기를 듣고 그는 곧 hors de propos(문제 밖)가 되었네."

매컴은 이론을 내세웠다.

"하지만 그는 담력이 있고 무모한 노름꾼이며 확실히 돈에 쪼들리고 있었잖나?"

"그렇네. 하지만 무모한 노름꾼과 소령처럼 대담하고 분별있는 도박사는 크게 다르지. 그 둘 사이에는 심리적인 깊은 틈이 있다네. 그 두 사람을 움직이게 하는 충동은 완전히 정반대의 것이지. 무모한 노름꾼은 불안과 희망과 욕구에 의해 움직이지만, 분별있는 도박사는 편의주의와 신념과 판단에 따라 움직이거든. 한쪽은 감정적이고 한쪽은 이성적이지. 소령은 파이피와 달리 선천적인 도박사로 끝없는 자신감을 가지고 있었네.

　이런 종류의 자신감은 무모함과는 다르다네. 이 두 가지는 겉으로 보기엔 아주 비슷하지. 분별있는 도박꾼은 자기는 절대로 틀림없고 안전하다는 본능적인 신념을 가지고 있지. 프로이트파 심리학자들이 '열등감'이라고 부르는 것의 반대일세. 자아도취의 한 가지로, folie de grandeur(과대망상)의 변종일세. 소령에게는 그것이 있었지만 파이피에게는 그것이 없었네. 　그런데 이 범죄는 범인이 그런 자질을 가지고 있음을 말해 주기 때문에 나는 파이피가 결백하다고 판단했네."

"어렴풋하지만 나도 알 것 같네" 하고 매컴이 말했다.

번스가 설명을 이어나갔다.

"그밖에도 징후가 또 있었네, 심리적인 징후가. 앨빈 벤슨이 평상복차림이었고 가발과 틀니가 2층에 있었으며, 범인이 그 집의 구조를 잘 알고 있었던 듯하다는 점, 벤슨 자신이 범인을 맞아들였다는 점, 그 시각에 벤슨이 집에 혼자 있다는 것을 알았다는 점, 이것들이 모두 소령이 범인임을 가리키고 있었지. 또 있네. 범인의 키가 소령의 키와 비슷하다는 점일세. 그러나 이것은 그다지 중요하지 않네. 내 추정이 소령의 키와 맞지 않았다면 총알이 편류했음을 알았을걸세. 세계 제일의 헤지든 주임 의견이 어떻든지."

"이건 여자의 짓이 아니라고 그토록 확신 있게 말한 까닭은 무엇이었나?"

"우선 말하고 싶은 것은 결코 여자의 범죄가 아니었다는 점일세. 여자라면 그런 식으로 하지 못하네. 아무리 정신력이 발달되었다 하더라도 여자인 이상 사람의 목숨을 빼앗는다는 근본적인 문제에 맞닥뜨리면 감정적이 되거든. 여자가 그런 범죄를 냉정하게 계획하고 능률적으로 해치운다는 것은, 5, 6피트 떨어진 거리에서 상대방의 관자놀이를 겨누어 한 방으로 결판낸다는 것은 인간의 본성에 대해 우리가 알고 있는 지식에 완전히 어긋나니까. 그리고 여자는 앉은 상대를 앞에 두고 서서 토론하지는 않네. 그녀들은 아마 앉아 있는 편이 더 안전하다고 느끼는 모양일세. 여자는 앉아야 이야기를 잘할 수 있고 남자는 서야 이야기가 잘되지.

앨빈 벤슨 앞에 서 있던 사람이 여자였다 하더라도 상대방이 알아차리지 않도록 권총을 꺼내 겨냥하기는 어려울걸세. 남자가 주머니에 손을 넣는 것은 자연스러운 동작이지만, 여자 옷에는 대개 주머니가 없으므로 핸드백 말고는 권총을 감춰둘 곳이 없거든. 화난 여자가 눈 앞에서 핸드백을 열면 남자는 틀림없이 경계할걸세. 여자란 성질이 믿음직스럽지 못해 화가 나면 무슨 짓을 할지 모른다고 의심할 테니까. 그러나 이 모든 점을 일단 제쳐두더라도 범인이 여자가 아니라고 확신하게 만든 것은 벤슨의 벗어진 머리와 침실용 슬리퍼였다네."

여기서 매컴이 말참견을 했다.

"자네는 아까 범인이 그날 밤 필요하다면 마지막 수단을 쓸 각오로 그 집에 갔다고 말했는데, 지금은 그것이 계획적인 살인이었다고 주장하는 건가?"

"그 두 가지 표현에는 아무 모순도 없네. 살인은 계획적이었지, 의심할 여지도 없이. 그러나 소령은 목숨을 건질 마지막 기회를 희생자에게 주려고 했네. 나는 이렇게 생각하네. 소령은 재정적인 궁지에 몰려 형무소가 눈앞에 어른거리는 상태에 빠져 있었네. 그런데 동생의 금고 속에는 자기를 구해줄 수 있을 만한 돈이 있다는 것을 그는 알았네.

그래서 그는 범죄를 계획하고 그것을 실행에 옮길 결심으로 그날 밤 동생 집에 갔지. 처음에는 자신의 딱한 사정을 동생에게 털어놓고서 도와달라고 부탁했겠지. 그러나 앨빈은 아마 지옥에나 가라고 욕했을걸세. 소령은 가능하다면 죽이지 않고서 목적을 이루려고 조금은 애원도 했을 테지. 그러나 독서가인 앨빈은 얼굴을 돌려 책을 읽기 시작했으므로 소령은 더 이상 애원해 봐야 소용없음을 알고 끔찍한 일을 저지른걸세."

매컴은 잠시 담배를 피우고 있었다.

"자네 말을 모두 인정하지, 번스. 그러나 아직 이해되지 않는 점이 있네. 오늘 아침 자네가 말한 대로 소령이 일부러 리콕 대위에게 혐의가 돌아가도록 살인계획을 세웠다는 것은 어떻게 알았나?"

번스가 설명했다.

"형체와 구성의 원리를 완전히 이해하고 있는 조각가는 조상(彫像)의 필수부분이 어딘지 빠졌으면 그것을 정확하게 지적할 수 있다네. 그와 마찬가지로 인간심리를 잘 아는 심리학자는 어떤 인간의 행위 속에 빠진 요소가 있으면 그것을 지적해 낼 수 있지. 말이 나온 김에 말인데, 메로스의 아프로디테(미로의 비너스)의 없어진 팔에 대한 이야기가 여러 가지로 많이 나왔지만 참으로 어리석은 짓일세. 미적 구성의 법칙을 아는 유능한 예술가라면 그 팔을 본디 있던 대로 정확하게 복원할 수 있지. 그런 복원은 단순한 맥락의 문제에 지나지 않네. 빠진 요소를 이미 알고 있는 요소와 연결지어 조화시키면 되니까."

번스는 자기 말을 고상하게 강조하기 위해 이따금 보여주는 몸짓을 해보였다.

"다음에는 혐의를 파헤치는 문제가 남았는데, 이것은 계획적 범위일 경우 언제나 중요한 요소지. 이번 범죄의 전체적인 구상은 실증적이고 결정적이며 구체적이므로 이것을 구성하는 작은 부분들도 역시 실증적·결정적·구체적이어야 한다는 이야기가 되네. 따라서 정말 소령의 짓이라면 단순히 자기가 의심받지 않도록 조건을 배치해 놓는 생각만으로는 너무 소극적이라 이 범죄의 다른 심리적 조건에 어긋난다고 여겨졌지.

이런 범죄를 생각해 낸 실제적인 정신의 소유자는 필연적으로 특정한 실체적인 의혹의 대상을 마련해 놓았을걸세, 틀림없이. 그런데 리콕 대위에게 불리한 물적 증거가 자꾸 드러나기 시작했네. 소령이 아주 적극적으로 대위를 옹호하기 시작했을 때 나는 대위가 미끼로 선택되었음을 알아차렸네. 처음에는 세인트 클레어 양이 희생자로 선택되지 않았나 생각했다네. 그러나 그녀의 장갑과 핸드백이 앨빈 벤슨의 집에 있었던 것은 단순한 우연에 지나지 않음을 알았고, 또 소령이 파이피를 증인으로 끌어들여 대위의 협박 사실을 우리에게 일러준 사실이 생각나서 나는 그녀가 용의자에 섞인 것은 처음부터 계산된 일이 아니라고 판단했지."

잠시 뒤 매컴이 일어나서 기지개를 켰다.

"번스, 이제 자네 일은 끝났네. 그러나 내 일은 이제 막 시작되었을 뿐이라네. 그전에 좀 자둬야겠군."

1주일도 채 못 되어 앤서니 벤슨은 동생 살해혐의로 기소되었다. 여러분도 기억하고 있겠지만 루돌프 한새커 판사 주재로 열린 그 재판은 전국적으로 큰 화제를 불러일으켰다. 어소시에이티드 프레스는 산하 각 신문에 날마다 많은 기삿거리를 보냈다. 그래서 모든 신문들은 몇 주일에 걸쳐 이 재판과정을 크게 보도하여 제1면을 장식했다. 지방검사국이 격렬한 논쟁 끝에 이 사건에서 승리를 거둔 일, 증거가 간접적이라서 배심원들이 제2급 살인으로 판결내린 경위, 항소심에서 앤서니 벤슨이 20년 이상의 종신형 선고를 받게 된 사정 등은 공식 또는 공표된 기록에 의해 보존되어 있다.

매컴은 법정에 서지 않았다. 피고의 오랜 친구였으므로 그 입장이 괴롭고 난처하여 사건을 수석검사보 설리번에게 맡겼는데, 여기에 대해 아무도 비난하지 않았다. 벤슨 소령은 형사재판에서 보기 드물 정도로 많은 변호사들에게 둘러싸여 있었다. 브러슈필드와 바우어도 피고의 변호인단에 끼어 있었다. 브러슈필드는 영국에서 말하는 이른바 사무 변호사였고 바우어는 변론자로서 활약했다. 그들은 가능한 온갖 법률적 흥정을 하며 싸웠으나 피고에게 불리한 산더미 같은 증거 앞에서는 두 손 들지 않을 수 없었다.

매컴은 소령의 유죄를 확신한 다음 벤슨 형제의 사업 경영상태를 면밀히 검토했는데, 그 결과 스티트의 첫 보고에 나타난 것보다 더 악화되어 있다는 사실을 발견했다. 그들의 증권은 상습적으로 개인의 투기에 유용되고 있었다. 앨빈 벤슨은 약삭빠르게 굴어 막대한 이익을 올려 성공했으나 소령은 투자에 실패하여 거의 빈털터리가 되어 있었다. 소령은 돌려쓴 증권을 되찾아 형사처벌을 면해야 했는데, 그 유일한 희망은 앨빈이 곧 죽어주는 길밖에 없었다는 것을 매컴은 입증할 수 있었다. 그리고 소령이 살인을 한 바로 그날 동생의 금고에 손대지 않고는 지킬 수 없는 굳은 반제(返濟) 약속을 했다는 사실도 아울러 법정에 제시했다. 그 약속에는 동생의 재산을 일부 끌어대겠다는 뜻도 밝혀져 있었던 것이다. 또한 이미 담보로 들어 있는 증권을 다시 담보로 잡힌 48시간 기한의 어음을 발행한 사실도 드러났다. 이 한 가지 사실만으로도 앨빈이 살아 있으면 곤란할 수밖에 없었던 것이다.

여비서 호프먼 양은 유력하고 머리 좋은 검찰측 증인이었다. 벤슨 앤드 벤슨 상회의 속사정에 대한 그녀의 진술은 소령에 대한 검찰측 고발을 확고하게 하는 데 큰 도움이 되었다.

플래트 부인도 형제 사이에 심한 말다툼이 가끔 있었다고 증언했다. 그녀도 또 살인이 일어나기 약 2주일 전에 소령이 앨빈을 찾아와 5만 달러를 빌리려다 실패하자 "네 목숨과 내 목숨 중 어느 쪽을 골라야 할 때 아찔한 꼴을 당하는 건 내가 아니다"라고 협박했다고 진술했다.

체이섬 암즈의 관리인이 말했던 사람, 살인이 일어난 날 밤 2시 30분쯤 아파트로 돌아온 시어도어 몬터규도 택시가 아파트 앞으로 꺾어들 때 어떤 사나이가 길 반대쪽 통용문에 서 있는 것이 헤드라이트에 비쳐보였는데, 아무래도 벤슨 소령 같았다고 증언했다.

그러나 이 증언은 소령이 체포된 다음 파이피가 증인으로 출두하여 헤이그 앤드 헤이그를 마시러 피에트로 술집까지 걸어가는 도중 46블록 6번 거리를 가로질러가는 벤슨 소령을 보았다고 증언하지 않았다면 아무 가치가 없었을 것이다. 파이피는 그때는 단순히 소령이 브로드웨이의 어떤 레스토랑에서 돌아가는 길이려니 생각했기 때문에 그다지 중요하게 여기지 않았다고 변명했다. 그런데 파이피 자신은 소령에게 들키지 않았다.

이 증언은 몬터규의 증언과 함께 소령이 면밀하게 만든 알리바이를 산산조각으로 부수어버렸다. 변호인 측에서는 두 증인이 모두 사람을 잘못 보았다고 주장했다. 그러나 검사보 설리번은 소령이 그날 밤 관리인에게 들키지 않고 어떻게 외출했다가 다시 돌아왔는지를 번스가 설명해 준 대로 도면을 이용하여 자세히 설명함으로써 배심원들에게 큰 감명을 주었다.

그리고 보석이 범인이 아닌 다른 사람의 손에 의해 살인현장에서 옮겨질 수 없다는 것도 입증되었다. 번스와 나는 그것을 소령의 아파트에서 발견하게 된 경위에 대해 증언해야만 했다. 범인의 키에 대한 번스의 실험도 법정에 제출되었으나 이 문제에 대해서는 어려운 과학적인 이론이 많이 나와 혼란을 일으켰기 때문에 별다른 효과를 거두지 못했다. 권총에 관한 헤지든 주임의 감정은 변호인 측에서 항변하기에 가장 곤란한 장애물이 되었다.

공판은 3주일 동안 계속되었다. 매컴의 지시에 따라 설리번은 운 나쁘게 이 사건에 말려든 죄없는 사람들의 개인적인 일은 되도록 법정에서 밝혀지지 않도록 힘썼으나 창피한 사실들이 많이 드러났다. 그러나 오스틀랜더 대령은 자신을 증인으로 부르지 않았다며 두고두고 매컴을 원망했다.

공판이 거의 끝나갈 무렵 뮤리엘 세인트 클레어는 브로드웨이의 어떤 오페라에 프리마 돈나로 출연하여 크게 성공을 거두었다. 2년 가까이나 장기흥행을 계속했다. 그 뒤 그녀는 기사도 정신이 풍부한 리콕 대위와 결혼했는데, 두 사람은 더할 데 없이 행복해 보였다.

파이피는 여전히 결혼생활을 이어나가고 있으며 여전히 우아했다. '그리운 앨빈'은 없어도 그는 정기적으로 뉴욕에 나왔다. 나는 가끔 그가 버닝 부인과 함께 가는 것을 보았다. 왜 그런지 나는 그 여자가 좋았다. 파이피는 1만 달러를 마련하여——어떻게 해서 마련했는지 모르지만——그녀에게 보석을 되찾아주었다. 덧붙여 말하지만, 보석의 주인 이름은 재판에서 공표되지 않았다. 나는 그것을 매우 기쁘게 생각한다.

소령에게 유죄판결이 내려지던 날 밤 번스와 매컴과 나는 스타이비샌트 클럽에 있었다. 우리는 식사를 했는데, 지난 몇 주일 동안에 일어난 일에 대해 아무도 언급하지 않았다. 그러나 마침내 번스의 입술에 짓궂은 미소가 느릿느릿 퍼지는 것이 보였다. 그는 불만스럽게 말했다.

"매컴, 이번 공판은 아주 기괴했네. 진짜 증거는 하나도 제출되지 않았으니 말일세. 벤슨 소령은 완전히 가정과 추측과 암시와 추정만으로 유죄판결을 받았거든. 하느님, 죄 없이 법률의 사자우리에 갇히게 된 다니엘을 도와주소서!"

놀랍게도 매컴은 크게 고개를 끄덕여보였다.

"그 말이 맞네. 하지만 자네가 말하는 심리적 이론으로 유죄판결을 얻어내려고 했다면 설리번은 미치광이 취급을 당했을걸."

"그럴 테지."

번스는 한숨을 쉬었다.

"자네들 법률학자들은 지능적으로 일할 단계에 이르면 전혀 쓸모가 없어지니까."

"이론적으로 보면 나도 자네의 주장을 잘 이해하네. 하지만 나는 너무 오랫동안 물적 사실만 다루어왔기 때문에 이제 와서 태도를 바꾸어 심리학이나 예술로 돌아설 수가 없다네. 그러나······."

매컴은 아무렇지도 않은 듯이 덧붙였다.

"앞으로 나의 법적증거만으로는 잘 해결되지 않을 경우 자네의 도움을 빌어도 좋겠지."

그러자 번스가 대답했다.

"언제든지 명령만 내리면 달려가겠네. 자네 일이니까. 하지만 자네가 나를 필요로 할 때는 오히려 법적 증거들이 너무도 완벽하게 자네의 희생자를 가리키고 있을 경우가 아닐까?"

번스는 단순히 악의 없는 익살로 이 말을 했는데, 이상하게도 하나의 예언이 되었음을 나중에야 알았다.

예술비평가 라이트와 반 다인

예술 분야에 날카로운 감상안을 지닌 평론가로서 잘 알려진 윌러드 헌팅턴 라이트(Willard Huntington wright)가 어떻게 해서 미스터리 소설 사상 획기적인 작가인 반 다인으로 변모했는지에 대해서는 그의 짧은 자서전 《반원을 그리다》에 자세히 나와 있다. 그것을 바탕으로 그의 생애를 더듬어보기로 하자.

그는 1888년 미국 버지니아 주 샤로트빌에서 태어났다. 그가 글을 쓰기 시작한 것은 4살 때의 일로서, 그때 쓴 시가 마을 신문에 실렸다. 4살 된 어린이의 작품치고는 실로 뛰어난 것이었다고 한다.

그는 공부하기를 좋아하여 지식을 얻는 기쁨으로 즐겁게 학교를 다녔다. 캘리포니아의 세인트빈센트 및 포모너 대학에서 공부했으며, 1906년에는 하버드 대학원에서 영어학을 전공했는데, 재학중 고고학과 인류학 과목의 성적이 뛰어나 특별장학생이 되기도 했다. 미국 및 외국에서 7년에 걸쳐 연구를 했다고 한다.

학생시절 그는 재능이 다양했던 모양으로 화가가 되는 것이 자기의 천직이라고 여겨 뮌헨과 파리에서 미술공부를 하기도 하고, 또 어떤 때는 오케스트라의 지휘자가 되고 싶어 몇 해 동안 교향악과 관현악의 악보 연구에 몰두하기도 했다.

그러나 펜과 종이를 대하는 즐거움 때문에, 1907년에 결혼한 뒤 〈로스앤젤리스 타임스〉지의 문예비평 담당자가 되어 6년 동안 그 자리에서 일했다. 그동안 사교란 이외의 편집국 일을 모조리 도맡아했으며, 2년 동안은 일요일도 쉬지 않고 날마다 평균 6단쯤의 기사를 쓸 정도로 활약했다. 1910년 회사 건물이 맥나마라 단의 다이너마이트 폭파사건으로 피격당했을 때 그는 심한 두통으로 폭발 10분 전에 조퇴했기 때문에 다행히 목숨을 건질 수 있었다고 한다.

그리고 1910년부터 1914년까지 〈타운 토픽스〉지의 문예비평 담당, 1912년부터 1914년까지 〈스마트 세트〉지의 편집, 1915년에는 〈포럼〉지의 미술평론, 이듬해에는 〈인터내셔널 스튜디오〉지의 문예평론, 1917년에는 〈뉴욕 이브닝 메일〉지의 문예평론, 1918년부터 1919년까지 〈샌프란시스코 회보〉지의 음악·미술평론, 1922년부터 1923년까지 〈인터내셔널〉지의 미술평론 등 언론계에서 필봉을 휘둘렀다.

한편 그 동안에도 끊임없이 그리스어와 라틴어 및 독일과 영국과 프랑스의 고전 연구에 몰두했으며, 문화의 여러 문제에 대한 9권의 저작을 집필했다. 모두 학구적 색채가 짙은 노작이었지만 그의 명성을 높여주지는 못했다. 그리고 1916년에 그는 자신의 유일한 순문학 장편소설인 《약속한 사람》을 발표했는데, 이것은 리얼리즘 문학의 선구적 작품이라고 할 만한 것이었으나 몇몇 사람에게만 인정받았을 뿐 책은 거의 팔리지 않았다. 나중에 문예미술 평론가인 라이트가 미스터리소설가로 이름난 반 다인과 같은 사람이라는 사실이 세상에 알려진 뒤 1930년에 다시 출판되었지만 그때도 역시 실패로 끝나고 말았다.

제1차 세계대전이 일어났을 때 그는 파리에 머물러 있었다. 하루 14시간씩을 저술하는 데 바쳐, 그 뒤 런던에서 두 권의 책을 펴냈다.

그러나 전쟁으로 말미암은 격심한 긴장과 두려움에 찬 나날의 심리적인 영향이 그의 건강을 해치고 말았다. 그리하여 루시타니아호로 미국에 돌아가 요양원에서 두 달 지낸 다음 《회화사(繪畫史)》와 《응용 미학론》두 권을 세상에 내놓았다.

1923년 어느 날 아침, 침대에서 일어나려던 그는 무릎의 힘이 완전히 빠져 일어설 수가 없었다. 끊임없는 집필생활로 말미암은 몸과 마음의 혹사 때문에 신경쇠약에 걸린 그는 1925년까지 2년이 넘도록 병상에 누워 지냈으며, 가까스로 일어설 수 있는 날도 정신적인 피폐로 일이나 연구는 할 수가 없었다. 건장하던 몸이 바싹 여위었으므로 '죽음이라는 큰 모험에 맞닥뜨렸음을 느끼고, 내 병은 결코 치유될 수 없다'고 여겼다 한다.

오랜 병상생활을 해나가는 동안 그는 이루 말할 수 없는 지루한 나날을 보냈다. 특별히 어디가 아픈 게 아니라 다만 몸이 허약해져 신경이 날카롭고 기분이 우울할 뿐이었다. 지금까지 너무 지나치게 신경을 쓴 것이 병의 원인임을 깨닫고, 그는 기분 전환될 일이 자신에게 필요하다고 여겼다.

그는 자기 병실에서 책이 완전히 자취를 감춰버렸음을 깨달았다. 머리를 쓴다든가 집필하려는 의욕을 자극한다는 이유로 독서가 금지되어 있었던 것이다.

그는 의사에게 부탁해 보았지만 한마디로 거절당했다. 그러나 한 달 동안이나 끈질기게 졸라댔으므로 마침내 의사도 굴복하여 가벼운 소설이라면 조금씩 읽어도 좋다는 조건부로 허락했다.

그러나 허황된 모험담이나 어리석기 그지없는 연애소설로 결코 위안을 받지 못하고 있던 그는 온갖 방법으로 역습을 시도해 보았으나 모조리 실패로 끝났다.

그때 문득 한 가지 생각이 떠올랐다. 소년시절에 셜록 홈즈를 읽고 그 베이커 거리 탐정의 추리에 흥미를 품었던 일을 기억해내어 의사가 회진할 때 교묘하게 물어보았다.

"미스터리소설 같은 저급하고 대수롭지 않은 책을 읽으며 기분전환하고 싶은데 어떻겠습니까?"

의사는 잠시 생각에 잠기더니 이윽고 승낙했다.

이리하여 그는 미스터리 및 괴기소설을 읽기 시작했다. 2년 동안 다른 일은 아무것도 하지 않고 그런 소설만 탐독했다. 이 일은 그의 쇠약해진 마음을 전의 문예 및 미술에 대한 연구에서 해방시키고 일종의 정신적 치료가 되었을 뿐만 아니라 육체적으로도 살이 찌고 좋아졌다.

그러는 동안 미스터리소설에는 그 나름의 테크닉과 매력이 있으며 독특한 법칙에 따라 전개되어 나간다는 것——한마디로 말해서 다른 소설들과는 전혀 취향이 다른 문자에 의한 오락임을 점점 뚜렷이 알게 되었다.

그는 미스터리소설의 일반적인 연구로서 자신이 읽은 것을 정리하고 조직화하기 위해 에드거 앨런 포로부터 시작하여 연대순으로 현대 작품까지 읽었다. 베를린과 파리와 런던의 서점에 부탁하여 이제까지의 모든 미스터리소설을 찾아 보내달라고 했다. 뉴욕의 어떤 서점은 그의 요구에 따라 미국의 미스터리소설을 찾아내기 위해 밤을 샌 일이 많았다고 한다.

이리하여 그가 병상에서 일어날 즈음에는 미국과 유럽의 미스터리소설이 거의 총망라된 약 2천 권의 책이름이 그의 노트에 수록되어 있었다고 한다. 그는 책을 읽으면서 분석적인 눈과 마음으로 페이지를 넘기고, 간호사의 눈길을 피해 필기를 했다. 병이 완전히 회복되면 미스터리소설에 대한 평론서를 저술하려고 남몰래 계획하고 있었던 것이다.

그 즈음의 일을 그는 다음과 같이 회상하고 있다.

"현재 살아 있는 사람 가운데 나만큼 미스터리소설을 많이 읽고 나만큼 기술적이고 문예적이고 더 나아가 진화적 입장에서 주의 깊은 연구를 한 사람은 없다고 해도 지나친 말은 아닐 것이다. 그렇다고 해서 내가 결코 훌륭하다는 뜻은 아니다. 정말이지 나는 다른 일을 하고 싶었지만, 할 수 없었기 때문이다."

1925년 여름이 끝날 무렵, 병석에서 일어난 그의 두뇌는 다시 정상적인 활동을 시작했다. 그는 근대문학과 언어학에 관한 저술을 완성하려고 마음이 부풀어 있었다.

그러나 그가 펴낸 책들은 한 번도 생활을 충족시킬 만한 수입을 가져온 일이 없었다. 여태까지의 그의 문단생활은 신문과 잡지의 기고만으로는 살림을 꾸려나갈 수 없었고 편집이며 번역이며 강의 등의 부수입으로 보충해야만 했다.

그런데 제1차 세계대전 뒤 수입이 더욱 줄었고, 그의 쇠약한 체력이 집필의 생산력을 둔화시켰으며, 전쟁 뒤의 혼란 속에서 그의 저작들은 통 팔리지 않았다. 더욱이 앓아누운 동안 가진 돈을 몽땅 써버려 실로 '뼈와 가죽과 오장 육부의 자본 말고는 아무것도' 없었을 것이다.

이런 때, 어떤 뚜렷한 결점이 있음에도 불구하고 몇 판이나 거듭 팔리고 있던 미스터리소설을 읽다가 어떤 생각이 떠올랐다.

'나보다 훨씬 경험과 연구가 부족한 작가가 이만큼 성공하고 있으니 나도 할 수 있을 것이다. 나는 법칙과 기교를 잘 알고 있다.'

그리하여 여태까지의 진부한 방법에서 벗어난 새로운 구성을 짜내었다. 그리고 범죄사건 해결에 새로운 근대적 추리를 적용하는 특색 있는 주인공을 창조했다.

이로써 파이로 번스가 태어나고, 세 권의 개요가 각기 3만 단어로 정리되었다.

그는 자기 책을 내줄 출판자로서 찰즈 스크리브너 사의 퍼킨스 씨를 택했다. 하버드 대학 시절의 친구로서 사회에 나와 자주 만나지 못했으나 잠시도 잊은 적은 없었다. 퍼킨스는 자신의 계획을 이해하고 도와주리라고 그는 믿었던 것이다.

그의 생각은 바로 들어맞았다.

"이것이야말로 내가 바라고 있던 책일세" 하고 퍼킨스는 곧바로 말했다. "세 권 다 내게 주게."

이리하여 1926년 10월, 번스는 《벤슨살인사건》으로 세상에 소개되고 또 S.S. 반 다인이라는 필명이 존재하게 되었다.

한편 그는 오랜 노력과 근면 끝에 미술 및 문학비평가로 널리 알려져 있었다. 그의 저서 가운데 두 권은 회화를, 한 권은 미학을, 한 권은 근대철학을, 한 권은 프랑스 문학을 논한 것이었다. 그 밖에 영국과 미국 근대문학의 영향을 논한 것이 두 권, 예술적 기질을 심리학적 견지에서 관찰한 것이 한 권, 제1차 세계대전 전의 유럽에 관한 것이 한 권 있으며, 이들은 모두 현대문학계에 상당한 지위를 차지하고 있었다.

따라서 그는 자기 본디 이름으로 미스터리소설을 집필했다가 위의 본격적인 평론집들이 명예상의 상처를 입게 되는 것을 두려워했다. 그리하여 할머니의 성인 반 다인(Ven Dyne)의 y를 i로 바꾸고 기억하기 쉬운 약자로서 기선(Steam Ship)의 머리글자를 따서 S.S. 반 다인을 필명으로 썼던 것이다.

그의 미스터리소설 처녀작은 큰 성공을 거두었다. 비평가들은 찬사를 보냈으며 독자들의 호평도 받아 초판이 1주일 만에 다 팔렸다. 다음 달에 재판과 3판이 나와 모두 팔려서 6년 동안에 그의 경쟁자들을 모두 물리쳤다.

이 압도적인 성공의 원인은 무엇보다도 치밀한 구성과 과학적인 문체에 있었다. 에드거 앨런 포를 시조로 하여 미국에서 발생했던 미스터리소설이 프랑스에 계승되고 이어 영국에서 큰 발전을 이룩했으며 통속적인 오락물이 아닌 지적 투쟁을 그리고 논리적인 것으로 승화되는 동안에, 미국에서는 그에 버금갈 만한 본격적인 장편이 나오지 못했다. 이러한 때 고답적이고 논리적인 새로운 미스터리소설가 반 다인이 나타난 것이다. 말하자면 미국의 맹점을 찌른 작품이었으며, 주인공의 예술가적 취미까지도 독자의 흥미를 끄는 데 효과적인 역할을 했다.

《벤슨살인사건》은 첫 작품이니만큼 파이로 번스에 대하여 아주 자세하게 소개되고 있다. 성격, 풍모, 교양, 취미에 이르기까지 그의 모습이 눈앞에 선히 떠오르도록 세밀히 묘사했다. 번스의 탐정법은 매컴 검사와의 문답에도 있듯이 모든 물적 증거를 무시하기를 극력 주장하고(번스, 의견을 말하다에서), '진실을 아는 유일한 방법은 범죄의 심리적 요인을 분석하여 그것을 개인에게 적용하는 것'이라고 말하고 있다. 즉 '진실한 단서는 심리적인 것이다'라고 주장하는 것이다.

이 주장은 몹시 참신한 느낌을 주지만, 잘 생각해 보면 톰슨이 지적했듯이 이 방법도 타발레 노인의 방식과 그다지 다른 점이 없으며, 번스의 경우는 무작정 강의가 쉴새없이 덧붙여지므로 좀 색다르게 여겨질 뿐이다.

사실 매컴이 번스에게 물적 증거의 도움을 받은 사실을 들이대면 '심리적 추리의 열매를 거두기 위해서는 사실을 in esse(있는 그대로의 것)로서 추정할 수 없고 다만 in posse(가능성)로서 추정할 뿐이다(용의자 한 사람 줄다에서)'라고 잘라 말한다. '인간이 하는 일에 수수께끼란 없다. 다만 문제가 있을 뿐이다. 그러므로 한 인간에게 일어난 문제는 어떤 문제든지 다른 인간에 의해 해결될 수 있다. 이 때 인간심리에 대한 지식과 그 지식을 인간의 행위에 적용하는 일이 필요할 뿐이다(번스, 반대신문하다에서)'라고 말할 정도의 심리적 탐정법에 지나지 않는다.

처녀작에 이어 제2작 《카나리아살인사건》이 간행되었는데, 여기서도 이 방법을 높이 쳐들며 포커에 의한 범죄 추정을 시도하고 있지만 지은이에 의하여 발견됨직한 형편 좋은 의도적인 구성이니만큼 이 방법으로는 범인이 어떤 사람인지는 알 수 있어도 그 용의자의 급소를 찌르기에 충분할 만큼의 것은 알 수가 없다. 그리하여 제3작 《그린살인사건》 이후 그는 이 방법을 단념해 버리게 되었다.

제3작 《그린살인사건》은 1928년 4월에 간행되어 나오자마자 한 달 만에 온 미국의 최고 베스트셀러가 되었다. 이 세 번째 작품에 의한 반년 동안의 수입은 그의 15년 동안에 걸친 문단생활의 총수입보다 훨씬 많았다.

그는 그 즈음 미국에서는 미스터리소설가가 그다지 존경받을 만한 직업이 아니었다는 것과, 또 하나는 노력 끝에 문단생활에서 확보한 평론가라는 자기 명예를 지키고 싶었던 두 가지 까닭 때문에 반 다인 이라는 익명을 썼다. 그런데 그의 미스터리소설이 큰 인기를 얻게 되자 언론계와 독자들이 작자의 정체를 알고 싶어 하는 성화가 빗발 치듯 했다.

먼저 뉴욕 〈월드〉지의 뛰어난 평론가 헨리 헨슨이 《벤슨살인사건》과 《카나리아살인사건》을 쓴 작가는 신인이 아니라 필명 뒤에 숨은 경험 있는 저술가임에 틀림없다고 논평했다. 그리하여 그는 미스터리 소설가로서 등장한 지 1년 반 만에 마침내 정체가 드러나고, 월드 헌팅턴 라이트라는 본디 이름이 밝혀졌다.

그러한 이중생활을 하고 있는 동안에 우스운 이야기가 많았다. 그가 참석한 어떤 만찬의 석상에서 《벤슨살인사건》과 《카나리아살인사건》의 진짜 작가는 누구겠느냐는 질문을 받기도 하고, 또 그에게 이 책을 팔려는 판매원으로부터 얼굴이 뜨거워질 정도의 책 선전을 듣고는 마지못해 몇 권 사기도 했다고 한다.

그는 애초에 세 권만 쓰고 그만둘 생각이었으나 〈아메리칸〉지의 권유를 물리치지 못하여 《비숍살인사건》을 쓰게 되었다.

"이번에는 여섯 권만 완성하고 그 이상은 쓰지 않겠다. 반 다스라는 짝수는 기분 좋은 질서 바른 숫자이다. 한 작가에게 여섯 편 이상의 미스터리소설을 구상할 능력이 과연 있는지 나는 의심스럽다. 내게 수준 이하로 떨어지지 않고 무한하게 미스터리소설을 쓸 수 있는 능력이 있다고 해도 나는 여섯 권으로 끝낼 것이다. 큰 부자가 되는 것을 나는 그다지 바라지 않는다."

그러나 사실은 그 곱절인 열두 편의 미스터리소설을 쓰고, 미국 미스터리소설 사상 획기적인 작가가 되었던 것이다. 그의 작품은 영화로 만들어진 것도 많다.

그 밖에 단편소설이 몇 편 있으나 대단한 것은 못 되고, 도리어 그가 편찬한 《세계미스터리소설걸작집》이 특기할 만한 그의 업적이다. 더욱이 이 책의 머리글은 그가 쓴 '세계 미스터리소설사'라고 할 수 있으며 높이 평가되고 있다.

미스터리소설을 써나가는 동안 그에게는 어떤 확고한 신념이 생기게 되었다.

"미스터리소설은 일종의 지적인 게임이다. 아니, 오히려 스포츠라고 할 수 있다. 작가와 독자의 관계는 어디까지나 페어플레이다. 이상한 트릭을 만들거나 독자를 기만하면서 정직한 체하는 것은 브리지에서 속임수를 쓰는 것보다 더 용서받지 못할 일이다. 작가의 기지는 독자보다 뛰어나야 하고 독자의 흥미를 일깨울 수 있는 기교로서 이끌어가야 한다."

한 걸음 더 나아가 설명하면, 자칫 범죄소설로 떨어지기 쉬운 미스터리소설을 영국식 전통에 따라 '지적 게임'이라는 주장으로 뚜렷이 규정해 놓은 그의 공적은 특기할 만한 가치가 있다. 그것은 이 특수한 장르의 본질을 충분히 이해하고 파악한 뒤의 발언이며, 더욱이 그는 '미스터리 작가가 깨우쳐야 할 20조항'을 제안하여 엄격한 제한을 가했다. 자기 자신에게 과했다고도 할 수 있는 제한 속에서 강렬한 의욕을 표현하려고 시도했던 것이다.

그는 미술 및 문예평론가의 엄격한 눈으로 2천여 권의 미스터리소설을 섭렵하면서 그 본질을 정확하게 꿰뚫어보고 있었다. 그리하여 이번에는 스스로 창작하려고 결의했을 때, 당연히 그것을 응용하게 되었다. 그 시도는 훌륭하게 성공했으며, 그것은 그의 확실한 분석안을 충분히 증명하는 것이었다.

에드거 앨런 포 이래 코난 도일 다음으로 미스터리소설계의 전통적인 직계 대산맥으로 그 위용을 자랑한 반 다인은 1939년 4월 11일 51살에 관상동맥혈전으로 세상을 떠났다. 열두 편에 이르는 그의 장편들은 모두 고전적인 걸작으로 일컬어지고 있다.